JOGO DOS LADRÕES

JOGO DOS LADRÕES

KAYVION LEWIS

TRADUÇÃO DE CARLOS CÉSAR DA SILVA

Copyright © 2023 by Kayvion Lewis
Copyright da tradução © 2024 by Editora Intrínseca Ltda.
Publicado mediante acordo com Rights People, Londres.

TÍTULO ORIGINAL
Thieves' Gambit

PREPARAÇÃO
Ilana Goldfeld

REVISÃO
Mariana Oliveira

PROJETO GRÁFICO ORIGINAL
Suki Boynton

DESIGN DE CAPA
Nicolas Caminade

DIAGRAMAÇÃO, ADAPTAÇÃO DE PROJETO GRÁFICO
E ADAPTAÇÃO DE CAPA
Julio Moreira | Equatorium Design

CIP-BRASIL. CATALOGAÇÃO NA PUBLICAÇÃO
SINDICATO NACIONAL DOS EDITORES DE LIVROS, RJ

L652j

    Lewis, Kayvion
        Jogo dos ladrões / Kayvion Lewis ; tradução Carlos César da Silva. - 1. ed. - Rio de Janeiro : Intrínseca, 2024.
        384 p.; 21 cm.

    Tradução de: Thieves' gambit
    ISBN 978-85-510-1005-l

    1. Ficção americana. I. Silva, Carlos César da. II. Título.

24-92318
        CDD: 813
        CDU: 81-3(73)

Gabriela Faray Ferreira Lopes - Bibliotecária - CRB-7 /6643

[2024]
Todos os direitos desta edição reservados à
Editora Intrínseca Ltda.
Av. das Américas, 500, bloco 12, sala 303
22640-904 – Barra da Tijuca
Rio de Janeiro – RJ
Tel./Fax: (21) 3206-7400
www.intrinseca.com.br

Para Keithen, meu maior fã.

UM

UM QUEST NÃO PODE CONFIAR em ninguém… só na própria família.

Por isso, quando um Quest, ainda mais a mamãe Quest, pedia que eu me torcesse feito um marshmallow colorido para caber num armário tão apertado que nem um cachorro conseguiria dormir ali, eu *sabia* que existia um bom motivo. Ou, pelo menos, que o que eu estiver prestes a roubar vai valer a pena, seja lá o que for.

Se eu fosse uma pessoa comum, minhas pernas já estariam dormentes, mas o treino intenso de flexibilidade da minha mãe vinha a calhar em missões como aquela.

Eu estava enfurnada num canto isolado da mansão havia umas três horas, dando uma olhada no feed do meu Instagram. Naqueles últimos meses, ver pessoas que falam sobre morar em alojamentos universitários tinha se tornado mais viciante do que os K-dramas da Netflix.

Quando o aviso de que meu celular estava com bateria fraca apareceu à meia-noite, precisei bloquear a tela. Minha mãe havia me alertado para não gastar a bateria à toa e, se meu celular descarregasse e eu não recebesse a mensagem dela, estaria ferrada. Então, sem paciência, comecei a tamborilar os dedos cobertos pelas luvas. Até que minha tela se acendeu.

ATENÇÃO: Rosalyn Quest, convite para o jogo

No entanto, não era uma mensagem da minha mãe. Um e-mail? Será que era um dos cursos de ginástica finalmente dando sinal de vida? Ou aquele de líder de torcida? Eu me inscrevi em um monte de cursos universitários de verão para alunos do ensino médio. Mas isso tinha sido algumas madrugadas antes, quando minha casa parecia ainda mais solitária e a ideia de passar um tempo numa universidade lotada com gente da minha idade me pareceu agradável. Nenhum tinha me respondido ainda, e eu estava começando a me preocupar de eles terem descoberto que falsifiquei o histórico escolar para as inscrições.

Apareceu uma notificação de mensagem antes que eu pudesse desbloquear a tela. Dessa vez era *mesmo* da minha mãe. Era quase como se ela tivesse sentido o que eu estava prestes a fazer e me dado um tapinha virtual na mão.

Sua vez.

O e-mail ia ter que esperar.

Abri a porta do armário minúsculo, colocando os dedos na parte inferior para aliviar o peso das dobradiças e impedir que rangessem. Um truque simples, mas que aprendi antes mesmo de saber escrever meu nome. Dei uma espiadinha do lado de fora.

O corredor estava vazio. De acordo com as informações que minha mãe passou, eu estava em uma ala que em geral ficava vazia mesmo; ela e as demais faxineiras passavam a maior parte do tempo polindo vasos em uma galeria particular em outra ala. Ali, a segurança era mais fraca.

Na ponta dos pés, avancei pelos quartos da mansão, com suas camas perfeitamente arrumadas, estantes de livros esparsas e aparadores vazios. O silêncio absoluto devia me incomodar, mas eu já estava acostumada a casas vazias. Se eu fechasse os olhos, talvez até pensasse que estava de volta à casa da minha família, em Andros.

Eu tinha memorizado a planta do lugar, então fui até a uma sala de estar no primeiro andar, onde uma cômoda na qual estavam apoiados muitos porta-retratos chamou minha atenção. Nenhum dos outros ambientes tinha algo tão… pessoal daquele jeito.

Peguei a foto da ponta. Era de um grupo de universitários sorridentes posando na escada em frente a um edifício de tijolos vermelhos. No canto inferior, em letras pretas rebuscadas, estava escrito: *Primeiro ano.*

Lembranças. Amizades. Eu podia roubar a foto, mas não o que ela representava. Se eu quisesse lembranças e amizades, precisaria conseguir por conta própria. Longe de casa. Longe da minha mãe.

Um som baixinho me fez congelar.

Coloquei o porta-retrato de volta sobre a cômoda e fui me esconder atrás do sofá. Agachada, estava pronta para usar minha arma. A família Quest não era muito fã de armas de fogo; afinal, elas não são discretas. Minha mãe usava uma faca e, segundo ela, minha avó tinha uma coleção de seringas com sedativos de efeito rápido que ela aplicava a torto e a direito com a mesma facilidade com que um chef conceituado salpicava temperos.

Acho que eu não teria coragem de enfiar uma lâmina ou uma agulha em alguém, por isso escolhi uma pulseira que se transforma em um chicote inspirada no do martelo meteoro, das artes marciais. O comprimento torna fácil usá-la no pulso, como se fosse uma corrente, e a bolinha de metal do tamanho de uma cereja na ponta virava perfeitamente um anel magnetizado que eu usava no dedo do meio. Era mais seguro passar por inspeções com essa arma do que com lâminas, e, nas minhas mãos, ela era tão eficiente, se não tão fatal, quanto uma faca.

Ouvi passos se aproximando.

Então o papo de segurança fraca era furada.

Em posição de ataque para enlaçar o pescoço de alguém com a pulseira-chicote, precisei segurar a risada. Uma gatinha muito fofa apareceu do nada e subiu no sofá. Era uma siamesa com olhos azuis e pelo cor de areia, mas parecia ter enfiado as patas e esfregado o focinho num monte de cinzas. Ela pulou no tapete e ronronou, se esfregando entre meus pés.

Enrolei de volta o chicote no braço e fiz carinho atrás de sua orelha. Ela miou e deitou de barriga para cima. Parecia estar *adorando*.

Quando eu era criança, maratonava vlogs sobre adoção de animais de estimação quando minha mãe viajava a trabalho por muito tempo. Isso foi antes de eu me dar conta de que ninguém que não tivesse sangue Quest correndo nas veias entraria na nossa casa, incluindo animais.

Gatos siameses são conhecidos pela beleza, mas eles também se sentem muito sozinhos. Sem outros gatinhos por perto, tendem a morrer mais cedo. Eu tinha a impressão de que o proprietário daquela casa tão isolada não havia pensado em arrumar um amigo para ele.

Quando voltei a avançar pela mansão, a gata veio atrás, balançando o rabo de felicidade. Tentei afastá-la. Por mais fofa que ela fosse, uma ajudante felina não fazia parte da estratégia. Virei e saí correndo. Uma porta francesa dividia os corredores. Fechei-a antes que a gata me alcançasse. Ela miou bem baixinho, o bastante para partir meu coração, em seguida desistiu e disparou para outro canto.

Sem ela por perto, abri de novo a porta, para que, caso a segurança passasse por ali, ninguém notasse qualquer mudança.

O caminho que gravei me levou a um quarto com as cortinas abertas. As estrelas e a lua do Quênia iluminavam o cômodo, e dava para ver que tudo ali era de alto padrão. Móveis organizados. Peças de arte de muito bom gosto nas paredes. Uma cama nunca usada. Mais um quarto para os fantasmas.

Havia um único vaso na mesa de cabeceira.

Porcelana da época do imperador Qianlong, por volta de 1740.

Valor estimado: irrelevante. O único preço que de fato importava era a quantia oferecida pelo nosso cliente para retirar o artefato da coleção de seu rival e colocar na dele. Uma semana antes, o vaso estivera exposto na galeria particular do outro lado da mansão.

Até que minha mãe começou a trabalhar ali como faxineira.

Ela chamava isso de "missão quebra-cabeça". Peça a peça, ela levava pedaços de uma réplica e remontava. Para uma pessoa habilidosa como minha mãe, trocar o objeto verdadeiro por um falso era moleza. Mas o dono estava preocupado com roubos... e com razão. Os seguranças revistavam os empregados todos os dias antes de irem embora. Minha mãe podia levar o vaso de um lado para o outro da mansão, mas não ia conseguir retirá-lo dela com tanta facilidade.

Essa parte ficava para mim.

Puxei o estojo que minha mãe tinha deixado embaixo da cama. O forro era perfeito para absorver qualquer impacto. Dica de ouro: se não tiver meios para retirar o alvo sem causar danos, nem se dê ao trabalho.

Alguma coisa dentro do vaso fez barulho quando o peguei. Ao virá-lo, uma pulseira de diamantes caiu na minha mão. Revirei os olhos. Minha mãe tinha tantas pulseiras de diamantes que daria para enxergá-la de Marte se usasse todas ao mesmo tempo. Se eu perguntasse o porquê de tantas pulseiras, ela só responderia: *E por que não?*

Havia uma caneta laser enfiada no estojo. Mirei o raio no sensor de movimento do lado da janela. Um fato curioso sobre sensores de movimento: dava para enganar a maioria deles usando qualquer laser baratinho da Amazon. Os dispositivos só detectavam movimento quando algo invadia o raio que os conectava, então, ao apontar o laser direto no sensor, eu os levei a entender que o raio não foi interrompido enquanto eu saía. As coisas mais simples eram as que funcionavam melhor. Teria sido um pouquinho mais trabalhoso se tivessem pregado as janelas, sem dúvida.

Em um minuto, consegui sair e já estava no parapeito da janela, no estilo Mulher-Aranha. Segurei o estojo com o vaso entre as coxas e estava prestes a fechar a janela quando algo entrou no quarto de repente.

Algo desesperado para *sair*.

A gata passou por mim com um pulo e pousou no gramado, do jeito ágil dos gatos. Ainda bem que eu ainda estava apontando o laser para o sensor, senão as coisas não teriam acabado muito bem.

Ela não parava de miar, implorando que eu descesse e brincasse com ela. Bichinho persistente, não dava para negar.

Fechei a janela e escalei a parede de tijolos até a câmera que dava de frente para o gramado. Eu tinha dez segundos para impedi-la de virar na minha direção. Sem tempo para uma solução sofisticada, arranquei o fio mais grosso que entrava na parede. A câmera interrompeu o movimento no meio do caminho, travada até que alguém chegasse para consertá-la. Eu esperava que aquilo demorasse o suficiente para eu dar o fora dali.

A gata ainda gritava feito doida.

— Está bem, já vou — resmunguei.

E lá estava eu, falando com gatos. Não que a câmera sem captação de áudio (minha mãe tinha pegado o número de série dos aparelhos para que a gente pudesse pesquisar as especificações deles de antemão) fosse me ouvir.

Pulei no chão. A gata se esfregou nas minhas pernas de novo. Como eu poderia resistir? Eu a coloquei no braço que não estava segurando o estojo e a deixei se aconchegar no meu peito.

Fui depressa até a fila de cortadores de grama industriais já posicionados para entrarem em ação de manhã. O compartimento de um metro e vinte por sessenta centímetros embaixo do banco do operador, logo acima do motor e atrás do saco de fertilizante, seria minha suíte pelas horas seguintes.

Olhei para o horizonte, onde tufos de vegetação da savana e a copa de salgueiros encontravam o céu salpicado de estrelas. Em momentos como aquele, eu entendia por que há três gerações minha família era apaixonada por aquela profissão que os levava a todos os cantos do mundo.

No entanto, nem todas as noites eram estreladas e com brisas frescas.

— Você sabe que eu não posso levar você comigo.

A gata fez um som baixinho quando acariciei a parte de cima de seu rabo.

— Pelo menos você tem uma vista linda, né?

Ela miou, e talvez eu estivesse ficando louca, porque parecia o equivalente em gatês para "Fala sério!". Coloquei-a no chão e empurrei os sacos de fertilizantes para me acomodar no espaço, com o estojo pressionado contra o meu peito. Ali cheirava a gasolina e mofo. Fazer o quê? Minha mãe diria para eu pensar no notebook novo que eu compraria. Nas tranças nagô de quinhentos dólares que eu faria. Nos tênis personalizados que ninguém além dela e da minha tia me veria usando.

Puxei o saco de fertilizante de volta para o lugar, mas a gata passou por uma abertura entre dois dos sacos e se aninhou em cima do estojo no meu peito, ronronando e miando.

— Quer que eu roube você também, é isso?

Ela lambeu minha bochecha. Tudo bem, ela podia ficar um pouco. Só um pouquinho. Quanto tempo será que o dono levaria para perceber *se* eu a roubasse de fato?

Do meu esconderijo, vi um lampejo. Não, na verdade eram dois focos de luz. Uma dupla de funcionários estava fazendo patrulha do gramado. Mas estava cedo demais… Será que algo havia acionado o alarme? Será que tinham percebido a câmera travada?

O ronronar da gata de repente começou a ficar tão alto quanto o barulho de um ventilador. Queria fazê-la parar, mas como silenciar um gatinho?

Levei a mão ao braço para desenrolar meu chicote. Parecia que estavam se aproximando de onde eu estava. Como é que eu ia sair daquele lugar rápido o bastante para ganhar vantagem?

Droga.

— Nala... Ps-ps-ps... — chamou um homem, balançando um pote cheio de ração. — Cadê você, sua malcriada?

Droga *ao quadrado*.

Tentei empurrar Nala, mas ela continuava se aconchegando sobre o estojo, ronronando e *miando*.

Foi então que me lembrei de mais uma coisa sobre gatos siameses. Eles também eram a raça mais comunicativa.

— Dá para escutar ela — disse uma segunda voz masculina. — Como é que ela conseguiu sair?

O primeiro debochou.

— Não faço ideia. Essa gata infeliz está sempre tentando fugir. Vamos enfiá-la num armário antes que o chefe volte.

Desejei com todas as minhas forças que Nala ficasse quieta. Por que ela não fugiu de vez quando escapou pela janela? Àquela altura, já poderia estar bem longe. Só de pensar nela em pânico presa num armário por dias, ou até semanas, já senti um peso na consciência. Se ela pudesse ficar quietinha, eu a levaria comigo. Danem-se as regras da minha mãe.

Mas ela não fazia silêncio por nada.

E os funcionários se aproximavam.

Foi mal, Nala. Virei o braço para pegar a caneta laser no bolso de trás da calça. Acendi o pontinho vermelho em cima do estojo, fazendo os olhos dela se dilatarem e seus músculos enrijecerem na mesma hora. Reflexos de gato: ativados. As luzes das lanternas se desviaram dos aparadores de grama por um milésimo de segundo. Sentindo-me pior do que eu esperava, apontei o laser para a parede da mansão. Nala saiu em disparada, zarpando pelo gramado em direção ao pontinho de luz e bem à vista de seus perseguidores.

— Achei!

O sibilo desesperado de Nala se espalhou pela noite. Ela estava dando trabalho para os funcionários, mas logo perderia a batalha.

As lanternas se apagaram. Silêncio absoluto, exceto pela minha respiração baixa.

Não gostei do que fiz com a gatinha. Mas ela deveria mesmo aprender que não dá para confiar em ninguém.

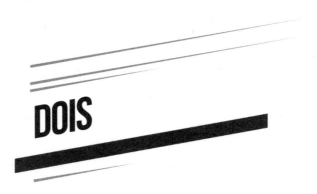

DOIS

DEPOIS DE UMA MISSÃO, MINHA mãe nunca perguntava "Você está bem, Ross?". Em vez disso, era sempre "Conseguiu?".

Rolei para fora do aparador de grama, caindo bem aos pés dela. Não era como se meia hora atrás eu tivesse estado prestes a morrer de exaustão por causa do calor e quase sufocada pela fumaça quando o aparador de grama começou a andar. Não, imagina. Eu estava bem. Se eu estava viva e com minha mãe por perto, então eu estava bem. O alvo era o que importava.

— Olha só meu xodó, sendo exemplar — elogiou minha mãe, abrindo o estojo e examinando o prêmio.

Disfarçada com um macacão de paisagista, a aparência dela estava completamente diferente. Não tinha nada a ver com seu visual típico de musa do verão chique e cheia de atitude, mesmo quando ela pegou a pulseira de diamantes e a colocou no braço.

Minha mãe suspirou, maravilhada com as pedras brilhando na luz do sol. Eu precisava admitir, as joias combinavam com ela. Minha mãe tinha uma beleza glamourosa — mega hair, extensões de cílios bem-feitas, quadris largos e uma cintura fininha que amava realçar. Era o completo oposto de mim, porque tenho um corpo mais magro. O estilo dela era extravagante, mas nada no nível casaco de pele e salto agulha, só o bastante para que, sempre que íamos a algum lugar onde ela podia ostentar um visual caprichado, deixasse alguns queixos caídos.

O amor dela por diamantes vinha daí. Minha mãe adorava qualquer coisa que a fizesse brilhar ainda mais.

Ela deu um beijo rápido na minha testa. Estava com cheiro de grama aparada e gasolina, mas eu devia estar fedendo ainda mais.

— Exemplar como minha mãe — disse indo para o banco do passageiro, porque eu sabia que ela amaria ouvir isso.

Com um sorriso satisfeito, que devia ter mais a ver com o elogio do que com a missão completa, ela ligou o aparador de grama, e nós fomos em direção aos limites da propriedade, onde estavam à nossa espera um jipe, água e um ar-condicionado tão geladinho que eu quase chorei de gratidão.

Apoiei a testa na saída de ventilação do jipe.

— Podemos ir a um lugar mais frio agora — disse minha mãe, me observando idolatrar o ar gelado. — Talvez para o sul da Argentina. Ou quem sabe para os Alpes, hein?

— Mas a gente terminou uma missão agorinha. Além disso, tem a família Boschert…

Ouvi dizer que eles não tinham gostado muito dos nossos últimos serviços na Dinamarca e na Itália, já que quebramos o monopólio não oficial que eles tinham sobre o mercado de roubos de alto nível na Europa. No mundo dos impérios de roubos comandados por famílias, só dava para ter um líder, ou pelo menos só um por continente.

Reclinando-me no banco, peguei o carregador e o conectei ao meu celular, que estava sem bateria. O olhar torto que minha mãe me lançou significava que ela não aprovava aquilo — estávamos conversando, então eu deveria prestar atenção nela.

— Seria mais fácil pegarem a gente roubando bijuteria do que se preocupando com o que os Boschert querem — retrucou ela, e arqueou a sobrancelha muito bem desenhada para mim.

Assenti, já que essa era a resposta que ela queria.

Uma ideia surgiu como faísca na minha mente.

— Assim — comecei —, se você quiser que a gente arrume mais missões na Europa, faria sentido ter alguém lá administrando uma rede de contatos. Talvez, se eu passar um tempo estudando lá, só de fachada, seria uma boa oportunidade…

Prendi a respiração. Provavelmente havia jeitos menos forçados de tocar de novo naquele assunto e dizer que eu precisava seguir meu próprio rumo. Em toda a minha vida, nunca fui a lugar algum sem minha mãe ou minha tia, e olha que já viajei muito. Uns meses atrás, fiz dezessete anos, que é quando os jovens bahamenses se formam no ensino médio, e achei que ela deixaria de ser tão… sabe?

— Hum… talvez não — respondeu minha mãe, olhando para a estrada vazia e a vegetação da savana.

Esperei que ela se explicasse. Que me desse um motivo, qualquer coisa. Mas só completou:

— Quando voltarmos, vamos relaxar e assistir a alguma produção de baixíssimo orçamento na TV por uma semana inteira. Que tal, querida?

Forcei um sorriso e falei:

— Vai ser divertido.

Satisfeita, ela escolheu uma playlist no celular e aumentou o volume do rádio. Minha tela acendeu. Era um novo e-mail. De um dos cursos de verão.

Virei o celular de um jeito que minha mãe não pudesse ver.

Prezada Rosalyn,

Agradecemos sua inscrição para o Acampamento de Férias para Ginastas de Alto Desempenho. É com grande prazer que a convidamos para nossa segunda turma (de 1º a 28 de julho). Ou, se não estiver muito próximo, também temos uma vaga para a primeira (de 2 a 29 de junho). Sendo um curso renomado em todo o país, ficamos felizes em todos os verões abrir nossas portas a dezenas de jovens talentos que entendem a importância de cultivar um círculo de amizades entre colegas de atletismo. Esperamos que possa nos acompanhar nessa experiência única!

O e-mail continha informações sobre alojamento, taxas e contatos. Quanto mais eu lia, mais difícil era conter minha animação. Meu histórico falso com competições falsas tinha mesmo dado certo. Como era 26 de maio, eu poderia estar lá em... uma semana, se eu quisesse.

Nala deveria ter escapado dos funcionários da mansão quando teve a oportunidade, mas se deixou ser presa. Eu não cometeria o mesmo erro.

Digitei uma resposta:

Vai ser um prazer!

Minha mãe cantarolava o rap que tocava no último volume e me cutucou para que eu cantasse também. Como sempre, fiz biquinho e fingi relutância, mas acabei entrando na onda. Ela aproveitou um verso sobre usar joias no pulso para balançar sua pulseira nova, e eu ri. Por fora, estava tudo igual. A mesma alegria depois de concluir uma missão. As mesmas mãe e filha. Só que não dava para continuar daquele jeito para sempre. Era como se eu tivesse virado o volante e pegado outra estrada bem debaixo do nariz da minha mãe e ela nem tivesse se dado conta disso.

Abri minha caixa de entrada. Onde estava mesmo o e-mail que eu tinha recebido antes da mensagem da minha mãe? Que estranho. Só se não estivesse na minha conta pessoal...

A conta de e-mail secreta. O mecanismo pelo qual minha família aceitava missões. Acessado somente pela deep web, completamente à prova de hackers e impossível de rastrear. Foi assim que minha mãe me explicou quando eu tinha oito anos. Havia uma senha só para conseguir receber um e-mail na conta. Por isso, eu *jamais* recebia notificações desse e-mail. Deveria ser impossível.

Digitei as cinco senhas consecutivas para liberar a conta secreta.

Dito e feito, o e-mail estava lá. Ainda não lido. Minha mãe não devia ter visto.

Senti o coração disparar. Tinha alguém entrando em contato com o e-mail secreto só por minha causa?

Olá, Rosalyn Quest,

Parabéns por ter chamado a nossa atenção. Você está convidada a participar da edição deste ano do Jogo dos Ladrões.

A competição começa daqui a uma semana. Estimamos que o jogo acontecerá durante duas semanas. Por favor, entre em contato para que possamos tomar as devidas providências.

— Os organizadores

TRÊS

O JOGO DOS LADRÕES. UMA competição. Dias depois, de volta às Bahamas, eu sabia que deveria me concentrar na minha ideia de fazer um curso de verão, mas o convite rolava pelo meu cérebro como dados de jogo.

Pelo menos era o que eu achava... eu nunca mais toquei num dado. As noites de jogos em família perderam a graça quando minha mãe se recusou a parar de roubar.

Mas pensar nisso foi o bastante para me desconcentrar do meu treino de agilidade. Já fazia mais de uma hora que eu estava na academia, o que me ajudava a desestressar, tentando aperfeiçoar o salto de uma caixa de um metro para outra a 2,15 m de distância. No mês anterior, eu havia batido um recorde pessoal com a segunda caixa a exatos dois metros de distância. Mas então minha mãe me contou que na minha idade ela conseguia dar um salto de 2,30 m.

Tentando me equilibrar, curvei os joelhos e tentei de novo. No segundo em que meus pés saíram da caixa, percebi que tinha feito besteira. O impulso não fora suficiente. A ponta do meu pé raspou na beira, e a gravidade me puxou antes que eu pudesse aterrissar da maneira correta. Caí com tudo no tatame.

Bufei, afastando uma das minhas tranças do rosto. Percebi a sombra de alguém. Tia Jaya me encarava com as mãos nos quadris largos. Era sete anos mais nova que minha mãe, e as duas se pareciam muito. Se minha visão estivesse embaçada, eu poderia ter achado que era minha mãe fazendo cara feia para mim com aquele biquinho de lábios grossos, uma marca registrada da família Quest.

— O que houve? — disse ela, sem fazer qualquer menção de me ajudar. Ninguém oferecia ajuda para levantar ninguém na família Quest. — Ah, são esses tênis idiotas. Estão atrapalhando você.

Olhei para os tênis que tinha escolhido usar: um par de All Star branco customizado com centenas de folhinhas douradas minuciosamente bordadas na lona, pintadas por cima das costuras de borracha e cortadas na margem das solas, com cadarços dourados brilhantes para combinar. Meus tênis eram lindos. Talvez Jaya fosse desprovida de bom gosto.

— Fiquei ofendida, tia. Ainda mais com a insinuação de que eu compraria algo que prejudicasse meus movimentos.

Parecia até que eu colecionava sapatos de salto ou botas plataforma. All Star customizado era perfeitamente prático para o treino.

— Então o que está acontecendo? Vai, fala para a tia o que está distraindo você.

Ela falou como se estivesse aborrecida por ter que perguntar, mas parecer entediada e indiferente a qualquer coisa era o jeito dela. Jaya sempre aparecia quando eu precisava e me entendia o bastante para saber que uma mensagem do tipo **"E aí? ◖◗"** na verdade significava que eu queria conversar sobre um assunto específico. Além disso, a gente morava numa ilha tão rural que os mercadinhos eram na sala de estar das pessoas, um lugar onde dava para passar o dia todo sentado à beira de uma estrada de cascalhos e ver mais javalis do que carros. Então não tinha muita gente com quem eu pudesse conversar além da minha mãe.

Minha tia havia estado à nossa espera quando voltamos para casa no jatinho.

— Você já ouviu falar de um negócio chamado... Jogo dos Ladrões?

Era a primeira vez que eu dizia essas palavras em voz alta, e pareciam tão bizarras quanto na minha cabeça. *Ladrões*, tipo... no plural? E ainda dando a entender que o jogo era *nosso*? É bem paradoxal. Ladrões não se misturavam a ponto de fazerem algo em grupo.

Jaya ficou tensa como se estivesse esperando levar um soco no estômago.

Então ela tinha, sim, ouvido falar no jogo.

Eu me sentei, apoiando as mãos atrás do corpo, no chão.

— A organização mandou um convite para você? — indagou ela.

— Faz uma semana. Mas como você sabe que é uma organização? Sabe quem faz parte dela?

— O que você disse? Respondeu ao convite? — perguntou, ignorando meus questionamentos.

Fiz uma careta.

— Não respondo mensagens esquisitas que recebemos no e-mail secreto, né? Eu apaguei assim que li.

Ela relaxou os músculos. O soco no estômago que esperava não veio.

— Que bom.

— Agora é a minha vez de interrogar. Que raios de organização é essa, e por que você ouviu falar deles e eu, não?

Fiquei de pé num impulso. Jaya, minha mãe e eu tínhamos mais ou menos a mesma altura, então dava para olhar bem nos olhos delas. Se eu já estava curiosa, fiquei ainda mais depois daquela reação. Não deveriam existir segredos na família.

Minha tia estalou a língua, ganhando tempo.

— São só um bando de ricaços com sede de poder. Eles organizam o jogo todo ano. É tudo que *eu* sei sobre eles.

Tudo que *ela* sabia. Isso significava que minha mãe sabia mais?

Ela evitou fazer contato visual, e foi aí que eu soube que nunca haviam tocado naquele assunto de propósito. Então conseguir mais informações sobre essa tal organização não seria fácil. Tentei outra abordagem.

— E esse jogo é...?

Por um segundo, pensei que ela não fosse mesmo me contar.

— Uma competição. Entre ladrões. É como se fosse um... *game show* de TV, só que privado e ilegal.

Ela colocou as tranças nagô para trás e saiu andando, depois pegou algemas numa caixa de suprimentos cheia de ferramentas para treino.

Eu a acompanhei.

— Então você estava toda tensa diante da possibilidade de eu entrar em um programa de TV ilegal comandado por um clubinho secreto de gente rica?

— Eu disse que é *como se fosse*. Mas não se engane, não é um *Show do Milhão: Edição Roubos*. — Ela arrancou um grampo do cabelo e inseriu nas algemas. — Até onde sei, alguém sempre sai todo ferrado. Isso *quando* sai.

As algemas se abriram. Ela apontou para as minhas mãos. Ergui os braços, e ela prendeu um dos meus punhos.

— Por que alguém aceitaria o convite, então? — perguntei. — A grana é boa, por acaso?

Ladrões nunca faziam nada de graça.

— Boa é a recompensa — respondeu ela.

Jaya me virou e fechou a outra algema, me deixando de mãos atadas para trás. Por reflexo, passei as pernas por cima dos braços e, com eles de volta à frente do corpo, peguei um grampo das minhas tranças. Eu tinha grampos escondidos o suficiente para construir um pequeno castelo.

— Dizem que quem vence... — continuou. — ... pode fazer um desejo.

Inclinei a cabeça, confusa.

— Um desejo? Tipo "olha, uma estrela cadente, vou fazer um desejo"?

— Estrelas cadentes não realizam desejos. Isso só o dinheiro faz — disse ela, estalando os dedos na frente do meu rosto. — Ei, se concentra!

Ah! As algemas. Enfiei a ponta do grampo e procurei o mecanismo da tranca.

Minha tia franziu o cenho.

— Teria sido mais fácil sem o grampo… — comentou.

— Não vou deixar você quebrar meu dedão, tia.

A primeira algema se soltou, sem nenhum osso precisar ser quebrado. Já fazia anos que ela queria me ensinar um movimento para deslocar o osso. Mas tudo tem limite.

— Só dói nas primeiras vezes — insistiu ela.

Abri a segunda tranca e deixei as algemas sobre a mesa. Jaya me encarou.

— Você não contou sobre o convite para a sua mãe, né?

Dava para ver que ela queria perguntar *por que* eu não contei. Ignorei a deixa e fui até as caixas para colocá-las no lugar correto e voltar a praticar o salto.

— Ela está ocupada — expliquei. — Planejando o próximo assalto e tal. Sabe como é.

E eu estava planejando dar uma fugidinha em breve… Por mais intrigante que um jogo de roubo fosse, eu não podia correr o risco de me distrair com isso ou com qualquer outra coisa para a qual minha mãe quisesse me arrastar. Jogos clandestinos não iam me ajudar a fazer amigos, ainda mais porque todos os participantes deviam ser trapaceiros e dissimulados.

— Aham — respondeu ela.

Tradução: *Não me convenceu.*

Minha tia podia até ser fluente em rosalynês, mas eu também era fluente em tia-jayês.

Suspirei e, em vez de subir na caixa, me sentei. A academia estava abarrotada de todos os tipos de materiais. Cofres, alvos para dardos, bonecos para chave de braço e mata-leão, caixas de cordas com diferentes nós para desatar. Mas aquele não era o único lugar que servia como um bom indício dos negócios da família. Por todo canto havia pequenos troféus que foram obtidos nas missões em diversos continentes e décadas. Com cinco anos, eu já tinha ouvido todas as histórias. Meu avô havia surrupiado aquele livro da prateleira da Biblioteca do Congresso dos Estados Unidos. Aquele quadro de natureza-morta? Estava guardadinho no Museu do Louvre até minha tia-avó Sara aparecer. As moedas no potinho onde guardamos as chaves? Foram roubadas pela minha tia Jaya do chefe de gabinete do presidente de Uganda. A casa estava repleta de pequenas lembrancinhas, muitas delas deixadas pelo resto da família quando ainda morava com a gente. Mas isso foi antes da briga infame da minha mãe, cujo motivo ninguém tinha me explicado. Depois disso, meus avós decidiram que não queriam manter contato, exceto para se certificar de que as missões deles não tinham nada a ver com ela. Eu diria que esses objetos estavam escondidos em plena luz do dia — mas não havia ninguém de quem escondê-los.

Minha casa era um paraíso para qualquer ladrão. Um lembrete do meu propósito de vida. O trabalho e a família deveriam ser minhas únicas razões de viver.

Mas nem tudo se resumia a lembranças e troféus.

Toda semana, apareciam cadeados novos na geladeira e nos armários. As chaves do carro sumiam do nada, então eu precisava fazer uma ligação direta se quisesse ir a algum lugar. E valia lembrar as muitas vezes que minha mãe mudou as senhas de todos os meus aparelhos eletrônicos, e a única forma de eu conseguir as novas era roubando-as dela. Viver sem tecnologia na ilha era um inferno na terra. Minha mãe disse que nossa família levava essa vida porque era libertadora. Sem fronteiras. Divertida. É, as missões até podiam ser mesmo, mas de resto...

Não aguentaria passar mais um ano sozinha, isolada como sempre. Confiar em pessoas do ramo, fora da família, estava fora de cogitação. As opções eram continuar presa ou abandonar a vida que eu conhecia e fazer amizades normais. Para isso, eu abriria mão da euforia dos assaltos semanais.

A pergunta que minha tia quis fazer ainda pairava no ar. *Por que eu não contei sobre o e-mail para a minha mãe?*

Dei de ombros, brincando com a ponta de uma trança.

— E se eu quiser tirar uma folga dos roubos por um tempinho?

— Talvez tenha outra coisa que você queira fazer nessa folga — sussurrou Jaya, como se, caso ela falasse no volume e tom certos, conseguisse arrancar a verdade de mim.

Cruzei os braços. Fosse ou não uma tática óbvia, estava funcionando. Talvez por ser mais nova que minha mãe, minha tia me intimidava bem menos. Quem sabe eu poderia contar para ela sobre o meu plano de fugir. Poderia fingir que seria para aprender algo na universidade que fosse útil para a família. Algo que não desse a impressão de que eu estava sendo ingrata, descartando a família maneira e agitada que eu tinha a sorte de chamar de minha. Ela poderia me ajudar a falar sobre isso com a minha mãe.

O barulho de sandálias no fim do corredor interrompeu meus pensamentos. Um lembrete de que minha mãe estava sempre ouvindo. Pelo menos enquanto eu estivesse ali.

— Não quero nada além da nossa família — menti, meio atrapalhada para dar a melhor resposta que podia inventar. — O que eu seria sem a gente?

— Chatinha? Pobre? Impossibilitada de morar no paraíso, em uma das ilhas mais lindas do mundo? — disse minha mãe, entrando na academia.

Ela estava com um visual caribenho luxuoso, uma calça jeans de cintura alta e um top vermelho tomara que caia. Minha mãe terminou de digitar alguma coisa no celular antes de nos presentear com toda a sua atenção.

— Do que minhas bebês estão falando? Pesadelos? — perguntou ela.

Prendi a respiração. Por sorte, parecia que Jaya não ia dedurar o convite para o jogo. Ela colocou a mão no quadril e semicerrou os olhos para a minha mãe, então percebi que minha tia estava longe de pensar em dar com a língua nos dentes.

— Não vem com essa de bebê, não! — retrucou Jaya. — Você só tem uma filha, e não sou eu.

— Ai... A bonequinha ficou irritada.

Minha mãe beliscou de leve as bochechas da minha tia, levando um tapa nas mãos logo em seguida. Fiquei sabendo que minha mãe tratava Jaya feito uma boneca quando elas eram crianças. Quando tinha doze anos e minha tia cinco, minha mãe a fez acreditar por um mês inteiro que ela não era uma menina de verdade, só uma boneca. Vinte e sete anos depois, as provocações continuam.

Tia Jaya fez uma cara séria e saiu pisando duro.

— Para de brincar com ela assim — falei. — Sério, você sabe que ela não gosta.

Minha mãe bufou e tirou uma sujeira de debaixo da unha.

— Você não entende, é filha única — retrucou.

De repente, ela me acertou em cheio. Sem amigos, sem pai e também sem irmã. Dois desses itens, pelo menos, eram por causa dela.

Remoí a culpa instantânea que veio com esse pensamento. Não era justo guardar ressentimento da minha mãe pelo que aconteceu com meu pai. Ela nunca foi de ter relacionamentos (foi tudo o que ela já me contou sobre sua sexualidade), então optou por uma doação de sêmen. Entre todos os doadores do mundo, acabou escolhendo um cara que morreu semanas depois da primeira... há... amostra. Um cara que eu nunca poderia procurar e que nunca apareceria em busca das crianças que nasceram da sua doação. Minha mãe jurava que só tinha ficado sabendo da morte dele quando estava no fim da gravidez, e eu sabia que ela não mentiria sobre algo assim. No entanto, era o tipo de coisa que eu pensava quando queria um motivo para ficar brava com ela.

Minha mãe olhou para as caixas atrás de mim.

— Dois metros e quinze?

Estremeci.

— Quase.

Ela assentiu, depois ficou de frente para mim. Embora tivéssemos a mesma altura, minha mãe parecia mais alta. Grande o bastante para me dar um daqueles abraços de tirar do chão e me rodar, como fazia quando eu era mais nova. Senti o aroma de hidratante de coco que vinha dela e, por um instante, parecia mesmo que eu tinha voltado a ser criança. Talvez fosse um reflexo *à la* Pavlov, mas sentir o cheiro dela e deixá-la colocar uma trança atrás da minha orelha me encheu de conforto. Confiança. Era a minha mãe. Se eu quisesse mesmo algo, deveria poder só... pedir, né?

Senti a boca ficar seca.

— Mãe... — comecei. — Você sabia que a Universidade do Estado de Luisiana tem um dos melhores cursos de ginástica dos Estados Unidos? Aposto que os alunos conseguem fazer um salto de dois metros e quinze de olhos fechados.

Ela ficou tensa e se afastou um pouco, devagar.

Aquela expressão amável desapareceu.

Eu não devia ter dito nada.

— É sério isso, Rossie? — resmungou ela, parecendo, acima de tudo, irritada.

— Qual é o problema? — perguntei. — Tenho dezessete anos. Daqui a pouco todas as pessoas da minha idade aqui da ilha vão para a faculdade.

— E como é que você sabe disso?

— Tem razão, não sei mesmo. Porque não conheço ninguém!

Foram anos e anos ouvindo versões da mesma história. *Não, você não pode ir à casa dos vizinhos. Não, você não pode ir estudar na escola Central Andros. Não dá para confiar em ninguém.*

E tudo bem, eu entendia. Revelar que somos uma família de ladrões ou mesmo fazer amizades na cidade não eram ideias lá muito inteligentes... e eu já havia aprendido há muito tempo que nunca, jamais deveria confiar em alguém que faz o mesmo que a gente. Só que, se eu estivesse longe, fingindo ser uma ovelha perto de outras ovelhas num país completamente diferente, se eu ficasse alerta... seria mesmo tão perigoso assim conhecer outras pessoas?

— Você conhece muita gente! — insistiu minha mãe. — Eu e a tia Jaya. E você pode ligar para os seus avós sempre que quiser. E minha tia-avó Sara.

Será que ela não percebia como aquela lista era curta? Sem falar que eu era a única daquelas pessoas que tinha menos de trinta anos. Cruzei os braços.

— Eles não contam. São parentes, não é o sufici...

Tentei impedir a tragédia, mas aquilo já tinha saído antes mesmo que eu percebesse. Olhei assustada para a minha mãe. Ela tinha um sorriso minúsculo que entregava direitinho o que de fato tinha ouvido. *Você não é o suficiente para mim.*

— Eu não quis...

Ela levou um dedo aos lábios. Fiquei quieta.

— Rosalyn — começou —, sua família nunca vai te abandonar. Nunca vai mentir. Você pode confiar na sua família. Olha só como ganhamos a vida... Todo mundo quer alguma coisa, e muitas vezes são coisas que pertencem a outras pessoas. Os outros vão manipular você para conseguir o que querem. As pessoas que você acha que são suas amigas, que são dignas da sua confiança, vão dilacerar seu coração e deixá-la sangrando até morrer. Mas você é mais esperta, meu amor. E se não for ainda, então eu sou esperta o bastante para tomar esta decisão por você. Porque eu te amo. Então, não, você não vai a lugar nenhum. Sem mim, não. E ponto-final.

Então era isso. O veredito tinha sido dado. Sem possibilidade de réplica. Eu não poderia dar meu depoimento. Travei a mandíbula com força. O calor subia pelo meu peito, mas não era raiva... Eu não ia começar a jogar as coisas na parede, nada disso.

Se eu fosse seguir o plano B, o plano *danem-se as ordens dela, vou fazer o que eu quiser*, eu precisava manter a calma. Não podia deixar nada transparecer.

Ficamos nos encarando. Minha mãe esperava uma resposta. Então, a contragosto, assenti, e ela ficou mais tranquila, unindo as mãos sob o queixo e sorrindo como se não fosse nada de mais dizer algo que me magoou.

— Muito bem. Agora... cadê aquela mochila bonita com os zíperes dourados que eu dei para você?

Congelei. Era a mochila em que eu estava guardando as coisas para o acampamento de férias. Será que ela já sabia o que eu estava aprontando?

— Não sei. Por aí. Por quê?

Ela titubeou.

— Não fica com raiva de mim, mas é melhor deixar sua mochila a postos. Vou precisar da sua ajuda em uma missão que surgiu de última hora. Partimos hoje à noite.

— Hoje? Mas a gente acabou de voltar!

Era um alívio saber que ela não tinha encontrado minha mochila de fuga, mas aquilo também era péssimo. Ser arrastada para outra missão não colaborava *nada* com o meu plano.

— Relaxa, meu amor, não vou levar você para outro continente. É nas Bahamas mesmo, em Paradise Island. Vai durar dois dias no máximo, é bem rapidinho. Mando os detalhes para você no celular, tudo bem?

Ela se virou para ir embora, como se eu já tivesse aceitado.

— Mas eu... — falei.

Minha mãe parou e olhou para mim.

— E se eu já estiver ocupada? — perguntei, por fim.

A expressão dela ficou séria.

— O que é mais importante do que sua família, Ross?

Ganhar novas experiências?

Fazer amizades?

Ter a chance de descobrir se *existia* algo mais importante?

Mas nenhuma dessas era a resposta certa. Ela já tinha dito com todas as letras como as coisas deveriam seguir. Eu só podia contar com a minha família. Nada mais importava.

Então entendi por que minha tia odiava ser chamada de bonequinha. Às vezes, dava a impressão de que minha mãe não estava falando da boca para fora, sempre nos tratando como brinquedo, sempre entrando num joguinho que sabia que ganharia.

Se eu ia dar o fora, talvez fosse minha vez de brincar com ela. De repente, surgiu uma ideia. Já que eu precisava mesmo ir àquela missão, e se eu desaparecesse no meio dela? Não seria a última coisa que minha mãe esperaria que acontecesse?

Dei um sorriso genuíno e coloquei os braços ao redor da minha mãe.

— Não tem nada mais importante do que a gente.

E apertei de leve.

Minha mãe me olhou por um segundo e depois também me abraçou.

— Essa é a minha garota — disse ela, me apertando um pouco mais forte. — Não se esqueça: não existe mais nada nem ninguém no mundo. Pelo menos ninguém em quem você possa confiar.

QUATRO

— MAPEADO E PLANEJADO.

Virei o iPad para minha mãe ver a tela do outro lado da mesa. Ela desviou a atenção das unhas recém-feitas, cortesia do spa do resort.

Estávamos em Paradise Island, a ilha que a maioria das pessoas imaginava quando pensava nas Bahamas. Torres altas, praias de areia branca com algumas barraquinhas vendendo caramujos fritos, e marinas que alugavam iates elegantes e luxuosos que custavam mais dinheiro do que os turistas que lotavam a ilha veriam em doze encarnações. Nosso alvo era o convés inferior de um dos iates chiques, e nosso quarto de hotel no décimo andar oferecia uma vista aérea perfeita.

Minha mãe me encarregou de montar a estratégia de entrada e saída. Ela mesma poderia fazer isso, mas tinha começado a pedir que eu esquematizasse esse tipo de tarefa desde os meus catorze anos. Para ver como eu funcionava sob pressão ou alguma coisa assim. Mas eu gostava de pensar que ela sabia que eu era a melhor nisso. Se tinha alguém que conseguia dar um jeito de sair de uma lata de sardinhas era euzinha, Ross Quest.

Mal sabia minha mãe que meu plano se dividia em dois. Mostrei o itinerário que ela faria para entrar e sair do iate, não o desvio que eu faria para escapulir para a orla, partir para o Aeroporto Nacional de Nassau e pegar um avião rumo a novas experiências.

Era difícil não dar um sorriso convencido. Minha mãe tinha me arrastado para esse serviço pela minha genialidade em planejar escapatórias, mas eu a estava usando para fugir. Talvez, mais adiante, depois superar minha partida, minha mãe se lembrasse daquele dia e sentisse orgulho da maestria que eu estava prestes a colocar em prática.

— O iate tem noventa e cinco metros da proa até a popa. Tem quatro conveses, além da casa das máquinas.

— Os registros dizem cinco visitantes e quinze membros da tribulação a bordo — interveio minha mãe —, então vamos presumir que haja o dobro, está bem, meu amor?

— Sim, sim.

Como se eu já não tivesse incluído aquela margem de erro nos meus cálculos. Uma das regras da família Quest: sempre esteja preparada para enfrentar o dobro da dificuldade que acha que vai encontrar pelo caminho.

— Mapeei a melhor rota evitando as cabines com os quartos e os espaços de convivência dos visitantes — expliquei. — Tem uma portinhola para lanchas na parte de trás. É até lá que vamos com nosso barco inflável, entre essa área e a boreste da proa, já que não há aberturas ali por perto. Então, seguimos o caminho que tracei no mapa pela comporta no primeiro convés, depois passamos pela casa das máquinas e, por fim, entramos no porão. É uma rota bem eficiente, então dá para a gente conseguir transferir tudo para o nosso barco em menos de meia hora.

Sem dúvidas era uma rota perfeita… ou quase.

Minha mãe comprimiu os lábios.

— E qual é o B? Você não conseguiu encontrar uma rota alternativa para emergências?

Tentei não deixar transparecer meu coração disparado. Eu me inclinei e deslizei o dedo pela tela, fazendo aparecer mais duas plantas, mostrando uma rota emergencial bem mais complexa, passando pelas cabines da tripulação até chegar à popa da embarcação.

— Tem essa aqui também, mas é bem complicada. A primeira deve funcionar — garanti.

— Tem certeza de que não há outra forma de sair? — perguntou minha mãe, analisando a tela, procurando uma saída que não existia.

E não existia mesmo. Pelo menos não nas plantas.

— Nunca me engano a respeito das fugas.

Disso ela não podia discordar.

Minha mãe se levantou, e mais uma vez senti que ela estava me olhando com um ar de superioridade.

— PERFEITO. PARTIMOS AO PÔR DO sol.

A água parecia tinta, de tão escura.

Acelerar o barco inflável ali dava a impressão de deslizar sobre uma sombra rumo a um horizonte estrelado.

Quer dizer, a impressão era de que *eu* estava indo em direção ao horizonte, mas antes eu precisava dar conta daquilo.

O iate estava quase invisível, uma embarcação preta e sorrateira congelada no cenário. Repassei todos os detalhes na minha cabeça conforme o barco inflável balançava ao atravessar as ondas. Se tivéssemos sorte, as pessoas a bordo estariam dormindo. Minha mãe levaria o alvo em bolsas e faria a entrega. Não era lá a missão mais sofisticada do mundo, mas tinha surgido de última hora, e nem tudo precisava ser um grande evento, como minha tia diria.

Era um jeito fácil de ganhar dinheiro. O meu desvio no final é que seria um tanto mais difícil.

Eu estava tão ansiosa que minhas mãos formigavam. Meus tênis, azuis feito o mar, com ondas e espuma abstratas e cadarços verde-claros, contrastavam com o chão do barco. Abri e fechei a mão repetidas vezes. Minha mãe percebeu, então desviou o olhar da água.

— Não me diga que está nervosa, meu amor — provocou.

Mesmo vestida de preto e com o cabelo em um rabo de cavalo prático, quase completamente oculta pela noite, ela conseguia ficar dez vezes mais deslumbrante do que eu jamais seria.

Sorri.

— Animada, na verdade.

Ela sorriu de volta e apertou de leve a minha coxa.

— Vencer é mesmo animador.

Ela não fazia ideia.

A uns trinta metros de distância do iate, minha mãe desligou o motor. Remamos o restante do caminho até a traseira da embarcação, longe das janelas e portinholas. Quase todas as lâmpadas estavam apagadas. Deviam estar dormindo.

Minha mãe subiu para o primeiro convés, e eu fui logo atrás. Assumi a liderança, seguindo o caminho que tracei. Fiquei de guarda, pronta para soltar minha pulseira num piscar de olhos. No entanto, a embarcação estava num silêncio quase sobrenatural. Dava a sensação de estar vazia, embora eu soubesse que não era o caso.

Após um pequeno pulo e um saltinho, entramos no convés inferior, no porão de carga. A luz da lua entrava por uma pequena abertura e iluminava os caixotes de madeira. Minha mãe tirou uma das tampas. Dentro, havia tesouros de séculos anteriores, resgatados de metros abaixo do mar. Moedas de ouro, pedaços do timão de um navio antigo, cacos de cerâmica, talheres de prata, pulseiras e uma adaga enferrujada. Nossos azarados anfitriões da noite faziam parte de uma subseção do nosso negócio: caçadores de tesouros. Eles vasculhavam navios naufragados em busca de qualquer antiguidade que pudessem encontrar, às vezes pouquíssimos dias após sua descoberta. Nem vale mencionar que aqueles tesouros na verdade pertenciam a quem tivesse encontrado o navio, ou ao governo, dependendo do local e da proximidade da orla. Era um ramo lucrativo, o que explicava o iate luxuoso, e tão ilegal quanto o que eu e minha mãe fazíamos.

Para o azar deles, havia um grupo rival de caçadores de tesouros que não estava muito feliz por ter perdido aquela nova descoberta. Eles nos contrataram de última hora para roubar o tesouro que já tinha sido roubado e entregá-lo a eles. Considerando o preço do nosso serviço e do trabalhão que daria revender aquilo tudo no mercado clandestino, eu não achava que eles estavam fazendo um negócio tão bom assim, mas imaginei que era mais para irritar os inimigos do que para ganhar dinheiro.

Minha mãe uniu as mãos, depois apontou para trás, nosso sinal secreto que dizia "pega tudo e vamos embora". Assenti e comecei a empilhar os talheres e os dobrões com cuidado em uma das bolsas forradas que tínhamos levado. Trabalhamos juntas para enchê-la, e então minha mãe colocou uma alça no ombro e saiu. Comecei a encher a segunda bolsa. Como eu estava responsável por coletar itens e ela pelo transporte, conseguiríamos sair na metade do tempo estimado e fazendo metade do barulho esperado.

Senti o coração bater depressa a cada bolsa que eu enchia. Quanto mais próxima eu chegava do fim, mais perto chegava da minha fuga também. A ficha estava caindo, e minha pele formigava. De repente, meus dedos começaram a coçar, como sempre acontecia quando eu estava prestes a roubar algo. Mas não eram aqueles objetos que estavam causando aquela sensação; era meu próprio futuro que eu estava prestes a roubar.

Logo chegou a vez do último caixote. Três bolsas: era o que eu estimava ser necessário para guardar todos os itens dele.

Chegou a hora.

Minha mãe voltou pela enésima vez, e eu entreguei a última bolsa que enchi. Quando ela pegou, tentei não revelar nada, mas não pude deixar de olhá-la uma última vez. O que eu estava fazendo seria uma grande traição para minha mãe. Mesmo se eu voltasse dali a uma semana, um dia, uma hora, mesmo se ela tentasse me arrastar de volta, aquilo sempre estaria entre nós duas. Ross fugiu de casa. Ross abandonou a família. Ross achava que não éramos suficientes para ela. Eu estava prestes a dividir minha vida em antes e depois. Quando eu fosse mais velha, de qual das duas partes eu me lembraria como a melhor?

Minha mãe olhou para mim, e eu desviei o rosto. Será que ela tinha reparado? Ela conseguia mesmo ler minha mente? Será que tentaria me impedir?

Mas não fez nada. Só pegou a bolsa e saiu. Lá se foi a última chance de ela me pegar.

No segundo em que ela sumiu de vista, comecei a agir. Programei um e-mail para ser enviado dali a quinze minutos, mais ou menos a hora em que minha mãe estaria de volta, então desliguei o celular. A mensagem era simples:

Preciso de um descanso. Volto em alguns meses, prometo.

Curta, mas é algo que ela não permitiria que eu dissesse pessoalmente. Depois, segui a planta que memorizei, atravessando as sombras do porão até um cantinho com prateleiras e botes aparafusados. No meio de uma coleção de coletes salva-vidas, kits de primeiros socorros e mantimentos de emergência, todos perfeitamente empilhados, encontrei o que procurava, do jeitinho que o quadro de avisos virtual da tripulação do iate indicava: um bote salva-vidas inflável de emergência, com motor movido a bateria incluso.

A porta estanque (classificada pelo Comitê de Segurança Marítima como estreita demais e perigosa em casos de evacuação, portanto removida de todas as plantas de saída de emergência) estava fechada com uma roda de metal no centro.

Peguei o bote amassado e girei a roda para destravar a porta, que abriu com um rangido. Do lado de fora, a água escura batia na lateral do iate a uns dois metros abaixo. Senti o coração disparar. Esse precisava ser o meu tiro certeiro. O motor de emergência teria que funcionar por tempo o bastante até eu voltar à costa. A porta ficava fora do campo de visão da minha mãe na lancha. Em dez minutos, quando ela notasse que eu tinha sumido, eu já estaria engolida pela escuridão.

Joguei o bote de emergência no mar. Só me restava pular.

O barulho de um tiro rompeu o silêncio. Congelei a um segundo de pular na água. O som de passos pesados correu pelos conveses. De repente, luzes fizeram as ondas brilhar. As pessoas tinham acordado, e estavam atirando.

Mãe. Será que eles a tinham encontrado?

Corri de volta até o porão de carga principal, rumo ao tumulto de passos e perigo, bem a tempo de ver minha mãe descendo por uma escada que levava ao convés mais baixo.

Não! O que ela estava fazendo? Não havia saída lá embaixo, ela estava pedindo para ser encurralada. Era na minha direção que ela deveria...

Não tinha como minha mãe saber.

Eu disse que não havia outra saída.

Abri a boca para gritar por ela, mas meu treinamento me calou na mesma hora. Tentar me comunicar com ela revelaria onde estávamos, onde ela estava. Isso contando com a sorte de as pessoas no iate não terem descoberto ainda.

Fui com tudo atrás da minha mãe. Eu a buscaria para voltar pelo caminho certo comigo.

Porém, assim que entrei no porão de carga, dois homens armados e bem irritados também surgiram. Nem se deram ao trabalho de fazer perguntas — bastou um olhar para os caixotes de tesouros obviamente vazios.

Um deles levantou a pistola. Eu me virei e saí correndo. Ouvi um tiro às minhas costas. Eles pretendiam me cercar. De volta à porta estanque aberta, fiz a única coisa que podia: pulei.

39

A água me engoliu. Segurei o fôlego e nadei até a parte de trás do iate. Mesmo sob a água, eu ouvia os barulhos abafados dos tiros. O bote de emergência, ainda desinflado, boiava acima de mim. Continuei nadando, a um metro de profundidade, pelo tempo que meu fôlego permitiu. Quando subi para respirar, desesperada por oxigênio, a água salgada fez meus olhos arderem. Mal avistei o barco inflável da minha mãe e uma onda atrapalhou minha visão. Depois de tomar fôlego de novo e avançar mais alguns metros às braçadas, cheguei à lateral do iate. Comecei a tomar impulso para subir, mas então um feixe de luz surgiu na lateral da embarcação. Apontaram para a água primeiro. Dois homens apontavam um holofote e armas para o iate. A luz estava se aproximando do meu bote mais rápido do que eu gostaria. E ser pega pelo holofote... não seria nada bom para mim.

Antes que pudesse pensar numa alternativa, eu me soltei e voltei para a água. Nadei para longe do bote, ressurgindo na superfície a alguns metros de distância, ao lado do iate, bem a tempo de ver a luz reconhecer o barco da minha mãe com os tesouros e tudo.

— Ali! — disse uma voz acima de mim.

Encostada no iate, lutando contra as ondas, tentei ver o parapeito da embarcação, onde dois homens desciam as escadas, ansiosos para recuperar o que achavam ter perdido.

Alguém rosnou acima de mim, e parecia uma mulher. Não precisei levantar a cabeça naquela direção para saber que era minha mãe.

— Você tirou tudo isso do iate sozinha? — perguntou uma segunda voz.

Minha mãe não respondeu. Quer dizer, se disse algo, não pude ouvir, porque um zumbido ficava mais alto nos meus ouvidos. Eu me agarrei à lateral do iate, lutando para continuar boiando e em segurança, escondida. Estava me esforçando muito para não tossir a água que tinha engolido e revelar minha posição. Mas minha mãe tinha sido pega... eu precisava agir.

Os dois homens, com corpos esguios e musculosos, típicos de nadadores, e a pele queimada de sol dos navegadores, prenderam o nosso barco ao iate num piscar de olhos. Tudo aconteceu rápido demais. Quando dei por mim, já tinha perdido a oportunidade de voltar a bordo sem ser notada.

— Quem contratou você, hein? — perguntou um homem no iate com a voz muito rouca.

— Sua esposa — replicou minha mãe, com sarcasmo. — Ela disse que merece uma fortuna por ter que aguentar você.

Um golpe. Pelo barulho, bateram nela com um objeto de metal.

O cara perguntou de novo.

Nenhuma resposta.

— Tira ela da minha frente. Logo, logo ela vai falar.

Na verdade, ela não falaria. Eu sabia muito bem que não. Porque, se falasse, não teriam motivo para deixá-la viva.

Então eu precisava salvar minha mãe antes disso. Talvez se eu pudesse dar a volta até a porta de emergência ou…

Ligaram o motor do iate, causando um arco imenso de água e criando uma sucção que me engoliu. Tentei controlar o fôlego sob as ondas (*não respire água, você não pode respirar a água*), me debatendo pela escuridão para voltar à superfície.

Por fim, ressurgi, cuspindo água e tossindo, engasgada. Minha visão era um borrão salgado que queimava. Pisquei várias vezes até conseguir enxergar. Quando isso enfim aconteceu, o iate estava se afastando depressa. Desaparecendo noite adentro. Com a minha mãe.

CINCO

ENTREI EM PÂNICO.

Por alguns segundos, não senti medo por minha mãe. Foi por mim mesma. Eu estava muito longe da orla, sozinha nas águas escuras. Teria sido muito fácil acabar sendo arrastada pela correnteza e me afogar de vez, mas avistei minha salvação: uma luz que não parava de piscar.

O bote de emergência boiava na superfície a alguns metros de distância. Nadei até ele em desespero, até me aproximar o bastante para puxar o cordão que o faria inflar. O bote se abriu, ganhando vida. Subi nele e caí exausta no plástico grosso, produzindo um barulho molhado. O pequeno motor ficava na parte traseira, pronto para ser ligado, ao lado de uma placa de alerta que brilhava no escuro. *A bateria tem a vida útil de meia hora. Use com sabedoria.*

Lançar aquele bote inflável no mar muito provavelmente salvara minha vida.

E me custou a da minha mãe.

Ela tinha sumido. Fora levada como refém pelo iate rumo a... eu não fazia ideia de onde. Por quanto tempo aquelas pessoas a deixariam viva? O que fariam para tentar arrancar informações dela?

Mesmo se as luzes do iate ainda estivessem no horizonte, não dava para cruzar o oceano atrás deles — o bote não tinha bateria o suficiente.

Então, só fiquei sentada, sacolejando no escuro, sem opções. Minha mãe tinha sido levada.

E a culpa era minha.

Meu celular vibrou. Fungando, eu o tirei do bolso de trás por instinto. A capinha à prova d'água tinha sido um bom investimento. Apesar do baita mergulho, havia uma notificação: o e-mail que eu tinha agendado foi enviado. Era tacar sal na ferida, pior do que toda a água de mar na minha boca. Mesmo no meio de tudo aquilo, eu torci para que minha mãe não o lesse. Mas era muito provável que os sequestradores tivessem confiscado seu celular…

Liguei para o número dela. A correnteza tinha me levado perto o bastante da orla para que eu conseguisse uma barrinha de sinal. Como esperado, ninguém atendeu, então enviei uma mensagem:

> EU ESTAVA COM A MULHER QUE CAPTURARAM. RESPONDAM.

Eles me ligaram.

— Acredito que não esteja mais no meu iate. Se estiver, vai facilitar muito a minha vida dizendo em qual convés.

Era a mesma voz masculina que eu ouvira antes, o homem que questionou e depois bateu na minha mãe. Tinha um sotaque estadunidense. Sulista. Não que eu pudesse fazer muita coisa com essa informação no momento.

— Devolva minha parceira.

— Sim, sim. Quer um sorvete de baunilha para acompanhar?

Ouvi alguém se mexer. Imaginei que o cara estivesse se sentando em algum lugar.

— Por que não me conta quem contratou vocês? — perguntou ele. — E assim deixamos o corpo dela num lugar de fácil acesso, o que acha?

Senti um aperto no peito.

— Se matar ela, juro por Deus que você vai se arrepender.

— Que medinho! — exclamou o homem, rindo. — Voz jovem… Quantos anos você tem, vinte e poucos? Não é fácil me botar medo, muito menos quando a ameaça vem de alguém que mal largou as fraldas. Por que não corre para a sua mamãe e pede que ela venha para cima de mim, em vez de você?

Suspirei alto o bastante para o homem ouvir do outro lado da linha e me arrependi no mesmo instante.

Ele fez uma pausa.

— Ah, entendi. Sua mamãe está aqui comigo. Que azar, hein? Olha, menina, eu sinto muito… só que não. Aqui vai uma lição de vida, já que sua mãe não vai dar mais nenhuma para você: às vezes as coisas simplesmente não dão certo.

Senti o coração disparar. O homem podia desligar a qualquer momento. Jogar o celular dela no mar. E aí não teria mais jeito.

Aquelas pessoas não iam soltar minha mãe sem mais nem menos. Óbvio que não, Ross. Mas se o cara ainda não tinha desligado, havia esperança. Eles eram caçadores de tesouros. Eu só precisava oferecer algo que fosse do interesse deles.

— O que vocês querem? — perguntei.

Eu tinha começado a falar a língua dele.

— Meia hora atrás eu só queria meus pertences de volta. Agora já recuperei tudo, então me diga: o que *você* tem para me oferecer?

— Um milhão de dólares.

Por favor, aceite. Eu conseguiria a grana num piscar de olhos. Minha mãe tinha até mais do que aquela quantia guardada.

Ele riu. Foi uma risada gutural, como se fosse a coisa mais engraçada que ele já tinha ouvido na vida.

— Menina, você viu meu iate? Tenho mais dois iguaizinhos. Já recebi presentes de aniversário ruins que custavam mais do que isso.

Senti um embrulho no estômago.

— Dez milhões — ofereci.

É, eu teria que me esforçar um pouco mais, pedir ajuda para meus avós, mas eles me dariam o dinheiro. Apesar da desavença com a minha mãe, eu sabia que podia contar com a ajuda dos dois. Afinal, era a vida da filha deles que estava em risco.

— Sua mãe significa mesmo tão pouco para você?

Hesitei. Quanto será que eu podia oferecer? Vinte? Trinta? Eu daria um jeito de conseguir... mas não sabia exatamente *como*. Algumas missões muito bem escolhidas, mobilizando a família toda, vendendo algumas lembranças mais valiosas. Daria certo. Talvez, se...

— Estou ficando de saco cheio de toda essa demora para ouvir uma oferta decente — reclamou o homem —, então eu é que vou escolher um número.

Ouvi mais barulhos do outro lado da linha. Parecia que ele estava falando com alguém. Tentando decidir quanto valia a vida da minha mãe.

Ele voltou.

— Prontinho. Um bilhão.

Balancei a cabeça com tanta força que minhas tranças bateram nos ombros.

— Você está louco! Não consigo arrumar *um bilhão de dólares*! É impossível.

— Ah, eu acho que consegue, sim, srta. Quest.

Congelei. Duvidava que minha mãe tivesse entregado nosso sobrenome. Ela nunca faria algo assim.

— Foi fácil de adivinhar — explicou o homem, mesmo sem eu ter perguntado. — Ouvi dizer que vocês moram no Caribe. E vocês são negras. Suponho então que eu tenha capturado uma das integrantes da lendária família Quest. Acertei?

Eu não precisava dizer nada, e ele não esperava uma resposta.

— Foi o que pensei — rosnou ele, satisfeito consigo mesmo. — Por isso, acho que você *dá conta, sim*, de me arrumar um bilhão de dólares. Se tem alguém que consegue, é uma Quest.

Ele estava falando sério e não ia largar mão do número. Um bilhão de dólares pela vida da minha mãe.

— Tudo bem — respondi.

Mesmo se eu tivesse um ano inteiro, não achava que poderia roubar algo que valesse aquela grana toda. Se bem que, dane-se, talvez eu não soubesse do meu potencial. Pela minha mãe, eu poderia fazer qualquer coisa, se tivesse tempo o suficiente.

— Qual é o prazo? — perguntei, a voz rouca.

— Hum... eu sou um homem bem paciente. Que tal uma semana?

— Um ano.

— Não.

Enfiei a mão fechada em punho no meio das tranças.

— Uma semana não é um prazo realista — rebati. — Mal dá para conseguir uma transferência bancária internacional. Não vai rolar.

Ele fez uma pausa.

— Você tem um mês, então. Nem um segundo a mais.

Assim que eu tivesse minha mãe de volta, dar um soco naquele cara estaria no topo da minha lista de prioridades.

— Quero ligações de prova de vida.

— Tudo bem, que seja, mas se começar a me irritar, eu boto um fim nisso. Em tudo. Está me entendendo?

Seu tom não deixava margem para dúvidas em relação ao que "botar um fim nisso" significava. Eu precisaria segurar minha onda e não ligar demais para checar se minha mãe continuava viva. Por outro lado, não consegui evitar...

— Quero uma agora — ordenei.

Ele hesitou.

— Ela está desmaiada. Acho que você vai ter que ligar depois. Mas não se preocupe, vamos cuidar muito bem da sua mamãe.

O homem deu uma risada e em seguida desligou.

Devagar, baixei o celular. As ondas batiam no meu bote. Eu tinha esperança. Minha mãe continuaria viva por pelo menos mais um mês.

Só que, depois disso, eles a matariam. Porque eu não fazia a menor ideia de como conseguir um bilhão de dólares antes que isso acontecesse.

NÃO HAVIA NINGUÉM POR PERTO quando arrastei o bote para dentro da enseada minúscula em Paradise Island. Bem como o planejado. Minha mochila estava à minha espera atrás de uma barraca fechada, no exato lugar onde eu a havia deixado. Eu tinha me preocupado com cada detalhe que poderia dar errado no meu plano de fuga: alguém me ver correndo para a ilha e ligar para a imigração, minha mochila ser levada por alguém, o bote inflável não abrir o suficiente para boiar... No entanto, nada daquilo foi um problema. Era como se o universo estivesse rindo da minha cara.

A bateria do meu celular acabou logo que o... sequestrador da minha mãe encerrou a ligação. Assim que eu conseguisse um pouco de carga com o carregador portátil, ligaria para o telefone de emergência lá de casa. O número que eu sabia de cor e para o qual só deveríamos ligar se desse uma merda bem feia.

Ela atendeu depois de um só toque.

— O que foi?

Eu me encolhi na areia e funguei.

— Fiz besteira, tia. Uma besteira enorme.

PAOLO, NOSSO PILOTO, ME ENCONTROU com o jatinho no aeroporto particular de Nassau. Em menos de uma hora, eu já estava pousando em Andros, dirigindo o Jeep da minha mãe do aeroporto até Love Hill, e arrastando os pés até minha casa à luz da manhã. Parecia um sonho. Ou melhor, um pesadelo. Passei a viagem de volta sonâmbula, minha mente repassando cada momento da noite anterior. Os tiros, o mar, o iate sumindo na escuridão.

Eu estava me sentido tão esperta, tão sorrateira, pensando que ia desaparecer bem debaixo do nariz dela.

Sozinha. Se minha mãe fosse assassinada, caso não voltasse mais... eu ficaria sozinha de verdade. Uma hora ou outra, minha tia acabaria indo para sua outra casa em Nassau, não é? Eu mal conhecia meus avós e a minha tia-avó, que era bem afastada. Minha mãe nunca era convidada para reuniões de família, então nenhum convite se estenderia a mim. O que eu teria, no final de tudo?

Não. Eu conseguiria dar um jeito naquela situação. Eu *daria* um jeito naquela situação.

Minha tia estava na cozinha, repassando uma lista de contatos depressa. Ela não me abraçou nem tentou me confortar. Não havia tempo. O melhor que podia fazer era lançar um olhar de pena ao me mostrar o tablet com uma lista de nomes. Chorar não era o jeito da família Quest de lidar com problemas. Trabalho e praticidade em primeiro lugar, sempre. O mais prático a ser feito por ora era falar com qualquer conhecido que soubesse qualquer coisa sobre resgatar mães sequestradas, ou sobre como conseguir um bilhão de dólares.

NINGUÉM PODIA NOS AJUDAR.

Passamos o dia todo tentando. Ligamos para todo mundo. Meus avós. A tia-avó Sara. Conhecidos que eram especialistas em resgate. Fontes de empréstimo não muito próximas às conformidades da lei. Todo mundo que devia um favor à nossa família. *Ninguém* conseguia nos ajudar.

Em determinado momento, tia Jaya começou a andar de um lado para o outro durante as ligações. Nem percebi que ela tinha sumido para se embrenhar em seu quarto até horas depois, quando terminei de falar com todas as pessoas na lista que ela me dera.

Fiquei parada à porta fechada do quarto de Jaya, logo após terminar uma ligação com a minha avó relatando mais um beco sem saída.

Ouvi o tremor de desespero na voz da minha tia, então meus pés se recusaram a avançar. Se a *voz* dela entregava tanta fragilidade, como é que estaria *a aparência* dela quando eu abrisse a porta?

— Eu *sei* que não temos nenhuma informação que possa servir como ponto de partida — falou ela. — Mas não é isso que você faz? Resgata pessoas quando ninguém mais consegue?

— Acalme-se, srta. Quest — respondeu a mulher no viva-voz, num tom entediado, como se trabalhasse num canal de atendimento ao cliente e estivesse prestes a encerrar o expediente. Como se não fosse a vida da minha mãe em risco. — Fazemos resgates, não milagre. Encontrar uma pessoa em terra firme é uma coisa, mas localizar um iate que a este ponto pode estar em qualquer lugar no mundo é outra bem diferente. A busca não atende aos nossos métodos de operação por falta de informação, e, além disso, com base em tudo o que você nos disse, os sequestradores são bastante experientes, então há uma grande possibilidade de o alvo ser executado antes de o alcançarmos.

Foi como um relâmpago atingindo meu peito. *Execução?*

A mulher continuou:

— Também devo ressaltar que pouco tempo atrás fomos orientados a não atender a chamados da sua família, então *de nada* pelo tempo que gastei discutindo a situação com a senhorita. Recomendo que comece a aceitar a perda. Boa noite.

E desligaram.

Ouvi algo se estilhaçando contra a parede. Talvez fosse o celular da minha tia. Mesmo do corredor, ouvi os soluços abafados. Era impossível aguentar tudo aquilo.

Corri até meu quarto, caí de joelhos e enfiei os dedos nas tranças. O pânico era sufocante. Por um terrível instante, ofegante, deixei que tudo me consumisse. Pensei num mundo sem minha mãe. Eu não ia conseguir aquele dinheiro, e os sequestradores iam atirar nela e jogar o corpo no mar... eu nunca mais a veria, nem mesmo sem vida.

A culpa era toda minha. E eu a carregaria até o fim dos meus dias.

Será que minha mãe juntaria as peças antes que o pior acontecesse? Saberia que sua filha única tinha sido a culpada... que eu planejava abandoná-la? Será que essa era a forma de o universo me dar o que eu queria, só que de um jeito cruel, como se dissesse "cuidado com o que você deseja"?

Um desejo.

Eu tinha deletado o e-mail com o convite, mas tinha decorado o endereço para contato.

Minha mochila já estava feita, apesar de ter sido planejada para uma viagem completamente diferente. Eu ainda estava usando minha pulseira-chicote. Peguei uma jaqueta no guarda-roupa e vesti os tênis mais silenciosos que eu tinha (azul-escuros, com bordado de estrelas prateadas e *A noite estrelada* de Van Gogh pintada nas solas).

Minha tia não me ouviu sair de casa. Eu me certifiquei de que ela não escutasse nada. O que ela pensaria quando percebesse que eu não estava mais lá? Tinha imaginado que ela seria a única pessoa me esperando toda alegre, sem um pingo de ressentimento, quando eu enfim voltasse do acampamento de verão da universidade, mas de repente o mundo não se parecia nada com o que eu esperava que ele fosse. E se eu nunca mais a visse?

Fui até o bloquinho que ficava na porta da geladeira e deixei um recado: *Fui fazer um pedido. Prometo voltar.* Depois, segui escondida para o carro da minha mãe. Torcendo para que me respondessem logo, enviei meu número de telefone por e-mail.

Em menos de dez segundos, meu celular tocou.

— Olá, Rosalyn Quest — cumprimentou uma mulher quando atendi. Seu sotaque parecia britânico, estadunidense e australiano em somente três palavras. Levava muita prática para chegar a esse nível. — Suponho que tenha entrado em contato porque gostaria de participar do jogo.

Engoli em seco.

— Se eu vencer, posso fazer um desejo?

— Isso, esse é o prêmio.

— E vocês podem fazer *qualquer* coisa?

A mulher fez uma pausa, e eu soube que ela estava sorrindo.

— Fora trazer alguém de volta à vida ou burlar as leis da física, sim. Qualquer coisa.

— Estou dentro.

— Excelente.

Senti meu celular vibrar.

— Confira seu e-mail. Na conta pessoal.

Vi uma nova notificação e franzi o cenho. Uma passagem de avião com meu nome. Eles já haviam providenciado aquilo?

— Seu voo parte do Aeroporto Internacional de Andros Town daqui a uma hora. Tempo suficiente para chegar lá, certo?

Eles sabiam onde eu morava? Sabiam minha localização exata?

Eu me forcei a responder:

— Aham.

— Estamos aguardando você — disse ela. — Ah, e seja bem-vinda à competição, srta. Quest.

Senti um peso no peito. Quem quer que aquela gente fosse, eles eram barra-pesada. Faziam questão de que eu soubesse que era no jogo *deles* que eu estava entrando, e minha única escolha seria respeitar as regras. Mas qualquer que fosse o desafio, eu venceria.

Coloquei a chave na ignição e dei partida. Levantei a cabeça e olhei para o retrovisor.

A garota no reflexo não estava para brincadeira.

SEIS

O AEROPORTO INTERNACIONAL DE ANDROS Town não era muito maior do que minha casa e fechava ao anoitecer. Quando cheguei, no entanto, apesar do estacionamento vazio, as luzes ainda estavam acesas. Estavam à espera de uma única passageira. À minha espera.

Ao entrar, os ventiladores de teto estalaram. As lâmpadas zumbiram. Olhei para o guichê de check-in do outro lado do banco de cadeiras de plástico desbotadas. Um funcionário branco e loiro, que eu não conhecia, vestindo um terno azul-claro bem passado em vez do uniforme bege que os aeroviários usavam, estava com as mãos às costas, atrás da bancada, como se ficar de sentinela ali sempre tivesse sido o sonho da vida dele.

— Cadê a Elise? — perguntei.

Só havia duas aeroviárias no aeroporto, e era Elise quem trabalhava às sextas-feiras.

— De folga.

Passei o olho pela alfândega, que também estava deserta. Em seguida, para a tela de voos. Não havia nenhuma partida ou chegada.

Mostrei minha passagem para o funcionário, e ele assentiu. Não anotou nada. Ofereci meu passaporte, mas ele gesticulou que não seria necessário e abriu a porta de vidro que levava à pista.

— Tenha um bom voo, srta. Quest.

Não verificou meu passaporte nem me fez passar pela inspeção de segurança. Era como se eu tivesse sido convidada para a fantástica fábrica de chocolate e só precisasse do bilhete dourado para entrar. Se eu soubesse que não dariam uma olhada na minha mochila, teria trazido mais armas além da pulseira-chicote — e eu ainda tinha me esforçado mais do que o necessário para fazê-la parecer um acessório inocente. O que será que meus adversários levariam?

Havia apenas um jatinho na pista, com janelas iluminadas e pontas reluzentes. Subi as escadas, e uma comissária de bordo branca, com o mesmo uniforme azul-claro, me cumprimentou.

— Bem-vinda a bordo.

Ela sorriu, e os lábios vermelho-cereja revelaram dentes brilhantes. O sotaque dela era diferente. Lembrava um sotaque britânico mais pomposo, mas com um toque do Leste Europeu.

As turbinas do avião zuniram sob meus pés. Havia um cheiro estranho no ar. Um aroma doce bem sutil. Logo pensei que se tratava de uma substância perigosa, mas a comissária estava respirando o mesmo ar que eu e parecia bem.

— Posso pegar sua bagagem?

Desviei a mochila das mãos prestativas da mulher.

— Não, obrigada.

Ela pareceu satisfeita com a recusa.

— Tudo bem — disse, apontando para o corredor. — Pode se sentar onde preferir.

Mantive contato visual com a comissária ao passar de lado por ela em direção ao corredor. Não me faria mal ter cautela redobrada com todo mundo que eu encontrasse dali em diante.

A aeronave era maior do que eu esperava, mas parecia mais um jatinho particular do que um avião comercial. De imediato, procurei as saídas. Uma na frente, uma no fundo. Não havia saída de emergência acima das asas, mas a aeronave não era grande o bastante para que fossem necessárias.

Os assentos de couro cor de creme eram maiores do que qualquer um na primeira classe de um avião comercial comum. Alguns ficavam de frente um para o outro, com uma pequena mesa entre eles.

Eu não era a única passageira.

Dois adolescentes que tinham mais ou menos a minha idade já estavam acomodados. Uma garota latina debruçada na mesa à frente, com o rosto apoiado no braço, o cabelo escuro caindo sobre ela feito uma cortina. Não me parecia uma posição muito confortável para tirar um cochilo. Com certeza estava desmaiada. O outro era um garoto branco sentado bem no fundo. Um lado de sua cabeça era raspado, e o outro tinha cabelo castanho tão longo que encostava nos braços cruzados sobre o peito. Ele estava apoiado na janela, com a boca entreaberta.

Por que eles estavam dormindo? Que tipo de pessoa dormia num voo para... eu nem sabia onde.

Escolhi um assento na primeira fileira da parte de trás da aeronave. Assim, eu teria uma boa visão dos demais passageiros. Meus adversários.

Ouvi a porta do avião sendo fechada e trancada. Mordi o dedo, mas logo o abaixei. Achei que o treinamento da minha mãe para me fazer largar essa mania tinha dado certo anos atrás. Eu precisava me recompor.

A comissária de bordo me trouxe uma bandeja com um copo d'água e um pacote de biscoitos. Balancei a cabeça, mas ela os depositou na mesa à minha frente mesmo assim.

— São cortesia.

Será que era tão impossível assim ela dizer qualquer coisa sem aquela animação na voz?

Dei uma olhada no broche em sua roupa: SUVETLANA. Que grafia diferente para esse nome. O mais curioso era que ela não parecia ter sotaque russo.

— Hum, obrigada.

Senti fome só de olhar para a água e os biscoitos. Quando foi a última vez que comi? Talvez todo o estresse da situação com a minha mãe tivesse me feito queimar todas as calorias que ingeri no dia. Minha língua estava seca. Acho que nunca senti tanta sede na vida.

Peguei o copo, mas hesitei. Não, eu *tinha certeza* de que *nunca* tinha sentido tanta sede na vida. Alguma coisa estava errada. Tão errada quanto o cheiro adocicado.

A comissária de bordo continuava ao meu lado. Olhei atrás dela. A adolescente estava com um copo também. Vazio, mas idêntico ao meu. Não dava para ver o que tinha na frente do garoto, mas eu podia jurar que eram os mesmos copo d'água e biscoitos.

Analisei a secura da minha boca por um momento. Meus sentidos se aguçaram quando olhei de volta para a mulher, que ainda estava parada ali.

Dei um peteleco no copo.

— Isso aqui vai me fazer dormir?

Ela semicerrou os olhos.

— Que inteligente, srta. Quest. Vai, sim.

— E eu presumo que esse cheiro estranho é o que está me dando sede.

— Talvez.

— Os outros dois passageiros sacaram isso também?

— Só um deles.

— Vai me dizer quem foi?

— Não.

O avião ainda não tinha começado a avançar pela pista, ainda que não estivéssemos esperando outras aeronaves liberarem o caminho.

Segurei o copo na altura dos olhos. Parecia água, e era provável que tivesse gosto de água também.

— Por quanto tempo isso vai me apagar, então? — perguntei.

— Apenas pelo tempo necessário — prometeu ela. — Temos mais alguns passageiros para buscar. Gostaríamos que todos mantivessem o anonimato. Tenho certeza de que a senhorita entende.

Quer dizer que esperavam que eu aceitasse ficar inconsciente enquanto mais desconhecidos embarcavam?

— Prometemos que nada vai acontecer a você até que esteja acordada — garantiu ela.

A mulher continuou parada, esperando. Não era um pedido. Presumi que aquele era o primeiro teste para ver se eu toparia as regras deles.

Só que eu não tinha escolha. O tempo que restava à minha mãe passava voando. E eu estava com muita, muita sede.

Bebi todo o líquido. Era a água mais gostosa de todas. Gelada, fresca e estranhamente doce. A mulher deixou meu copo vazio e os biscoitos onde estavam… uma pista para a próxima pessoa que embarcasse.

Eu me reclinei na poltrona e fechei os olhos. As turbinas fizeram barulho. Não sabia nem em qual continente acordaria. *Se é* que acordaria.

Engoli em seco, me sentindo tonta. A organização se esforçou muito para me colocar naquele avião… então eu com certeza acordaria. E, quando a hora chegasse, eu ia ser a campeã.

SETE

ACORDEI EM UM ESPAÇO PEQUENO e sem janelas.

As paredes e o teto estavam cobertos por veludo preto, assim como o sofá luxuoso em que eu estava deitada. Uma substância parecida com uma névoa sobrevoava o chão, mas era absorvida em rodopios por uma grade. Será que era um tipo de gás para me acordar?

Analisei o cômodo e dei uma olhada embaixo do sofá. Não havia mais nada além de mim. Onde estava minha mochila? Eu achava que a proposta era roubar, não *ser roubada*. Percebi uma câmera num canto.

Não ia ter graça para eles se não pudessem me assistir, é claro.

Havia uma porta de metal na parede oposta, do tipo que se encontrava em um submarino.

Pelo menos trinta cadeados diferentes a mantinham trancada: alguns comuns, outros com senhas numéricas, direcionais, e a cereja do bolo era um cadeado com teclado. Mais um teste. Quem quer que estivesse me observando queria ver se eu conseguiria sair.

Moleza.

Encontrei um dos vários apetrechos para abrir cadeados que eu havia costurado nos bolsos da jaqueta. Eu me garantia nesse tipo de desafio. Para abrir os cadeados numéricos e os de senha, encostei o ouvido em cada um e escutei o clique dos mecanismos internos até conseguir destravá-los. Quando dei por mim, tinha uma pilha de cadeados no chão.

Só faltava um. O do teclado.

Alonguei os dedos — eles precisavam de um descanso, e eu de um segundo para recuperar o fôlego. O último cadeado era o mais complicadinho. Sem falar que eu não fazia ideia do que me esperava atrás da porta.

Eu não era lá muito fã de portas misteriosas.

Tentei bisbilhotar o vão entre a porta e a parede. Que tipo de cadeado precisava de teclas com letras para destrancar? Se ele fosse magnético, talvez eu nem precisasse usar o teclado.

Bem, era melhor deixar para lá. Pegaram minha mochila. Sem mochila, sem cartão de crédito.

Passei os dedos pelos botões. Quais teclas estavam mais gastas? Parecia que eu teria que pensar bem…

Uma pequena tela no topo do teclado se acendeu com uma pergunta.

Qual era o nome da comissária de bordo?

Abri um sorriso.

S-U-V-E-T-L-A-N-A

A porta se abriu. Com cuidado, passei por ela, sem saber o que esperar. Talvez mais portas, com uns cem cadeados? Ou uma boa e velha masmorra?

Não era uma masmorra. Ou, pelo menos, se fosse, era uma bem boa. Forcei a vista enquanto meus olhos se acostumavam à luz. O cômodo sem janelas era redondo, com pelo menos uma dúzia de portas. Uma coleção aleatória de poltronas antigas chiques e sofás de veludo estava posicionada em círculo. Cheirava a mofo e madeira.

E ali também estava… ela.

Sentada na ponta do sofá com os calcanhares cruzados numa pose elegante, com as mãos pálidas cruzadas sobre a saia, que, combinadas ao blazer e às botas, lhe conferiam um ar de "acabei de voltar do internato". Ela inclinou a cabeça, fazendo cair o cabelo loiro que batia nos ombros, e semicerrou os olhos azuis para mim. Eu a encarei de volta com um desgosto que vinha do fundo da minha alma.

Noelia Boschert. Como se não desse para as coisas piorarem.

O lábio dela repuxou por um segundo, movendo as duas pintinhas que ela tinha no canto da boca. Bastou dar uma olhadinha para a porta atrás de mim que sua carranca virou um sorriso convencido.

— Sempre um passo atrás, hein, Quest? Ou cinco. Ou dez.

— Dez? A mesma quantidade de missões em que eu acabei com você no ano passado?

Ao ouvir a provocação, o sorriso dela vacilou.

Noelia Boschert era a única pessoa no planeta inteiro que me faria pagar para nunca mais vê-la. Então, era óbvio que o universo sempre conspirava para que ela fosse a única pessoa da minha idade com quem eu interagia com certa frequência. Os Boschert eram a maior família no ramo de roubos de elite da Europa. Até onde eu sabia, a minha era a mais renomada na América do Norte. Então tínhamos motivos de sobra para sermos amigas, certo?

Errado.

Não fora por falta de tentativa. Teve um inverno em que minha mãe me deixou no acampamento de esqui onde conheci Noelia, por pura coincidência. Nós roubamos pulseiras da amizade das meninas do dormitório vizinho. Eu a ensinei como dar um espacate, e ela me mostrou como torcer o braço de alguém. Criamos uma brincadeira para ver quem conseguia roubar mais balinhas uma da outra.

Aí, ela armou para que eu furtasse joias do quarto dos nossos instrutores de esqui no último dia do acampamento e me deixou algemada na diretoria. Por pouco não fui mandada à detenção juvenil da Suíça apenas aos nove anos. Minha mãe me salvou a tempo, e passei a viagem de volta inteira às lágrimas enquanto ela repetia: *Viu só? Por isso não confiamos em ninguém. Um Quest só pode confiar em outro Quest, meu amor.*

Noelia Boschert era uma pedra que nunca mais parou de aparecer nos meus sapatos. Tendo vislumbres dela em diferentes missões: Noelia me dedurando para a polícia em pontos de encontro comuns ou espalhando mentiras a meu respeito a fim de que os clientes pedissem para que minha mãe me deixasse de fora de alguma missão. Depois do que aconteceu no acampamento de esqui, que me deixou furiosa, fiz de tudo para minha mãe pegar todas as missões disponíveis na Suíça por uns três meses, qualquer coisa que pudesse ser conveniente, um dinheiro fácil para a família de Noelia. As coisas se complicaram quando recebi uma ameaça no e-mail secreto me dizendo para ficar na minha. Tirei um print e usei de papel de parede no celular por uma semana.

— Os clientes não devem estar pagando muito bem — disse Noelia, tentando ignorar meu comentário —, se você só consegue comprar calças jeans velhas e camisetas surradas.

Ela baixou o olhar, fazendo uma pausa como se fosse acrescentar meus tênis à lista de escolhas decepcionantes, mas hesitou ao vê-los. Eu me preparei para ouvir uma risadinha debochada ou algo como "que bobo" ou um "feinho, hein?", as frases favoritas da minha tia para se referir aos meus tênis, mas Noelia ficou em silêncio, se remexendo de leve no sofá.

Imitando-a, olhei para suas botas. Num primeiro momento, pareciam de grife, sem nada de excepcional, porém embaixo, na sola que eu via só um pouquinho porque suas pernas estavam cruzadas, havia algo colorido. Não dava para enxergar, mas com certeza lembrava um desenho discreto e impressionista.

Ela ajeitou as pernas para esconder as solas, como se o gesto fosse nos poupar da vergonha de saber que pelo visto tínhamos o mesmo gosto para calçados.

— Acho que até as pessoas mais bregas podem ter momentos de bom gosto — murmurou Noelia.

Subi por trás no sofá que estava mais distante dela e me sentei, ignorando toda a situação.

Uma telinha sobre a porta atrás de Noelia era uma boa distração. Na verdade, havia uma sobre todas as portas, menos uma. Eram doze telas no total, cada uma contando em décimos de segundo. Minha tela mostrava o tempo final de 11 minutos e 30,3 segundos. A de Noelia marcava 9 minutos e 44 segundos redondos.

Rangi os dentes. Ela tinha se dado melhor que eu... por enquanto.

Uma das portas se abriu. O garoto branco do avião jogou o cabelo para trás e se virou para a tela acima dele. Não tinha reparado antes, mas ele estava com um delineado preto nos olhos. Suspensórios pendiam da sua calça. Era uma roupa bastante casual, talvez de propósito. Pessoas vestidas daquela forma geralmente davam a impressão de serem mais inofensivas, fáceis de abordar.

Ele nos encarou e levantou as mãos, como se dissesse: *Ué?*

— Cadê o próximo teste? — perguntou ele, com um sotaque estadunidense.

Noelia e eu arqueamos uma sobrancelha.

— Cadê a próxima *coisa*? — continuou ele. — Tipo, mais cadeados? Achei que seriam várias etapas, cada uma mais difícil que a outra, ou algo assim.

Ao concluir que não haveria mais nada de interessante, ele se sentou na poltrona mais próxima e bufou, frustrado. Pegou um celular do bolso, colocou o aparelho virado para baixo sobre o colo e tirou um baralho do outro bolso. Começou a embaralhar as cartas, mas notei que não tirava os olhos de mim e de Noelia.

Nunca tinha visto alguém tão decepcionado por não estar em uma situação perigosa. Ele parecia quase irritado. Noelia abriu a boca, mas depois de medi-lo de cima a baixo, se deteve. Se eu a conhecia bem, já estava procurando alguém dispensável porém útil a quem se aliar, e devia ter decidido que ele não seria um candidato ao posto.

No minuto seguinte, surgiu uma garota magra que talvez fosse indiana. Precisei olhar de novo para ela. Era alta, esguia, com um rabo de cavalo escuro bem alto, maquiagem perfeita, cílios muitíssimo longos e olhos castanhos. Parecia ter saído de uma passarela. Vestia uma jaqueta com enfeites dourados, o que era uma mistura do que eu presumia ser um estilo indiano tradicional e uma moda ocidental de alta costura, além de calça legging, sapatos elegantes e um lenço no pescoço. Se Noelia era uma patricinha, a novata era uma pessoa elegante. Usava uma quantidade absurda de anéis, ao menos um por dedo. Anéis bem afiados.

Chocada, Noelia arfou, unindo as palmas das mãos abaixo do queixo. Então disse algo para a garota no que eu presumi ser híndi… idioma que eu nem sabia que Noelia falava. A garota magra deu um sorriso convencido, apontando para a própria jaqueta, depois para a de Noelia.

Simples assim, elas ficaram amigas. Quer dizer, o tipo de amizade que dava para fazer com uma adversária depois de dois minutos de conversa. Eu até chamaria a novata de ingênua por ter caído na estratégia de Noelia, mas eu estaria sendo hipócrita. Anos antes, eu também tinha sido enganada, quando a versão criança de Noelia elogiou minhas presilhas de cabelo.

Pelo menos eu já sabia como ela era. Eu é que não ia cair no papinho de outra ladra.

Ainda assim, quando ela e a Senhorita dos Anéis deram uma risadinha, senti vontade de socar uma almofada.

Mais uma porta se abriu, e então um garoto usando um suéter bege apareceu. Ele tinha o cabelo preto mais perfeito e bem penteado que eu já vira, jogado para o lado, sem um fiozinho sequer fora do lugar. Parecia ser do leste da Ásia e tinha um olhar determinado por trás dos óculos estilosos.

— Que óculos legais, cara — elogiou o garoto branco, assentindo a cabeça de leve para o outro como se eles fossem colegas de turma passando um pelo outro no corredor da escola.

O Garoto do Cabelo Perfeito ajeitou os óculos no rosto.

— Eu sei.

Ele não se sentou até dar uma olhada ao redor, analisando tudo que podia com uma precisão lenta, incluindo as pessoas. O loiro se reclinou um pouco e sorriu, ainda brincando com o baralho, quando o Garoto do Cabelo Perfeito o observou.

— Da última vez que um cara me olhou desse jeito, a gente dormiu junto — falou o garoto das cartas, sorrindo malicioso.

O Garoto do Cabelo Perfeito não pareceu se divertir nem se envergonhar com o comentário. Pegou o celular e começou a digitar, talvez fazendo anotações.

— Vai sonhando — retrucou.

A pessoa que apareceu depois era uma garota, e também devia ser do leste da Ásia. O cabelo dela caía em ondas ruivas com um pouco de frizz. No pescoço, amassando o cabelo, ela carregava fones de ouvido dourados retrô, grandes. Mesmo do outro lado da sala, eu conseguia ouvir a música que saía deles. Ela se sentou numa poltrona ao lado do Garoto do Baralho, se aconchegando entre as almofadas. Seu olhar estava fixo nos movimentos que o loiro fazia com as cartas, formando um arco no ar.

— Posso tentar? — perguntou ela, estendendo as mãos.

O Garoto do Baralho topou e começou a explicar algo sobre embaralhar.

Quase ao mesmo tempo, mais dois participantes surgiram.

Uma era a garota do avião. Não usava mais o cabelo solto, como no avião, e sim preso numa trança (o que me pareceu um jeito estranho de gastar o tempo) jogada sobre o ombro. Com uma jaqueta jeans, ela andava com uma graciosidade angelical, leve feito uma pluma. *Deve ser dançarina*, pensei. *Ou talvez acrobata?* Não consegui cogitar outras possibilidades, porque o garoto que saiu quase ao mesmo tempo que ela atraiu todos os olhares.

A primeira coisa que ouvi foram as botas. Como nos filmes, quando filmam bem de pertinho as botas de motoqueiro avançando em passos lentos, calculados, e todo mundo ao redor fica em silêncio. O cômodo ficou quieto por um instante, e um garoto alto e branco, de cabelo curtinho e jaqueta bomber, entrou. Ele estalou os nós dos dedos. Eu estremeci... Havia algo de errado nele. O garoto estalou os dedos de um jeito agressivo demais. Andava muito devagar. Até se eu não tivesse passado anos treinando para saber quando ficar alerta e quando ficar alerta *para valer*, eu teria sacado que ele era o tipo de cara que você via na rua e trocava de calçada.

Ao menos ele estava do outro lado da sala. Não o queria sentado perto de mim, e pelo visto todo mundo pensou a mesma coisa.

Todos, menos o Garoto do Baralho. O mesmo que fez uma expressão decepcionada quando viu que estava em um cômodo comum, não em uma câmara de tortura.

Quando o novato passou na frente dele, o Garoto do Baralho esticou a perna, colocando os pés no caminho do Garoto Assustador e fazendo-o tropeçar, cambaleando para a frente.

Noelia arquejou. Também fiquei embasbacada.

— Foi mal, cara — disse o Garoto do Baralho, estalando a língua. — Cuidado por onde anda.

O rosto do Garoto Assustador mudou. Com sangue nos olhos, ele se virou com a mão estendida e foi direto no pescoço do loiro.

— Argh!

As cartas que a Garota dos Fones estava embaralhando se espalharam pelo ar, caindo como chuva, o que ajudou o Garoto do Baralho, que ganhou tempo o bastante para se desvencilhar da mão ameaçadora do Garoto Assustador.

— Ah, *por isso* você disse para eu não tirar o dedão do canto — comentou a garota, dando de ombros, como se tivesse sido só um acidente.

Será que ela tinha tentado dar uma mãozinha para o Garoto do Baralho? A reação dela foi tão tranquila que não dava para saber. Se aquela tinha sido mesmo a intenção, havia funcionado. Pelo visto, jogar cartas pelo ar era uma ótima maneira de evitar uma briga. O Garoto Assustador cerrou as mãos em punho e se sentou em uma poltrona, com os braços nos apoios. Ele começou a esticar e contrair os dedos, como o sociopata de algum filme pensando nos reféns presos no porão. Na mesma hora, ele me passou uma energia meio assassino de *O Silêncio dos Inocentes*. Eu não podia ser a única pensando aquilo, né?

— Agora ela coloca a loção na cesta… — sussurrou Noelia em francês, imitando Buffalo Bill.

Não consegui conter um sorriso. Noelia também estava escondendo um sorrisinho, mas depois de ver que a Senhorita dos Anéis não tinha entendido a referência do filme, deixou pra lá.

A Garota dos Fones começou a recolher as cartas do chão.

— Uma ajudinha? — pediu ela, olhando para nós duas.

Dava para ver que o brutamontes não ajudaria. O Garoto do Cabelo Perfeito, sem muita vontade, empurrou com o pé algumas cartas na direção dela, interrompendo a digitação frenética por um breve momento. Noelia e sua nova melhor amiga, a Senhorita dos Anéis, pareciam bem irritadas. A única pessoa que se prontificou foi a Garota Dançarina. Ela tinha pegado algumas no ar antes de caírem, e eu a observei entortar o braço num ângulo quase sobre-humano para alcançar as que haviam caído embaixo de um sofá.

Olhei para o lado vazio do meu sofá, não muito disposta a ajudar (talvez a Garota dos Fones estivesse tentando identificar os mais fracos com aquela cena toda), mas vi uma única carta virada para baixo. Devolver uma não faria mal, e talvez ainda confundisse os outros participantes, que não saberiam interpretar exatamente aquele meu ato de generosidade.

Eu me abaixei para pegá-la, mas a mão de outra pessoa a alcançou ao mesmo tempo. Levantei o olhar e perdi o fôlego ao ficar cara a cara com um garoto. Senti meu coração disparar. Até que enfim outra pessoa negra. Eu nem tinha ouvido a porta dele se abrir.

Com um sorrisinho, ele pegou a carta e a virou.

— Dama de Copas, a rainha dos corações — sussurrou ele, com um sotaque britânico que me desconcertou por um instante. Sua voz era muito suave, e estávamos próximos o bastante para parecer que ele estava murmurando apenas para mim. — Talvez seja um sinal.

Eu me afastei antes que sentisse um frio na barriga e o deixei devolver a carta à Garota dos Fones.

O garoto que acabara de entrar era o mais bem-vestido entre todos nós, com um colete de botões e uma gravata por dentro. As mangas de sua camisa social estavam dobradas até os cotovelos, exibindo um Rolex. O cabelo, embora grosso e estilizado à perfeição, tinha uma textura que me fazia pensar que talvez ele também tivesse ascendência de mais alguma etnia. Além disso, seus olhos eram castanho-claros, e não completamente escuros.

Ele era lindo demais e, a julgar pela forma como se portava e pela primeira frase que me disse, tinha plena consciência disso. E usava a beleza a seu favor sempre que podia.

Por dentro, eu me repreendi. Ross Quest não deveria suspirar pelo bonitão depois de cinco minutos. Na minha lista de prioridades, o item mais importante era ganhar o jogo e salvar minha mãe, não me apaixonar por um garoto que devia flertar com todo mundo para tirar algum proveito disso.

Não, eu não estava *nem um pouco* interessada.

— Acho que me atrasei para a festa — disse o Garoto Britânico Bonitinho, conseguindo ainda por cima soar sexy. Ele se aproximou do sofá em que eu estava. — Se importa?

Não reclamei, e ele se sentou e apoiou o pé no joelho, como um apresentador de programa de TV. Ele girou um broche dourado entre os dedos (perfeitos para arrombar cadeados) e depois prendeu na gravata.

— Perdi a parte em que a gente se apresenta? — perguntou.

— Quem falou que alguém aqui quer fazer isso? — rebateu Noelia, as primeiras palavras que ela proferiu desde que sua nova melhor amiga supermodelo apareceu.

— Eu gostaria — declarou a Garota Dançarina, sentada ao meu lado, mexendo na ponta da trança.

— Tipo num reality show? — perguntou a Garota dos Fones.

— Isso aqui não é um reality show — debochou o Garoto do Cabelo Perfeito.

Reparei em uma câmera no canto da sala. Olhei séria para o dispositivo.

— Tem certeza, é? — retruquei.

— Eu topo — disse o Garoto do Baralho.

Ele não deixava as pernas paradas. Tinha voltado a embaralhar as cartas em silêncio.

O Garoto Britânico Bonitinho sorriu e falou:

— Mais cedo ou mais tarde vamos aprender os nomes uns dos outros. E aposto que a maioria aqui conseguiria descobrir por conta própria se quisesse. — Ele ficou de pé e colocou a mão no peito. — Devroe Kenzie. Inglaterra.

— Vamos falar de onde somos também? — questionei.

— Por que não? — retrucou Devroe, voltando a se sentar. — Vai nos poupar o trabalho de tentar desvendar os sotaques.

— Beleza — disse a Garota dos Fones, a música animada ainda tocando. — Sou Kyung-soon Shin. Da Coreia. Do Sul, é óbvio.

Ela usava uma camisa larga com a foto de algum grupo de K-pop que eu não conhecia, com ideogramas coreanos por cima em um rosa-claro. Nossa, eu deveria ter reparado naquilo antes.

Kyung-soon entregou um microfone imaginário para o Garoto do Baralho. Ele passou a mão pelo lado raspado da cabeça.

— Meu nome é Mylo Michaelson. Algumas pessoas me chamam de M ao Quadrado. Mas a maioria, não. Se você não gosta do delineado, não podemos ser amigos. Ah, e sou de Las Vegas. Fica no estado de Nevada, nos Estados Unidos.

— Nós sabemos — respondeu o Garoto do Cabelo Perfeito.

Kyung-soon deu uma risadinha.

— Então você aposta? — perguntou Devroe.

Mylo se retraiu, parecendo ofendido.

— Não tenho idade para apostar, *senhor*.

Sorri. Se toda aquela pose de bom moço era fingimento, ele estava se saindo muito bem.

Quem veio depois foi o fortão briguento. Ele parecia estar decidindo se ia dizer algo ou não.

— Lucus Taylor. Australiano — disse ele, por fim. — Próximo.

E assim seguimos para o Garoto do Cabelo Perfeito. Ele apoiou os cotovelos nos joelhos e descansou o queixo nas mãos.

— Podem me chamar de Taiyō. Não vou revelar meu sobrenome a menos que a organização me obrigue. Sou do Japão.

— Não vai nos dizer seu sobrenome? — perguntou a Senhorita dos Anéis, mexendo no rabo de cavalo e fazendo os anéis reluzirem com o movimento.

Foi uma das coisas mais naturalmente glamourosas que eu já tinha visto na vida.

— Qual é, não vamos contar para ninguém — continuou ela. — Ou você tem medo?

A Senhorita dos Anéis deu um sorriso travesso, mas Taiyō nem titubeou. Voltou a digitar no celular, o que pareceu irritá-la.

— O que está escrevendo aí? — indagou ela, exigente.

Ele não respondeu. A Senhorita dos Anéis se preparou para atacá-lo, mas Noelia a deteve, colocando a mão delicadamente sobre o ombro da garota. Ela pigarreou e ficou de pé.

— Noelia Sophia Boschert. Sou de Zurique, na Suíça — disse ela, alisando a roupa. — Bem... Prefiro rubis a esmeraldas, gosto de fazer caminhadas à noite e espero que não levem para o lado pessoal quando eu ou Adra ganharmos de vocês.

Ao terminar, ela voltou a se sentar e todo mundo revirou os olhos. Menos a Senhorita dos Anéis, Adra, de ego inflado por ter sido incluída no discurso. Tudo fazia parte do plano de Noelia: agir como se as duas fossem aliadas.

— Os Boschert são uma das famílias mais antigas no ramo, não é? — questionou Adra.

Fiquei me perguntando se Noelia havia pedido que Adra falasse aquilo.

— Isso mesmo — respondeu Noelia, corando.

Nossa, alguém me mata.

A Senhorita dos Anéis apontou para si mesma.

— Como Noelia disse, meu nome é Adra. Da Índia.

Kyung-soon ficou de queixo caído.

— Você não acabou de brigar com o Taiyō por não revelar o sobrenome? Então diz o seu!

Adra deu de ombros, mas seus olhos brilhavam, divertidos. Dava para ver que era do tipo que adorava brincar com as pessoas.

— Mudei de ideia — retrucou, apontando para a Garota Dançarina. — Sua vez.

Ela se pôs de pé numa postura perfeita, e me veio à cabeça a imagem elegante de um cisne.

— Yeriel — respondeu, com um sotaque marcante e vívido, mas a voz trêmula. Será que ela estava nervosa? — Yeriel Antuñez. Da Nicarágua.

Não disse mais nada.

Só sobrava eu.

— Por último, mas não menos importante…? — falou Devroe.

Suspirando, joguei as tranças para trás.

— Ross Quest. Bahamas.

— Quest? — perguntou Mylo, quase caindo da poltrona. — Vocês são lendários! Eu achava que vocês não existiam! É verdade que alguém da sua família pegou um colar da coleção de joias reais e a realeza britânica está até hoje tentando encobrir o roubo?

Todos olharam para mim, mas não era uma atenção calorosa. Noelia, em especial, parecia furiosa por meu sobrenome ter causado mais alvoroço que o dela.

— Acho que minha avó exagerou um pouco nesse roubo — respondi.

Ele assentiu e coçou o queixo.

— Ainda assim, que bela história de ninar!

Naquilo ele não estava errado.

Uma dúzia de alarmes tocou. Os últimos três cronômetros pararam de contar, congelados em vinte e dois minutos. O tempo tinha acabado, mas as portas continuavam trancadas. Então a porta que não tinha uma tela em cima se abriu.

De um corredor escuro, surgiu uma mulher branca carregando no braço um tablet como se fosse uma prancheta. O cabelo curtinho era ruivo-escuro e combinava com o terno que ela vestia. Se o inferno tivesse uma sala de espera, aquela mulher trabalharia no balcão de recepção.

— Que bom ver que vocês já estão se familiarizando.

A porta pela qual ela tinha entrado se fechou. Havia um sofá vazio entre Kyung-soon e Lucus. Eu esperava que a mulher se sentasse, mas ela continuou de pé, encarando cada um de nós.

— É seu jeito de dizer que estava nos assistindo? — perguntou Lucus. — Quantas pessoas assistem a esse jogo da primeira fileira?

— É bom que presumam que estamos sempre de olho — declarou ela, sorrindo. — Podem me chamar de Count. Serei o contato de vocês na competição deste ano. Escolhemos vocês porque chamaram a atenção da nossa organização.

— E as pessoas nas três salas restantes? — perguntou Taiyō.

— Aquilo era um pré-teste. Uma prova de admissão, se preferirem. Mas eles não passaram — respondeu Count. — Não se preocupem com eles, não estão mais na competição.

Começamos com doze, e três já estavam fora. Aquilo não era mesmo uma brincadeira.

— Permitam que eu explique as regras — prosseguiu Count. — O Jogo dos Ladrões possui três fases, com vários testes cada. Vocês podem ser eliminados a qualquer momento, se nossos jurados determinarem que o desempenho de vocês está sendo... insatisfatório.

— Então mesmo se passarmos de fase, ainda podemos ser eliminados por não estarmos indo bem o suficiente — disse Noelia, mais como uma observação do que uma pergunta. Não que ela parecesse preocupada nem nada do tipo.

— Correto — respondeu Count. — Além disso, se algum de vocês se machucar a ponto de não conseguir mais continuar no jogo, será desclassificado.

Eu me remexi, apreensiva. Minha tia havia dito que a competição podia ficar sangrenta... mas quem é que estava por trás dos incidentes?

— Devo ressaltar — continuou Count, seu rosto assumindo uma expressão um tanto mais forte e séria — que vocês não podem vencer o Jogo matando seus adversários. A violência fora das fases é proibida.

— E *durante* as fases? — perguntou Lucus.

— Se cruzarem com outro concorrente e o uso de força bruta, e quem sabe fatal, for necessário, então é aceitável. Por outro lado, ataques sem um bom motivo não são bem-vistos. Esta é uma competição de roubos. Supere seus oponentes com sua mente e suas habilidades, não com violência. Quem vencer e for contratado deve ter uma mente perspicaz e...

— Contratado? — A palavra simplesmente saiu da minha boca.

A mulher se virou para mim.

— Acho que isso leva ao próximo ponto. Em acréscimo ao pedido, o vencedor terá a honra de se tornar a estrela principal da nossa organização por um ano. A pessoa aceitará qualquer missão que lhe propusermos e será bem remunerada por isso. — Ela sorriu. — Garanto que é bem mais do que vocês costumam faturar.

Um ano como ladra para a organização. Não sabia que aquilo era parte do acordo. Mas será que era tão ruim assim? Na verdade, eu queria fugir dessa vida... mesmo antes de tudo que aconteceu. Estava com uma sensação de que aquela proposta não chegava nem perto da liberdade que eu havia imaginado para mim mesma.

— Isso *se* a gente quiser a missão, certo? — falei.

— O cargo é obrigatório — disse Count. — Quem ganhar *vai ter que* trabalhar para a organização. Se não estiverem de acordo com isso, podem sair.

Ela fez uma pausa, nos desafiando. Ninguém mexeu um músculo. Nem eu.

Não haveria futuro sem minha mãe. O jogo era o único caminho.

Mylo suspirou, dramático.

— Vamos logo, então — reclamou ele. — Ninguém vai desistir. Quando começa a primeira fase?

— Ela já começou.

Todos ficaram tensos. Ao meu lado, Devroe pareceu muitíssimo concentrado ao se apoiar nos joelhos.

Count deslizou o dedo pela tela do tablet. Uma imagem apareceu na mesa no centro.

— Uau... — murmurou Kyung-soon, analisando a mesa iluminada.

Estava com uma expressão tão gananciosa que eu podia imaginá-la roubando até a mesa.

Imagens de uma construção oscilaram na tela. Três andares, poucas janelas. Pelo menos quatro saídas que eu pude identificar num primeiro momento.

— Estamos no galpão de armazenamento do Museu de Modas Históricas, uma instituição privada e próxima a...

— Cannes, na França — concluiu Adra, lançando a Noelia um olhar animado.

Não devia ser sua primeira vez ali.

— Exato — prosseguiu Count. — Há quinze itens aos quais vocês devem se atentar.

Vários objetos apareceram rapidamente na tela da mesa. Um retrato em miniatura de um aristocrata francês, uma caixinha de música de ouro, uma escultura de um imperador romano devidamente vestido. A maioria dos alvos parecia pequena o bastante para levar embaixo do braço. Marquei mentalmente o centurião como uma possibilidade. Escultura é o tipo de coisa que não se expõe atrás de vidros. Quando todos os quinze objetos tinham sido mostrados, imagens de todos eles foram organizadas em três fileiras de cinco.

— A tarefa de vocês é levar um desses itens ao Hotel Graphe em Marselha até as dez da noite. Digam na recepção que vocês estão com Spaggiari.

Spaggiari? Tipo...

— *Albert* Spaggiari? — perguntou Taiyō.

Ninguém mais entendeu a referência. Pelo menos eu não era a única que sabia que Albert Spaggiari era o gênio por trás do assalto a um banco de Nice, na França. Albert era um ídolo meu, em parte porque era determinado o bastante para passar meses cavando um túnel pelo esgoto metros abaixo de um cofre do banco, mas também porque eu via certo charme em um ladrão que tinha aceitado a primeira missão para poder comprar um diamante para a namorada.

Count assentiu.

— Agora são 16h02. Aos sábados, o museu fecha para o público geral às sete da noite. Vocês vão encontrar uma escadaria que dá para o primeiro piso atrás da porta à minha esquerda. — Count ficou de pé, deixando a imagem dos itens na mesa. — Apenas oito de vocês seguirão para a segunda fase.

— Com licença — interveio Kyung-soon. — Onde estão minhas coisas? Eu trouxe algumas malas comigo no avião. A comissária de bordo disse que eu as receberia de volta.

Pelo menos eu não era a única com os pertences confiscados.

— Sabemos muito bem o que todos vocês trouxeram — respondeu Count. — Vejam a ausência de suas malas como um teste à sua ingenuidade. Tudo será devolvido a vocês posteriormente. Mais alguma dúvida? — Ela olhou ao redor. Nada. — Ótimo. Tenham uma boa caça. Ah, e mais uma coisinha. — Ela parou a poucos centímetros da soleira da porta. — Dizem que a galeria pertence à esposa de um chefe da máfia. A segurança é… complicada. Boa sorte.

Dobrei os dedos.

A fase um tinha começado.

OITO

QUANTIDADE DE MUSEUS DE QUE Rosalyn Quest furtou em seus dezessete anos de vida: trinta.

Quantidade de museus de que Rosalyn Quest furtou sem a ajuda de mais ninguém da família: zero.

Mas tudo tinha uma primeira vez, né?

— Só estão tentando assustar a gente com esse papo sobre a segurança, né? — perguntou Yeriel, mexendo na ponta da trança.

— Espero que não — replicou Lucus, estalando os dedos.

Esse cara devia estar torcendo para conseguir quebrar o pescoço de algum segurança.

— Não sei como essa abordagem pode ser favorável para eles — comentou Taiyō, tirando uma foto dos alvos.

Será que ele já não as tinha memorizado?

— É melhor você ir perguntar. Aproveita e pega uma cópia do mapeamento da segurança — brincou Adra, dando a volta nos sofás.

Noelia riu. Ela deu uma piscadinha para Yeriel e puxou Adra. Yeriel abriu a boca, como se estivesse mesmo preocupada com o fato de que ninguém mais estava ligando para a segurança, mas acabou só suspirando.

Rondei a sala. As imagens que Count tinha deixado abertas na mesa não incluíam o galpão. O espaço que ocupávamos era um mistério fora do mapa, e eu odiava não saber tudo sobre a área, nos mínimos detalhes.

Olhei ao redor. Havia as nove portas entreabertas, e então outras quatro, incluindo a pela qual Count entrou e saiu. Fora essa, todas tinham uma tela em cima. Dei uma espiada nas salas dos meus adversários, depois na minha, o lugar onde eu havia acordado depois do voo. Todas eram idênticas. Paredes pretas, poucos móveis. Vários cadeados largados no chão. Se bem que, embora Mylo e Adra tivessem deixado seus cadeados numa pilha desorganizada como eu também tinha feito, Lucus pareceu chutar todos para debaixo do sofá, os de Noelia estavam perfeitamente enfileirados e os de Kyung-soon formavam uma carinha sorridente.

A curiosidade falou mais alto: como deviam estar os de Devroe e Taiyō? E o de Yeriel?

Estava prestes a dar uma olhada na sala de Taiyō, mas congelei em frente a uma das portas fechadas. Ela estava um tanto desnivelada. A parte de baixo de todas as outras chegava ao tapete, então era perceptível que aquela porta flutuava a alguns poucos milímetros do chão.

Pelo menos, era perceptível para mim.

Após um momento de hesitação, fiz menção de abri-la. Ela era diferente. Quem, ou o quê, estava lá dentro?

Senti meu celular vibrar, meus dedos a centímetros de distância da maçaneta. Não foi só o meu; o de todo mundo tocou.

Na tela, uma mensagem de um número que eu não conhecia:

As salas de seus antigos concorrentes têm acesso vetado. A tentativa de abrir essas portas acarretará desqualificação imediata. ☺

— Acho que é o jeito de Count mandar a gente não tocar nas coisas dela — comentou Mylo, dando um sorrisinho. — Querendo roubar de quem não tem como se defender, hein? Que golpe baixo — disse ele, num tom que indicava o completo oposto.

— Ladrão que rouba ladrão tem cem anos de perdão — ressaltou Taiyō, indo para a porta de onde Count saiu, que levava a um corredor.

— Isso é de um filme? — perguntou Adra.

— É um ditado — respondi, sem saber por que me dei ao trabalho de fazer isso.

Eu estava perdendo tempo. Não havia outra saída.

Segui Taiyō, mal conseguindo desviar de Noelia e Adra. Uma pequena parte de mim se sentia mal por Adra, a nova melhor amiga descartável.

Mylo entrou no corredor na minha frente. Era uma reta que levava a um elevador, um daqueles antigos com uma porta sanfonada que a pessoa tinha que abrir e fechar por conta própria.

Ótimo. Mas eu precisava parar de me distrair com portas. Tinha pouco tempo para explorar o museu, entender como a segurança funcionava, fazer uma breve lista de possíveis alvos e planejar uma rota de fuga.

Mylo olhou para trás.

— Está me seguindo?

Meneei a cabeça para Taiyō.

— Só se você estiver seguindo ele.

Mylo se endireitou e coçou o queixo, tentando parecer sábio.

— Ladrão que segue ladrão... hum... tem problema de direção...?

Contive uma risada.

— Era para ser outro ditado? — perguntei.

— Acho que não sou tão letrado quanto vocês — comentou ele. — Mas fala sério! Quando foi que um ditado ajudou alguém a arrombar um cofre?

Ele olhou para o celular, mas a tela estava bloqueada. Sua mão tremeu de leve, e Mylo logo guardou o aparelho. Estava fazendo aquilo desde que o vi pela primeira vez, verificando o celular ou se esforçando ao máximo para não verificar.

— Está esperando uma mensagem? — provoquei.

Mylo não olhou para mim.

— Lógico que não.

Taiyō puxou a grade do elevador. Se tinha escutado o comentário de Mylo sobre o ditado, e era bem provável que tivesse, não parecia que ia morder a isca.

Mylo entrou no elevador depois dele. Eu fiquei parada do lado de fora. Pegar elevadores apertados com outras pessoas é uma ótima maneira de ser furtada. Pelo menos, é o que *eu* sempre penso em fazer em elevadores.

Taiyō apertou um botão, e um som de alerta ressoou no elevador. Ele apertou de novo. Deu na mesma.

Será que Count tinha deixado a gente preso com um elevador que não funcionava? Será que o próximo teste seria escalar um cabo de elevador?

— Hum. — Mylo deu um tapinha em uma placa parafusada na parte de trás do elevador. — Uma pessoa por vez. Pelo jeito levam isso a sério.

Taiyō abriu a porta de novo e empurrou Mylo para fora.

— Ei! — exclamou ele, tropeçando e se virando a tempo de ver Taiyō fechar a porta de novo.

Com a nova tentativa, o elevador começou a subir sem problemas, bem devagar.

— A gente podia ter jogado pedra, papel e tesoura — disse Mylo.

— Escolho tesoura. — Taiyō levantou dois dedos, depois abaixou o indicador e ficou só com o do meio erguido.

— Ah, que se dane — respondeu Mylo enquanto Taiyō e o elevador desapareciam. — Eu sempre escolho papel mesmo.

* * *

DEPOIS DE MYLO, PEGUEI O elevador e descobri que ele dava em um armazém. A porta do elevador estava escondida atrás de estantes falsas. Dali, entrei em um corredor largo e logo fui levada até a agitação do museu. Depois de dois passos, trombei com uma mulher branca que usava um broche gigantesco de joaninha. Ela quase pulou de susto.

Senti minha mão ágil coçar — o broche horrendo teria feito minha tia rir. Minha mãe atiraria um negócio feio daqueles no mar.

Minha respiração vacilou quando pensei nela, onde quer que estivesse. Fora de alcance.

Concentre-se.

Comecei pela ala oeste do museu, pois foi ali que o elevador do armazém me deixara, e decidi cruzar a área. A ideia era procurar as saídas e analisar os alvos. Havia quinze itens e nove ladrões. A probabilidade de escolher um alvo que não estivesse na mira de mais ninguém não era muito alta, mas também não era baixa.

Entrei no Salão de Estilos Esculpidos, que era todo branco e iluminado pela luz do sol, tinha um teto de catedral e era uma espécie de floresta de mármore e porcelana. Nos pedestais, havia pelo menos cem esculturas de diferentes períodos históricos. Plaquinhas prateadas indicavam o nome de cada obra e continham um QR Code convidando os visitantes a lerem mais sobre o estilo de cada uma. Levei um ou dois minutos para encontrar o alvo, mas, quando consegui, a ilusão de que a fase seria simples evaporou num instante.

No centro do salão, banhado à luz que vinha de uma claraboia, estava o primeiro objeto da lista de Count: a escultura de mármore do imperador. Imaginei que seria do tamanho do meu antebraço. Ou talvez o dobro disso.

Mas minha cabeça não batia nem na cintura da escultura.

Tentei não ranger os dentes ao levantar a cabeça para me concentrar nos olhos brancos do centurião. Mármore pesava pouco mais de 2,5 toneladas por metro cúbico, e aquela escultura tinha *muitos* metros cúbicos. Movê-la seria impossível. Que piada.

Saí do salão e enfiei as mãos nos bolsos da jaqueta. O primeiro item não ia rolar. Quantos dos alvos só estavam na lista para tirar uma com a nossa cara? Passei a hora seguinte vagando pelas galerias e salas de exposição, dando uma boa olhada em cada um dos objetos de Count.

Dos quinze alvos, apenas oito eram viáveis.

Sem um mês para me planejar, eu não tinha a menor condição de tirar uma pintura a óleo de quinze metros de largura, ou a placa comemorativa parafusada no piso do saguão. Ah, e eu duvidava que alguém conseguiria surrupiar a fonte da área externa.

Tive vontade de enfiar a cabeça em um travesseiro e gritar. Dava até para imaginar a organização zombando das nossas expressões ao encontrarmos os alvos, que eram, na verdade, pegadinhas.

Fiquei atenta aos meus adversários conforme estudava o lugar e, a julgar pela forma como vi Kyung-soon dando meia-volta na entrada do salão de esculturas e Lucus saindo pisando duro da galeria de pinturas a óleo, eu não era a única que estava prestes a arrancar os cabelos. Sondar os alvos falsos era uma baita perda de tempo.

Senti meu celular vibrar. Frustrada, tirei o aparelho do bolso de trás e estremeci. Era minha tia.

Para ser sincera, muito me admirava ela não ter ligado antes.

Fui até uma área de exposição menor onde um dos alvos estava, um salão aconchegante com luzes fracas, tomei fôlego e atendi.

Pigarreei.

— Sim?

— *Sim?* Você me larga sozinha em plena madrugada para se juntar ao jogo favorito do capeta e a primeira coisa que diz quando finalmente consigo entrar em contato é "sim?"?

Quis responder mais um "sim", mas me contive.

— Não sei o que dizer além de pedir desculpas — falei —, mas nós duas sabemos que eu não estou arrependida de ter fugido. Então, *sim*, é isso.

Suspirei e me apoiei no vidro de uma estante da exposição. Dentro dela, estava o alvo mais fácil de ser furtado: um retrato pequeno em uma moldura oval, com uma fita vermelha costurada nele. Tinha uns vinte iguais na mesma estante. *Boîtes à portrait*, de acordo com a plaquinha com as informações. Era a versão do século XVII da Europa de andar para cima e para baixo com uma foto da namorada no fundo de tela do celular. Tinha certeza de que ao menos mais alguém iria atrás daquele porta-retrato. Talvez todos. Será que era aquela a intenção, eles queriam que entrássemos em conflito?

Ouvi minha tia fazer um estalo de desgosto.

— Não me peça para voltar para casa, tia. A gente sabe que não é uma opção. A menos que tenha brotado um bilhão de dólares no nosso quintal depois que eu saí.

— Eu sei. Eu sei, Rossie. — Ela fez uma pausa. — O que aconteceu até agora? Onde você está?

— Na França. Estamos em um museu.

— Você e quem mais?

— Tem nove pessoas competindo. Não precisei estrangular ninguém com a pulseira ainda e, além de ter sido dopada e trancafiada em um subsolo, acho que ninguém fez nada comigo… então é lucro. Sabe quem mais está aqui? Noelia Boschert.

— Deus nos acuda.

Quase podia ver minha tia revirando os olhos. Ninguém entendia minha rixa com Noelia melhor do que ela.

— Não deixe ela distrair você — aconselhou. — Se vai ganhar esse negócio, não pode se dar ao luxo de deixar alguém te passar a perna, Rossie.

— Ah, jura? — respondi, irritada, e me afastei de um casal que havia se aproximado para admirar os porta-retratos. — Tenho problemas maiores do que ela, tia. Tem nove concorrentes, mas a primeira fase tem apenas oito alvos. É muito arriscado, sinto como se eu estivesse tentando a sorte.

Minha tia soltou um longo suspiro.

— Talvez… seja melhor você se aliar a alguém — sugeriu ela.

Será que meu celular tinha quebrado?

— Não entendi a piada.

— É sério!

— Tia… — sussurrei. — Regra número um: não posso confiar nessas pessoas.

— Isso mesmo. Não é para confiar no aliado, é só para usá-lo. Talvez assim você dobre as chances de pegar o que precisa. Escolha alguém fácil, influenciável. Se no final vocês só tiverem conseguido um alvo, seja você a pessoa que vai sair daí com ele em mãos.

Senti meu estômago revirar. Era uma tática com a qual eu estava muito familiarizada, só que estando no lugar da pessoa usada.

Não era a estratégia que eu queria usar.

— Minha mãe não faria assim — rebati. — Ela daria um jeito de conseguir sozinha.

— Eu não teria tanta certeza assim.

O casal saiu da galeria de mãos dadas, e uma figura elegante e familiar apareceu. Devroe me lançou um sorriso impecável. Eu disse a mim mesma que meu coração só acelerou porque ele devia ter treinado aquela pose à perfeição, quem sabe até no espelho do banheiro.

— Preciso desligar. Depois mando mensagem para você.

E desliguei.

Coloquei o celular no bolso, Devroe olhou para o aparelho.

— Namorado? — perguntou ele.

— Não.

Por que respondi tão rápido?

— Hum. *Namorada*, então?

— Por que quer saber?

— Então a resposta é "não" também. Bom saber.

Ele era muito irritante. Passei por Devroe, não porque estava ficando envergonhada de novo nem nada do tipo, e retornei ao alvo de Count. Ele me seguiu.

— Ah, vai ser o porta-retrato, então? O alvo mais fácil em todo o museu, e mesmo assim o mais difícil.

— Acho que a fonte pode ser um pouquinho mais complicada — retruquei, debochada.

— É, mas não atrairia adversários. Isso aqui, por outro lado… — Ele meneou a cabeça para o vidro. — Vi Mylo e Lucus rondando essa área pelo menos duas vezes. Sem falar naquela Yeriel.

Ele analisou a peça e deu um passo para o lado.

Levei um instante para perceber, mas vi o reflexo de Yeriel e sua trança longa atrás de nós, fingindo observar outra obra de arte. Ela estava sem a jaqueta jeans e vestia uma blusa leve que lhe dava um ar mais sofisticado, se camuflando com os mais ricos. Um truque de tirar o chapéu.

Olhei para Devroe e me afastei. Ele veio atrás de mim, acompanhando meu ritmo.

— É isso que está fazendo? — perguntei. — Vendo em qual alvo cada um de nós está de olho?

Eu tinha feito anotações mentais sobre onde eu tinha visto cada concorrente conforme explorava o museu, mas não queria gastar muito do meu tempo brincando de adivinha. A prioridade era traçar meu próprio plano.

— Mais ou menos — respondeu Devroe. — Prefiro definir como uma observação curiosa, não tanto espionagem.

Acabamos em um dos corredores com bancos entre as exposições. O que Devroe queria, afinal? Ele podia até ser divertido, muito bonito e tudo mais, mas não tínhamos tempo para ficar de conversinha.

Parei para encará-lo.

— Vai embora — falei, tomando cuidado para manter a animação na voz.

A verdade é que as pessoas se lembram com muita facilidade de detalhes como *casais discutindo*. E a ideia é passar despercebido ao sondar um lugar.

— Obrigado, mas vou recusar a proposta — disse ele, daquele jeito convencido que me dava vontade de socar sua cara.

Ele se apoiou contra a parede, ao meu lado. Perto demais. Nós parecíamos mesmo um casal.

Seus olhos castanhos intensos me fitaram. Tentei me concentrar. Ele devia estar acostumado a usar a aparência para desarmar as pessoas.

— O que você quer, hein? — indaguei.

— Que você trabalhe comigo.

Fiquei surpresa.

— Alguns alvos são mais tranquilos que outros — explicou Devroe —, mas todos seriam mais fáceis de capturar em dupla. Que tal sermos aliados?

A sugestão da minha tia ecoou na minha mente. Seria a oportunidade perfeita para colocar o conselho em prática…

— Você sabe que cada um precisa levar um item para o ponto de encontro, né? Levar apenas um item como uma dupla não é o suficiente.

— Não foi o que eu quis dizer, e você sabe muito bem disso — rebateu ele. — Nós dois juntos podemos capturar *dois* itens. Um para cada.

— E qual vamos pegar antes, por acaso? O seu?

— A gente resolve isso depois.

Não confie em seu adversário. Use-o. Se era aquele o plano que minha tia queria para mim, faria sentido que Devroe estivesse encarando a situação da mesma forma.

Será que ele pensava que eu era a adversária mais influenciável? A mais fácil de manipular?

Ele me encarou com mais firmeza.

— O que me diz?

Comprimi os lábios.

— Por que está propondo isso para *mim*? Todos os outros rejeitaram sua aliança?

— Nada disso. Você foi minha primeira opção.

— E por que eu? — perguntei.

Devroe me deu um sorriso.

— Acreditaria se eu dissesse que é porque acho você linda?

— De jeito nenhum. E seria um insulto se esse fosse mesmo o motivo.

— Justo — replicou ele, recuando um pouco. — Considerando onde você estava sentada, presumi que tinha sido a segunda mais rápida a sair da sala e que Noelia tinha sido a primeira. Até teria ido atrás dela, mas a garota já escolheu uma aliada, e eu não queria perder tempo.

— E aí você achou que teria mais sorte comigo?

— Sou muito bom em decifrar as pessoas.

Eu o observei por um instante.

A oferta quase pareceu verdadeira. E, para ser sincera, fiquei tentada a aceitar...

Senti um arrepio na nuca. De repente, me lembrei de algemas de metal geladas apertando meus punhos no acampamento de esqui. A garota que tinha armado para mim estava na mesma competição que eu. No passado, deixei que emoções tolas me atrapalhassem. Mas eu não podia cometer o mesmo erro duas vezes. Não quando havia tanto em jogo.

Regra número um: se a pessoa não é da família Quest, não é confiável. E não era hora de colocar isso à prova.

— Não vai rolar — declarei. — Não preciso da sua ajuda. Se você precisa da minha, não devia ter aceitado o convite para o jogo.

A expressão dele murchou, mas não vi nenhum traço de raiva. Só decepção.

— Que pena — disse ele, suspirando e se afastando da parede com um impulso. — Espero que não se arrependa dessa decisão.

Eu também espero, pensei, enquanto ele ia embora.

NOVE

EU ESTARIA MENTINDO SE DISSESSE que não estava nem um pouco animada, esperando no tubo de ventilação a quase dez metros acima do chão do museu. Sentia meus dedos coçarem de vontade de roubar.

Passei os últimos minutos em que o museu ficaria aberto mapeando a planta do lugar na mente, revendo todas as saídas. Duas entradas principais, quatro portas de emergência. Duas entradas de funcionários no fundo. E tinha também o sistema de ventilação. Tracei as linhas da planta na palma da mão, pensando nos dezessete pontos de entrada e saída que eu havia listado. Ficar quietinha no tubo de ventilação não foi minha primeira ideia. Teria sido mais fácil dar o fora e depois voltar por uma das saídas de emergência, mas eu não sabia como funcionavam as rondas dos seguranças, e arriscar ser surpreendida pela luz de uma lanterna não seria nada inteligente.

Eu tinha observado os visitantes partindo, deixando o lugar vazio, e a segurança fazer a primeira ronda. Em seguida, o local ficou mais escuro, e apenas as luzes mais baixas das artes expostas continuaram ligadas. O museu estava fechado.

A segurança fazia patrulhas em intervalos de vinte minutos. Era o tempo que eu tinha para pegar meu alvo e vazar. Quinze, se eu quisesse manter uma margem de erro. É sempre melhor presumir que vou ter menos tempo do que planejo.

Levaria duas horas para ir de Cannes a Marselha com a ajuda de um carro roubado, o que significava que eu tinha uma janela de uma hora para pegar o alvo e dar no pé.

Lá embaixo, atrás de uma vitrine que devia chegar à altura do meu quadril, estava o plano A: uma máscara com uma lua crescente ao redor de um dos olhos, de uma ópera parisiense do século XIX. Até onde eu sabia, eu era a única que tentaria pegá-la.

Antes de entrar no tubo de ventilação, passei meia hora sondando meus adversários. Mylo tentaria pegar o colar de pérolas que supostamente fora usado pela rainha Elizabeth I. Curiosamente, ele estava usando um tipo de caneta laser, fazendo pequenas incisões nas fechaduras de metal em torno do vidro. Por um tempo, pensei que ele talvez fosse corajoso o bastante para tentar surrupiar o colar com o museu ainda aberto ao público, mas quando Mylo percebeu que a ferramenta conseguiria cortar o metal, pareceu deixar a ideia para lá. Por ora.

Lucus, de alguma forma, roubou o uniforme de um dos seguranças, e na primeira vez que o vi de roupa trocada, imaginei um cara seminu com as mãos e os pés amarrados e largado atrás de uma caçamba de lixo qualquer. Na última vez que o encontrei, ele estava fingindo vigiar a galeria com os batons usados por Vivien Leigh. Que sortudo... Passar-se por segurança devia ser a maneira mais fácil de conseguir surrupiar algo, mas como eu não era um homem branco intimidador de mais de um metro e oitenta, o plano não ia funcionar para mim.

Kyung-soon tirou muitas selfies com certa caixinha de música adornada com diamantes. Quanto a Noelia, eu sabia que ela queria os sapatos de Maria Antonieta. Se a garota não estivesse na competição, talvez eu os tivesse escolhido também. Noelia até acenou para mim quando nos vimos na galeria dos Tesouros de Versalhes. Adra também estava por perto. Eu estava torcendo para que ela entendesse que estava sendo usada e traísse Noelia primeiro, tirando minha maior adversária do jogo para mim.

Infelizmente, não consegui identificar o plano de todos eles. Devroe tomou um chá de sumiço depois da nossa conversa. E Taiyō, onde estava? Fazia horas que eu não o via. Mas não tinha problema. Contanto que eu soubesse de que objeto eles *não* estavam atrás.

Plano A: a máscara. Essa galeria era trancada com uma fechadura eletrônica, então a única entrada viável seria descendo do teto. Não havia nenhuma comissária de bordo por perto para nos dar as senhas, então eu duvidava que alguém conseguiria abrir a porta antes que eu aterrissasse, pegasse a máscara e saísse pela porta de emergência no fundo do corredor.

Plano B: o Anel da Imperatriz. Uma combinação de rubis e ouro que valia um milhão de dólares, exposta a só algumas galerias de onde eu estava. Se eu fizesse o caminho de volta pelos tubos de ventilação, ficaria bem acima da vitrine de exposição em que a peça estava, no meio de feixes de sensores de calor vermelhos que se cruzavam. Eu não teria dificuldade alguma em burlar uma rede de sensores, mas os achava irritantes demais a ponto de aquela virar minha segunda opção.

Por fim, o plano C. Se todo o resto desse errado, eu engatinharia pelos tubos até o saguão e entraria no coração do museu para roubar dois leques feitos de marfim. Ir mais para os fundos do museu a pé era um risco, então eu esperava que não precisasse disso.

Senti meu coração disparar e tentei controlar minha respiração, esperando por qualquer mínimo indício de que eu não estava sozinha. Então deu a hora perfeita: 19h20. Os seguranças só voltariam às 19h40.

E… pronto! Tirei a grade e desci primeiro as pernas pela abertura, segurando firme a parte de dentro do tubo. Desci um pouco, apoiando meu peso só nos antebraços. Depois, fiquei pendurada pelas mãos.

As pessoas achavam que o segredo para enfrentar grandes alturas era *não olhar para baixo*, mas esse conselho só servia para quem não estava tentando não cair. Eu não tinha tempo para sentir medo. Minha mãe não hesitaria. Ela já teria pulado.

Algo clicou do outro lado da galeria. Quase caí, mas segurei firme de novo, mal conseguindo agarrar o tubo de ventilação. Será que o segurança estava voltando mais cedo? Não conseguiria subir de volta para o teto rápido o suficiente para me esconder.

A tranca fez barulho de novo. Um bipe, seguido por um som de arranhão, depois mais um bipe.

De repente, senti o peso da minha pulseira-chicote no pulso, lembrando que, se o pior acontecesse, eu poderia brigar.

Com a respiração trêmula, eu estava prestes a me soltar. *Beleza, vamos nessa.*

A porta foi aberta, mas não foi a luz da lanterna de um segurança que invadiu o salão, e sim uma sombra.

A silhueta, tranquila e confiante, ficou próxima às paredes ao atravessar a galeria em direção à vitrine com a minha máscara. Eu conhecia aquele caminhar.

Devroe.

Identifiquei Kyung-soon também, bisbilhotando dentro da galeria. Ela segurava uma tela pequena, iluminada de azul, conectada a um teclado por alguns fiozinhos. Ela também? Eu tinha certeza de que a garota iria atrás da caixinha de música!

Senti o coração pulsar, e não do jeito emocionante que acontecia quando eu fazia assaltos. Olhei para baixo, torcendo para Devroe sentir minha fúria.

Quando pegou a máscara, ele olhou para cima.

Nós nos entreolhamos. Ele arqueou as sobrancelhas. Tensionei mais ainda os dedos. Lá estava eu, suspensa no teto feito balões de aniversário. Como se fosse a coisa mais divertida do mundo, Devroe acenou.

Alguém me mata, por favor.

Senti o rosto corar. O plano A já era. Entrar numa briga com Devroe não estava na minha lista de afazeres. Mesmo se estivesse, qual a chance de sua nova parceira, Kyung-soon, só ficar parada assistindo?

Ainda perplexo, como se tivesse lido minha mente, Devroe tirou algo do bolso do colete, deixando algum tipo de ferramenta multiuso acima da vitrine da máscara, depois deu alguns passos até ficar bem abaixo de mim. No gesto mais frustrante e convencido de cavalheirismo do mundo, ele estendeu os braços para me pegar.

Eu odiava tanto aquele garoto.

Com um impulso, subi de volta ao tubo de ventilação, pensando até *demais* em como estava minha aparência.

Apesar da vontade de gritar, mantive a calma como uma profissional. Beleza, ele tinha pegado a máscara. Que se dane. Era por isso que eu tinha um plano B.

Era hora de ir atrás do anel.

DEZ

RAIOS VERMELHOS ZIGUEZAGUEAVAM A GALERIA do anel. Por sorte, eram visíveis. Não dava para contar com óculos infravermelhos naquele momento.

Do teto, era uma queda de apenas três metros. Eu podia cair bem em cima da caixa de exposição, depois usar outra para subir de volta à ventilação.

Só que, pelo jeito, nada era tão fácil assim.

Pela segunda vez naquela noite, uma silhueta se mexeu no canto da galeria. Congelei. Um novo pânico ressurgiu em meu peito. Não era *possível* que aquilo estivesse acontecendo de novo.

A sombra ágil se esquivou e deu uma cambalhota, se esgueirando ao redor dos sensores como se tudo não passasse de uma dança coreografada.

Noelia.

Achei que tivesse feito um bom trabalho sondando todos os meus adversários. Ela deixara bem óbvio que iria atrás dos sapatos de Maria Antonieta. Será que havia me enganado?

Congelada de fúria e frustração, continuei quieta, observando-a se aproximar da vitrine abaixo de mim. Havia algo cinza em seus ouvidos. Fones? A luzinha azul na lateral estava acesa.

Tinha alguém falando com ela, mas não dava para ouvir o que a pessoa dizia.

— Não, já cheguei — anunciou Noelia, num sussurro com uma dicção perfeita que apenas ladrões profissionais conseguiam aperfeiçoar.

Do bolso do blazer, ela tirou o que parecia um cartão de crédito com uma ponta tão afiada que só de observá-lo pensei que o objeto perfuraria meus olhos. Franzi o cenho. Ela ia raspar o vidro? Era mais fácil do que quebrá-lo, que era o meu plano (cortar uma linha fina na parte de cima da caixa permitiria remontá-la, e ninguém nem perceberia a gambiarra), mas também demoraria muito.

Por que eu tinha a impressão de que ela nem sequer levaria tanto tempo?

Noelia passou a lâmina pelo vidro como se fosse uma faca quente na manteiga. O plano B já era também. Plano C, então?

E se o plano C também estivesse arruinado? O que eu faria?

Se Noelia não pegou os sapatos...

Olhei para baixo. Ela carregava uma bolsa transversal marrom-clara. Dava para ver algo delicado e rosa saindo pelo canto.

Não podia ser. Será que eram os...?

Ela se moveu, inclinando-se para cortar o outro lado do vidro, e a ponta que eu via na bolsa ficou mais visível.

Eram mesmo os sapatos de Maria Antonieta.

Minha mente foi a mil. Se ela já tinha conseguido um alvo, por que tinha ido atrás daquele também? Por Adra? Por que Noelia não deu as costas a ela assim que conseguiu o que queria?

Alguém murmurou no fone no ouvido dela de novo. Eu tinha um bom palpite de quem estava do outro lado da linha, o que me deixou mais irritada ainda.

— Eu imaginei — respondeu Noelia, sem tirar os olhos do que estava fazendo. — Se estiver por perto, devia ir atrás da caixinha de música também.

Meu coração despencou. A caixa de música? Mais um alvo? Quantos elas já tinham pegado?

Enfiei as mãos nas tranças. Que desastre!

Por que todo mundo estava fazendo alianças tão depressa?

Eu deveria ter aceitado a oferta de Devroe.

Do corredor, veio um feixe de luz. Noelia recuou, esgueirando-se pelos sensores de novo e apoiando-se na parede. O segurança só deu uma passada da lanterna, contentando-se com uma olhadinha rápida para ver se os sensores ainda estavam funcionando.

Quando o som dos passos do segurança ficou mais baixo, Noelia disse:

— Tudo certo agora. É... mas antes ele do que a Quest.

A ficha caiu. Ela não queria que *eu* passasse da primeira fase.

Senti o sangue ferver. Noelia estava mesmo tão brava assim por eu ter tirado as missões dela? Foi culpa dela. Noelia começou aquela rivalidade toda. Não era mais uma brincadeira, e eu não corria só o risco de ser presa. A vida da minha mãe estava em jogo.

Eu não ia deixar Noelia tirá-la de mim.

Que se dane.

Pulei da ventilação.

Noelia se assustou, e cambaleou de volta em direção aos lasers. Perfeito. Alguns segundos de vantagem eram tudo de que uma boa ladra precisava.

Deslizei a parte de cima da caixa de vidro e tirei o anel de dentro. Noelia avançou na minha direção, mas eu desviei dos lasers até a parede oposta. Talvez ela até tivesse ido atrás de mim, mas uma luz voltou no final do corredor. Bufando baixinho, ela recuou e pressionou o corpo contra uma parede, assim como eu. Observamos uma à outra, prendendo a respiração à medida que a luz se aproximava.

O segurança iluminou o salão de novo. Meu coração disparou. Não fazia a menor ideia do que aconteceria se ele entrasse e nos visse ali.

Uma lembrança esquecida havia muito tempo veio à tona. Uma situação parecida, mas com versões bem mais novas de mim e de Noelia, de pijamas procurando biscoitos amanteigados na cozinha do acampamento de esqui quando deveríamos estar na cama. Daquela vez, não fomos pegas.

Eu a encarei. Será que ela estava se lembrando da mesma coisa? Senti que, de alguma forma, sim.

Ela fez uma careta. Vai ver não era uma lembrança feliz para Noelia. E por que seria? Na época, ela estava só fingindo mesmo.

Satisfeito, o segurança foi embora. Apertei o anel entre os dedos. Será que ela odiava todas as lembranças que tinha comigo? Talvez eu pudesse encontrar uma que *com certeza* ela odiava.

De repente, pensei em uma brincadeira que a gente fazia, de ver quem conseguia pegar uma balinha da mesa primeiro. Ela sempre perdia e ficava furiosa. A vencedora tinha o direito de dar um peteleco na testa da outra.

Conforme o segurança se afastava, fiz graça com o anel para ela, depois levantei meus dedos e dei um peteleco no ar, como se ela estivesse bem na minha frente.

Assim como quando éramos crianças, o rosto dela ficou vermelho em uns dez tons diferentes.

Dei um sorrisinho. Noelia, por outro lado, não estava nada feliz.

Ela enfiou a mão de volta no blazer, pegando a lâmina que havia usado para cortar o vidro. Noelia não estava para brincadeira, e eu também não.

ONZE

NOELIA FOI A PRIMEIRA A se embrenhar pelos lasers. Eu me enfiei na teia depois, desviando e passando entre os raios. Era uma dança da morte, mas eu era um tanto mais rápida.

Lancei minha pulseira na direção dela. Noelia se esquivou, mas conseguiu chutar minha mão que segurava o anel. O alvo caiu. Eu me abaixei para recuperá-lo, mas ela afastou minha mão com mais um chute.

Cerrei os dentes, frustrada.

Noelia avançou até mim, e tentei acertá-la com a pulseira nos seus pontos mais vulneráveis. Nós duas passamos por cima e por baixo dos lasers, num ritmo intenso e arriscado, tentando não acionar os sensores.

A lâmina dela chegou a centímetros do meu olho. Perto demais. Eu precisava desarmá-la. No meu ataque seguinte, em vez de tentar pegar o anel, enrolei a pulseira no braço dela e a puxei entre dois feixes. Bati o pé com tudo no torso dela, depois na mão. A lâmina voou para o outro lado do salão. Noelia não ia mais conseguir fazer picadinho de mim.

Ela fez uma careta. Que peninha. A minha arma, por outro lado, não era tão difícil de perder, e eu consegui recuperar o anel.

Minha pulseira-chicote ainda estava enrolada no braço dela. Antes que eu pudesse soltá-la, Noelia pegou uma das pontas e me puxou em sua direção. Ela avançou para pegar o anel, mas eu tirei o braço do caminho.

Uma voz baixinha na minha mente contava os segundos. Quando aquele segurança ia voltar? Não dava para ficarmos naquela dança perigosa para sempre. Eu precisava desviar a atenção dela de mim, nem que fosse por apenas um segundo.

Dei uma olhada nas pontas cheias de fru-frus nos sapatos de Maria Antonieta visíveis pela abertura da bolsa de Noelia. Peguei um e o chutei para o fundo da galeria. Ela afrouxou a mão que segurava minha pulseira no mesmo instante. O que ia fazer: continuar se atracando comigo ou ir atrás do alvo dela?

Eu sabia qual era a opção mais inteligente, e ela também.

Com um rosnado baixo, ela soltou a pulseira e se apressou até o sapato. Saí correndo na direção oposta, rolando para longe do emaranhado de lasers bem quando a luz de uma lanterna surgiu na esquina de um corredor próximo. Parecia que Noelia ia ficar presa ali por um tempinho.

Antes que os guardas virassem no corredor, entrei na galeria de Tesouros da Moda. Após uma passarela de espartilhos e vestidos de cetim de séculos atrás, havia um corredor principal que levava ao saguão. Dali eu conseguiria chegar a uma saída de emergência. Contanto que me mantivesse longe de passos pesados e lanternas, sair dali e ir até Marselha para a próxima fase seria moleza.

Assim que virei para o corredor principal, senti a mão de alguém agarrar meu braço. Congelei, sentindo uma ponta afiada no pescoço. A pessoa que estava me atacando pressionou ainda mais a arma contra a minha pele, e eu suspirei. Meu coração acelerou, e meu cérebro gritou para que eu usasse a pulseira-chicote, mas eu sabia bem que um movimento mal calculado me faria acabar degolada.

Devagar, ergui as mãos. Não era um segurança, nem Noelia. Então quem seria?

Sem tirar a mão do meu braço e a lâmina afiada do meu pescoço, a pessoa saiu das sombras. Uma luzinha azul no ouvido chamou minha atenção.

Adra.

DOZE

CERREI OS DENTES COM TANTA força que minha mandíbula por pouco não rachou. A dor quase me fez esquecer o que estava pressionado contra o meu pescoço.

Arrisquei olhar para baixo. Era um dos anéis dela. Eu não era a única tirando vantagem da praticidade dos acessórios, então. A lâmina era muitíssimo afiada, e ela sabia muito bem como usá-la.

Engoli em seco.

— Só eu que não fiz uma aliança para passar desta fase? — indaguei.

— E talvez seja por isso que você vai ser a única deixada para trás — rebateu Adra, um lampejo de alegria em seus olhos castanhos. — O anel. Pode me dar.

— Você já não tem anéis demais?

Ela me empurrou contra a parede. Estremeci quando uma gota quente de sangue escorregou para a minha camiseta.

— Diz isso de novo — ameaçou ela.

Queria dar um tapa para afastar a mão dela, mas a garota me observava com a atenção de um tigre. Qualquer movimento faria aquele anel ser enfiado na minha goela. Eu me lembrei das palavras de Count. *Se cruzarem com outro concorrente... o uso de força bruta... e quem sabe fatal... é aceitável.*

Não tinha abertura para me defender, mas também não podia dar o anel de mão beijada. Suei muito para botar as mãos nele.

— Sua parceira é bem habilidosa — sussurrei, cautelosa. — O anel está com a Noelia. Eu só estava tentando fugir.

— Minha nossa, parece que você *quer* que eu corte você...

Uma sombra se mexeu atrás de Adra. Percebi o movimento pela visão lateral.

Mais uma ladra rondava o corredor. Estava com a jaqueta jeans de volta.

Antes Yeriel do que um segurança. Ainda assim, não me ajudava em nada.

Adra pressionou a lâmina do anel mais fundo no meu pescoço.

— Última chance.

Senti meu coração acelerar. Precisava de uma distração.

E se eu lhe entregasse o anel e a atacasse assim que ela abaixasse a mão?

Qual era a chance de isso dar certo?

— Está bem, está bem — murmurei.

No segundo em que Adra desviasse o olhar, eu daria um tapa na mão dela, pegaria o anel de volta e sairia correndo. Com sorte.

— No meu bolso.

Indiquei a jaqueta com um aceno de cabeça, esperando pelo momento precioso em que ela baixaria o olhar. Eu teria meio segundo, talvez. E não o desperdiçaria.

No entanto, antes que Adra pudesse se mexer, Noelia apareceu no corredor, um tanto ofegante, o cabelo loiro descabelado. Ela segurava a faixa elástica com que prendia o cabelo como um estilingue e um projétil que eu não conseguia identificar. O que aconteceu com o segurança? Ela se livrou dele com uma *faixa de cabelo*?

Adra se virou e viu a parceira entrando na galeria. Aproveitei a distração e bati no ombro dela, acertando seu queixo em seguida.

O impacto a jogou para trás. Um grito quase escapou de sua boca, mas ela se conteve. Mostrou um controle impressionante, mas eu não tinha tempo para parabenizá-la por ficar quieta.

Saí correndo pelo corredor principal.

Às sombras, Yeriel parecia tensa. É provável que estivesse se perguntando o que estava acontecendo. A saída de emergência estava só a algumas esquinas de distância.

Alguém agarrou minha jaqueta e me jogou no chão. Adra segurou minhas pernas e me puxou. Que irritante. Antes que pudesse me prender, levantei os quadris e a fiz sair de cima de mim. Ela mal conseguiu se amparar e, num impulso, rolei para cima dela.

Segurei seu punho, impedindo o soco que ela estava a centímetros de dar na minha cara, as pontas dos anéis pairando bem diante dos meus olhos.

Tentei acabar logo com a vantagem dela e usei a mão que não prendia seu braço para arrancar os anéis de seus dedos.

Os passos de Noelia se aproximaram. Virei a cabeça quando ela desacelerou. Ela levantou sua arma. Avistei o brilho de algo escuro feito de metal.

Baixei a cabeça. O projétil passou de raspão.

O silêncio foi rompido.

Houve uma chuva de vidro a apenas alguns metros de distância. Noelia tinha quebrado uma das vitrines de exposição.

— Ei! Parada aí! — disse um segurança, a voz ecoando ao longe.

Yeriel era a mais próxima do vidro estilhaçado, bem no início do corredor. Ela não tinha tempo de correr.

Um tiro explodiu. Yeriel gritou.

Droga.

Fiquei paralisada, com o olhar fixo nela e no sangue que saía de sua jaqueta.

Adra me empurrou de cima dela. Cambaleei, pressionando as mãos no piso por um segundo. Já era. Eu precisava dar o fora dali.

Senti um puxão na lateral do corpo. Ela estava me furtando. Por fim, voltei a agir.

— Não!

Havia algo na mão de Adra. Num instante, ela se pôs de pé.

— Valeu pelo anel.

Adra piscou para mim. Ela e Noelia tinham conseguido o que queriam e estavam prontas para correr na outra direção. Noelia encarou Yeriel por um instante, com uma expressão perturbada, assombrada, quase como se fosse correr para ajudá-la. Mas então se virou e saiu correndo.

Eu me levantei. Senti a adrenalina se espalhar pelo meu corpo como fogo. Eu podia ir atrás delas...

Ouvi um grunhido atrás de mim.

Dava para ouvir o segurança se aproximando. Adra e Noelia estavam fugindo. Meu coração quase saía pela boca. Eu não tinha alvo nenhum.

Mordi o lábio, voltando minha atenção a Yeriel.

O anel ou ela? A vida da minha mãe ou a dela?

Minha mãe diria para que eu a escolhesse, que escolhesse a família, é óbvio. Qualquer ladra inteligente teria me abandonado se fosse eu ali.

Mas não era.

Eu me odiava por isso, mas corri até Yeriel.

TREZE

PAREI NA ESQUINA DO CORREDOR e fiquei atenta, ouvindo com cuidado, esperando o segurança se aproximar mais. A respiração de Yeriel já era um som agonizante. Será que ela tinha me visto? Se sim, eu torcia para que não olhasse na minha direção.

A primeira coisa que vi foi o cano da arma. O segurança se aproximou, sem desviar a atenção de Yeriel, como se a garota pudesse atacá-lo a qualquer momento. Como se ele fosse precisar atirar nela de novo.

Não tinha dúvida de que reforço estava a caminho.

Quando ele ficou de costas para mim, eu o ataquei. Com um estrangulamento que eu já havia praticado centenas de vezes, apertei seu pescoço com o braço e pressionei a mão sobre a boca dele. O homem se debateu, tentando me derrubar, mas eu me mantive firme. Minha mãe era a única pessoa que já conseguiu escapar desse meu golpe. Depois de meio minuto no máximo, o segurança tombou.

— Consegue andar?

Levantei Yeriel antes mesmo de ouvir uma resposta.

O sangue escorria da ferida recente em suas costelas. Ela soltou um gemido. Tentar colocá-la de pé por conta própria era como tentar fazer o boneco de treinamento lá de casa se equilibrar sobre suas pernas de enchimento.

Então, não. Era impossível.

Havia uma poça de sangue no chão. Joguei um braço dela ao redor do meu ombro e segurei seu lado ferido, fazendo pressão. Minha mão estava pegajosa, escorregadia e quente. Demos dois passos, e gotas do sangue dela formaram uma trilha atrás de nós. Aquilo não estava com uma cara boa.

— Vem, preciso que ande comigo — falei em espanhol.

As galerias menores tinham carpetes vermelhos. Se íamos deixar rastros, era melhor que fosse lá.

Tive dificuldades com o peso do corpo de Yeriel. Quase a arrastei de volta ao salão de Tesouros da Moda. Luzes, o tilintar de chaves e vozes ansiosas nos seguiam. Eu a soltei atrás de um dos manequins com uma saia grande do período anterior à Guerra de Secessão, mal conseguindo esconder nós duas sob o tecido antes que um grupo de seguranças passasse pela gente. Mesmo com uma iluminação ínfima, dava para ver o grande esforço de Yeriel para não respirar alto demais.

Eles foram embora, e ficamos em silêncio escondidas pelo saiote de cetim por alguns instantes. Engoli em seco, tentando não transparecer o quanto estávamos ferradas. Uma trilha de sangue, um segurança desmaiado, e Yeriel mal conseguia ficar em pé.

— Vão nos encontrar — sussurrou ela.

Foi a primeira coisa que ela tinha dito desde que foi baleada. E isso não estava ajudando em nada.

Balancei a cabeça, embora concordasse cem por cento. Com certeza iam nos encontrar. Mas aquilo era o que as pessoas faziam, não era?

— A gente consegue escapar deles.

Ela fungou. Eu provavelmente também estaria chorando se tivesse levado um tiro.

— Todas as saídas devem estar bloqueadas agora — continuou ela. — Até as de emergência. Como vamos sair?

Yeriel tinha razão. As saídas que eu havia mapeado eram inúteis naquelas circunstâncias. Repassei cada uma na mente, adicionando dois seguranças armados nelas.

Menos no lugar pelo qual entramos. Não conseguia imaginar seguranças de tocaia na porta inofensiva de um armazém.

— Levante. — Dei uma olhada ao redor antes de ajudá-la a se erguer de novo.

O rosto dela se contorceu de dor.

— Para onde va... — Ela se interrompeu, como se não pudesse garantir que continuaria falando sem gritar.

— De volta ao elevador. Aquele que trouxe a gente aqui — sussurrei. — Agora fica quieta.

Ela balançou a cabeça com veemência.

— Não... tem... saída... lá...

Ainda que não houvesse saída, ficar lá embaixo era melhor do que ali nas galerias, só esperando mais tiros serem disparados. Pelo menos, era a minha ideia inicial. Contudo, havia mais uma coisa. Uma dúvida que eu não conseguia solucionar.

O elevador só permitia uma pessoa. Ele não funcionaria com nós duas.

Então como é que a gente tinha descido até lá?

Estávamos todos inconscientes, alguém precisou levar cada um de nós. Afinal, qual era a outra opção? Fomos levados para dentro do museu desmaiados, em plena luz do dia, sem que ninguém achasse estranho?

O elevador não era só inconveniente, era também uma pista. Havia outra saída ali, disso eu tinha certeza.

A jaqueta de Yeriel estava ensopada de vermelho-escuro. Segurei-a bem firme contra mim e avancei pelas sombras. O museu, que antes estava silencioso, tinha virado uma caverna de ecos, vozes vindo de todos os cantos. Luzes em galerias distantes começaram a se acender. Os guardas estavam vasculhando sala por sala, e era só uma questão de tempo até nos encontrarem.

Segui o caminho que eu tinha memorizado, me escondendo entre pilares e vitrines até chegarmos ao armazém. Ele estava trancado pelo lado de fora, mas um truque com um grampo de cabelo o arrombou. No mesmo instante, as luzes dos corredores se acenderam.

Arrastei Yeriel para dentro e a apoiei na parede. Passei os dedos pelas prateleiras, procurando algo que abrisse a porta oculta do elevador. Entre dois latões de tinta, encontrei um pequeno interruptor. A parede atrás de Yeriel se mexeu, revelando a porta de grades do elevador.

Fiz Yeriel descer primeiro, reiterando o quanto era importante que ela saísse do elevador quando chegasse lá embaixo para que eu pudesse chamá-lo para cima de novo. Ela assentiu, mas ainda assim titubeei em ajudá-la a entrar. Eu estava ajudando alguém a descer primeiro, simplesmente confiando que ela mandaria o elevador de volta para me buscar.

Meu estômago embrulhou. Confiança. Se eu insistisse em não abandonar Yeriel, precisaria confiar nela.

Fechei a grade e o elevador desceu. Observei a luz acima da porta em desespero, esperando que ela ficasse verde.

E esperei.

E esperei.

As vozes ficaram mais altas do lado de fora. Sangue, alguém disse *sangue*. Será que estavam seguindo o rastro?

Estavam se aproximando.

Eu deveria ter descido antes dela. Yeriel ia me deixar ali em cima. Era *óbvio* que ia me passar a perna enquanto eu tentava ajudá-la.

A luz ficou verde. Quase desmaiei de alívio, não fosse a adrenalina agitando meu corpo. O elevador chegou, e logo entrei e apertei o botão de descer.

Parecia que Yeriel tinha rastejado para fora do elevador, a julgar pela mancha de sangue que ia dali até o corredor. Ela gemeu, fraca, quando a levantei de novo. Acabamos na mesma sala em que havíamos começado, com sofás cheirando a mofo, telas chiques e tudo mais. Por fim, voltamos à porta que eu quis abrir mais cedo. Ela estava com alguns milímetros de desnível. Era impossível ser uma porta hermética, então nenhum dos potenciais adversários estivera ali dentro.

Eu a empurrei, e ela se abriu com facilidade.

As salas de seus antigos concorrentes têm acesso vetado.

Count se achava uma mestra das palavras, né?

Dentro, tinha uma escada em direção a um breu. A saída secreta.

CATORZE

YERIEL PARECIA UM DEFUNTO, PÁLIDA sob o luar, mas tinha dado tudo de si para subir a escada. Se eu pudesse, lhe daria uma medalha olímpica.

Uma nova poça de sangue já estava se formando no chão. Até suas mãos estavam perdendo a força.

À nossa frente, havia um longo pátio que nos separava das ruas principais. Yeriel gritou de dor quando joguei seu braço ao redor do meu ombro de novo e comecei a caminhar. Se conseguíssemos chegar à rua, eu tinha certeza de que nenhum dos seguranças armados nos seguiria. Só que, do jeito que Yeriel estava piorando, não chegaríamos muito longe.

Uma voz egoísta ecoou em minha mente. Uma que parecia a da minha mãe. *Eu* podia chegar longe. Se a abandonasse.

— Obri... gada... — disse Yeriel com muito esforço.

Sua voz estava tão fraca. Tão desesperada. Eu jurava que ela tinha decidido falar naquele momento de propósito. Eu podia ser muitas coisas, mas não era assassina. Se eu a deixasse para trás, com certeza seria algo do tipo.

Fiquei alerta para o som de alguma das portas de emergência se abrindo.

Se os seguranças saíssem, o que faríamos? Havia algum lugar onde pudéssemos nos esconder deles?

Vimos faróis de um carro à nossa esquerda.

— É seu? — perguntei a Yeriel.

Ela balançou a cabeça.

O carro acelerou, parando alguns metros à nossa frente. A janela do motorista se abriu.

Devroe.

Eu deveria ter aceitado a ajuda dele antes. Não cometeria o mesmo erro de novo.

— Vai — falei para Yeriel.

Eu a tinha carregado até ali, mas isso não ia mais funcionar. Ela precisaria se locomover sozinha.

Corremos até o carro, um modelo europeu com faróis redondos e portas quadradas.

Quando fui botar a mão na maçaneta, o carro avançou um pouco. O que ele estava fazendo?

Devroe olhou para mim.

— Se entrar, você me deve uma.

Hesitei. Sempre tinha uma pegadinha.

— Abre para mim.

Ele abriu a porta, e eu joguei Yeriel no banco de trás. Ela soltou um grito misturado com um arquejo ao bater no banco. Só quando entrei percebi que Devroe não estava sozinho. Kyung-soon assistia à cena, horrorizada, do banco do carona.

Devroe pisou no acelerador antes mesmo que eu fechasse a porta. Olhei pelo vidro de trás a tempo de ver os seguranças se aglomerando no pátio do museu. Chegaram tarde demais. Já estávamos nos afastando, avançando pelas ruas de Cannes.

— O que aconteceu com ela? — perguntou Kyung-soon, se virando e ficando sentada de joelhos no banco.

Uma mochila, provavelmente com os alvos dela e de Devroe, escorregou para o chão.

109

— Acho que o que aconteceu está bem óbvio, Kyung-soon — comentou Devroe, estalando a língua, impaciente.

Ele manobrou para entrar numa rua em meio ao trânsito. Devroe agia como se dirigir daquele jeito fizesse parte da rotina dele.

— Culpa da Noelia — falei.

Tirei minha jaqueta e pressionei o tecido contra o ferimento de Yeriel. O buraco da bala estava em algum lugar entre a barriga e o peito. Ela gritou, mas eu não podia deixar que ela continuasse sangrando.

— Precisamos levá-la para o hospital — continuei.

Kyung-soon pegou um celular que não parava de chacoalhar no porta-copo.

— Já são 19h50. Marselha fica a cento e sessenta quilômetros de distância. Talvez a gente possa chamar uma ambulância e deixar ela...

Um grito doloroso de Yeriel interrompeu Kyung-soon. O sangue estava começando a manchar minha jaqueta. Ela estava morrendo. Um ser humano estava morrendo bem na minha frente.

— Eu... — disse Kyung-soon, arfando, hesitante. — O plano. Não gosto da ideia de desviar do plano.

— Leva a gente até a merda de um hospital! — ordenei, olhando feio para Devroe, já que era ele que estava ao volante.

Ele franziu o cenho para mim no retrovisor. Minha mente foi atravessada por uma dúzia de pensamentos, feito um livro sendo folheado. Por que ele me ajudou? Noelia e Adra não tiveram problema algum em abandonar uma pessoa à beira da morte, então por que eles se importavam? Por que Devroe estava levando a garota para o hospital? E, no fim da lista de preocupações, um sussurro não deixou que eu me esquecesse de outra coisa: eu tinha saído do museu de mãos abanando. Para mim, o jogo já era.

Devroe ainda parecia em dúvida do que fazer. Eu queria esganá-lo.

— A gente não pode só aparecer num hospital carregando Yeriel — argumentou ele. — As pessoas vão fazer perguntas às quais não queremos responder.

— Então a gente a deixa do lado de fora — sugeri. — Bota aí o hospital mais próximo no GPS. Vai ser um desvio de no máximo dez minutos, vocês vão ver só.

Kyung-soon engoliu em seco, olhando para Yeriel, que estava com dificuldade para respirar ao meu lado.

— Vai, Devroe — incentivou ela.

O garoto girou o volante para pegar a próxima virada. Segurei-me no banco dele.

— Já que vocês insistem.

Devroe costurou pelas ruas rumo ao hospital mais próximo. Continuei sussurrando para Yeriel que ela ficaria bem. Precisei reprimir a raiva, não só porque ela tinha sido baleada e podia acabar morrendo, mas também porque tudo isso poderia ter sido evitado se Noelia não tivesse mandado um projétil para cima de mim.

Finalmente avistamos o hospital. Era um prédio grande dentro de uma propriedade particular. Devroe foi cortando o caminho para ultrapassar os demais carros, buzinando e gritando para que o deixassem passar, antes de pisar no freio e derrapar até a entrada. Senti um leve aperto no coração quando arrastei Yeriel para fora do automóvel. O plano era mesmo só deixá-la lá.

— Mas o quê...

Duas enfermeiras que estavam fumando do lado de fora correram até nós. Sem pensar duas vezes, empurrei Yeriel para os braços delas.

— Ela precisa de ajuda — falei em francês.

Minha mãe também precisava de ajuda. Ajuda que não estava mais ao meu alcance. Estávamos só na primeira fase e eu já sairia do jogo. Aquela era a única chance que minha mãe tinha de sobreviver, e eu a desperdicei para salvar a vida de uma estranha. Eu já podia me considerar órfã.

Yeriel segurou minha mão uma última vez.

— Espera.

Ela se mexeu, enfiando a mão no bolso. Eu estava impaciente, pronta para dar o fora dali. Até que um brilho dourado me fez parar.

O porta-retrato.

Ela o colocou na minha mão e assentiu de leve. Peguei o objeto e voltei para o carro.

Eu ainda estava no jogo.

QUINZE

— ESTAMOS COM SPAGGIARI.

Devroe ofereceu um sorriso charmoso à recepcionista do hotel. O rosto da mulher corou, e ela logo chamou o carregador de bagagens para nos acompanhar aonde quer que precisássemos ir.

Eu estava de mãos cruzadas dentro da jaqueta. Por sorte, o tecido escuro disfarçava o sangue de Yeriel — não tínhamos nada no carro que eu pudesse usar para limpar as mãos. O resto da viagem a Marselha me dera tempo demais para voltar à realidade. Eu tinha chegado perto demais de ser desclassificada na primeira etapa. Além disso, Devroe, Kyung-soon e eu chegamos com apenas vinte minutos de sobra. Se não tivesse dado sorte, eu estaria ferrada. Nada de passar para as próximas etapas. Nada de ganhar um pedido. Nada de ter dinheiro para o resgate. Nada de salvar minha mãe.

E o mais provável era que as fases só ficassem mais difíceis dali em diante.

Eu precisava melhorar meu desempenho.

Ou parar de me importar com estranhos e me concentrar nos meus próprios problemas. Provavelmente era o que minha mãe diria.

O funcionário parou em frente às portas duplas douradas. Com as mãos cobertas por luvas brancas, ele as empurrou, depois fez uma reverência com a cabeça e apressou-se de volta à entrada. Devroe fez um gesto para Kyung-soon. Ela tirou a bolsa dos ombros e lhe entregou a máscara de ópera. O garoto olhou para mim como se dissesse: *Isso teria sido tão mais fácil se você tivesse aceitado a minha proposta.* Mas que se dane. Eu não podia, ou pelo menos não deveria, ficar irritada com ele e Kyung-soon àquela altura. Por mais vergonhoso que fosse admitir, eles tinham me salvado.

Entramos em uma sala de estar. Fui tomada por uma combinação de aromas doces e salgados. Ao menos seis carrinhos de serviço esperavam na parede dos fundos com bandejas com redomas, xícaras de porcelana, pratos e jarros de prata com bebidas (torci para que não estivessem batizadas com sonífero, como a água do avião). Count, ainda vestida de vermelho e com o tablet em mãos, estava atrás de uma mesa, como a anfitriã de um restaurante onde tudo podia estar envenenado. Lucus brincava com uma bolinha de papel no canto. Taiyō encontrava-se em uma poltrona, nitidamente tentando ignorar Adra, que o importunava com perguntas, e o sorrisinho da garota me indicava que ela sabia direitinho o que estava fazendo.

Noelia estava apoiada na porta e mexia sua bebida com uma colher. Ela encarava a xícara como se a porcelana tivesse as respostas para seus problemas.

— Olha só! — disse Adra, dando um tapa no ombro de Taiyō.

Ele olhou para onde a mão da garota tocara como se quisesse esterilizar o local.

— Você me deve cem euros — declarou Adra.

— Eu disse que era *improvável* que eles voltassem antes do prazo, não impossível — rebateu Taiyō, dando uma olhada no seu relógio de pulso. — E eu nunca concordei com essa aposta.

— Tinha uma aposta rolando? — perguntou Mylo, de boca cheia, com um prato repleto de minissanduíches. — Por que ninguém me contou?

Noelia levantou a cabeça.

Por um segundo, havia apenas eu e ela, e o tilintar de sua colher batendo na porcelana.

Será que ela estava sentindo alguma coisa? Será que perguntaria o que tinha acontecido com Yeriel?

Ela deu um gole em sua bebida, se esforçando para parecer descontraída, e depois desviou o olhar.

Atravessei a sala a passos duros.

— Senhoritas... — alertou Count, provavelmente vendo o que eu estava pensando.

Noelia apoiou a xícara no chão e assumiu uma posição de ataque. Ela estava com um cachecol branco de seda, talvez para cobrir machucados e cortes do nosso confronto no museu. Era tão fácil jogar um pedaço de tecido em cima de alguma coisa e fingir que nada tinha acontecido, não era?

— Ross, não faça besteira — gritou Devroe atrás de mim.

Flexionei a mão sobre minha pulseira-chicote, depois parei e arranquei o cachecol do pescoço de Noelia num movimento rápido. Encarei os olhos arregalados dela enquanto usava o tecido para esfregar as mãos, limpando o sangue de Yeriel e deixando manchas vermelhas na peça, que se destacavam no tom claro.

Quando acabei, arremessei o cachecol no peito dela.

— Por enquanto ela está viva — falei, dando meia-volta para ficar perto da porta.

Noelia afastou o cachecol como se ele estivesse em chamas. A sala ficou quieta por longos segundos agoniantes.

— Acho que perdi o contexto aqui... — sussurrou Mylo para Kyung-soon.

— Count — disse Noelia, pegando a xícara do chão e voltando à poltrona. — Por que a Quest ainda está aqui? Você vai desclassificá-la, certo?

Ri, debochada.

— Como é? — perguntei.

— Count avisou que não deveríamos usar armas nesta primeira etapa. A ideia era usar nossa ingenuidade, lembra? Você andou para cima e para baixo com esse garrote desde o início do jogo.

— Disse a garota que tentou me decapitar — retruquei.

— Aquilo era uma ferramenta para cortar vidro, sua...

— Então isto aqui é uma ferramenta para *quebrar* vidro.

— Count nunca falou que não podíamos usar armas — interveio Devroe. — Apenas disse para usarmos o que já tínhamos conosco. Ross já tinha a pulseira, assim como Adra já estava com os anéis e Taiyō já usava os óculos que arrombam fechaduras.

À menção de cada um, Adra balançou os dedos com os anéis que lhe restavam, e Taiyō fez uma cara feia para Devroe. Era evidente que ele tinha se ofendido com a revelação do segredo dos óculos. Senti uma pontinha de vontade de descobrir como aquilo funcionava.

Devroe girou a máscara na mão, olhando para Noelia, e concluiu, por fim:

— Não fique de graça só porque ela estava mais bem preparada do que você.

Noelia apertou a xícara com tanta força que pensei que ela fosse espatifá-la. Devroe assentiu de leve para mim. Ele estava me defendendo — na verdade, ainda melhor, pegando no pé dela por mim. Eu... não sabia como me sentir a respeito disso, então só baixei a cabeça.

— O sr. Kenzie está certo — declarou Count. — Queríamos ver quanto vocês estariam preparados.

Cerrei a mandíbula.

— Vocês que acabaram de chegar — continuou ela —, tragam seus alvos para mim, por favor.

Ela tirou a toalha da mesa diante de si. Havia vários itens da lista ali, inclusive os sapatos de Maria Antonieta.

Kyung-soon saltitou até ela e deixou sobre a mesa a caixinha de música com joias encrustadas. Devroe foi em seguida. Com delicadeza, depositou a máscara de ópera ao lado do alvo de Kyung-soon. Peguei o porta-retrato (o alvo de Yeriel) e deixei na mesa também, tomada por uma sensação de derrota completa. Count digitou algo no tablet, e fiquei curiosa.

— Quem vai ficar com o que roubarmos ao longo do jogo? — perguntei. — Os organizadores?

Count não respondeu.

— Foi só o primeiro dia e eu já dei tudo de mim sem ver um tostãozinho — reclamou Mylo, reclinando-se na poltrona e enfiando um *macaron* na boca. — Pelo menos foi divertido. — Ele olhou para mim em seguida. — Quer dizer, fora a parte sangrenta, é óbvio.

— Hum... — disse Lucus dos fundos da sala.

A julgar pela forma como ele estava olhando para alguns pontos vermelhos em suas mangas, parecia que o sangue na verdade tinha sido a parte divertida para ele.

Então eu estava num lugar com vários psicopatas.

Cocei o nariz e voltei a me encostar na parede. Count parecia aguardar alguma mensagem no tablet e sorriu quando a recebeu.

— Os jurados concordaram que todos vocês passaram para a próxima fase — revelou ela. — Meus parabéns. Discutiremos a fase dois amanhã de manhã. Deem uma olhada nos seus celulares.

Um segundo depois, o meu vibrou. Era um verdadeiro milagre eu ainda ter bateria. Uma mensagem do hotel estava nas notificações recentes.

— Vão encontrar o número dos quartos de vocês e uma chave digital. Todos os seus pertences estão lá. Vocês devem se reunir aqui mesmo às seis da manhã. Descansem um pouco... ou não. Para nós, não faz diferença.

Sem nem um boa-noite, Count passou por uma porta no fundo da sala.

* * *

EU ME ARRASTEI ATÉ O elevador, meus pés tão pesados quanto cimento. De acordo com a mensagem, meu quarto era no décimo andar. Apertei o botão e mandei uma mensagem para a minha tia:

> Passei da fase um. Foi... complicado.

Mas como seria a próxima? Outro assalto mal planejado? Será que teria sido melhor acatar o plano de tia Jaya e ter arrumado um aliado desde o começo?

Será mesmo que era isso que minha mãe teria feito? Nossa, o que minha mãe pensaria se soubesse que quase coloquei tudo a perder para salvar uma desconhecida?

Só que... essa desconhecida havia me ajudado. Yeriel colocou a vida dela nas minhas mãos, embora, para ser justa, não lhe tivesse restado muita escolha, mas ainda assim. Ela confiou em mim, e deu certo. Daquela vez, pelo menos.

Alguém colocou a mão entre as portas do elevador, que se fechavam, e elas se abriram de novo com relutância. Devroe entrou. Era só o que me faltava.

— Que bom, peguei bem na hora.

Ele me lançou um de seus sorrisos encantadores e apertou o botão para fechar a porta. Eu não estava muito no clima de ser alvo do charme dele. Mylo e Kyung-soon também se aproximavam do elevador, mas parecia que não iam conseguir entrar a tempo.

Arqueei uma sobrancelha.

— Odeio elevadores cheios — explicou ele.

— Então talvez tivesse sido melhor você esperar um vazio.

Ele colocou a mão no peito, como se estivesse magoado.

— Quem vê você falando assim até acha que não quer ficar perto de mim. Vou me lembrar disso da próxima vez que precisar de uma carona.

Minha tia respondeu:

> Achou algum aliado? Ele deve estar fora do jogo agora, né?

Obviamente, se eu tivesse feito uma aliança, ela deduziria que eu tinha passado a perna na pessoa. É isso que gente como a gente faz. É o que todo mundo faz, mais cedo ou mais tarde. Yeriel deu sorte.

Então o que Devroe estava pensando?

Eu me virei para encará-lo.

— Não entendo por que você fez aquilo. Podia ter deixado a gente lá. Por que nos ajudou?

— Não fiz de graça — respondeu ele. — Você me deve um favor agora, esqueceu?

Dei uma risada. Cá entre nós, ele não tinha poder algum sobre mim. Quem disse que eu retribuiria aquele favor?

— É, mas... por que você acha que eu vou fazer isso? — indaguei. — O que me obriga a retribuir o favor, hein?

Ele sorriu de leve, um gesto calculado como aquele que fez a recepcionista corar.

— Eu acredito que você vai retribuir.

Ele *acreditava* que eu ia retribuir. Então Devroe só estava... confiando em mim?

Ri de novo. Em parte, porque era engraçado, mas também porque estávamos muito próximos e ele sabia direitinho como fingir que só estava sussurrando um segredinho para mim.

— Você é muito bobo — falei.

— Um bobo apaixonado?

— Para de fazer esses joguinhos.

Devroe precisou conter uma risada, e foi difícil não rir também. Só que, se eu fizesse isso, estaríamos rindo *juntos*, e aí seria toda uma situação, e compartilharíamos um momento descontraído que depois eu teria que me esforçar para esquecer quando o visse de novo.

— Você nem me conhece — disse, por fim.

O sorriso dele se desfez.

— Vai ver eu só não queria abandonar alguém para morrer — retrucou.

Ficamos em silêncio. Algo em mim cedeu, um tantinho. Talvez a mesma parte que também cedeu e ajudou Yeriel em vez de me fazer dar o fora do museu.

— Vou retribuir o favor — declarei.

Ele pareceu mais alegre.

— Mas se está achando que te devo alguma coisa... grandiosa, está bem enganado.

— Não se preocupe, não quero nada muito fora da realidade. — Ele levou a mão ao peito de novo. — Juro. Do fundo do meu coração, querida.

Revirei os olhos.

O elevador fez um barulhinho, e a porta se abriu para o corredor do décimo andar. Saí, e Devroe foi atrás de mim.

— Estou cansada. Para de me seguir.

— Meu quarto é neste andar também. — Ele se virou e começou a andar de costas na minha frente. — Quem sabe nossos quartos são um do lado do outro. Talvez seja um quarto conjugado. Perfeito para um encontro. Podemos jantar juntos e ninguém nunca saberia. Afinal, a gente não quer deixar os outros com ciúme.

Que papo era aquele de *encontro*? Era impressão minha ou ele tinha avançado uns doze degraus na nossa conversa? No entanto, eu precisava admitir que ouvir aquilo saindo da boca de Devroe me deu um friozinho na barriga.

— Como é que é? — perguntei.

— Você acabou de dizer que vai retribuir o favor. E eu quero ter um encontro com você.

— Um favor *profissional* — reiterei.

— Ah, mas assim não tem graça.

— Devroe — falei, bufando. Quase precisei balançar a cabeça para botar os pensamentos em ordem. — Vou explicar direitinho: em hipótese alguma a Ross Quest aqui iria num encontro com você. E nem daria trela para... o que quer que isso seja. É isso. Assim a gente evita distrações e perda de tempo.

Qualquer outro ser humano teria entendido o recado, mas Devroe preferiu ler nas entrelinhas. Percebi pelo jeito como ele semicerrou os olhos.

— Que curioso. Você não negou que *quer* sair comigo.

Ele inclinou a cabeça e, nossa, era exatamente como estar cara a cara com uma celebridade arrasadora de corações.

Aquele era mais um papinho que eu apostava que o garoto havia praticado várias vezes. Devia ser um mero truquezinho do arsenal dele.

Talvez, só talvez, uma parte bem pequena de mim quisesse mesmo sair com ele. E talvez Devroe fosse astuto o bastante para reparar. Só que isso era um dos motivos para eu querer cortar o mal pela raiz. Ele podia confiar em mim para retribuir um favor, óbvio, mas eu não ia me arriscar mais do que isso por aquele garoto. A propósito, por *ninguém*.

Coloquei a mão no peito dele, empurrando-o contra a parede. Em choque, ele se deixou ser levado, parecendo animado.

— Devroe... — disse, de um jeito lento e sedutor.

Senti o peito dele inflar sob meu toque. O tecido de seu colete era frio, mas macio. Eu me inclinei até que estivéssemos a poucos centímetros de distância.

— Me. Deixa. Em. Paz.

Eu me afastei dele e continuei o caminho até a porta do meu quarto. Senti uma pontinha de decepção ao perceber que ele não me seguiu. Encostei meu celular na tranca da porta para abri-la. A luzinha piscou em vermelho, depois verde.

— Vai precisar disso para entrar no seu quarto — declarei.

Joguei o celular dele na sua direção, olhando por tempo o bastante para ver Devroe pegá-lo quando atingiu seu peito.

O canto dos lábios dele se curvaram, como se não conseguisse decidir se deveria ficar irritado ou impressionado por aquele furto. Com um pouco das duas coisas, ele tirou um chapéu imaginário para mim, como se estivesse me parabenizando.

Entrei no quarto, aproveitando para me jogar na cama e ficar um longo minuto apenas respirando. Senti meu celular vibrar. Ah, é, minha tia. Eu não tinha respondido.

E aí?

Sentando na cama, respondi:

Para resumir: nenhuma aliança. Saí no soco com a Noelia B. Uma garota foi baleada. Quase não consegui passar para a próxima fase. Mal estou bem. E pela primeira vez na vida fui chamada para um encontro...

Mas apaguei essa última parte antes de enviar.

Em vez de me responder por mensagem, minha tia me ligou por chamada de vídeo.

— Está tudo bem? Minha nossa, você está sangrando?

Minha tia, com a aparência tão caótica quanto à da última vez que a vi, se agitava na minha tela.

— Não fui eu que levei o tiro, tia. Eu teria falado, né.

— Não era disso que eu estava falando. É sobre a briga com aquela garota chata. Acabou com ela?

— Tia! — exclamei, sorrindo de verdade. Ela sabia bem como provocar aquela reação. — Eu… meio que sim.

Dei um sorriso ainda maior, sentindo um pouco da tensão sair dos meus ombros. Era bom falar com um pedacinho de casa. Era quase como falar com a minha mãe…

Respirei fundo e perguntei:

— E como estão as coisas por aí?

Minha tia hesitou.

— O mesmo de ontem. As pistas não levam a nada, e não surgiu nenhuma missão grande. Você é a única que…

Ela não teria coragem de falar, porque sabia que não precisava. A verdade é que eu era a única esperança de salvar a minha mãe. E quase tinha estragado tudo na primeira tentativa.

— Vou ligar para ela — disse, surpreendendo até a mim mesma.

— Para os sequestradores? — desdenhou minha tia. — Manda um abraço para eles. Vê se dorme um pouco, querida. Você precisa estar bem para o que vem por aí.

Ela me deu um sorriso reconfortante e desligou.

Em seguida, digitei o número da minha mãe.

Tocou e tocou. Eu tinha certeza de que estava prestes a cair na caixa postal, mas meu novo maior arqui-inimigo atendeu.

— Ah, srta. Quest! Está ligando para pedir o número da minha conta?

Minhas mãos tremeram de raiva.

— Não, mas estou me esforçando.

— Ah, é? Como exatamente? Amanhã vão noticiar que a *Mona Lisa* foi roubada? — falou ele, rindo.

A *Mona Lisa*, a obra de arte mais preciosa do mundo e com toda a certeza impossível de roubar, só está avaliada em oitocentos e setenta milhões de dólares. Eu me perguntava se aquele idiota sequer sabia disso.

— Medidas estão sendo tomadas para conseguir o que foi combinado — reiterei. — Quero falar com a minha mãe.

— Poxa, eu estava gostando tanto da nossa conversinha... mas tudo bem então, eu acho.

A linha ficou silenciosa, mas ele não tinha desligado, então devia ter me colocado em espera. Finquei as unhas na palma da mão, ansiosa.

E se eles tivessem mesmo desligado? E se eles estivessem blefando e ela já estivesse morta? E se...

— Meu amor?

Soltei um soluço.

— *Mãe.*

Nossa, eu não sabia que estava à beira do choro. Era como se as lágrimas tivessem surgido do nada. Deslizei para o chão ao pé da cama, apertando o cobertor e chorando como não fazia desde os nove anos e tinha sido traída pela minha única amiga.

— Me... desculpa...

Por tudo. Por deixar o barco levá-la embora. Por mentir sobre a outra saída. Por tentar fugir de casa, para começar. Voltaria no tempo para desfazer tudo se pudesse. Falar com ela, ouvir sua voz quando pensei que nunca mais o faria... Eu *sabia* que faria qualquer coisa para ter minha mãe de volta.

— Não precisa, filha. Todo mundo age por impulso às vezes. Está tudo bem. Shhh... — disse ela para me tranquilizar, como se fosse eu a sequestrada, a que precisava de consolo.

Acalmei meus soluços até que se tornassem fungadas e enxuguei o rosto no cobertor.

— Você está bem? Se machucou? — perguntou ela.

— Estou bem, estou em perfeito estado. Não se preocupe comigo — respondi, piscando para afastar as últimas lágrimas. — Vou tirar você daí. Tem uma competição chamada Jogo dos Ladrões, e eu não te contei sobre isso, mas pode ajudar você a...

— Eu conheço o jogo.

É óbvio que sim. Minha tia sabia da organização e do jogo, e deu a entender que minha mãe também.

— Não sabia que tinham convidado você para entrar. — Ela fez uma pausa. — Olha, se estiver jogando, precisa ser para ganhar. Não importa o que precisar fazer para isso. Entendeu?

Assenti, como se ela pudesse me ver.

— Eu sei. Quer dizer, agora eu sei disso — garanti.

— *Agora?*

Minha voz ficou presa na garganta. Não havia motivo para contar os detalhes. Sobre Yeriel. Sobre como prometi um favor a um garoto que não tinha nada a me oferecer.

— Não vou deixar nada me impedir de vencer — disse, por fim, recuperando a voz.

Imaginei minha mãe assentindo ou levantando o queixo e me olhando de cima daquele jeito protetor e desafiador, como ela às vezes fazia.

— Qual é regra número, meu amor?

Eu já tinha começado a quebrá-la. Mas não aconteceria de novo.

— Não confie em ninguém.

DEZESSEIS

TAIYŌ ERA A ÚLTIMA PESSOA que eu esperava que batesse à minha porta na manhã seguinte. Bem, talvez não a última pessoa, mas ainda assim achei curioso.

— Há, bom dia...? — disse, cautelosa, saindo devagar para o corredor.

Ele estava usando um suéter passado e uma calça confortável, o cabelo de novo perfeitamente penteado. Para ser sincera, se trabalhar com roubos não desse certo, ele poderia faturar milhões como modelo de salões de beleza. Com aquele visual, parecia pertencer a um hotel de alto nível como o em que estávamos hospedados, o que me lembrava do quanto eu devia estar malvestida, com uma camiseta preta, calça jeans e uma jaqueta que tinha sido lavada a seco durante a noite. Se bem que eu só tinha ao meu dispor o que estava na minha mochila de fuga para o acampamento de verão, o que não era muita coisa, considerando que o uniforme seria fornecido lá e as únicas coisas que eu precisava levar eram os meus tênis favoritos. (Descanse em paz, tênis de *A noite estrelada*, com as solas manchadas de sangue.) Pelo menos minhas tranças ainda estavam recém-feitas e bem bonitas.

Fui em direção ao elevador, porque faltavam apenas vinte minutos para a hora do encontro, e eu já estava preparada para descer. Taiyō foi atrás de mim no mesmo instante.

— Como você conseguiu escapar do museu? — perguntou.

Ele estava me encarando, e parecia que a pergunta lhe havia tirado o sono.

— Quem se importa? — perguntei, dando de ombros. — A primeira fase já acabou.

— Por que tem gente que quer saber sobre o assalto ao United California Bank? Ou sobre o roubo ao museu Green Vault, em Dresden? É frustrante e ao mesmo tempo fascinante quando alguém escapa de uma forma que você não poderia ter imaginado.

Franzi o cenho.

— Está dizendo que ladrões o fascinam? — questionei. — Isso não seria meio que ficar impressionado com o próprio reflexo?

— Quanto você quer para me contar?

Paramos perto de uma alcova entre duas mesas de canto inúteis. Cruzei os braços e semicerrei os olhos. Eu estava curiosa, mas se alguém perguntasse, eu diria que só estava tentando entender melhor um dos meus concorrentes.

— Não preciso do seu dinheiro — *Quer dizer, a menos que ele tivesse um bilhão de dólares.* — Mas eu te conto se você me explicar o verdadeiro motivo de todo esse interesse. E não diga que é só porque acha interessante.

Arqueei uma sobrancelha. Taiyō me olhou de rabo de olho por um segundo e ajeitou os óculos, o que tomei como um sinal de desistência.

— Eu realmente acho roubos fascinantes — insistiu ele. — Mas não venho de uma família de ladrões como você. Ninguém me ensinou os trâmites. Só aprendi sozinho, observando. Se eu quiser virar o ladrão perfeito, preciso correr atrás do prejuízo.

— Esse é um objetivo um tanto inatingível. Aposto que você já é bom o suficiente, se conseguiu entrar no jogo.

— Mas ser bom o suficiente não basta. — Ele hesitou. — A família Boschert comanda o mercado de roubos na Europa. A sua lidera a América do Norte. Não há ninguém que domine o mercado da Ásia no momento, só uma série de pequenos sindicatos e famílias.

— *Ainda* não, né?

Havia um lampejo sonhador nos olhos dele.

— Preciso entender como os melhores ladrões operam. O que os mais talentosos têm em comum? O que têm de diferente? Só assim vou conseguir elaborar uma lista para transformar pessoas comuns em ladrões brilhantes.

Era uma ideia intrigante. Engenhosa, se ele desse conta do recado. Se Taiyō pudesse criar um treinamento, transformar pessoas comuns em ladrões espetaculares e contratá-las, talvez ele conseguisse mesmo dominar o mercado de um continente inteiro. Quem sabe dali a alguns anos, se ele conseguisse reunir ladrões talentosos o bastante até lá.

Eu me fiz várias perguntas. Por exemplo, qual seria a idade mínima para iniciar o treinamento e como exatamente candidatos para esse tipo de coisa seriam recrutados? Mas isso eu deixaria para Taiyō resolver. Decidi contar logo o que ele queria saber.

TAIYŌ, LOUCO PARA FAZER ANOTAÇÕES, correu de volta ao quarto depois da nossa conversa. Desci para o ponto de encontro sozinha.

Devroe e Kyung-soon já estavam lá, sentados juntos a uma das duas mesas de madeira que haviam sido colocadas na sala depois da noite anterior. Devroe levantou a cabeça para me olhar quando entrei, dando um de seus sorrisos charmosos. Dava para ver uma pergunta em seus olhos. O que era justo, considerando que quanto mais eu pensava no que tinha acontecido, mais... provocante eu achava que tinha sido. Talvez essa tivesse mesmo sido minha intenção... naquele momento. No entanto, depois da ligação com a minha mãe, não havia mais espaço para gracinhas. Qualquer coisa entre nós dois, qualquer coisa entre mim e o resto daquelas pessoas, estava fora de cogitação.

E fiz questão de mostrar isso com uma expressão séria. Seu sorriso murchou, e ele ficou todo sério. Em seguida, se recostou na cadeira, enfiando as mãos nos bolsos. Era óbvio que eu estava dando um fora em alguém que não costumava passar por isso. Ou que, no mínimo, não gostava de ser rejeitado.

Estava tão concentrada no diálogo silencioso entre mim e Devroe que só percebi tarde demais que certa loira estava se aproximando do carrinho na minha frente, no qual o café da manhã estava servido.

Por um segundo, pensei em sair andando, mas passaria a impressão de que estava fugindo, e isso seria inaceitável, não é?

Peguei um prato, embora não estivesse com muita fome. Noelia tirou um copo e começou a se servir de um jarro de suco de laranja. Ela agiu com muita sutileza, mas percebi seu olhar descendo para os meus sapatos. Contra a minha vontade, contraí os dedos do pé e me esforcei para não estremecer. Não eram os tênis do dia anterior — esses eram pretos com estrelas bordadas quase imperceptíveis. O especial mesmo eram as solas, com uma pintura elaborada de uma constelação. Num mundo diferente, bem diferente, eu até teria levantado o pé para mostrar a ela. Contudo, vivíamos em uma versão muito distante desse cenário. Noelia estava usando botas de cano curto. Será que havia um desenho nas solas dos calçados dela também? O que podia ser?

— Eu tinha um desses, na versão botinha — comentou Noelia, dando um gole no suco. — Meu pai me fez jogar fora, mas não lembro o motivo. Foi uma pena.

Eu a fitei por um longo segundo. Ela estava mesmo puxando assunto sobre sapatos? Depois de… de tudo?

— Isso é para evitar falar sobre a Yeriel? — rebati.

Noelia fez uma careta incomodada e balançou o copo nas mãos.

— Eu *ia* perguntar dela — replicou a garota, baixinho. — Foi você que não me deu uma oportunidade.

— Pode deixar que da próxima vez que cometer uma tentativa de homicídio, não vou impedir você de se defender — retruquei, com desdém.

Antes que Noelia pudesse responder, Adra anunciou sua chegada em alto e bom som:

— Bom dia, otários.

Ela carregava uma caixinha de madeira, que deixou sobre uma mesa vazia, e em seguida chamou sua dupla com um gesto do dedo. Noelia sorriu e foi até a amiga, esbarrando no meu ombro ao passar por mim. Era cedo demais para uma briga, então deixei quieto.

No entanto, olhei para a sola das botas dela quando ela passou. Era uma ilustração de redemoinhos e zigue-zagues abstratos.

Quem era Noelia Boschert, afinal?

Alguém se aproximou do carrinho, bloqueando minha visão da mesa à qual Noelia e Adra foram se sentar. Lucus. Ele pegou um prato e ficou me encarando. Foi como ver um caminhão vindo em minha direção numa via de mão única, e demorei um instante para perceber que ele queria que eu desse passagem. Eu estava na frente de… o que quer que ele quisesse pegar.

Para o azar dele, eu não estava a fim de ser intimidada. Se Lucus quisesse que eu lhe desse licença, podia muito bem me pedir.

— Quer me pedir alguma coisa? — indaguei, firme, sem sair do lugar.

Ele tirou da manga um canivete automático preto, depois o abriu. Fiquei tensa, e meu cérebro imediatamente acionou todas as manobras de defesa contra facas que eu conhecia.

Só que Lucus era rápido demais. Ele esticou o braço, sua faca passando num borrão perto do meu rosto, e a fincou numa das salsichas na bandeja.

— Nunca peço nada — falou ele.

Soltei um suspiro involuntário de alívio quando ele guardou a faca.

Um sorriso sinistro tomou seus lábios.

— Relaxa, Quest. É proibido usar violência... — disse ele, pegando uma garrafinha d'água. Dava para ver um coldre e a curva do punho de uma arma na parte interna da jaqueta dele. Lucus se inclinou e sussurrou: — Pelo menos até a próxima fase.

Foi um balde de água fria. Precisava me sentar, mas isso significava que eu teria que escolher uma mesa. Cada uma só tinha quatro cadeiras. Todos os outros lugares haviam desaparecido misteriosamente desde nosso último encontro ali.

Lucus se afastou e foi comer de pé, encostado na parede como tinha feito na noite anterior. Só sobravam, então, Kyung-soon e Devroe, além da outra mesa, onde Noelia estava comparando os anéis da caixa que Adra trouxera para ver qual combinava melhor com o look da amiga. Uma lembrança antiga me ocorreu de repente. Ela fazia igualzinho quando me ajudava a escolher presilhas de cabelo.

Ia ser a mesa de Devroe e Kyung-soon, então.

Devroe, com apenas uma caneca à sua frente, observou de cara feia eu me sentar diante dele.

Kyung-soon tirou os fones de ouvido.

— O quê?

— Não falei nada...

— Ela disse que gosta da sua música — mentiu Devroe, sem qualquer emoção.

O que ele estava aprontando?

Eu estava prestes a dizer a Kyung-soon que não tinha dito nada daquilo, mas ela se animou antes que eu pudesse abrir a boca.

— Sério? É DKB. O grupo de K-pop, sabe? Você conhece?

— Hum... não. Mas parece ser legal.

— Eu já os vi pessoalmente. Eles sempre fazem shows em Seul. Na maioria das vezes esgota, mas é óbvio que sempre consigo ingressos. Uns meses atrás, dei um jeito de entrar no camarim e fingi ser uma das maquiadoras — disse ela, suspirando com a lembrança. — Meu *bias*, o E-chan, é ainda mais fofo ao vivo.

Sorri para ela.

— Só ele? E o restante?

— É... — Ela deu de ombros. — Os outros foram meio babacas, na verdade. Roubei alguns tênis deles e vendi na internet depois.

— Eu curto mais J-Pop — falou Mylo, se sentando na última cadeira. Ele estava com um prato cheio, com uma pilha de panquecas, torradas, crepes e mais uma dúzia de guloseimas. Tudo cheio de mel. — Infelizmente, J-Pop não é tão popular em Las Vegas. Pelo menos não ainda — continuou, chutando o pé da própria cadeira. Ele indicou com o ombro a mesa de Noelia e Adra, olhou para Lucus e estremeceu. — Vocês não se importam, né? Não gosto da *energia* das outras opções.

— Muito educada a sua explicação — observei.

Mylo deu uma olhada em nossa mesa, dando batidinhas na toalha branca.

— Quem pegou os talheres?

Não tinha percebido. Embora os guardanapos estivessem no lugar, não havia um único talher à vista, exceto a colher na mão de Kyung-soon.

— Não olhe para mim, acabei de chegar — soltei, embora duvidasse que Mylo acreditasse em mim.

— Que se dane, estou com muita fome — reclamou ele.

O garoto pegou a carteira e botou uma nota de vinte dólares no meio da mesa. Kyung-soon pegou o dinheiro e colocou um garfo no lugar.

E eu achava que era boa em ser mão-leve.

— Mas então — continuou Mylo, como se estivéssemos num café da manhã muitíssimo normal —, fiquei tentando adivinhar o que aconteceu ontem à noite — contou ele, com a voz mais baixa.

132

Pela primeira vez na vida, tive a sensação de estar em uma panelinha de escola, falando mal do grupo dos populares.

— Ela atirou mesmo na Yeriel? — sussurrou ele.

Kyung-soon brincou com a colher.

— Aham, aliás... Olha, me desculpem por não ter aceitado que a gente a levasse para o hospital ontem, tipo, logo de cara. — Ela arrastou a colher pela tigela, produzindo um som estridente. — Já me disseram que às vezes sou muito indecisa. Estou me esforçando para mudar.

Não parecia uma desculpa que cabia a mim aceitar, e eu também não sabia como dizer qualquer coisa sem concordar que a indecisão de Kyung-soon era um problema, então apenas assenti.

Por sorte, Mylo voltou para o assunto anterior, com um gesto indicando que queria saber todos os detalhes daquela história, de como Noelia havia sido culpada por alguém quase ter morrido no banco de trás de um carro algumas horas antes.

— Ela não *atirou* na Yeriel — admiti. — Mas foi culpa dela. Noelia estraçalhou uma vitrine de exposição, o que fez um segurança meter uma bala na barriga da Yeriel.

Mylo balançou a cabeça e colocou uma mecha do cabelo atrás da orelha.

— Que horror.

— A competição é assim — interveio Devroe, olhando sério para mim. — Se não estiver fazendo amigos, está fazendo inimigos.

Quanta sutileza.

Mylo comeu a pilha de panquecas e doces. Quando estávamos apontando o dedo uns para os outros na noite anterior e falando das armas que tínhamos levado ao museu, só uma não foi mencionada.

— E aquela caneta que você tinha? — perguntei.

Ele deu uma risada nervosa.

— Aquela caneta comum, de escrever?

— Eu vi você cortando metal com ela ontem. Tarde demais para mentir.

Mylo suspirou, derrotado.

— É, você me pegou — admitiu.

O garoto puxou a manga da camisa para cima, até que uma caneta prateada fina e que parecia inofensiva deslizou para a palma de sua mão.

Kyung-soon arregalou os olhos.

— Dá para cortar metal com isso? — perguntou ela. — Tipo um *sabre de luz*?

Se eu estivesse bebendo algo, teria me engasgado. Nunca ouvi falarem de *sabres de luz* com tanta seriedade.

— Ah, com certeza, ele é um ladrão Jedi — brinquei, sem conseguir evitar.

Mylo, se divertindo com a referência a *Star Wars*, balançou os dedos.

— Esta não é a carteira que você está procurando — brincou ele, fazendo uma referência à fala famosa dos filmes.

Devroe, mesmo emburrado, não conseguiu conter um sorriso e analisou a ferramenta também.

— Dá para cortar a maioria dos metais — explicou Mylo, girando a caneta, deixando a outra ponta virada para nós. — O outro lado solda. Vocês não fazem ideia de quantas vezes soldei dobradiças de portas quando tinha alguém vindo atrás de mim. Isso me salvou no mínimo umas dez vezes.

Eu me inclinei para a frente, dando uma olhada na caneta por outro ângulo.

— Como funciona? — perguntei.

Ele a enfiou de volta na manga.

— Sei lá! Não sou cientista. Andava com um garoto que tinha muitas ferramentas. Quando ele caiu fora, deixou isso para mim. — Mylo fez uma pausa. — Bem, ele me roubou dez mil dólares, depois me deixou isso como consolo. Mas que seja.

Quando Taiyō enfim apareceu, tão pontual que imaginei que aquela também fosse mais uma de suas habilidades perfeitas de roubo. Ele estava com um livro aberto em mãos, cheio de post-its e marca-páginas. Mal erguendo a cabeça, pegou duas torradas e deu uma olhada nas mesas. Até queria chamá-lo para a nossa, mas não tinha mais cadeiras, então ele foi para a outra.

Count, igualmente pontual, entrou pela mesma porta pela qual tinha saído na noite anterior. Ela não estava toda de vermelho como no dia anterior; seu terno era cinza e apenas as costuras eram vermelhas.

— É bom ver que vocês chegaram na hora — disse ela. — Esperamos que tenham dormido bem.

— Vá direto ao ponto — falou Lucus. — Fase dois. Vai ser como ontem? Não me diga que vai ser aqui mesmo e você quer que a gente roube os móveis do saguão.

— Não. A segunda fase vai começar hoje, mas da última vez vocês receberam quinze alvos. Desta vez, vai ser um pouco mais complicado.

Count ligou a TV que estava às suas costas e projetou seu tablet na tela.

Fiquei de queixo caído.

Um rosto dourado esculpido com muitos detalhes. O tempo havia esmaecido alguns, mas as maçãs do rosto altas e frágeis, o delineado verde-azulado vibrante e os olhos brancos destacados davam mais a impressão de que um homem nos observava por trás de um brilho dourado e menos de que estávamos olhando para um artefato muito, muito antigo.

— O sarcófago de um faraó egípcio não identificado — anunciou Count. — Feito de ouro puro e pesando aproximadamente cento e dez quilos. O valor estimado é superior a vinte milhões de euros, embora ele provavelmente vá ser leiloado por muito mais do que isso. — A mulher fez uma pausa, como se até ela estivesse impressionada com o tesouro maravilhoso. — Esse é o alvo da segunda fase.

Um leve pânico começou a tomar conta de mim. Competirmos uns contra os outros no museu era (e eu não acreditava que estava admitindo isso) *razoável* comparado àquilo.

Eu consigo roubar, sou *boa* em roubar, mas enfrentar sete pessoas que estão tentando roubar a mesma coisa que eu?

Respira, Ross.

— Deixa eu ver se entendi... — falei, inclinando-me para a frente. — Isso significa que só uma pessoa vai passar desta fase? Então a terceira não parece ser tão desafiadora.

— É lógico que não — respondeu Count. — Quatro participantes vão passar desta fase.

Mylo se reclinou na cadeira, coçando a cabeça.

— Hum... então tem quatro sarcófagos? — questionou ele.

— Srta. Count, por favor, prossiga antes que a interrompam de novo — disse Noelia, cruzando os braços.

Ai, que chatice.

— Esta fase será um desafio em grupo — continuou Count. — Vocês serão divididos em dois grupos de quatro.

— Pelo amor de *Deeeus*... — reclamou Adra, jogando a cabeça para trás e soltando um resmungo. — O que é isso, trabalhinho de escola? Pelo menos me diga que nós vamos escolher nossos grupos.

Olhei para os meus colegas de mesa. Devroe tentou esconder um sorriso, tomando um gole do café. Kyung-soon e Mylo ainda observavam Count, prestando bastante atenção. Ainda não tinham sacado.

Todo mundo no Time Noelia ficou tenso quando Lucus foi até eles para ocupar a última cadeira na mesa de Noelia, Adra e Taiyō.

Ao vê-lo se sentar, Count declarou:

— Considerem as pessoas à sua mesa seus companheiros de equipe.

Nós quatro nos entreolhamos. Kyung-soon estava com uma expressão cética. Mylo parecia até que satisfeito. Por fim, Devroe, bem... estava com um ar convencido. Eu deveria parecer uma ridícula por ter descartado a proposta de aliança dele no dia anterior. Aquilo se tornou uma parte obrigatória do Jogo.

Franzi os lábios e cruzei os braços.

— Pegar o sarcófago com a ajuda dos nossos colegas de equipe — falou Taiyō, assentindo devagar, e dava para ver que já estava arquitetando pelo menos uma dúzia de táticas. Ele abriu o livro que segurava e começou a procurar alguma coisa. — Só isso?

— Não exatamente. Podem surgir algumas... pequenas missões ao longo da fase, mas não vou detalhá-las por ora. — Count desligou a tela. — Espero que tenham prestado atenção na apresentação. Não vou me repetir. Vocês têm três dias para pegar o alvo. Entrarei em contato para informar o ponto de encontro quando estiverem em posse dele.

Senti meu celular no bolso vibrar — era uma notificação. Uma passagem. Era hora de pegarmos um trem para Paris.

DEZESSETE

— ACHO MELHOR PROPORMOS UMA TRÉGUA.

Parei de enfiar as coisas na mochila e fiz uma careta para Kyung-soon. Ela tinha mesmo sugerido aquilo?

Não sei como exatamente acabamos todos no *meu* quarto. Mas precisávamos de algum lugar para planejar nossa estratégia, e, quando subi para pegar as minhas coisas, o grupo apenas me seguiu.

— Uma trégua? — perguntou Mylo, franzindo a testa. — Com o time adversário? Isso meio que vai contra a proposta dessa fase, não acha?

— Não quis dizer para sempre, só durante a viagem de trem ao aeroporto — explicou Kyung-soon, deitada com a cabeça pendurada para fora da cama.

A garota tinha passado um minuto plantando bananeira antes de cair de costas na cama. A julgar pela música alta saindo de seus fones de ouvido, eu não tinha certeza de que ela estava prestando atenção ao que estava sendo dito.

— Vocês não acham que todos ficariam felizes se concordássemos em não sacanear uns aos outros por algumas horas? — sugeriu ela.

— Eles não vão concordar — falei. — Se aceitarem, é mentira. Aposto que Count nos colocou no mesmo trem *justamente* para sacanearmos o time adversário. Não vejo nada de errado nisso.

Tirei o carregador da tomada da luminária ao lado da cama. Tudo bem, talvez eu não tivesse um plano específico para perturbar o Time Noelia durante a viagem de três horas, mas só a ideia de ser gentil com ela, Adra e Lucus era o bastante para fazer meu sangue ferver.

— Vamos nos acalmar — disse Devroe, próximo à janela e com as mãos nos bolsos. — Não podemos confiar neles, mas isso não significa que seja má ideia levantar uma bandeira branca. Nem todo mundo quer nos atacar o tempo todo, sabe?

Ele me encarou com uma expressão séria, hesitante, não muito diferente dos olhares que trocamos naquela manhã. Ignorei.

Mylo começou a andar de um lado para o outro, visivelmente aflito.

— Achei que vocês tinham se reunido no meu quarto para que a gente planejasse... sei lá... como vamos surrupiar o sarcófago antes deles — falei. — Ou alguma maneira de atrapalhar o plano deles. Mas de repente essa reunião virou um papinho de "vamos fazer uma trégua".

Puxei o zíper da mochila com mais força do que devia, quase prendendo o dedo.

— Qual é o seu problema com a Noelia? — perguntou Kyung--soon, balançando a cabeça ao ritmo da música nos fones e passando os dedos pelo cabelo. — Também não gostei do que aconteceu com Yeriel, mas parece que a garota só está aqui para ganhar. A gente sabia no que estava se metendo ao vir para o jogo. Não dá para levar tanto para o lado pessoal assim.

Lado pessoal. Por que essa é a desculpinha de todo mundo? Desculpa ter atirado em você, não leva para o lado pessoal. Desculpa ter armado para que você fosse presa aos nove anos, não leva para o lado pessoal. Desculpa ter traído sua confiança, não leva para o lado pessoal.

139

Algumas coisas eram pessoais, sim.

— Sei que estamos jogando, mas talvez eu tenha *levado para o lado pessoal* o fato de que ela fez tudo para roubar meu alvo e me eliminar — admiti.

— Espera, é por isso que vocês não estão se bicando? — perguntou Mylo, reprimindo uma risada. — Que hilário.

Lancei a ele um olhar mortal. Mylo pigarreou.

— Quer dizer, tão cruel que chega a ser hilário — corrigiu ele. Pelo menos alguém estava do meu lado... mais ou menos.

— Precisamos levar em consideração que deve haver mais algum fator que ainda não sabemos — comentou Devroe, coçando a cabeça. — Marselha tem um aeroporto internacional. Por que eles vão nos mandar num trem até Paris para pegar um voo para outro país?

Fiquei tão imersa na picuinha de Noelia que não cheguei a pensar naquilo. Até parece que a organização queria poupar dinheiro com transporte. Então só tinha um motivo para fazermos o itinerário pela via ferroviária.

— Alguma coisa vai acontecer naquele trem — concluí.

— Também acho — concordou Devroe. — Isso significa que seria mais fácil ficarmos alertas se não nos preocupássemos tanto com briguinhas bobas.

Mais um voto para a ideia de fazermos um pacto com o demônio. Como se esse tiro nunca tivesse saído pela culatra.

— Não seria melhor só propor uma trégua, então? — disse Kyung-soon. — Não seria melhor para todo mundo se cooperássemos uns com os outros? Não vejo mal em sugerir isso, ainda que eles possam mentir.

— Eles *com certeza* vão mentir para a gente — declarou Mylo. Devroe assentiu.

— Então é isso. Vou lá fazer a proposta, pessoalmente. Eles vão aceitar ou recusar, mas de qualquer forma vou dar uma olhadinha em como anda a situação por lá. Alguém quer vir comigo?

Ele se dirigiu à porta.

Que inferno. Ele estava realmente prestes a sair como se já tivéssemos tomado uma decisão?

— Espera, a gente não entrou num acordo ainda! — gritou Mylo. — Ele é bem Hans Gruber, né? — murmurou para mim e Kyung-soon. — De gravata e tudo.

— Quem? — perguntou ela, se levantando.

Mylo ficou boquiaberto.

— Você nunca assistiu a *Duro de matar*? — perguntou ele.

— Eu vou com ele — falei, sentindo que estávamos prestes a perder o foco. — Fiquem aqui.

Apressei-me para alcançar Devroe.

— Ótimo trabalho em equipe, hein? Agora percebi tudo que eu estava perdendo da última vez.

Ele ignorou o comentário com um aceno de mão. Seguimos até o elevador.

— Não tenho tempo para discussões que não vão dar em nada — declarou ele.

— Ou só não tem tempo para escutar um "não". — Alonguei meus dedos. — Não estou muito confortável com essa ideia.

— Então você devia sair da sua zona de conforto — rebateu ele. — Não estou pedindo para você trabalhar com eles. No mínimo, vamos ter uma noção se eles estiverem tramando algo contra a gente durante a viagem. Confia em mim.

— Eu não confio.

— Mas bem que poderia — disse ele, dando um passo na minha direção, com um sorriso travesso. — Caramba, a gente podia se divertir tanto se você pelo menos fingisse confiar em mim.

Inspirei o perfume dele, um cheiro de outono, e fiquei arrepiada. Foi por isso que ele tinha se aproximado, né? Para que eu sentisse a fragrância. Ah, ele era bom, e estava logo transformando aquela visita ao inimigo em algo que eu não precisava que fosse. Por sorte, o elevador chegou. Entramos, e eu titubeei, olhando para os números dos andares.

141

Devroe apertou o botão para o oitavo. Franzi o cenho.

— Como sabe aonde ir?

— Descobri onde estão os quartos de todos os competidores.

Parecia uma informação útil.

Então eu não era a única pessoa superatenta na noite anterior. Por algum motivo, aquilo me decepcionou.

— Vamos sair batendo em todas as portas até encontrarmos a certa? — perguntei.

— Aposto que estão no quarto do Taiyō.

— No do Taiyō?

Eu achava que seria no quarto de Noelia. Na minha cabeça, ela era a líder do grupo.

— Dos quatro, ele é o mais controlador, então vão todos acabar no quarto dele.

Lembrei que meu grupo acabou indo para o meu quarto planejar os próximos passos. Será que ele tinha chegado àquela mesma conclusão a meu respeito?

Devroe devia mesmo ler mentes, porque disse:

— Só fomos ao seu quarto porque você começou a ir para lá sem dizer nada. Interprete isso como quiser.

O apito do elevador ressoou, e as portas se abriram, revelando exatamente quem estávamos procurando. Ou melhor, metade do grupo.

Noelia carregava uma sofisticada bolsa de viagem de couro, e Taiyō levava no ombro uma mochila quadrada. A conversa deles (em japonês, que por azar eu não falava) foi interrompida quando nos viram.

— Perfeito, estávamos mesmo indo atrás de vocês — disse Devroe, bloqueando a passagem com o corpo e segurando a porta do elevador com a mão.

Noelia semicerrou os olhos para mim, desconfiada.

— Não diga que veio me atacar de novo.

Eu? Atacar *ela?*

— Não se preocupe — garantiu Devroe, de um jeito charmoso. — Convenci Ross a parar de brigar com você, física e verbalmente, pelo menos por hoje. Viemos fazer uma pergunta.

— Não temos respostas — disparou Taiyō, curto e grosso, sem olhar para mim.

Éramos inimigos nessa fase, então talvez ser simpático com os adversários não fosse um comportamento muito típico de ladrões.

— Com licença — pediu ele, tentando passar por Devroe.

Noelia segurou o ombro de Taiyō.

— Espera — falou ela, olhando para Devroe. — Quero saber o que eles têm a dizer. Mas sejam rápidos, não temos tempo.

Taiyō parecia querer se contorcer diante da possibilidade de se atrasar.

— Só uma pergunta — falou Devroe, levantando um dedo. — Vocês por acaso estão armando alguma coisa para a gente durante a viagem de trem?

Um sorriso ameaçou surgir no rosto de Noelia.

— Não responda — alertou Taiyō.

— Por que não? — retrucou Noelia. — Não temos nada a perder dizendo a verdade. Não, Devroe. Temos mais o que fazer do que passar três horas implicando com vocês.

Devroe analisou a expressão dela.

— Então concordam em estabelecermos uma trégua temporária? — perguntou ele.

Noelia deu um tapinha no queixo.

— Claro. Mas só se a Quest pedir.

Era como se ela *quisesse* que eu surtasse e como se soubesse direitinho o que dizer para fazer isso de fato acontecer.

— Vai querer a trégua ou não? É pegar ou largar — falei, a contragosto. — Para ser sincera, eu não dou a mínima.

Mexi nas pontas da minha pulseira, que nunca deixava meu braço, fazendo questão de que ela reparasse no gesto. O sorriso minúsculo de Noelia sumiu.

— *Tudo bem*. Como vocês estão pedindo com tanta educação, vamos deixá-los em paz — declarou ela, passando por Devroe e entrando no elevador.

Taiyō foi atrás. Nós saímos.

— Mas não esperem que o acordo continue depois que botarmos os pés em Paris — avisou Noelia, olhando para uma câmera no canto do elevador. — Não queremos entediar o público por muito tempo.

As portas se fecharam, e eles desapareceram.

Cruzei os braços.

— E aí? — perguntei.

— Eles não estavam mentindo.

— Tem certeza?

Devroe apertou o botão para chamar o elevador de novo.

— Pense bem. Eles devem querer relaxar um pouco antes que as coisas voltem a ficar mais intensas.

Eu deveria ter prestado mais atenção nas técnicas de leitura psicológica da minha mãe.

— E se você estiver errado? — indaguei. — E se eles tentarem nos jogar do trem?

— Então jogaremos eles primeiro.

DEZOITO

LADRÕES GOSTAM DE TRENS — a segurança é mais tranquila do que em aeroportos. Da última vez que estive em um, minha mãe e eu pegamos um vagão particular. Ela estava admirando uma pilha de diamantes soltos, enquanto eu tentava pensar numa desculpa para ir atrás do funcionário bonitinho que tinha guardado nossas malas. Quando ela enfim me deixou sair, já tínhamos feito duas paradas, e eu não consegui mais achar o garoto.

Dessa vez, eu observava a zona rural da França pela janela. A paisagem passava depressa por nós, como se uma agradável pintura a óleo envolvesse o trem. Era injusto que eu tivesse a oportunidade de ver uma paisagem tão serena enquanto minha mãe estava vivendo um pesadelo. Ela tinha sido sequestrada na noite de quinta-feira, e já era domingo. Quando foi que um intervalo de três dias virou uma vida inteira?

Senti vontade de pedir mais uma prova de vida, mas testar a paciência do sequestrador com duas ligações em menos de vinte e quatro horas não era lá muito inteligente. Então resolvi deixar meus novos companheiros de roubo fisgarem minha atenção.

Meu grupo estava sentado ao redor de uma mesinha perto da frente do vagão.

O Time Noelia estava alguns bancos atrás, um pouco mais disperso do que o meu. Quando subimos a bordo, eles estavam conversando aos sussurros, embora o barulho do trem abafasse grande parte do diálogo, mas no momento parecia que cada um estava fazendo uma coisa diferente.

Ao contrário do nosso time. Kyung-soon fez biquinho ao colocar as cartas na mesa. Era a terceira partida de pôquer Texas Hold'em, e a terceira vitória de Mylo. Devroe, Kyung-soon e eu já havíamos pegado o celular para transferir para ele mais de mil dólares cada. Eram *apostas de novato*, de acordo com Mylo.

— Ele está roubando — reclamou Devroe, jogando as cartas em Mylo.

Não tinha sido boa ideia deixar o garoto de Las Vegas embaralhar, mas ele tinha uma técnica de cascata tão legal de assistir que quase valia a pena jogar com um baralho fraudado.

— É *óbvio* que estou roubando — retrucou Mylo.

Ele fez um arco-íris com as cartas. Vê-las pousando tão naturalmente na outra mão dele era como assistir a um vídeo ASMR satisfatório.

— Espera aí, vocês *não estão roubando*? Por isso está tão fácil — comentou ele.

Kyung-soon chutou Devroe, que estava sentado de frente para ela.

— Ei!

— Por que não falou antes? — perguntou ela.

— Eu não sei como ele está roubando — disse Devroe. — Se eu não sei o que ele tá fazendo, não dá para acusá-lo.

— Me dá as cartas aqui — falei, estendendo a mão para Mylo.

Ele segurou o baralho contra o peito como se fosse a coisa mais preciosa que tinha na vida, mas um olhar de Kyung-soon o fez entregar as cartas.

— Minha mãe sempre rouba nesses jogos — falei. — Ludo, Candy Land, Lig 4…

— Lig 4? — perguntou Mylo, roncando ao dar uma risada. — Como é que se rouba em Lig 4?

— Estou falando sério. Ela vasculhou a internet atrás de umas fichas eletrônicas que dá para mudar as cores num aparelho. Minha mãe me distraía e, quando eu voltava a olhar para o jogo, ela já tinha conseguido uma fileira de quatro peças iguais. Gastou centenas de dólares só para ganhar de uma criança de oito anos. — Bati as cartas com mais força do que pretendia. — Depois disso, parei de jogar com ela. Só jogo Duvido.

— Ah! O jogo de baralho em que você *precisa* roubar — observou Devroe, sorrindo.

— Vamos jogar Duvido, então. O dobro ou nada — sugiro. — Se algum de nós três vencer, Mylo devolve nosso dinheiro. Mylo, se você vencer, dobramos o que já pagamos a você. O que acham?

Devroe deu de ombros. Kyung-soon assentiu. Os olhos de Mylo brilharam com o desafio.

Comecei a embaralhar as cartas, depois de conferir se todo mundo sabia as regras e que todas as cinquenta e duas cartas estavam ali. Taiyō deixou o vagão com um olhar rápido na nossa direção quando comecei a distribuí-las. Suspirei de alívio quando ele voltou assim que coloquei a última na mesa.

— Quem tiver o ás de espadas começa — avisei.

— O que será que o Taiyō está aprontando, hein? — perguntou Mylo, franzindo o cenho e jogando a primeira carta. — Um ás.

Devroe estudava o comportamento de Mylo com a maior atenção, sem nem tentar disfarçar. Parecia o mais incomodado com as vitórias sucessivas de Mylo no pôquer.

— Vai ver ele só quer dar uma olhada no que estamos fazendo — respondeu Devroe. — Só porque concordamos em não nos atacar, não significa que eles não estejam espionando.

Eu deveria estar me sentindo grata por eles concordarem com a trégua. Já tinha passado uma hora, e o outro grupo não havia tentado nos jogar pela janela.

— Um dois — anunciou Kyung-soon, colocando uma carta no monte.

Duvido era um jogo simples — o objetivo era cada jogador se livrar de todas as cartas que tinha na mão. Quando chega a sua vez, cada um coloca uma carta na mesa, ou mais de uma, formando uma sequência numérica. Pelo menos é o que se devia fazer. As cartas ficavam viradas, então na verdade dava para colocar qualquer uma. Se uma pessoa acusasse alguém de blefe e fosse verdade (digamos que colocou um cinco quando disse que era um rei ou botou quatro cartas em vez de três), quem blefou tinha que levar todo o monte. Se estivesse falando a verdade, o monte ia para quem fez a acusação. O jogador que se livrasse das cartas primeiro ganhava a partida.

— Acho que devíamos estar adiantando as coisas. Planejando o roubo, talvez? — falou Kyung-soon.

Devroe analisou suas cartas.

— A gente não vai discutir nossos planos enquanto estiver no mesmo vagão que eles, não importa a quantas poltronas de distância — retrucou ele, pegando uma carta e a jogando, indiferente. — Um três.

Era uma indiferença um tanto suspeita. Semicerrei os olhos.

— Duvido — declarei.

Devroe puxou o montinho de cartas para si e resmungou.

— Você é mesmo muito boa neste jogo, Ross — comentou Mylo.

— Eu disse, é a única coisa que ainda jogo com a minha mãe.

— Entendi. Mas você não joga outras coisas com seus amigos? *Amigos?*

— Não — respondi, atrapalhada, baixando uma carta sem pensar. — Um quatro.

Mylo não disse "duvido", apenas virou a carta. Para a minha sorte, era mesmo um quatro de ouro. Ele fez bico e a pegou. Em seguida, colocou duas cartas na mesa.

— Dois cincos.

Ele deu um tapinha nas cartas, nos desafiando a duvidar dele, e por isso mesmo nenhum de nós disse nada.

— Três seis — disse Kyung-soon, baixando as cartas uma a uma.

Eu não duvidaria, mas reparei que Devroe me observava para ver se eu diria algo, então decidi fazer um teste. Abri a boca como se eu fosse duvidar, mas ele falou antes de mim.

— Duvido.

Kyung-soon virou as cartas, toda animada. Três seis. Reprimi um sorriso.

— Isso não vai se repetir — garantiu Devroe para mim.

Mylo inclinou um pouco o corpo e sussurrou no meu ouvido:

— Como você é boa nisso, quando isso tudo acabar, você devia me visitar em Las Vegas. Já tem tempo que procuro alguém para me ajudar com um golpe num cassino.

— O que aconteceu com o seu parceiro antigo? — perguntou Kyung-soon.

— Aqui vai uma dica: eu nunca brinco quando digo "A gente precisa vazar, a polícia está na área". Nem mesmo se for o Dia da Mentira.

— Achei que o seu parceiro só tinha dado no pé — observei.

— Esse é outro cara.

Devroe botou um sete. Eu não tinha oito, então coloquei um valete e arqueei uma sobrancelha, desafiando Mylo a me acusar de blefe.

Ele percebeu o que eu estava fazendo e entregou a carta para mim sem nem mesmo virá-la para conferir.

Dei de ombros e peguei o monte.

— Se quer mesmo que eu seja sua nova parceira, deve achar que nós dois vamos perder o jogo — comentei.

Mylo baixou dois noves.

— Não vamos desaparecer se ganharmos — retrucou ele. — Quer dizer, espero que não.

Kyung-soon cutucou a testa dele.

— Ross está falando sobre o contrato de um ano, bobinho — falou ela, baixando três cartas. — Três dez.

Devroe hesitou por um segundo, mas não duvidou da jogada dela.

Mylo soltou um estalo com a boca, como se eu estivesse sendo ridícula.

— Ah, fala sério! Não é como se a gente fosse trabalhar para os organizadores durante o ano todo. Até criminosos merecem férias de vez em quando.

A expressão de Devroe murchou um pouco.

— Vai sonhando — rebateu ele, baixando três supostos valetes.

Mas percebi que ele vacilou.

Sorri.

— Com as férias ou em vencer? — perguntei. — Duvido.

— As duas coisas. Aff.

Devroe pegou o monte de cartas.

— Como vai ganhar o jogo se não consegue ganhar nem uma partida de cartas? — perguntou Mylo, jogando sal na ferida.

Devroe analisou as cartas que tinha acabado de pegar.

— Kyung-soon, alguma vez você já colocou as cartas certas? — reclamou ele.

A garota estava perdida em seu próprio mundinho (ou pelo menos evitou a pergunta como se não a incomodasse), enrolando as pontas do cabelo e olhando para cima.

— Onde será que consigo arrumar cartas que podem ser alteradas digitalmente, como a mãe da Ross fez com o Lig 4? — perguntou ela.

— Eeeenfim — interveio Mylo. — Quem disse que vou trabalhar para a organização se eu vencer?

— Uma rainha. Hã… *A própria* organização disse — falei, baixando uma rainha mesmo.

Mylo jogou uma carta, sem se importar em duvidar de mim.

— Ah, jura? — debochou ele.

— Nem brinca, Mylo — falou Devroe, sério. — Se quiserem que o vencedor trabalhe para a organização, vão conseguir.

— Eles não deviam ser tão rígidos assim — retrucou Mylo. — E eu não disse nada sobre quebrar as regras. E se eu ganhasse o jogo e meu pedido fosse não aceitar o contrato de um ano? O que a organização diria, então?

— Talvez perguntaria se você está sob o efeito de alguma substância ilícita — falei. — Não faz sentido passar por tudo isso só para voltar ao mesmo ponto em que você estava antes do jogo.

Passei a língua nos dentes. Mas isso não era exatamente o que eu estava fazendo? Só que, no meu caso, era diferente.

— Talvez Mylo só tenha entrado pela adrenalina — provocou Kyung-soon. — Mas eu não tenho a menor intenção de desperdiçar meu pedido.

Já sabia o rumo que a conversa estava tomando.

— São três — disse, baixando três cartas aleatórias, tentando trazê-los de volta para a partida.

Mas ninguém, nem mesmo Devroe, duvidou de mim.

— Então nos conte — falou Mylo, gesticulando para Kyung-soon —, qual vai ser seu pedido grandioso que fará valer cada gotinha de suor?

Ela franziu os lábios, dando de ombros.

— Bem, hum… — Ela se atrapalhou com as cartas. — Acho… Eu quero… Ou talvez… Ah, sabe…

Kyung-soon fechou a boca, voltou a abrir, e depois a fechou com a mesma rapidez.

Mylo e eu nos entreolhamos.

— Quer tentar explicar de novo? — perguntei.

— Ela não faz ideia! — exclamou Mylo, rindo. — E estava me enchendo o saco por jogar só para me divertir…

— Não estou aqui só por diversão. Quero ganhar meu pedido — disse ela, com uma cara feia para Mylo. — Eu só… preciso de mais tempo para tomar uma decisão dessas. — Ela passou o dedo pela extremidade das cartas e deu de ombros de novo. — Sei lá. Não quero fazer o pedido e dois dias depois perceber que tinha algo mais inteligente e impressionante que eu podia ter conseguido. Ou quem sabe mais prático. Acho que eu só queria... poder fazer meu pedido depois.

— Nunca ouvi tanta autossabotagem de uma só vez — reprovou Mylo, depois agitou um dedo na frente do rosto dela. — Pessoas indecisas nunca fazem nada. Você não vai pensar no pedido perfeito só porque teve meses para se decidir.

Kyung-soon se encolheu um pouco, chateada. Nossa, que climão. Pela expressão de Mylo, dava para ver que ele não esperava que a garota reagiria daquela forma.

— E a gente pode guardar o pedido para depois? — questionei.

— Acho que sim — respondeu Kyung-soon. — Eles disseram que valia *qualquer coisa*, né?

Devroe rangeu os dentes.

— Como vocês ficaram sabendo da organização? — indaguei.

— Eu achava que sabia de tudo do ramo, mas nunca tinha ouvido falar dela... nem do jogo. Até semana passada.

— Jura? — perguntou Kyung-soon, me fitando, perplexa. — Achei que esse tipo de coisa era história de ninar para a família Quest.

Pelo visto, não.

Dei de ombros e fiz parecer que eu não era a única por fora.

— Talvez tenha sido melhor assim — observou Devroe. — Até onde você sabe, sua família não queria que você descobrisse que a organização existia.

Isso era óbvio. Mas eu não conseguia entender o motivo.

— Bem, eu já conhecia a organização há pelo menos uns três anos — gabou-se Kyung-soon. — Minha mentora me contou a respeito deles. Por um tempo, achei que ela estivesse brincando. Falava "Não se meta com essas pessoas, Kyung. Acho que elas estão metidas com o Jogo dos Ladrões" ou "Se essa missão correr bem, pode ser que sua reputação alcance os organizadores do jogo". — Ela suspirou, cabisbaixa. — Cansei da nossa dinâmica, de ela mandar e desmandar em mim a torto e a direito, então não pensei muito no assunto depois de deixá-la. Até que recebi o convite duas semanas atrás. Ninguém no mundo consegue acessar meu celular com um número desconhecido. Foi quando percebi que a organização existe mesmo. Que ela deve mesmo realizar pedidos. E, para fazer isso, deve haver gente muito poderosa envolvida.

— Parece que você está levando a sério a palavra da sua mentora, afinal — comentei.

Tentei não estremecer, lembrando que eu também estava acreditando na minha tia. Mas ela era da família. Não havia motivos para ela mentir para mim. Nós duas éramos da família Quest.

— Por outro lado, *eu* não levei a sério a palavra de ninguém — declarou Mylo. — Até conheci uma das organizadoras.

Baixamos as cartas, chocados.

— Para de mentir, Mylo — alertei.

— Juro! — insistiu ele, pousando as cartas viradas para baixo na mesa e se inclinando para a frente. — Uns onze meses atrás, fui chamado para uma missão em Las Vegas. Era dinheiro fácil, só fazer uma limpa de quartos num complexo de hotéis de luxo. Não fazia ideia de quem tinha me contratado, era o tipo de serviço sem contato. Então fui lá, arrombei os cofres e tirei tudo que tinha dentro. E tinha tanta coisa... relógios caros, notebooks e o que mais puderem imaginar. Eles me pediram para tirar *tudo* dos cofres, então foi o que fiz. Isso incluía muitas pastas e pen-drives.

— Mylo — interveio Kyung-soon. — Vá direto ao ponto.

— Beleza. — Ele colocou o cabelo atrás da orelha. — Terminei a missão, fui até o ponto de encontro e entreguei tudo. Era um estacionamento embaixo de um prédio empresarial, uma cena bem James Bond. Não tinha nenhum outro carro por perto. Encontrei o cliente e já estava pronto para ir embora, mas ele me chamou de volta. Falou que a chefe dele queria me conhecer. A curiosidade é minha maior fraqueza, então eu fui. Não reconheci a mulher, mas dava para ver que ela era o tipo de pessoa que sempre andava de motorista. Ela me convidou para me sentar com ela e perguntou se eu já tinha ouvido falar do jogo.

— Ela mesma contou a você sobre o jogo? — perguntou Kyung-soon.

— E você acreditou? — acrescentei.

Mylo se remexeu no assento.

— Bem, na época fiquei dividido. Talvez ela estivesse mentindo para mim, mas talvez não. Quando eu estava indo embora, ela pegou as pastas e pen-drives, depois me deu o resto das coisas como se fosse lixo. Falou que joias baratas não tinham utilidade alguma para ela e me pagou o triplo do que havíamos combinado. — Mylo arregalou os olhos para dar um efeito dramático. — Mal tive tempo de dizer qualquer coisa. Ela disse que entrariam em contato comigo e, em seguida, o carro deu partida. Não que eu fosse atrás dela para tentar devolver o dinheiro.

O triplo? Até parece. Nunca se devia aceitar mais do que o combinado com o cliente. A quantia extra sempre vinha com uma cobrança maior. Vai ver que no caso de Mylo a cobrança era ele entrar no jogo.

— Essa história não faz sentido — observou Devroe. Ele era o único que ainda estava segurando as cartas, embora a partida já tivesse sido basicamente abandonada. — Nada disso prova que aquela mulher era uma das organizadoras do jogo.

Kyung-soon fez um gesto com a mão na direção de Mylo.

— A mulher disse que entrariam em contato — disse ela. — E Mylo está aqui. Então eu acredito.

— Mas quem disse que esse era o final da história? — retrucou Mylo. — Não falei sobre as pessoas que eram meus alvos dessa missão.

— Falou, sim — rebateu Devroe. — Você disse que não sabia nada a respeito deles. Vai mudar a história agora?

— Eu disse que não sabia enquanto fazia o trabalho — explicou Mylo. — Só *depois* descobri quem eram. Talvez tenha sido minha curiosidade falando alto de novo, mas dei uma investigada. Pelo visto, as pessoas que eu tinha roubado eram membros secretos de algum trâmite do governo chinês.

— Membros secretos? — perguntou Kyung-soon, franzindo o cenho.

— Tipo funcionários clandestinos — expliquei. — Imagino que sejam pessoas que não trabalham de fato no governo, mas ainda assim negociam em nome dele.

— Entendi... — disse Kyung-soon, assentindo devagar.

— Mas a questão não é essa, né? — continuou Mylo. — O que tinha naqueles pen-drives e documentos? E o que aquela mulher fez com eles?

Engoli em seco.

Eu não era muito adepta a teorias da conspiração. Se eu fosse contar o tempo que já passei pensando nos Illuminati ou em qualquer outro grupo secreto de pessoas misteriosas controlando os bastidores do poder, não daria nem uma hora.

Mas eu estaria mentindo se dissesse que Mylo não tinha feito minha mente ir a mil.

Afinal, quem são os organizadores? Será que eu quero mesmo passar um ano envolvida com essas pessoas?

— Estou começando a entender por que minha família não me contou sobre o jogo. Ou tendo muita dificuldade de entender por que o esconderam de mim — falei, baixinho, jogando pela janela toda a minha vergonha por estar por fora do assunto.

Devroe se remexeu ao meu lado.

Mylo suspirou.

— Acho que todas as famílias têm segredos. É o que elas fazem de melhor — comentou.

Mylo fez menção de pegar o celular, da mesma forma inconsciente que eu o vira fazendo antes, mas foi a primeira vez desde que tínhamos começado a jogar. Será que foi porque... nós não estávamos mais o distraindo?

Família. Será que aquela palavra o fizera lembrar por que precisava verificar o celular?

Por alguma razão, olhei para Devroe. Ele era o único que não tinha revelado nada sobre como descobriu a organização. Se aquele era nosso momento de trocar relatos...

Devroe jogou as cartas na mesa. Foi tão rápido que tive um sobressalto.

— Como não vamos terminar a partida mesmo, vou tomar um pouco de ar.

Sem dizer mais uma palavra, ele saiu, indo para um dos vagões vizinhos com uma rigidez que eu nunca tinha visto antes.

Franzi o cenho. Ele sabia o que eu ia perguntar, não sabia? Já que ele jurava ser tão habilidoso em ler pessoas.

Mas por que Devroe estava fugindo da pergunta?

Por que eu queria ir atrás dele?

— Deixa para lá. Ele só foi pensar um pouquinho e depois vai voltar — disse Kyung-soon. — Eu acho, pelo menos.

Ela baixou as cartas também, e o jogo acabou de vez.

Mylo começou a recolher as cartas da partida abandonada. Ele pegou o monte de Devroe, que era bem alto.

— Bem, de uma coisa sabemos: ou Devroe foi embora porque não queria responder à pergunta nenhuma, ou foi uma desculpa, porque ele sabia que ia perder.

DEZENOVE

Olá, Rosalyn,
 Aqui é a treinadora Mutter, do Acampamento de Férias para Ginastas de Alto Desempenho da Universidade do Estado de Luisiana. Vi que você ainda não se matriculou. Ainda deseja participar do programa? Lembre-se de que não oferecemos reembolso das taxas em caso de desistência, e não há mais vagas na segunda turma deste ano.

Encarei o e-mail por tempo demais antes de deletá-lo. A culpa me atingiu com tudo. Aquela tinha sido uma ideia idiota, egoísta. Eu deixaria minha mãe sozinha... e para quê? Para tentar fazer amizade com adolescentes que sabiam fazer espacate?
 Abracei meus ombros e pensei no cheiro da pele da minha mãe, no aroma de manteiga de cacau. Mesmo que só na minha lembrança, era reconfortante. Será que eu realmente não estava feliz com ela? Eu tinha passado a vida toda com ela e minha tia, e tudo ia bem. Nada disso teria acontecido se eu escutasse minha mãe. Os novos amigos que se danassem. As novas experiências que se danassem.
 Tudo estaria bem se eu tivesse minha mãe.

Eu precisava vencer a competição e, depois disso, compensaria o fato de ter tentado fugir e causado tudo isso. Não sei como, mas eu daria um jeito.

Eu me forcei a pensar em outro assunto e voltei a traçar um esboço do trem sobre a mesa, mapeando as possíveis saídas de emergência. Estudar as especificações do modelo de trem em que eu estava, que encontrei na internet, e planejar as rotas de fuga hipotéticas me acalmava. Ou pelo menos costumava ter esse efeito. Já que o plano de fugir para salvar a minha própria vida tinha falhado, talvez eu não fosse tão especialista em planejar saídas como eu pensava.

Do outro lado do vagão, Taiyō estava fazendo anotações em um novo livro. Curiosa, usei a câmera do celular para dar zoom na capa. Era um livro de confissões de um ladrão de joias, Bill Mason. Eu mesma já havia assistido a alguns documentários no YouTube a respeito do cara, mas, a julgar pelos post-its, Taiyō devia saber mais sobre ele do que qualquer um.

A concentração dele foi interrompida quando Adra arremessou um amendoim em seus óculos. Como estava de costas para mim, consegui ver os ombros dela sacolejando com um risinho por baixo da jaqueta chiquérrima. Ela jogou mais um amendoim. Taiyō inspirou fundo e limpou as lentes com um paninho, e em seguida voltou a colocar os óculos. Adra mirou outro amendoim, mas o garoto o pegou no ar e o colocou num copo a seu lado. Tive a impressão de que ele estava contando quantos amendoins tinham sido arremessados para que em breve pudesse fazer algo que a irritasse o dobro. Mas também senti que Adra só estava fazendo aquilo para ver a reação de Taiyō. Era uma pena que ele tivesse acabado no Time Arqui-inimigo.

Devroe se sentou de frente para mim.

— Ah, resolveu dar as caras? — perguntei.

Repreendi a mim mesma. Por que eu não o tinha mandado ir embora? Ele devia ter voltado para flertar mais um pouco comigo. Eu era mais esperta do que aquilo.

— Pois é. Mas não se preocupe, trouxe um presente.

— Jura?

— Eu mesmo. De nada.

Ele deu um sorriso acalorado, como se aquela fosse a cereja do bolo daquela piadinha... que por sinal era horrível, mas, *droga*, eu ri mesmo assim. Evitei fazer contato visual, como se aquilo fosse impedi-lo de me ouvir. Quando olhei de volta, Devroe estava com uma expressão mais leve e satisfeita.

Cruzei os braços na mesa entre nós, semicerrando os olhos.

— Mas então — comecei —, qual é o índice de sucesso dessa tática de provocação acompanhada de um sorriso? Vinte, trinta por cento?

— Pelo menos sessenta, quando bem executada. — Ele se inclinou para a frente, e sua voz se transformou em um sussurro. — E não é o sorriso que agrada as pessoas. São os olhos. Um olhar certeiro pode ser a parte mais sexy do flerte. É assim que se faz um alvo corar.

Caí na armadilha que armei para mim mesma. Ele olhou bem no fundo dos meus olhos e em seguida mudou o foco para analisar minhas feições.

Eu sabia o que ele estava fazendo (ele tinha acabado de me contar), mas foi inevitável reagir do jeitinho que ele tinha descrito.

Desviei o olhar, torcendo para o rubor no meu rosto não ser tão evidente.

— Por que está me provocando? — falei. — Nós dois já sabemos que eu saquei a sua estratégia.

— Porque gosto de você.

Bufei, surpresa.

— O quê? — perguntou ele. — Não posso usar meus truques em alguém de quem eu de fato goste? Na verdade, essa é uma ótima oportunidade.

— Você não *gosta* de mim — insisti, balançando uma das pernas sob a mesa. — Você acabou de me conhecer.

— E foi amor à primeira vista.

— Esqueceu de dar um sorriso.

Devroe sorriu, um leve inclinar dos lábios, só que bem mais genuíno.

— Viu? É disso que estou falando — disse ele. — Talvez seja mais divertido saber a estratégia por trás do joguinho. Talvez eu goste de saber que você entende que minhas técnicas são sofisticadas.

Senti um leve arrepio percorrer meu corpo. *Joguinho*. Era divertido apontar as tentativas dele de me encantar, e ele revelou que gostava disso. Se eu deixasse essa brincadeira continuar por muito mais tempo, até quando poderíamos nos provocar sem ficar entediados? Semanas? Meses? Anos?

Quer dizer, hipoteticamente.

O joelho dele tocou o meu embaixo da mesa, mas não sei se foi sem querer ou de propósito. Senti um friozinho na barriga que me trouxe de volta ao presente, ironicamente. Confessar que gostava de saber que eu entendia a tática dele não mudava nada. Cair nesse papo e permitir que ele me despertasse esses sentimentos porque nós dois estávamos brincando era... perigoso. Quanto tempo levaria para eu esquecer que era um blefe dele? Quanto tempo até eu começar a gostar dele, a *confiar* nele?

Ross Quest não está aqui para fazer joguinhos com ladrões bonitos. Ross Quest veio salvar a mãe sequestrada.

Deu quase para sentir quando me recompus. Meus ombros, rosto, coração. As engrenagens estavam voltando aos seus devidos lugares.

A expressão de Devroe murchou, e ele suspirou.

— Você deve ter entrado para o jogo por algum motivo sério — comentou ele —, já que fica tão tensa só de pensar em se distrair por dois segundos.

Voltei a olhar para ele. Devroe estava com as mãos sobre o colo, examinando meu rosto. Não havia mais leveza em seus olhos, o que significava que ele estava falando sério.

— É que... — Eu me detive. Contar sobre minha mãe a ele, ou a qualquer pessoa, na verdade, não era uma boa ideia. Ainda mais quando eu tinha acabado de decidir que não deveria confiar em *ninguém*. — Todo mundo tem seus motivos para estar aqui. Os meus são importantes para mim. E imagino que os seus sejam importantes para você.

Devroe tensionou a mandíbula e ajustou a gravata. Podia até ser um pouco hipócrita da minha parte, mas de repente fiquei muito curiosa para descobrir por que ele entrou para o jogo. Não que eu fosse — ou pudesse — perguntar.

— Meu pai... — disse ele, observando a paisagem da zona rural passar pela janela. — Ele trabalhava neste... ramo quando tinha a minha idade. Foi convidado para o jogo, mas não teve condições de entrar na época. Por isso estou aqui. Quero vencer... por ele.

O silêncio recaiu sobre nós dois. O zunido do vagão. O balanço. Eu queria saber o motivo, e ele... simplesmente me contou. Percebi que seus olhos ficaram um pouco mais brilhantes, e ele piscou para se livrar das lágrimas que se formavam, tirando uns pelinhos inexistentes da gravata. Eu me dei conta de que Devroe já tinha feito aquilo antes, ajustado algo no visual quando estava desconfortável.

Ele estava falando a verdade, então.

— Você chegou a conhecê-lo? Seu pai? — perguntei, surpreendendo a mim mesma.

Ele soltou uma risada sem humor.

— Cheguei um pouquinho atrasado, sabe? Ele morreu um mês antes de eu nascer. — Devroe começou a ajeitar uma das abotoaduras, sem olhar para mim. — Mas ele me deixou uma carta, o que... é alguma coisa, acho. Minha mãe disse que tentou convencê-lo a gravar um vídeo, mas àquela altura ele estava envergonhado da aparência e do quanto a voz soava abalada. Cartas faziam mais o estilo dele, de acordo com a minha mãe. Ele era um cavalheiro moderno. E, no fim das contas, existe algo mais sofisticado do que uma carta escrita à mão?

— Você puxou a ele.

Devroe deu um sorrisinho.

Aquilo me pegou. Algumas pessoas não entendem como é possível sentir falta de alguém que nunca conhecemos, mas, na verdade, às vezes isso só aumenta a saudade.

— Meu pai morreu dez meses antes de eu nascer — falei.

Devroe me olhou, confuso.

— Ele não era bem meu pai — acrescentei. — Quer dizer, era, sim. Mas não era essa "figura paterna", sabe? Minha mãe foi atrás de um banco de doação de sêmen. Ele era um cara qualquer que ela escolheu num catálogo. Pelo menos, era isso que ele significava para ela, mas para mim...

Estiquei a mão, dando uma boa olhada nos meus dedos, nos ossos. Eu tinha o mesmo tom de pele da minha mãe, o formato da sua boca e outras coisas. No entanto, minhas feições eram diferentes, minha mandíbula era mais fina, meu cabelo, mais grosso. Tudo aquilo, metade do meu sangue, vinha de uma pessoa que para ela não era ninguém e que provavelmente ela pensara que não significaria nada para mim também.

— Às vezes me olho no espelho e penso nele. Deixo a imaginação me levar, na verdade. Tenho as informações médicas e um teste de personalidade, só. Num mundo ideal, eu conseguiria ir atrás dele quando completasse dezoito anos, mas, para a minha sorte, minha mãe escolheu um cara que bateu com o carro num poste uma semana após a doação. Ela não sabia, mas... — Abaixei as mãos, fracas, sobre a mesa. — É uma situação bem chata. Você tem sorte de ter uma carta.

Resisti à vontade de morder o dedo. Senti um aperto no peito. Nunca tinha contado sobre meu pai a ninguém. Nunca tive alguém para me ouvir, exceto talvez minha tia, só que ela não entendia. A família parecia concordar que ele não teria feito parte da minha vida de qualquer forma, então por que eu sentiria falta de algo que nunca teria?

Quem sabe Devroe também estivesse pensando desse jeito. De fato, nossas situações eram bem diferentes.

Ele cobriu minha mão com a dele e deu um leve aperto.

— Meus pêsames — sussurrou. — Você tem razão, tenho sorte de ter a carta. Sinto muito mesmo por você não ter nada do seu pai.

Senti minha respiração vacilar. Por que parecia que eu tinha esperado a vida toda para ouvir aquilo?

Apertei a mão dele também, e ficamos sentados ali numa quietude linda de entendimento mútuo.

De repente, senti uma vibração no meu bolso, me arrancando daquele momento.

Devroe e eu trocamos um olhar e conferimos nossos celulares. Eram mensagens simultâneas.

Não podia ser nada bom.

Tem um passageiro especial no trem. Um oficial de Paris, Gabriel Raines. Temos interesse em informações que estão no celular dele. Podem pegá-lo para nós? O time que perder esse desafio vai receber a penalidade de um dia.

O trem chega à estação em 28 minutos.

Boa sorte. ☺

Um relógio com uma contagem regressiva apareceu no canto da tela. O tempo já estava correndo.

VINTE

MYLO E KYUNG-SOON VOLTARAM À mesa num piscar de olhos. O Time Noelia já estava de pé. Não precisávamos dizer nada uns aos outros, bastou um olhar. A trégua já era.

De repente, parecia que todos começaram a procurar ao mesmo tempo os panfletos de segurança. Quais eram os vagões particulares? Onde ficava a primeira classe? Ninguém tinha se dado ao trabalho de olhar antes?

— Os vagões particulares ficam na frente do trem, a primeira classe vem logo depois — sussurrei.

— Boa! — disse Mylo.

Ele deu um tapa na mesa e se levantou, e Kyung-soon fez o mesmo, e os dois saíram da cabine em segundos. O Time Noelia também estava a toda.

Devroe começou a se levantar, mas eu o puxei para baixo. Ele me olhou como se eu estivesse louca.

— Espera um pouco — pedi.

Noelia, Adra e Lucus passaram por nós. Noelia me lançou um olhar provocador como quem dizia com todas as letras "vai ficar para trás, hein?". Eu me forcei a ficar parada e quietinha até que eles estivessem longe.

— Você quer que Mylo e Kyung-soon façam tudo sozinhos? — perguntou Devroe.

Dei uma cotovelada de leve nele, fazendo-o se levantar.

— Eles estão indo para o caminho errado — falei.

— Você acabou de dizer que a primeira classe e os vagões particulares...

— Eu sei.

Passei por ele e tomei a frente rumo ao vagão vizinho, do lado oposto ao qual a maior parte dos concorrentes estava indo. Dava para ouvir Devroe atrás de mim.

— Depois de 1990, todos os modelos deste trem foram construídos com um conectivo removível para o caso de sequestro — expliquei. — Os sequestradores em geral começam pela frente porque precisam tomar os controles. Numa emergência, é possível soltar o último vagão do trem com um código ao qual todos os funcionários têm acesso. Se eu fosse alguém superimportante preocupado em ser feito de refém num sequestro...

— Então se misturar com as pessoas no fundo do trem talvez valesse a pena — completou ele.

Devroe esticou o braço do meu lado para abrir a porta para o próximo vagão. Ele adorava dar uma de cavalheiro, né?

— Como você sabe disso? — perguntou ele. — Acredito que a informação não estava no folheto, né?

— Pesquisei as especificações do trem.

Devroe assentiu. Por um segundo, quase pareceu orgulhoso de mim.

— Você tem certa obsessão por mapas e rotas de fuga, né?

Senti o rosto arder. Dei de ombros, tentando disfarçar.

— Gosto de saber onde estou.

Fui na frente, e seguimos até os fundos do trem. Embora eu tivesse certeza de que a pessoa que procurávamos estaria no último vagão, dei uma boa olhada no caminho. Ao chegarmos perto da porta que dava para o conectivo removível, Devroe tentou me ensinar como identificar funcionários do governo, alguém como Gabriel Raines.

— Precisamos ficar de olho em...

— Broches de bandeira na lapela, assistentes estressados, aglomerações de seguranças fortões fazendo um péssimo trabalho fingindo ser pessoas comuns — completei. — É, eu sei. Eles também devem estar sentados próximos a uma saída, mesmo se estiverem no último vagão.

O penúltimo vagão estava consideravelmente vazio. Havia apenas uma família, todos com aparelhos eletrônicos nas mãos, dos pais às crianças, e um casal do tipo mochileiro tirando um cochilo. Devroe e eu paramos perto da porta que levava ao último vagão. Arrisquei dar uma espiada pelo vidro, mas o solavanco distorceu a visão. Porém, ainda assim consegui ver que havia muito mais gente lá.

Foi então que tive um vislumbre de um cabelo absurdamente perfeito.

— É o Taiyō — sussurrei. — Como foi que ele conseguiu chegar aqui tão rápido?

Devroe franziu o cenho.

— Ele deve ter vindo na direção oposta só para garantir.

Só para garantir. Eu estava um passo à frente dos meus adversários, mas continuava sendo deixada para trás por causa de medidas preventivas.

— Fica aqui. Se Taiyō sair antes de mim, faça ele tropeçar e pegue o celular.

Devroe hesitou por um milésimo de segundo. Será que ele não tinha gostado do plano? Relutante, assentiu.

— Boa sorte, então.

Abri as portas e entrei no último vagão.

Bastou eu ter dado um passo para dentro para saber que tinha acertado. Havia ao menos vinte pessoas acomodadas ali. Algumas pareciam passageiros normais, usando calça jeans e blusa, mas dava para ver que a maioria fazia parte de uma comitiva política. Homens e mulheres de ternos impecáveis e camisas de botão, digitando em notebooks ou folheando papéis repletos de post-its. No fundo do vagão, estava o nosso alvo. Mesmo sem o broche que eu esperava que ele usasse, a gravata de cetim listrada e o cabelo pronto para aparecer em uma entrevista para a TV o entregaram. Ele estava cochilando.

Do outro lado do corredor, havia uma mulher com um coque militar apertado e um olhar contemplativo. Então aquela era a sua segurança...

Ela me olhou assim que entrei. Dei um sorriso desconfortável (era o que as pessoas faziam quando alguém as encarava) e me sentei de frente para Taiyō.

— Vá embora — disparou ele.

— Qual é o seu plano? Vai ser bem difícil para qualquer um de nós surrupiar o celular sem que a segurança ali desconfie.

Ele hesitou.

— Eu não devia estar conversando com você.

— Fala sério. Acha mesmo que um ladrão admirável sairia com as mãos abanando? — provoquei.

Taiyō estremeceu, tamborilando na mesa. Ele devia estar arrependido de ter me contado sobre sua ambição de se tornar um ladrão perfeito.

Senti que eu tinha conseguido vantagem.

— Veja isso como uma pesquisa de campo — disse, inclinando-me para a frente. — Todos os outros estão vasculhando os vagões particulares do outro lado do trem; somos só nós dois aqui. Pense no ensinamento que você pode adquirir: *saiba quando trabalhar com um adversário para atingir seu objetivo*. É uma lição importante, não acha?

Ele endireitou os óculos. Eu ainda não tinha descoberto se era o tipo de coisa que ele fazia quando estava pensativo ou irritado.

Suspirei.

— Deixo você pegar o celular também — falei.

— Por que me deixaria fazer isso?

Dei uma olhada no cronômetro.

— Temos só mais dezesseis minutos. Dou um jeito de pegar o celular de volta antes do tempo zerar. O que me diz? Quer me ajudar?

Ele endireitou a postura, parecendo pensar por um segundo. Em seguida, abriu um sorriso convencido.

— Você fica com a mulher. Vou precisar de pelo menos um minuto.

— Qual é o seu plano? — Foi inevitável perguntar. — Ele vai perceber que o celular sumiu assim que você pegar.

— O celular não vai sumir — disse Taiyō, sem qualquer outra explicação.

Em seguida, foi até o alvo.

— Com licença, sr. Raines? Sinto muito em incomodá-lo.

O francês de Taiyō quase não denunciava sotaque algum. Pensando bem, o inglês também. Fiquei me perguntando se aquilo era mais uma técnica que ele tinha aprendido ao estudar os gênios do ramo.

Gabriel pareceu um tanto irritado. Ser acordado de um cochilo por um adolescente desconhecido provavelmente o fez desejar ter corrido o risco de sequestro e escolhido a cabine privativa.

— Vi seu último discurso — continuou Taiyō. — Foi muito inspirador. Se o senhor não se importar, como foi que aprendeu a falar tão bem em público?

Ao ouvir aquilo, Gabriel despertou. Ele parecia mesmo o tipo de pessoa que amava falar de si mesmo. Afinal, era um político.

Ele acenou para que Taiyō se sentasse e começou a falar. Enquanto isso, a mulher observava a nova ameaça com muita cautela. Qualquer estranho àquela proximidade do seu chefe seria do seu interesse. E eu precisava desviar a atenção dela de Taiyō por um minuto.

Eu me preparei e segui pelo corredor até o assento da mulher. Quanto mais perto eu chegava, mais tensa ela parecia. O que eu diria para distraí-la por um minuto inteiro?

O que *me* faria surtar, mesmo que de leve?

Em vez de me sentar de frente para ela, me agachei no corredor a seu lado de um jeito discreto e fiz minha melhor expressão de vergonha alheia.

— O que foi? — perguntou ela, curta e grossa.

Apostava que, se ela pudesse, me espantaria como se eu fosse um pernilongo.

— Só queria dizer que vi uma mancha vermelha quando você passou por mim... — sussurrei. — Gostaria que alguém me avisasse se fosse comigo, então achei que seria melhor...

Ela arregalou os olhos, e o semblante firme feito aço foi tomado por um misto de constrangimento e caos.

— Eu... hum. — Ela olhou para Taiyō, que assentia a cada palavra que Gabriel dizia como um cachorrinho abanando o rabo para o dono. — Com licença — murmurou, passando por mim em direção às portas do vagão.

Eu me levantei para voltar ao meu lugar e vi de relance a mão de Taiyō próxima de onde o celular de Gabriel estivera conectado... só que ele estava conectando outro aparelho. Um celular falso? Gabriel perceberia mais cedo ou mais tarde, mas não de imediato. Mandou bem na sutileza, Taiyō.

Com a mesma naturalidade com que tinha puxado conversa, ele encerrou o assunto, insistindo que faria questão de estar na arrecadação de fundos da próxima campanha de Gabriel. Fiquei de pé e fui para a saída, alguns passos atrás dele.

— Não sabia que você tinha tanto interesse em política — sussurrei.

Taiyō abriu as portas do vagão.

— É bom *conhecer* as pessoas — falou ele, enfatizando *conhecer* de um jeito diferente.

Tive a impressão de que Taiyō gostava de conhecer as pessoas da mesma forma que eu gostava de conhecer cada canto de um lugar.

No milésimo de segundo antes de ele abrir a porta do penúltimo vagão, falei:

— Queria que você tivesse se sentado na nossa mesa. Foi mal.

Taiyō mal teve tempo de reagir. Devroe, que estava com uma jaqueta verde de veludo, esbarrou nele. Também "estabanada", fingi quase cair, segurando o braço de Taiyō para "me equilibrar". Devroe se afastou, deixando nós dois no chão. Uma mulher bondosa veio nos ajudar. Ao me ajudar a levantar, peguei os óculos de Taiyō e os joguei entre duas poltronas. Ele me olhou feio e murmurou algo em japonês que eu tinha certeza de que não queria saber o significado.

Mais um passageiro, um homem de terno de risca de giz, havia se aproximado para ajudar também.

Apressada, passei por ele e pela mulher.

— Me desculpem, estou bem. Obrigada.

Tentando não correr, andei depressa pelos vagões do trem. Alguns passageiros me observaram intrigados, o que me fez desacelerar. Talvez eu aparentasse estar mais nervosa do que pensava.

Por fim, cheguei ao nosso vagão, que estava bizarramente quieto em comparação aos demais, barulhentos com conversas, roncos e o som de aparelhos eletrônicos. Não era de se espantar, na verdade, considerando que ele estava quase vazio. Havia apenas Devroe, sentado numa poltrona no meio do vagão, virada para a frente, e um outro homem que eu não tinha visto antes. Ele folheava um jornal do outro lado do corredor em que Devroe estava.

Fechei a porta, e Devroe se virou para mim. Ele assentiu de leve na direção do novo passageiro e revirou os olhos. Não poderíamos mais falar sobre roubos com o desconhecido ali do lado.

171

Mas de que importava? Ele tinha pegado o celular. Podíamos só ficar quietos e cuidar da nossa vida pelos dez minutos seguintes.

Eu me sentei em uma poltrona no fundo que dava para a frente do vagão, tendo uma visão perfeita. Um segundo depois, Adra e Lucus ressurgiram, voltando do passeio desnecessário à frente do trem. Com certeza Taiyō já os havia alertado.

Tendo a mesma ideia que eu, Adra se sentou do outro lado em uma poltrona que dava para o fundo do vagão. Lucus, no entanto, sentou-se de frente para o rapaz do jornal, ficando bem ao lado de Devroe, do outro lado do corredor.

— Pode me emprestar o caderno de esportes? — pediu, em francês.

Alegre, o homem assentiu e entregou o caderno a Lucus, que ficou de pé no corredor, fingindo ler. De repente, eu me senti grata pelo novo passageiro aleatório. Talvez entrássemos numa briga pelo celular se ele não estivesse ali.

Taiyō voltou em seguida. Uma pontinha de culpa cresceu em mim quando ele se sentou do outro lado do corredor.

— Você riscou meus óculos — disse ele, batendo o dedo no canto inferior da armação. — Não vou me esquecer disso.

— Me manda a notinha do conserto depois — repliquei.

A porta da frente se abriu de novo. Entraram Mylo e Kyung-soon. Mylo deu uma olhada no vagão e se sentou do outro lado do corredor, próximo a Adra, na outra ponta do trem. Kyung-soon se sentou bem ao lado dele. Parecia que eles tinham formado uma dupla. Kyung-soon e Mylo perto de Adra, Devroe perto de Lucus, e eu ali no fundo com Taiyō. Só faltava…

A porta da frente se abriu, mas em vez de Noelia ser a única a entrar, havia um homem uniformizado com ela. Ele era branco e tinha um andar autoritário, com as mãos no cinto. Atrás dele, Noelia estava com uma expressão que não lhe era característica: preocupada, inquieta. Ela sussurrou algo em francês para o homem, enfatizando as palavras com gestos delicados e nervosos.

O brilho de um distintivo no peito dele chamou minha atenção. Será que ele era um dos seguranças do trem?

O homem assentiu e deu um passo à frente. Seu olhar percorreu o vagão, passando por mim antes de se fixar em Devroe.

Droga.

VINTE E UM

SABE AQUELE SENTIMENTO QUANDO VOCÊ sabe que alguma coisa está prestes a acontecer, mas não faz ideia do que fazer para impedir, então só fica na sua, vendo tudo desmoronar?

Era assim que eu me sentia, e aquilo era sufocante.

O segurança, com Noelia logo atrás, se aproximou de Devroe.

— Com licença — disse o homem. — O senhor por acaso esbarrou nesta senhorita mais cedo?

Não consegui ver o rosto de Devroe, mas havia um quê de irritação em sua voz.

— Não, acho que não.

— Tem *certeza*?

— Eu sei que eu estava com o meu celular antes — disse Noelia, com a voz esganiçada —, até que esbarrei num homem negro. Agora o meu aparelho sumiu.

Senti o sangue ferver, só faltava evaporar. Era inacreditável que ela ia tentar pegar o celular daquele jeito. Até Adra estava com uma cara fechada, discordando da atitude da parceira.

O segurança suspirou.

— Talvez possamos esperar até chegar à estação — sugeriu ele.

— Lá nós podemos...

Noelia olhou para o homem daquele jeito "eu posso fazer com que você seja demitido" que gente branca sempre usava para fazer a classe trabalhadora se sentir uma poeirinha no chão.

O chão.

Tive uma ideia.

O mais rápido que pude, mandei uma mensagem no grupo:

> Mylo — Última fileira. No chão.

Olhei para a área embaixo das poltronas. Como em assentos em um ônibus ou avião, tinha um espaço sob todas elas. Mais do que o suficiente para um celular deslizar por ali.

Tomara que Devroe tenha visto a mensagem.

Ele se mexeu na poltrona. Torcia para que ele estivesse largando o celular de Gabriel no chão e o chutando diretamente para as botas de Mylo.

Prendi a respiração.

Mylo olhou para mim e deu uma piscadinha.

Se não fosse um gesto idiota que entregaria o plano, eu teria dado um soquinho no ar em comemoração.

— Olha, fique à vontade para me revistar — sugeriu Devroe. — Mas vou querer um pedido de desculpas quando não encontrar nada.

Noelia deixou um lampejo de preocupação passar por seu rosto, mas logo mudou o semblante.

O segurança se virou para ela, como se Noelia fosse um fator decisivo para o procedimento, e ela assentiu.

Assim que Devroe se levantou da poltrona para ser revistado, uma voz soou pelos alto-falantes do vagão, relembrando a todos que estávamos a dez minutos da estação de Paris. O segurança inclinou a cabeça, pelo visto ouvindo algo em seu fone.

— Entendido. Isso, estou no vagão dezessete. — Ele endireitou a postura e, em seguida, falou bem alto, para que todos no recinto pudessem ouvir. — Infelizmente, um passageiro muito importante também perdeu o celular. A segurança exigiu a revista de todos a bordo, começando pelo vagão em que estamos. Não é um procedimento obrigatório, mas quem se recusar precisará falar com a polícia de Paris.

Com a polícia? Não, obrigada. Nossa... Gabriel mandaria revistarem um trem inteiro e chamarem a polícia só por um celular roubado?

O que é que tinha naquele aparelho?

O homem mais velho bufou.

— Que coisa ridícula... — soltou Lucus, igualmente indignado. Pelo visto, ele e o cara do jornal tinham virado amigos.

Devroe abriu os braços, parecendo contente por ser revistado.

— Que bom que não vou ser o único recebendo tratamento especial.

O segurança do trem o revistou com o mesmo afinco de um agente de proteção de aeroporto. Das mangas ao peito e à calça. Noelia observou com atenção, embora desse para perceber que ela começava a suar. Uma coisa era dizer que estava procurando o próprio celular, mas se o segurança encontrasse o celular do alvo com Devroe, ela não teria como provar que o aparelho de fato pertencia a ela, e o celular voltaria ao sr. Gabriel.

Ao terminar de revistar Devroe, sem encontrar nada além do celular do garoto e ao menos três prendedores de gravata reserva no bolso do colete, o segurança apalpou o espaço entre as poltronas, checou o compartimento de trás da poltrona e até deu uma olhada no chão. Satisfeito, endireitou a postura e gesticulou para o assento de Devroe.

— Pode se sentar, senhor. Está tudo certo.

— Eu disse.

O segurança se virou para Noelia. Uma mensagem de Devroe apareceu no grupo:

> Joguem de volta para mim.

Devroe já tinha sido revistado, e se Mylo devolvesse o celular a ele, o aparelho ficaria seguro.

Noelia pareceu perceber o mesmo que eu.

Ela se sentou na poltrona bem em frente à de Devroe, bloqueando o caminho entre ele e Mylo.

— Senhorita.

O segurança do trem gesticulou para que ela se levantasse de novo.

— Eu? — perguntou Noelia, bufando. — Você não pode estar falando sério. Eu sou a vítima aqui. Meu celular foi roubado! E você quer *me* revistar? Isso é motivo de processo!

— A senhorita vai precisar resolver isso com...

— Que seja — interrompeu ela, gesticulando. — Espero as autoridades, então.

O segurança anotou em uma caderneta o nome dela, que Noelia disse ser Lyla, e foi revistar a próxima pessoa.

Mylo levantou a mão.

— Eu, por favor.

Ele empurrou o ombro de Kyung-soon, e ela foi para a poltrona do outro lado do corredor, ficando entre Lucus e Adra. Ela não precisava me mandar uma mensagem para que eu entendesse que estava com o celular.

O segurança começou a examinar Mylo.

— Nunca fui revistado antes — disse ele, em francês, com um sotaque estadunidense. — Estava na minha lista de coisas para fazer antes de morrer. Na lista também está conhecer o presidente e pular de *bungee jumping* no Grand Canyon.

Mylo encarou Kyung-soon enquanto o segurança apalpava sua calça. Queria que ela lhe devolvesse o celular quando o homem terminasse de revistá-lo.

Então, obviamente, para evitar que aquilo acontecesse, Adra ficou parada no corredor entre eles.

— Só para avisar, a túnica e o lenço são artesanais — disse ela.

— Se você manchar, vai ter que pagar por eles.

Ela jogou o rabo de cavalo para trás e estendeu os braços.

Mylo olhou ao redor e assentiu para que Kyung-soon jogasse o celular de volta mesmo assim. Será que ele tinha enlouquecido? A chance de ela conseguir passar o aparelho por Adra e o segurança era de um por cento.

Mesmo assim, Mylo parecia que ia começar a tremer de empolgação a qualquer momento. Ele estava morrendo de vontade de correr aquele risco.

Ainda bem que Kyung-soon não parecia disposta a depender da sorte como ele.

Um segundo antes que o segurança terminasse de revistar Adra, Kyung-soon derrubou o celular e o chutou na minha direção. Eu estava prestes a pegá-lo, mas Lucus intercedeu sem esforço algum, colocando a bota sobre o aparelho e o deixando entre os pés sem nem olhar. Era como se ele tivesse jogado futebol a vida toda.

E minha mãe jurava que esportes não me ajudariam a ser uma ladra melhor.

Lucus olhou para mim por cima do jornal e deu uma piscadinha. Cerrei os dentes.

Quando o segurança terminou com Kyung-soon, Lucus mexeu o celular entre os pés por alguns instantes. Ele estava brincando comigo, para que eu ficasse me perguntando para onde ele mandaria o aparelho.

Com a maestria que só um jogador de futebol poderia ter, ele jogou o celular direto para baixo da poltrona de Taiyō, que o pegou e virou de costas para mim. Ele estava digitando? O que ele estava fazendo?

Lucus ficou de conversinha com o segurança sobre a Copa do Mundo enquanto era revistado, o que eu tinha quase certeza de que era o jeito sutil dele de me provocar, mas fiquei encarando Taiyō. Ele provavelmente mandaria o celular de volta para Lucus num instante.

Taiyō ajeitou a postura na poltrona, mas fez besteira.

O vagão estremeceu sobre os trilhos, e o celular escapuliu da mão dele, caindo no corredor entre nós dois. Eu me abaixei para pegá-lo. Ele me segurou pela jaqueta, tentando me afastar, mas não adiantou — eu estava com o aparelho antes que Taiyō sequer pudesse tentar.

Nós nos sentamos de volta, e o segurança franziu o cenho e virou para a nossa direção. Taiyō levantou as mãos quando o segurança se aproximou dele.

— Vou esperar a polícia.

Os freios começaram a ranger, o que significava que o trem estava parando.

O segurança levou um momento para anotar o nome falso de Taiyō, Alex.

Senti o coração bater na garganta. Devroe me olhou sobre a poltrona. *Vai*, pareceu me dizer, em silêncio.

O caminho entre nós dois estava livre. Seria fácil. Tão fácil quanto teria sido para Taiyō mandar o celular de volta para Lucus se não o tivesse derrubado.

Qual a probabilidade de a coordenação motora de Taiyō ter falhado justamente quando era mais conveniente para mim?

Alguma coisa não me parecia certa, mas não havia tempo para hesitar.

Coloquei o celular no chão e o chutei para Devroe, fingindo amarrar os cadarços. Observei o aparelho deslizar até o calcanhar dele.

Ninguém mais tentou impedir. Suspeito.

Prendi a respiração enquanto o segurança me revistava, esperando que algo mais acontecesse. Algo dramático. Porém, não rolou nada.

O trem parou na estação e, ao mesmo tempo, o cronômetro zerou.

Devroe me mandou uma mensagem privada com um emoji de sorrisinho. O jogo tinha acabado. A vitória era nossa.

Então por que eu tinha impressão de que tínhamos perdido?

VINTE E DOIS

A IDEIA DE QUE EU estava deixando algo passar me incomodou desde a estação de trem em Paris até o nosso avião pousar no Cairo.

Eles só podiam ter feito algo com o celular, que Count tinha dito para não perdermos de vista. Taiyō era muito preciso para ter cometido um erro como aquele. Depois de duas horas mexendo no aparelho durante o voo, Kyung-soon declarou que o celular *provavelmente* não tinha vírus nenhum, o que não era muito tranquilizador.

Assim que pousamos, comprei várias garrafinhas de água. Acabei com a primeira em um minuto, depois comecei a tomar outra.

Kyung-soon e Mylo foram esperar nossa carona na área de embarque e desembarque externo do aeroporto.

Devroe deu uma risada.

— Você devia ter aceitado a água que os comissários de bordo ofereceram — disse ele.

Fiquei me perguntando se Devroe tinha escolhido aquele visual só porque estávamos no Egito. O colete era cor de areia, e ele estava usando uma calça cáqui apertada que não tinha nada para dar certo, mas que lhe caiu bem. Tentei não me distrair pela forma como as cores das suas roupas faziam os olhos dele lembrarem mais ainda a chocolate.

— Acho que fiquei traumatizada. Por causa da última vez que uma comissária de bordo me ofereceu água, sabe?

— Primeiro não confia nas pessoas. E agora descubro que também não confia em água. Minha nossa, ela está cada vez pior.

— Cala a boca.

Com a segunda garrafinha pela metade, tampei e a guardei na mochila. O voo não tinha sido desagradável, mas também não era nada como o conforto que eu tinha com o jatinho de seis lugares de Paolo. Observar as pessoas zanzando na aeronave e ficarem soltando e apertando os cintos me deixou com a sensação de que o avião ia cair a qualquer momento e que eu ficaria presa num cenário de queda de avião que me deixaria presa numa ilha deserta.

— Não estou acostumada com voos comerciais — murmurei.

— Como viaja, então? Você não mora numa ilha?

— De jatinho particular.

Nunca tinha dito aquilo em voz alta antes. Acabei me sentindo um pouco esnobe...

Devroe ignorou minha resposta.

— Bem, você devia estar grata por a gente ter conseguido até pegar o avião — comentou ele. — Podíamos estar em Paris ainda com a penalidade de um dia, como o outro grupo.

Apertei a alça da mochila, mudando o peso.

— Talvez aceitar a derrota tivesse sido melhor do que cair no que quer que eles estejam tramando.

— Dá para relaxar? A gente tranca o celular num lugar seguro assim que chegarmos ao hotel. Não vai dar em nada, beleza?

— Aham.

A tentativa de Devroe de me tranquilizar não teve muito efeito. Não sabia qual exatamente era o plano dos nossos adversários, mas não dava para se ter tudo na vida.

A carona chegou. Kyung-soon, que estava sentada na própria mala atrás de nós com os fones de ouvido, ficou de pé num pulo e começou a arrastar a bagagem rosa para o carro. Nós quatro entramos e fomos para o hotel.

Cairo era uma cidade belíssima. Um mar de ouro e marrom. Prédios com abóbadas, redomas e torreões em espiral contrastavam com os arranha-céus envidraçados reluzentes e a água brilhante do Nilo que perpassava toda a paisagem. Era como um livro com páginas tiradas de diferentes épocas, todas costuradas na mesma obra. Pena que não estávamos ali só para visitar.

— Eu adoro o Egito — comentou Kyung-soon, suspirando ao olhar pela janela. — Se ao menos tivéssemos tempo para ver a Esfinge e as pirâmides... Não tive tempo de visitar nada disso da última vez que vim aqui com a minha mentora.

— Não estamos de férias, é uma viagem a trabalho — lembrei, embora estivesse pensando a mesma coisa.

Alguém ali precisava afastar o espírito de turista.

Nosso motorista, que parecia ser fluente em inglês tanto quanto era em árabe, me lançou um olhar curioso pelo retrovisor. Em que tipo de viagem a trabalho um grupo de adolescentes poderia estar? Mas acho que a vontade de receber uma gorjeta falou mais alto do que a de se meter na nossa conversa.

Devroe, ao meu lado na última fileira, chegou mais perto.

— Não significa que a gente não possa brincar um pouco — sussurrou ele.

Olhei pela janela para esconder o sorriso. Que garoto insuportável, sempre me fazendo rir com tanta facilidade.

Quando o carro fez uma curva, o destino apareceu. Levei os dedos à janela. O Hotel Pyramid (que, para a decepção de Mylo, não tinha sido inspirado em Luxor e não tinha o formato de uma pirâmide) apareceu reluzindo à frente. As laterais de vidro eram douradas e refletiam a luz do sol. Forcei a vista para enxergar o ponto onde o brilho encontrava o céu. Não era o edifício mais alto, não se esgueirava em direção às nuvens... mas, nossa, como era imenso. Meu foco foi então para os andares baixos e a escadaria bege que levava às portas ornamentadas do hotel.

— Pronto — disse o motorista, estacionando o veículo e talvez se perguntando o que nossos pais faziam para poderem pagar nossa estadia num lugar tão luxuoso.

Subimos os degraus da entrada principal e passamos por uma mulher com um chapéu de praia rosa-claro tão estiloso que eu cheguei a virar para dar mais uma olhada. Então uma agitação chamou minha atenção. Um grupo pequeno de manifestantes com camisetas brancas idênticas marchavam na calçada e balançavam placas. Só havia uns seis, mas o que lhes faltava em quantidade eles compensavam com animação.

Tentei ler um dos cartazes. Escrita em vermelho no alfabeto árabe, a mensagem dizia: DEIXEM OS TESOUROS DO EGITO AQUI! Eles até tinham uma réplica em tamanho real (muito boa, a propósito) do sarcófago que era nosso alvo, apoiado em um carrinho e brilhando à luz do sol. Havia uma placa de espuma na boca do objeto que dizia PAREM DE NOS SAQUEAR! Pelo jeito, nem todo mundo estava animado com o leilão.

Devroe e Kyung-soon foram até a recepção, e eu continuei observando os manifestantes e a réplica do sarcófago. Uma ideia começou a surgir.

Virei para dizer a Mylo que talvez eu tivesse um plano, mas ele já estava do outro lado do saguão, esparramado próximo a um pilar de mármore. Ele estava sendo sutil, mas seus olhos estavam fixos em uma mulher com um sári de seda roxo que usava o par mais estranho de pulseiras de diamantes que eu já tinha visto na vida.

Ela também estava com dois seguranças disfarçados, mas dava para ver que a seguiam a alguns metros de distância.

Fosse Mylo um mestre da destreza manual ou não, qualquer um com dois neurônios funcionais saberia que roubar aquelas pulseiras era impossível. Era o tipo de joia que você olhava a cada trinta segundos só para admirar. E aqueles seguranças ficariam alertas assim que alguém entrasse num raio de três metros da mulher.

Roubar as pulseiras teria sido a missão suicida mais insana em que um ladrão poderia se arriscar.

Notei que a perna de Mylo balançava, da mesma forma como tinha acontecido no trem, quando o garoto estava quase implorando para Kyung-soon lhe jogar o celular, e mesmo que a chance de sucesso fosse uma em cem... ele ia mesmo tentar.

Andei rápido até ele, provavelmente levantando suspeitas, mas não importava. Se Mylo fosse preso, ferraria o grupo todo. Será que ele não entendia?

Apertei o passo para uma leve corridinha. Mylo começou a andar e estava alcançando o seu alvo, mas eu o peguei pelo braço.

— Mylo!

Eu o puxei para trás. A mulher, a poucos centímetros de esbarrar nele, desacelerou e fez cara feia. Os seguranças se aproximaram dela.

Mylo deu um sorrisinho envergonhado para a mulher.

— Foi mal, eu não estava prestando atenção — balbuciou.

Ela aceitou as desculpas com uma expressão contrariada e seguiu seu caminho, com os seguranças no encalço. Arrastei Mylo até as janelas da frente do saguão, longe de mais problemas. Só então soltei o braço dele e o fuzilei com meu mais sincero olhar de incredulidade.

— É, eu sei. — Ele coçou a nuca. — Só queria ver se conseguiria.

— Só queria ver? Isso aqui não é um joguinho, Mylo.

— Tecnicamente, é, sim.

— Você entendeu o que eu quis dizer! — falei, com um grunhido, levando as mãos ao rosto.

Pensei que tivesse caído no melhor entre os dois times, mas habilidade não importava se um de nós era um viciado em apostas e adrenalina e estava disposto a tomar decisões imprudentes, colocando tudo a perder.

— Você não pode fazer algo assim de novo. Não nesta fase.

Ele ergueu as mãos.

— Eu sei, desculpa. É só que... eu precisava *fazer* alguma coisa.

Mylo levou a mão ao bolso de trás, pegando o celular de novo. Como nas vezes anteriores, seu rosto se transformou numa careta de apreensão ao olhar para a tela inicial.

— Por que você fica fazendo isso? — perguntei.

— Isso o quê?

— Olhando o celular o tempo todo.

Ele bufou e se apoiou em um pilar que dividia duas janelas. Ficou em silêncio por tanto tempo que eu estava começando a achar que ele ia ignorar minha pergunta.

— Já aconteceu de você, tipo, querer ligar para alguém, mas a pessoa não quer saber de você, e isso só faz você querer ligar ainda mais? Então você não para de olhar o celular e de repente se dá conta de que só consegue pensar nisso, o dia todo? — Ele bateu a palma da mão na cabeça e rangeu os dentes. — Mas quando uma coisa dessas já dominou a sua mente, a única forma de se desligar é se colocar numa situação em que é *necessário* pensar em outra coisa. E a melhor distração? Adrenalina, apostas, ou só o bom e velho...

— Perigo.

Eu era bem familiarizada com a sensação que ele descrevera. O perigo anulava todos os outros pensamentos. Era uma energia cativante, um tipo diferente de êxtase. Tudo em que você conseguia se concentrar era *naquele* segundo, *naquele* roubo, em como escapar *daquela* situação.

Conhecia a sensação, mas nunca tinha precisado me colocar em risco para deixar uma preocupação de lado. Se acontecesse, provavelmente deixaria de ser uma emoção eufórica e se tornaria um vício.

Abri a boca, querendo perguntar o que, ou quem, Mylo queria tirar da cabeça com tanto desespero, mas desisti no último segundo. Talvez fosse estranho demais se intrometer na vida de alguém. Ele acharia que eu estava forçando a barra, e já parecia envergonhado sem nem entregar muita coisa.

Eu me virei para os manifestantes do lado de fora, que haviam combinado forças em um grito coordenado, irritando a segurança do hotel parada de frente para eles. Meneei a cabeça na direção do grupo.

— Aquela réplica não lhe parece ser de tamanho real?

Mylo forçou a vista na direção que apontei.

— Acho que sim. — Ele sorriu. — Será que estou sentindo um plano sendo bolado, srta. Quest?

— Talvez, nem que seja só um plano B, caso todo o restante dê errado.

— Melhor esperarmos o resto da equipe para discutir, então?

Ele gesticulou para Devroe e Kyung-soon, que conversavam com a recepcionista enquanto ela digitava alguma coisa no computador. Kyung-soon riu e cutucou o ombro dele.

De repente tinham ficado amigos e estavam brincando um com o outro. Será que era o tipo de habilidade que todo mundo tinha, menos eu?

— Vamos deixar entre nós dois por enquanto. Quero trabalhar a ideia um pouco mais — falei.

Dois segundos depois, os outros dois vieram em nossa direção com um carregador logo atrás, arrastando a mala rosa de Kyung-soon com uma mão e a bolsa de viagem de couro desgastado de Devroe e a mochila roxa de Kyung-soon com a outra.

A garota balançou alguns cartões para nós, as chaves do quarto.

— Décimo quinto andar — anunciou. — Não é bem a cobertura, e vamos ficar todos juntos no mesmo quarto, mas...

— Só o depósito de segurança já devia ter sido o suficiente para a cobertura. — Devroe a encarou de um jeito que me dizia que ela não tinha contribuído um único centavo para o depósito. — Que pena que nossos *amigos* que fizeram a reserva não pensaram nisso.

Notei algo na pilha de cartões que Kyung-soon segurava.

— O que é isso? — questionei.

Estendi a mão para que ela me entregasse o segurava.

— Ah, sim. — Ela jogou um pen-drive para mim e distribuiu um dispositivo para cada um dos garotos. — Estavam esperando por nós na recepção.

Mylo brincou com o pen-drive entre os dedos.

— Não tinha nenhum bilhete nem nada? — indagou ele.

— Pior que não. — Devroe guardou o dele no bolso do colete. — Depois a gente vê isso.

O carregador manteve uma expressão neutra, embora estivesse evidentemente incomodado com o peso das bagagens.

— Vamos. — Peguei uma das chaves com Kyung-soon. — É melhor a gente subir, antes que nossa bagagem quebre a coluna do coitado.

VINTE E TRÊS

NOSSO QUARTO ERA LUXUOSO, EQUIPADO com móveis sofisticados e um frigobar com bebidas mais caras do que a maioria das refeições que já comi. Porém, não dava para negar que era pequeno. Só havia uma sala de estar e uma suíte. Devroe e Mylo foram gentis o bastante para ceder o quarto a mim e Kyung-soon, ou ao menos para não criarem caso quando chegamos e deixamos nossas bagagens lá sem dizer nada.

Fiquei me perguntando: será que os organizadores tinham nos colocado num quarto pequeno porque sabiam que assim seria mais divertido para eles?

O cofre foi fechado com um clique. Como Devroe havia prometido, deixaríamos o celular guardadinho e abafado por trás de uma porta de sete centímetros de liga de aço. Caso alguém sequer tentasse nos ouvir, não conseguiria através da grossa camada de metal.

A luz da tarde entrava pela janela, aquecendo meus ombros e me lembrando de casa. Eu sempre preferia missões em lugares mais quentes. No meu celular, abri as plantas digitais do hotel que Kyung-soon encontrou em algum canto da internet e desenhei as rotas de fuga.

Mylo ocupava a maior parte de um sofá perto de mim, e Kyung-soon atacava o frigobar.

Devroe estava próximo à janela que ia do chão ao teto, olhando para a cidade com uma expressão pensativa. Era uma cena quase fofa.

— Pena que, de um jeito ou de outro, aqueles manifestantes vão perder o sarcófago — disse Kyung-soon, lendo depressa o rótulo de uma garrafa antes de balançar a cabeça e devolver o item.

— Mesmo que não estivéssemos aqui, seria vendido. Algum ricaço branquelo compraria. — Ela gesticulou para Mylo. — Sem ofensa.

— De boa — replicou Mylo, lendo uma matéria no celular.

— Vocês sabiam que o sarcófago já foi desmantelado e remontado, tipo, umas três vezes? Os arqueólogos que o encontraram o cortaram em pedaços quando ele não passou no túnel da tumba. Ainda dá para ver algumas das linhas de solda. — Ele abaixou o celular e nos olhou como se a informação fosse insana. — É meio desrespeitoso, não acham?

Senti um aperto de culpa no peito. Talvez estivéssemos deixando o sarcófago longe das mãos dos participantes do leilão, mas ainda assim os entregaríamos à organização do jogo, o que não parecia ser muito melhor. E a verdade é que eu tinha passado grande parte da vida entregando coisas a pessoas que provavelmente não as mereciam. Mas... o que eu poderia fazer? Se não fosse eu, outra pessoa faria o trabalho.

Deixei de pensar naquilo e falei:

— Temos a vantagem de um dia em relação ao Time Noelia. Não vamos desperdiçá-lo.

— O pré-leilão começa às oito — comentou Devroe. — Vamos começar, então. O sarcófago do faraó está com os responsáveis pela segurança do leilão. Imagino que seja impossível botar as mãos nele agora, então vamos ter que esperar até que seja vendido.

Kyung-soon deu uma espiada por cima do frigobar.

— Podíamos só fazer uma vaquinha e o comprarmos nós mesmos — brincou ela.

— Com certeza — falou Mylo. — Se conseguíssemos fazer uma proposta no início do leilão, ficaria só uns cinco milhões para cada um.

— Duvido que a organização nos dê pontos extras por comprá-lo. Isso meio que vai contra a ideia do jogo — argumentei.

Devroe assentiu, mas parecia não ter ouvido o que Mylo e Kyung-soon haviam dito.

— Não temos tempo para esperar até que o sarcófago seja entregue ao novo dono. A melhor ideia é agirmos durante o transporte. De acordo com a organizadora do leilão, com quem acabei de ter uma conversa bem produtiva por telefo...

— Com quem você estava *flertando* — interrompi, provocando-o.

Devroe ignorou.

— Enfim, ela disse que os itens são transferidos do pessoal da segurança do leilão à custódia do comprador logo após a venda.

— Então a casa de leilões não fornece o transporte? — perguntei.

— Isso mesmo.

Coloquei a mão no queixo e me inclinei para a frente.

— Bem, isso deixa tudo mais fácil... e mais difícil.

Devroe assentiu.

Mylo olhou entre nós dois.

— Não entendi — declarou ele.

— Se o leilão não providencia o transporte, significa que isso fica a cargo dos próprios compradores — expliquei. — Cada um tem transporte e segurança particulares. É complicado porque não temos como saber de qual equipe de segurança vamos ter que roubar até que o item seja comprado.

— Ah, droga. — Mylo caiu de volta no sofá, bufando. — Então vai ser impossível se infiltrar na equipe de transporte de antemão.

191

Kyung-soon, segurando uma garrafinha de alguma bebida que com certeza era alcoólica, voltou até nós. Ela deu um golinho e fez uma careta.

— O que faremos, então?

O quarto caiu no silêncio por um instante, exceto pelo batucar do pé de Mylo e o tilintar da unha de Kyung-soon batendo numa garrafa. Não tinha outra maneira de roubar o alvo sem ser durante o transporte, não sem dar uma de *Caçadores de emoção*, um filme antigo que minha mãe adorava, e precisarmos fazer um assalto usando máscaras. Um grupo de quatro contra uma equipe de segurança inteira não era bem o tipo de situação em que eu apostaria meu dinheiro... ou minha vida.

Esfreguei a testa e voltei a atenção ao celular. Eu estava traçando pequenos caminhos após ter ampliado as plantas do andar principal do hotel. Havia diversas rotas para as saídas. Azul para marcar as mais fáceis, vermelho para as mais difíceis. Daria para fazer aquilo de olhos fechados, mas era sempre bom saber a melhor saída.

Franzi o cenho para a tela. À minha frente, uma teia de linhas azuis e vermelhas emaranhadas e sobrepostas. Era uma bagunça indecifrável. Mas, na hora H, só precisaríamos tomar uma rota. A mais fácil.

— Não, isso é bom para a gente — falei. — Várias equipes de segurança é algo bom. Parece complicado, mas não é.

Senti meu coração disparar.

Mylo e Kyung-soon se entreolharam, e ele coçou a cabeça.

— Você sabe o que a palavra "complicado" significa, né? — indagou ele.

Fiquei de pé, sentindo como se eu estivesse prestes a fazer a palestra da minha vida. Segurei o celular para que eles vissem a tela.

— Quando se mapeia as rotas de fuga, pode ser frustrante se ver diante de tantas possibilidades. Mas, na realidade, é só *uma* rota que você vai percorrer: a mais fácil, dependendo de onde você estiver.

As rotas não são iguais. Estamos surtando por conta disso porque estamos pensando em dezenas de equipes de segurança, mas, na verdade, o sarcófago vai embora da casa de leilões com apenas uma. E, das dezenas de equipes, nem todas devem ter o mesmo nível de competência. Ao menos boa parte deve ser fácil de ludibriar.

Devroe sorriu. Eu podia não ter convencido Mylo e Kyung--soon ainda, mas ele já tinha entendido minha proposta.

— Talvez a gente não consiga identificar e estudar todas as equipes de segurança antes do leilão — continuei —, mas podemos dar uma olhada nelas. Ou pelo menos ter uma ideia de quais são impossíveis de infiltrar e quais são as mais fracas. Se conseguirmos identificar as equipes mais fracas e formular planos decentes para roubá-las, seria só necessário...

— Garantirmos que o sarcófago seja vendido para o comprador com a equipe mais fraca — concluiu Kyung-soon. Ela assimilou a ideia e, em seguida, deu uma risada nervosa. — Mas você faz esse último detalhe parecer mais simples do que é.

— Kyung-soon tem razão — falou Mylo. — O sarcófago é o item mais caro do leilão. É possível que metade dos compradores nem tenha grana para sequer fazer uma oferta. Quais são as chances de a pessoa com a equipe de segurança mais fraca acabar sendo rica o suficiente para comprá-lo?

— A maior parte dos compradores em potencial é *rica* — insistiu Devroe. — Só o ingresso para o leilão custa vinte e cinco mil euros. As pessoas não vão a eventos como esse sem estarem dispostas a gastar milhões.

Ele ajeitou o colete, puxando a parte de baixo. Eu estava começando a entender que aquele gesto era um tique que Devroe tinha quando ficava pensativo.

— Mas você também tem razão, muitos compradores podem não ter interesse no sarcófago — continuou ele. — E, se as ofertas saírem de controle e os valores ficarem muito altos, alguns podem ficar sem grana mesmo.

— E isso não ajuda em nada. A probabilidade de os maiores compradores terem as piores equipes de segurança é quase nula — comentou Mylo.

— Vamos criar um sistema de classificação para as equipes de segurança e os compradores — declarei, batendo o pé no tapete como se estivesse escrevendo meus próprios pensamentos em código Morse. — Antes do início do leilão, vamos fazer uma análise dos compradores e suas equipes. Precisamos descobrir quem tem dinheiro suficiente para fazer uma oferta ao sarcófago e quem tem interesse em adquiri-lo. Quando tivermos essa informação, podemos determinar aqueles que têm a segurança mais fraca. Eles serão nosso alvo.

Devroe sorriu. Dava para ver que ele estava pensando o mesmo que eu. Era uma sensação gostosa. Senti uma animação calorosa percorrer meu corpo.

— Não é um plano terrível. — Kyung-soon deu mais um golinho na bebida. — Mas como vamos fazer nosso alvo comprar o sarcófago?

— Deixa isso comigo — falou Devroe. — Persuasão é um dos meus muitos talentos.

— Você não é *tão* persuasivo assim — rebateu Mylo.

— Você que pensa. Além disso, não se preocupe. Com algumas ferramentas... especiais, acho que consigo arrumar um jeito.

— Ah, e só mais uma coisa — disse Kyung-soon. — Temos uma vantagem sobre os inimigos, mas não vai adiantar de nada no dia do leilão. Eles já vão estar aqui. A presença deles pode mudar tudo. Então a gente vai só... improvisar?

Suspirei e me apoiei na janela, observando alguns manifestantes serem acuados pela polícia. Ou seriam membros da segurança do hotel? Como é que o hotel impedia que os manifestantes entrassem no saguão sem mais nem menos, fingindo serem hóspedes?

— Espera... — falei, antes mesmo de completar meu raciocínio. Olhei para Mylo. — Vamos precisar pegar a lista de convidados para o leilão, certo?

Mylo assentiu.

— Então… será que não existe uma lista de pessoas que estão banidas do leilão, ou do hotel? Eu ficaria surpresa se não houvesse algo assim.

Devroe riu.

— Como você é terrível, Ross.

— Será que conseguimos isso? — perguntei, tentando não sorrir.

Mylo coçou o queixo.

— Kyung-soon, você vai ser nossa nerd do computador? — indagou ele.

— *Nunca mais* me chame assim — disse ela. — Mas beleza. Acho que consigo hackear as máquinas deles. Já considerem o Time Arqui-inimigo banido do hotel.

Kyung-soon me lançou um olhar brilhante e ardiloso.

E, fácil assim, o plano foi formado. Não tinha lá muitos detalhes, mas era o esqueleto de algo que podia se tornar excelente. *Se* nada desse errado.

— Não deve ser tão difícil encontrar as equipes de transporte se conseguirmos arrumar um jeito de entrar na base de dados do leilão. Só que o pré-leilão começa em… o quê? Cinco horas? — falou Mylo, olhando para Devroe. — Acredito que vocês vão querer dar uma olhada para averiguar os possíveis compradores, né?

— Isso mesmo — concordou Devroe, sorrindo malicioso.

— Então é melhor nos dividirmos. — Kyung-soon deixou a garrafinha numa mesa de canto. — Duas pessoas deviam verificar as equipes de transporte, e Devroe e mais alguém deviam ir ao pré-leilão. Quem vai ser?

Bisbilhotar algumas equipes de segurança ou ir a uma festa chique com Devroe? Pelos olhares de Kyung-soon e Mylo, eu sabia bem onde eu acabaria.

— Bem, acho que vou me trocar e colocar minha roupa de investigação, então — disse Kyung-soon.

Olhei para ela indignada, mas Kyung-soon só deu de ombros, como se me pedisse desculpas.

— Não gosto de festas — explicou.

— Nem eu — falou Mylo, indo até a porta. — Traje a rigor e ter que socializar não são muito minha praia.

Ele olhou para Kyung-soon, e, com base na lentidão com que a garota se encaminhava para o quarto, ela não estava com muita pressa de se preparar para a busca.

Mylo saiu para o corredor, e eu torcia para que ele não estivesse planejando fazer nada perigoso demais nesse meio-tempo. Precisava pedir para Kyung-soon ficar ligada nisso e evitar que Mylo não se metesse em nada muito arriscado durante o dia.

— Somos só nós dois no pré-leilão, então. — Devroe enfiou as mãos no bolso e sorriu para mim. — Parece que enfim vamos ter aquele encontro.

Fiquei de pé.

— É divertido sempre conseguir o que quer?

— Raramente consigo o que quero, Ross. — Ele pareceu ficar mais sério. — O que torna isso ainda mais especial. Se bem que, parando para pensar, jantares à luz de velas são entediantes demais para pessoas como nós. Não vai ser um encontro de verdade se não tiver um pouco de diversão envolvida.

Não queria sorrir, mas foi inevitável. Talvez eu gostasse da ideia mais do que imaginava.

VINTE E QUATRO

EU NÃO ME LEMBRAVA DE já ter usado um vestido de festa. Na verdade, vou me corrigir: eu *nunca* tinha usado um vestido de festa.

A roupa pendurada atrás da porta do banheiro era de um escarlate intenso, com um tecido macio e grosso, nitidamente luxuoso, mas bem discreto. A parte de cima era curta e ajustada, e a parte de baixo caía em ondas sem muito volume pelas pernas. Era apropriado para a ocasião, mas não chamativo demais. Perfeito para me misturar à selva de tesouros e riqueza em que estávamos prestes a entrar.

Tirei a toalha e o vesti. Segurei o corpete no peito e tentei ajustar as mangas que cobriam parte dos meus braços. Como estava descalça, o tecido sobrava alguns centímetros. Não queria usar salto alto, mas Devroe e Kyung-soon tinham ido às compras e voltado com um vestido que só ficaria bom com salto.

"Usa seus tênis então, se preferir. Aposto que não vai ser nada suspeito", falara ele, revirando os olhos.

Só de observar o vestido, dava para ver que o tamanho era perfeito. Quem dos dois teria adivinhado minhas medidas?

Um número desumano de botõezinhos subia pelas costas logo abaixo dos quadris até meus ombros. Eu era flexível o bastante para alcançá-los, mas eles pareciam escorregar entre os meus dedos toda vez que tentava abotoá-los. Será que eu estava mais nervosa do que tinha pensado?

Por que faziam roupas femininas daquela forma? Era como se o vestido tivesse sido planejado para necessitar de ajuda para colocá-lo e tirá-lo. Não tinha tempo para os botões que escapavam das minhas mãos, e é óbvio que, considerando que Mylo e Kyung-soon haviam saído para investigar as equipes de segurança, a única pessoa que tinha sobrado era Devroe. A menos que eu ligasse para o serviço de quarto…

No que eu estava pensando? Eram só alguns botões.

Abri a porta do banheiro, peguei o par de saltos vermelhos da caixa e os calcei. Com a altura extra, a barra do vestido não arrastava mais no chão, e aquela singela mudança me fez sentir completamente diferente. Eu não era uma garotinha brincando de vestir roupas de adulto. Naquele momento, eu era uma mulher pronta para a festa.

— Devroe? — chamei à porta do quarto.

Como ele não tinha a privacidade de um quarto próprio, ela estava fechada para que ele pudesse se aprontar.

— Me ajuda com o vestido, por favor? — pedi.

Fui até o espelho do banheiro e esperei. Alguns segundos depois, ele apareceu no reflexo atrás de mim. Senti minha respiração vacilar e tentei não esboçar nenhuma reação. Ele tinha terminado de se vestir… e nossa, como estava bonito.

O paletó era uma camurça preta, lisa e impecável, e o tecido pedia que eu passasse os dedos nele. A gravata não estava nem sequer um milímetro fora do lugar. O branco da camisa contra o tom lindo da pele negra dele criava um contraste maravilhoso. Tudo em Devroe parecia mais evidente — o contorno da mandíbula, seus cílios, as leves ondas do cabelo. Ele sempre se vestia para impressionar, mas o que estava à minha frente era um sonho que tinha ganhado vida.

Ele estava pegando fogo, e eu me senti perigosamente propensa a me derreter.

Saí do meu transe a tempo de ver que Devroe também estava paralisado. Os olhos dele estavam fixos em mim no reflexo. Sua expressão me fez olhar para minha imagem no espelho... o vestido ainda desabotoado, minhas curvas não totalmente ressaltadas, o braço estendido sobre meu peito para segurar o tecido no lugar e o cabelo, que eu tinha passado uma hora no YouTube descobrindo como estilizar num coque trançado com continhas douradas. No que será que ele estava pensando? Será que estava pensando em algo, ou só tentando me fazer achar que ele estava pensando em algo?

— Abotoa, por favor? — pedi. — Antes que o vestido caia.

Devroe balançou a cabeça e me lançou um sorrisinho travesso.

— Não queremos que isso aconteça, não é mesmo?

Revirei os olhos, mas precisei morder o lábio quando ele começou a fechar cada um dos botões, de baixo para cima. O toque dele roçando minha pele era leve como um sussurro.

— Você já foi a um evento desses antes? — perguntou ele.

— Em geral é minha mãe que fica com essa parte. E nossa especialidade é o tipo de missão em que você vai, pega o alvo e dá o fora, não essas em que é necessário jogar um charme para conseguir extrair informações das pessoas.

Quando chegou ao último botão, pareceu titubear antes de soltá-lo.

— Assim você perde toda a diversão. — Ele me encarou no espelho. — A euforia de pegar algo quando alguém não está olhando é emocionante, lógico, mas nada se compara a fazer alguém lhe contar a senha do banco sem nem perceber. Ou levar uma pessoa a mencionar exatamente onde na casa de verão ela guarda a amada coleção de ovos Fabergé, mesmo que vocês só tenham se conhecido há poucas horas.

Tinha um lampejo nos olhos dele, o desejo da caça. O desejo pelo jogo. Será que tinha sido por isso que nossos olhares se cruzaram mais cedo, quando nossos pensamentos se alinharam?

Será que eu fazia a mesma expressão?

— Você gosta de brincar com a própria comida. É perigoso.

— Tudo que vale a pena ser feito é perigoso — replicou ele, seus olhos concentrados nos meus.

Minha respiração vacilou de novo.

Eu precisava colocar um fim àquilo... afinal, eu não sabia quais eram as intenções dele.

— Então qual é o plano? — perguntei.

Eu me virei e fui até minha mochila, passando por ele e indo até o lado oposto da cama.

Devroe me acompanhou para fora do banheiro.

— É fácil. Comece com algumas conversas bem calculadas, conheça as pessoas, estime a riqueza delas. Bem simples.

Vasculhei a mochila, tateando até encontrar minha pulseira.

— Quer que eu leve papel e caneta para anotar?

— Nada de gracinha. Ou nervosismo. Prometo que não vai ser tão difícil quanto você pensa.

Comecei a colocar a pulseira no braço, mas Devroe girou no pé da cama e pegou meu braço, me detendo.

Olhei para ele, incrédula.

Ele balançou a cabeça de um jeito que me encheu de raiva.

— Não, hoje não — disse ele.

— Por quê? Não posso levar armas para nosso encontro?

— Porque a sua pulseira está com algumas partes desgastadas. Parece uma corrente que você roubou de um suporte de bicicletas. O segredo do sucesso é se misturar com o público, esqueceu? Essa pulseira chama atenção.

Odiei a explicação, mas ele estava certo. De qualquer forma, só íamos analisar as pessoas e, no fim das contas, eu não precisava de uma arma para lutar. Eu era a arma. Além do mais, se eu tirasse os sapatos, os saltos dariam ótimas lâminas também.

— Está bem, que seja.

Ao me ouvir concordar, ele soltou meu braço.

Joguei a pulseira de volta na mochila aberta.

— Mas amanhã eu vou usá-la, nem que eu precise vestir um casaco de pele para cobri-la.

— Quem sabe até amanhã a gente não a pinta de dourado? É uma cor que... combina com você.

Os olhos dele foram para as continhas douradas que eu tinha colocado nas tranças. Então ele as havia notado.

— Chega de papo furado — falei. — É melhor descermos. O pré-leilão vai começar logo. A menos que seu plano seja que a gente chegue tarde para impressionar os convidados.

— Com você ao meu lado, vou chegar impressionando a qualquer hora.

— Vou ter que aguentar esse flerte barato a noite toda? — questionei, indo para a porta.

Apostava que a noite de Kyung-soon e Mylo estava sendo calma e divertida, identificando e avaliando as equipes de segurança. Mas eu ia passar a noite toda tentando não ser seduzida.

Devroe fingiu estar ofendido.

— Você não gosta? Acho que vou ter que me esforçar mais, então, se quiser um segundo encontro.

Abri a porta.

— Talvez — debochei. — Se você conseguir me ajudar a passar para a próxima fase.

VINTE E CINCO

SE HÁ UMA VERDADE UNIVERSAL a respeito de quase todos os ricaços, é a seguinte: dá muito mais vontade de socar a cara deles do que de pessoas comuns.

Resisti à vontade de golpear o homem à minha frente com um paletó de cinquenta mil dólares. Não aguentava mais a história de como não só tinha demitido os últimos três paisagistas que contratara, como também não os havia pagado, porque o serviço não fora "cem por cento perfeito", e obviamente ele tinha melhores advogados, então o que os prestadores de serviço iam fazer? Processá-lo?

De alguma forma, aquilo arrancou um riso de todo mundo que o escutava.

Em vez de golpeá-lo, decidi que seria melhor surrupiar uma de suas extravagantes abotoaduras de rubi antes de me afastar do grupo.

Suspirando, parei um pouquinho no bar. O lugar estava lotado. Ali no salão principal, fileiras e mais fileiras de itens em pedestais estavam separados por cordas de veludo. Os convidados mais bem-vestidos e presunçosos do mundo os admiravam entre uma conversa e outra, iguais à que eu tinha acabado de presenciar. Já estávamos ali havia duas horas, de conversa-fiada e coletando informações. Pensei que seria difícil xeretar para descobrir quanto dinheiro as pessoas tinham e se era o suficiente para elas competirem pelo sarcófago, mas, para a minha surpresa, a maioria estava mais do que disposta a dar pelo menos uma forte indicação do tamanho de suas fortunas. Pareciam acreditar que quem é rico tem que ostentar.

Ainda mais num lugar daqueles.

Olhei na direção do destaque da festa. Na frente, protegido por cordas de veludo e dois seguranças tão bem-vestidos quanto os convidados, estava o nosso alvo.

O sarcófago esculpido à perfeição, de rosto jovem e impecável, me encarava inexpressivo do outro lado do salão. Ele era estonteante e lindo. Senti uma pontinha de tristeza, porque, quer eu gostasse ou não, aquilo era nada mais, nada menos que um caixão. Onde estava a pessoa que ficava ali dentro? A múmia não fazia parte do leilão também. Será que mais alguém pensava nisso? Qual a probabilidade de a pessoa voltar a ter paz em seu próprio lugar de descanso?

Deixando de lado qualquer sentimento que pudesse me fazer questionar roubá-lo, respirei fundo e me preparei para mais uma rodada.

No entanto, ao olhar ao redor em busca de outro ricaço para analisar, algo interessante chamou minha atenção: um homem se aproximava do sarcófago. Ele era branco, de meia-idade. Não devia ter se destacado na multidão. Só que, mesmo a distância, dava para ver que o terno dele era bem menos sofisticado do que o dos demais convidados. Tinha uma expressão vazia. Não estava nada animado por estar ali.

Aquilo, sim, era novidade. O desdém vestindo roupa barata. O que ele estava fazendo perto do meu alvo?

Segui na direção do homem, costurando a multidão. Ele dizia alguma coisa para um dos seguranças. Os funcionários passaram a noite toda impedindo que as pessoas tocassem no sarcófago. Era inacreditável ver como alguns daqueles ricos achavam que podiam fazer o que quisessem.

Porém, para a minha surpresa, depois do que pareceu uma rápida troca de palavras e uma checada num documento na carteira do homem, um dos seguranças soltou a corda de veludo, deixando o sujeito se aproximar do sarcófago.

Que estranho.

Desacelerei os passos ao chegar mais perto. O homem segurava algum tipo de dispositivo, preto e do tamanho da palma da mão. Ele levou a ponta ao queixo do faraó.

— Isso é um contador Geiger? — perguntei.

O homem não olhou para mim.

— Não.

— Ah, então o que é?

Talvez houvesse maneiras mais carismáticas de conseguir a informação, mas eu não tinha me preparado para lidar com aquela situação.

— Não — repetiu ele, ainda sem olhar para mim. O homem se inclinou, analisando o dispositivo mais devagar. Números que não significavam nada para mim piscaram na tela do aparelho.

— Não tenho interesse em conversar com você. Vá embora.

Senti o rosto arder. Será que ele tinha percebido qual era a minha ou só estava sendo um babaca?

— Com licença, o que está havendo aqui? — perguntou uma mulher de vestido preto brilhante, fitando os guardas. — Achei que a regra fosse nada de fotos, nem de encostar na peça. Por que uma exceção foi feita? — Ela delicadamente deu um tapinha no ombro do homem. — Senhor, quanto ofereceu a eles?

O dispositivo na mão do homem apitou. Ele o devolveu ao bolso interno do paletó e, com a mesma velocidade, afastou a mão da mulher e saiu andando rápido pelo salão sem nem se desculpar.

— Mas que audácia! — resmungou a mulher.

Os seguranças colocaram a corda de volta no lugar, irritando-a ainda mais. Minha atenção estava concentrada no homem. Algo suspeito estava acontecendo e, se tinha a ver com o sarcófago, eu *precisava* investigar. Olhei ao redor para conferir se eu não tinha chamado atenção e fui atrás dele. Considerando a rapidez com que o homem andava, imaginei que estivesse ansioso para dar o fora daquele evento luxuoso no qual obviamente não queria estar. No entanto, para a minha surpresa e possível azar dele, o homem virou no segundo salão, menor do que o primeiro, onde o teto era mais baixo, o bar duas vezes maior e a energia bem semelhante à de uma casa de festas sofisticada. Havia uma banda tocando, e o centro do espaço tinha sido transformado em uma pista de dança improvisada, só que mais para valsas e músicas bregas do que para algo divertido.

Devroe estava ali, usando seus truques e rindo com duas mulheres mais velhas, como se as conhecesse a vida toda.

Eu o ignorei, mantendo o foco no homem, tentando não deixar que ele me visse.

O cara deu uma olhada no relógio, suspirou e se sentou no banquinho mais distante do bar. A bartender o abordou, mas, antes que pudesse dizer alguma coisa, o homem a calou com sua palavra favorita:

— Não.

A funcionária reprimiu uma careta e se retirou. Ele analisou o espaço, e eu logo virei o rosto. Quando olhei de volta, uma jovem estava se sentando ao lado dele. Usava um traje que mal respeitava o código de vestimenta do evento.

Outra convidada não muito esplendorosa. O que aquela gente estava fazendo ali?

Ela sorriu para ele como alguém que queria fazer o tio mal-humorado rir.

Mas o homem não pareceu nada contente.

A valsa se transformou numa versão de "As the World Caves In", e muitos casais foram alegres à pista de dança. Aproveitei a oportunidade e fui até o fundo do salão, torcendo para conseguir uma posição melhor e ouvir a conversa do sujeito.

Ele devia ser a pessoa mais paranoica que eu já tinha tentado seguir. Assim que cheguei a uma distância de dois metros e meio, o sujeito parou de falar e pousou os olhos em mim.

Desviei do contato visual e fui direto até Devroe.

— Oi, amor.

Segurei o braço dele, pegando-o um tanto de surpresa.

— Talia. Estas são minhas novas amigas — anunciou. — Senhoritas, esta é minha bela noiva.

As duas mulheres forçaram sorrisos.

— Como vai? — perguntou uma delas, muito menos amigável do que parecera ser com Devroe um segundo antes.

— Muito bem. Licença, um minuto, por favor. Obrigada.

Antes que Devroe pudesse protestar, eu o puxei para a beira da pista de dança.

— O que foi, Ross? — sussurrou ele. — Eu não tinha terminado com aquelas duas.

— Cala a boca — repreendi. — Dança comigo.

Ele obedeceu, e, se eu não estivesse no meio de uma investigação, talvez tivesse derretido com o calor das mãos dele nos meus quadris.

— Está vendo aquele homem na ponta do bar?

— Ao lado de uma mulher muito malvestida para a ocasião? Sim, não sou tão distraído assim.

— O que estão dizendo? — perguntei.

O primeiro refrão veio com tudo, e os violinos e o piano abafaram a maior parte dos outros sons.

— Que pergunta mais difícil.

— Você sabe fazer leitura labial, não sabe?

Ele semicerrou os olhos para mim, e eu arqueei uma sobrancelha, abrindo uma das mãos sobre seu peito e levando a outra à nuca dele. Devroe puxou minha cintura, reduzindo o espaço entre nós, de modo que minha cabeça ficou apoiada no ombro dele, deixando a visão de Devroe livre.

O cheiro dele ainda era tão bom. Não que isso importasse naquele momento.

— Verdadeiro — falou Devroe. — Sar-sarcófago. Ele confirmou que o sarcófago é verdadeiro. Está dizendo que...

Devroe hesitou. Seus dedos apertaram minha cintura. Tive que fazer um esforço para não me contorcer.

— Alguma coisa sobre a data estar correta. Agora é ela quem está falando.

Ele ficou em silêncio, observando por um instante, e eu não podia fazer nada além de ouvir a música e sentir o calor do peito dele contra o meu rosto. Fiquei surpresa por não conseguir ouvir seu coração, próxima como eu estava.

Será que ele sentia o meu, disparado e todo alegre?

— Museu, ela disse que conseguiu a permissão do museu. Se for mesmo verdadeiro, o museu quer o sarcófago.

A música ficou mais alta, os violinos sincronizando.

— O quê? O Museu Britânico? — perguntei, lembrando que o homem que só falava "não" tinha um sotaque inglês.

— Acho que... — Devroe se mexeu, recuperando a concentração na conversa deles.

Minha mente estava a mil. O Museu Britânico? Eles de fato tinham o hábito de adquirir aquele tipo de item para suas exposições, mas os manifestantes do lado de fora do hotel tinham deixado claro que as pessoas não curtiam muito a ideia de os europeus continuarem roubando o tesouro delas. Não tinha a menor condição de eles simplesmente aparecerem e comprarem assim, sem mais nem menos.

A não ser que o plano deles fosse agir por baixo dos panos. Dar a entender que eram terceiros fazendo uma oferta e depois doando anonimamente a compra ao museu.

Devroe ficou tenso. Eu sentia como se fosse no meu próprio corpo. Levantei a cabeça.

— Duzentos milhóes. É quanto eles têm para oferecer. — Ele abaixou a cabeça para me olhar. — Isso significa...

— Que eles váo ganhar.

VINTE E SEIS

COMECEI A ANDAR DE UM lado para o outro assim que voltamos para o quarto.

— Pode ser que tudo isso seja em vão — comentei. — Você entendeu duzentos milhões, mas vai saber se eles não fazem uma oferta ainda mais alta se a concorrência for acirrada? Duzentos e cinquenta, trezentos?

Chutei o ar para tirar os saltos, deixando-os caídos no carpete.

— Qualquer que seja o valor, vai ser impossível os outros convidados cobrirem — disse Devroe. — Ou pelo menos não vão *querer* cobrir. Além disso, a equipe do Museu Britânico dificilmente vai ser a mais fraca. — Ele coçou o queixo. — É, isso complica as coisas. Mas não mais do que antes.

Não mais do que antes? De repente, uma pauta geopolítica tinha entrado em cena. Ele achava mesmo que não complicava a situação?

— Como assim? — perguntei, chocada. — O plano era isolar quem tivesse a equipe mais fraca e fazer com que eles levassem o sarcófago, mas quem tem mais dinheiro do que os ingleses? E aposta *quanto* que a segurança deles é uma das melhores também?

— Eu sei, tudo isso é verdade — concordou Devroe, sem olhar para mim, mas para alguma coisa às minhas costas. — Isso significa que, para garantirmos que a pessoa que escolhermos leve o sarcófago, vamos ter que arrumar um jeito de fazer o comprador do museu desistir antes que ofereçam um valor tão alto que nosso escolhido não possa cobrir.

Alguém bateu à porta da suíte. Duvidava que já fossem Mylo e Kyung-soon. Eles provavelmente só terminariam de investigar todas as equipes de segurança da lista que Kyung-soon conseguira na rede do evento depois da meia-noite, e mal eram dez e meia. Devroe, no entanto, não pareceu surpreso. Ele abriu a porta, e um garçom do serviço de quarto, de paletó vinho e luvas brancas, entrou empurrando um carrinho com uma garrafa de champanhe num balde de gelo e taças. Havia um vasinho no centro com uma rosa. Fiquei tensa. *Sério mesmo, Devroe? Agora?*

Ele gesticulou para que o homem deixasse o carrinho no meio do quarto e lhe deu uma gorjeta que fez o funcionário arregalar os olhos, fechando a porta quando o homem foi embora.

— Nosso "encontro" já acabou, Devroe — falei, observando-o tirar a garrafa do balde de gelo. — Podemos voltar a falar do trabalho que viemos fazer? Além disso, eu não bebo.

Devroe arrancou a rolha como se não tivesse ouvido nada do que falei.

— Sempre chegando a conclusões precipitadas, hein, Quest? Estou contando todo o trabalho como o nosso primeiro encontro, só para você saber. Mas eu não pedi isso para embebedar você. — Ele serviu o champanhe até metade de uma das taças, embora a espuma tivesse subido até a borda. — E isso tem tudo a ver com o trabalho — continuou, servindo a outra taça também.

— Como vamos impedir que os britânicos façam ofertas altas demais no sarcófago?, você me pergunta. É simples. Só precisamos fazer com que eles estejam bêbados demais para continuar na disputa.

Devroe deixou as taças no carrinho e foi até sua bagagem. Depois de vasculhá-la por um instante, encontrou uma caixa de camurça e a abriu, revelando um relógio dourado. Ele trocou o que estava usando (um Omega muito mais estiloso) pelo novo.

— Gostava mais do outro — comentei.

— Você não é a única. — Ele o colocou no pulso. — Mas aquele não tinha tantas funções quanto este.

Com o novo relógio, ele pegou uma das taças e deu uma giradinha no líquido.

— Segure isto — pediu.

Relutante, eu a peguei.

— Eu falei que não bebo.

Fiz menção de baixar a taça, mas uma mudança no champanhe me fez parar. As bolhas de repente ganharam uma coloração azul. Ergui a taça e encarei o líquido translúcido, embora levemente azulado.

— Então você também é mágico? Como isso funciona?

Ainda com a taça a centímetros do meu nariz, Devroe logo passou o pulso que tinha o relógio sobre a borda. Ele mexeu no aparelho só um pouco, um movimento tão leve que eu não teria percebido se não tivesse acontecido bem diante dos meus olhos. Um fecho pequenino se abriu embaixo do relógio. Um pozinho caiu no champanhe, dissolvendo-se assim que a fina areia atingiu a superfície.

— Legal. Mas o azul é meio suspeito.

— É o que sobrou de outro trabalho. Eu precisava impedir que alguém bebesse. As pessoas em geral recusam bebidas quando elas mudam de cor do nada.

— Onde arrumou isso? — perguntei. — Quer dizer, o relógio.

— Segredo de Estado, querida. Não revelo de graça. Mas vez ou outra chego a compartilhar.

Ele baixou a taça e voltou à caixa, pegando uma pulseira prateada de diamantes. Combinava à perfeição com o relógio dele. Era simples, mas elegante, formal o bastante para não parecer deslocada num evento como o leilão, mas modesta o bastante para

211

não chamar muita atenção se usada em uma cafeteria ou livraria. Maravilhosamente versátil.

Ele levantou meu braço com delicadeza e prendeu a pulseira.

— Não vai ser só açúcar amanhã. A substância que planejo usar, na dosagem correta, deixa o alvo desorientado. A pessoa não vai conseguir se lembrar nem de piscar, que dirá fazer uma oferta num leilão. Também ficará tão suscetível que qualquer pessoa que estiver passando pode convencê-la a comprar um artefato que ela não tinha intenção alguma de comprar. Pensei que só precisaríamos fazer isso depois, mas agora que há dois convidados que vamos precisar influenciar...

— Você vai querer que eu faça o truque também. — Virei o pulso, e a nova joia seguiu o movimento. Observei-a reluzir sob a iluminação do quarto. — Devo perguntar por que você tem uma pulseira num modelo feminino a postos para uma situação como esta?

Ele deu um sorrisinho.

— Você não é a primeira garota com quem precisei trabalhar no improviso.

— Isso era para me deixar com ciúme?

— Funcionou?

Mordi o lábio.

— Então vamos treinar? — sugeri.

Levantei o braço acima de uma das taças. Virei e revirei o pulso de diversas formas, mas nada saiu da pulseira.

— Não, não, não. — Devroe ficou atrás de mim e, num movimento rápido e sutil, colocou a mão dele sobre a minha. — Com delicadeza — instruiu.

Seus dedos tocaram meu pulso de leve. Uma sensação latejante subiu pelo meu braço. O toque dele era como uma pluma. E tão caloroso...

— Ergue o braço um pouquinho, depois inclina alguns graus. É para ser um gesto íntimo.

A voz dele se espalhou por mim. Queria que ele continuasse falando, que permanecesse ali, que aqueles segundos durassem o resto da noite. Ele era como uma chama irradiando calor.

Não, Ross, se recomponha. Não adiantava brincar com fogo, eu só ia me queimar. Precisava me concentrar no que ele estava dizendo, não no quanto eu gostava de ouvi-lo falar.

Com gentileza, Devroe guiou meu pulso para a borda da outra taça, inclinando-o de maneira quase imperceptível. Foi um movimento sutil, mas senti um leve estalo contra minha pele. Devroe esticou o braço ao meu redor para pegar a taça, dando um golinho no champanhe.

— Docinho — disse ele.

Respirei fundo e me virei. Devroe não tinha se afastado, e, quando abaixou a taça, foi como se tivesse encurtado uma distância de centenas de quilômetros.

As luzes do quarto estavam baixas, mas ele tinha um brilho impossível de ignorar. Inspirei fundo. Devroe manteve o contato visual. Pelo menos até baixar os olhos para a minha boca.

— Quer sentir o gosto? — sussurrou ele.

O gosto?

Será que eu queria?

Senti um aperto no peito, uma vontade de agir.

Ele abaixou a cabeça, ou talvez fosse eu mesma me movendo em direção a ele. Porque eu queria beijá-lo. E era por isso que eu não podia ceder a esse desejo. Se eu cedesse, ele ganharia. Não foi o que ele tinha dito no trem? Devroe gostava da forma como eu enxergava o jogo dele. Será que era porque a vitória seria ainda mais recompensadora? Será que ele gostava de mim ou... só queria ganhar?

Alguém do outro lado do oceano, minha mãe, contava comigo. Eu não podia arriscar isso, arriscar a vida da minha mãe, alimentando sentimentos por um garoto qualquer que já tinha dito que estava brincando comigo.

Não mesmo. Eu não podia fazer isso. Meu coração e a vida da minha mãe eram importantes demais.

Eu me afastei, rompendo em um instante a tensão entre nós dois.

— Preciso praticar — sussurrei.

Ele deu um passo para trás.

— Me dê algumas horas. Eu pego o jeito — garanti.

Devroe me analisou por um momento. A expressão dele murchou de uma forma que fez meu coração se partir. Ele parecia... derrotado.

— Está bem.

Ele largou a gravata e foi até a porta do quarto.

— Aonde vai? — perguntei.

— A lugar nenhum.

Devroe ajeitou as mangas da camisa. Estava se afastando de novo, do jeito que tinha feito no trem quando a conversa foi para uma direção da qual ele não tinha gostado. Quando não conseguiu o que queria.

— Nossa, quanta maturidade, Devroe.

Com a porta entreaberta, ele segurou a maçaneta com tanta força que pensei que ela fosse se quebrar. Senti seu olhar me queimar.

— Por que você age como se não gostasse disso? — indagou ele. — Você deve ter sofrido uma lavagem cerebral tão absurda que acha que todo mundo quer te passar a perna. Então você não escuta nem os próprios sentimentos. Não confia mais nem em si mesma.

O sangue fugiu do meu rosto. As palavras dele foram como um soco no estômago. Mas eu não ia deixar isso transparecer.

— Para de inventar história, Devroe. Aproveita e escreve uma poesia sobre o quanto você fica triste quando seu charme falha com a única garota que você de fato quer conquistar, ou qualquer clichê barato assim. Eu te dou alguns minutos para fazer as rimas.

Ele bufou.

— Eu já falei, não estou acostumado a conseguir o que quero. Só nunca aconteceu de eu me ferrar porque a outra pessoa insiste em se sabotar. Pode me chamar quando resolver que não vai mais mentir para si mesma.

Ele então me deu as costas e bateu a porta.

Não consegui me mexer, e fiquei encarando a porta por pelo menos um minuto. Mordi o dedo. O que eu tinha feito? Por que sentia que tinha jogado um balde d'água numa fogueira, sendo que ela estava prestes a apagar?

Devroe tinha razão. Quer fosse tolice ou não, quer aquele garoto fosse confiável ou não... eu gostava dele.

Pois é.

RELI AS MENSAGENS DA MINHA tia e grunhi numa almofada. Depois de mais de uma hora lidando com um turbilhão de emoções relacionadas a Devroe e de não conseguir me distrair praticando o truque da pulseira, desisti e mandei uma mensagem para a tia Jaya. Ela me responderia me provocando por causa do meu primeiro *crush* (caramba, eu estava mesmo admitindo aquilo para mim mesma? Que eu tinha um *crush* em Devroe?) ou com uma lição de moral bastante séria sobre como eu não podia me distrair com garotos perigosos e pouco confiáveis. E tudo bem, justo, eu sabia disso, e era exatamente por esse motivo que meus sentimentos estavam tão conturbados.

Comecei com:

> E se eu disser que talvez tenha arrumado um aliado?

> Que tipo de aliado?

Apaguei umas dez respostas diferentes antes de mandar a real com um:

> A gente quase se beijou.

> NÃO! NÃO! NÃO! NÃO! NÃO!

> Ele não armou para mim ainda... e olha que já teve oportunidade.

Então minha tia me ligou e, como eu sou uma mosca-morta que provavelmente entraria em colapso se precisasse ouvir o que ela queria dizer em tempo real, não atendi.

> Ele é um ladrão. Ele está só brincando com você. NÃO BEIJE SEU ADVERSÁRIO.

> Fique atenta. Todo cuidado é pouco.

Resmungando, deitei a cabeça na escrivaninha do quarto. Ela estava certa, eu sabia de tudo isso antes mesmo de mandar a mensagem. Só que uma coisa era saber de algo, outra era alguém lhe falar o que você já sabia, sem rodeios. Eu não deveria confiar em ninguém, incluindo Devroe.

Mesmo assim...

Eu estaria mentindo se dissesse que uma partezinha de mim não tinha torcido para ela falar que eu podia me arriscar. Só um pouquinho.

217

Fiquei emburrada por apenas alguns minutos até ouvir a porta do quarto se abrindo de novo. Senti o coração acelerar. Era Devroe? Não, a conversa que eu ouvia era de duas pessoas falando em coreano, com vozes que não se pareciam em nada com a cadência autoconfiante e carismática dele.

Suspirei, só não sabia se de alívio ou decepção.

— E aí?

Mylo começou a falar inglês, já que eu havia mencionado antes que não falava coreano. Ele chegou com um McLanche Feliz (nada se comparava a comer McDonald's depois da meia-noite), que deixou sobre a cama.

— Ei! — Kyung-soon, com uma porção de batata frita na mão, surtou e apontou para a caixa gordurosa do McLanche Feliz. — Nem pensar. Na minha cama, não.

— Há... na sua cama, então? — perguntou Mylo, olhando para mim.

Dei de ombros.

— Não me importo.

Kyung-soon jogou uma batata frita em mim, que bateu na minha bochecha.

— Ei! — Foi minha vez de reclamar.

— Você pode não ligar agora, mas espera só até estar dormindo em um lençol cheio de migalhas, todo engordurado.

Ela se deitou de barriga para baixo na cama, deixando a mão que segurava as batatas para fora.

Mylo aceitou a derrota e, achando graça, tirou o lanche da cama, indo se apoiar no batente da porta. Abriu o hambúrguer e começou a mastigar, me observando. Eu ainda não tinha tirado a roupa de festa, exceto pelos saltos.

— Roupa legal. Cadê o Devroe?

— Legal? Ela parece ter saído de uma revista *Vogue*!

Kyung-soon jogou uma batata no rosto de Mylo, que de alguma forma a pegou com a boca.

— Foi mal — corrigiu ele. — Roupa *deslumbrante*.

— Não sei aonde o Devroe foi — respondi. — Ele saiu depois que... — *Depois do quê? Depois de quase nos beijarmos e ele jogar na minha cara que eu não consigo confiar em ninguém?* — Depois que voltamos. O plano ficou mais complicado.

Mylo arqueou as sobrancelhas.

— Mas demos um jeito — garanti. — Não deve afetar o lado de vocês da operação. Como foi a investigação?

Ele estendeu os braços.

— Como esperado. Tem algumas equipes de transporte surpreendentemente fraquinhas.

Kyung-soon se sentou na cama.

— Mas, fora isso, o que você quis dizer com "complicado"?

Contei a eles sobre os compradores do Museu Britânico e o plano de Devroe de remanejar a situação. Quando acabei, Mylo estava sentado no chão ao pé da cama, com Kyung-soon empoleirada na beira ao lado dele.

— Você sabe qual nome falso eles vão usar para fazer as ofertas? — perguntou Mylo.

— Passamos um tempinho bisbilhotando — respondi. — Devroe acha que leu nos lábios deles o nome Sandury? Sam alguma coi...

— *Sanbury?* — perguntou Mylo, atônito, procurando alguma coisa no celular, num aplicativo de planilhas.

Kyung-soon se empoleirou no ombro dele.

— Ah, é. — Mylo deu uma risada sarcástica ao checar a planilha. — Não tem *a menor* condição de nos infiltrarmos na segurança deles.

A garota estava congelada, encarando a tela. Depois de um momento, olhou para mim.

— Classificamos as equipes no caminho de volta. Ficaram por ordem de dificuldade para roubar, a primeira sendo a mais difícil.

— E qual foi a classificação da equipe de Sanbury?

— Primeiro lugar.

Respirei fundo.

— Então vamos precisar mover céus e montanhas para fazer essas pessoas que têm milhões e milhões de dólares para gastar não ganharem o leilão, porque, se ganharem, teremos desperdiçado nosso dia de vantagem em uma busca que não serviu de nada.

Massageei a testa, sentindo a cabeça latejar por conta do estresse.

— Ei — chamou Mylo, me afastando do poço de frustração e ansiedade em que eu estava prestes a cair e me oferecendo um olhar reconfortante. — Calma. Vamos dar um jeito. Como você disse, Devroe já tem um plano. Essa fase vai ser moleza, ainda mais quando temos quatro mentes pensando juntas. — Ele tirou a jaqueta. — Quando o sr. Kenzie resolver nos agraciar com sua presença, podemos comparar nossos dados e decidir o comprador sortudo que vai ganhar amanhã. Até lá, acho que vou pedir um milk-shake do serviço de quarto.

Ele se retirou, fechando a porta da suíte ao sair. A tranquilidade com que Mylo descreveu a situação me ajudou a relaxar os ombros e fazer minha respiração voltar a um ritmo estável. Ele tinha razão: tudo que podíamos fazer era planejar. E, se tudo seguisse nos trilhos, teríamos sucesso.

Kyung-soon rolou da cama e se recostou na porta. Estava terminando as batatas.

— Então… desembucha. O que aconteceu entre você e o Devroe?

Semicerrei os olhos para ela, e Kyung-soon arqueou a sobrancelha.

— Foi tudo bem com o pré-leilão.

— Só bem? — perguntou ela, girando a ponta do rabo de cavalo. — Você saiu com ele usando um vestido de gala maravilhoso, andou por um lugar repleto de diamantes, dinheiro e todas as coisas que uma garota normal sonha ter, e tudo correu apenas… *bem*?

Será que Kyung-soon via algo que eu não sabia que estava deixando transparecer? Será que eu não estava sendo sutil a respeito do que sentia?

— Mas nós não somos garotas normais, somos?

— Acho que não. Quer ajuda com os botões? — ofereceu ela, esticando as mãos para mim com um olhar brincalhão.

Assenti e fiquei de costas para ela.

— Vestidos são tão mais práticos quando se tem um assistente pessoal para ajudar você a se vestir e a se despir — comentou ela.

— Você tem assistentes em casa para ajudar com as roupas?

Segurei o vestido que começava a cair. Kyung-soon era muito eficiente.

— Minha mentora ajuda. Quer dizer, na maioria das vezes. A especialidade dela são golpes de longo prazo com muitos benefícios. — Ela se inclinou sobre o meu ombro e inspirou. — Eu vi o champanhe.

— Devroe e eu o usamos para exemplificar o truque. — Senti a pulseira de diamantes pesar sobre a minha pele, mas logo a tirei do pulso, me achando boba por ainda estar usando a joia. — Não é como se eu tivesse bebido com ele nem nada assim.

— Entendi.

Peguei minha mochila e fui até o banheiro para tirar o vestido e colocar meu pijama. Como se fizesse anos que nos conhecíamos, não apenas dois dias, deixei a porta entreaberta para a gente continuar conversando.

— Então — falou Kyung-soon —, ele pediu champanhe, vocês dois estavam maravilhosos, aí ele saiu sem mais nem menos, e nada de interessante aconteceu?

Parei, observando meu reflexo no espelho. Ela era bem observadora, né?

— Não sei o que você quer dizer — respondi.

— Ah, qual é. É bem óbvio que ele está interessado em você.

— Tanto quanto eu estou interessada em aprender como arrombar cadeados e burlar novos modelos de cofres, talvez. — Eu a encarei, apoiada no batente da porta, e comecei a tirar as continhas douradas das tranças, colocando-as na palma da mão. —

Ele mesmo me disse isso, no trem. Que gostava de fazer joguinhos comigo.

— Isso não significa que ele gosta de você, já que abriu o jogo logo de cara? Ele sabe que você é uma adversária digna, e é isso que faz o coração dele disparar. — Kyung-soon colocou as mãos sobre o peito e suspirou. — Que romântico. Tive a impressão de que Devroe gostava de você desde que ele fez a gente esperar por você e Yeriel lá na saída do museu. Vocês sem dúvida teriam sido desclassificadas, mas eu vi a forma como estavam conversando no museu...

— Espera aí — interrompi. — Ele fez vocês *esperarem* a gente sair? Não foi uma coincidência?

Ela ficou pálida.

— Ele não contou isso para você?

Balancei a cabeça.

— Ah... — continuou Kyung-soon. — Bem, como eu disse, ele gosta mesmo de você.

Eu me esforcei para pensar em uma resposta, mas minha mente estava fervilhando com perguntas. Devroe era um sem-noção se tinha mesmo me esperado sair do museu. Se as coisas tivessem dado errado, ele podia ter acabado no meio da confusão ou no hospital também. Ele era inteligente, não teria esperado por alguém a menos que tivesse um bom motivo.

Tome cuidado.

As palavras da minha tia pareciam muito mais verdadeiras do que antes. Talvez eu estivesse sendo enganada, mesmo que não soubesse ainda.

Ouvi a porta do quarto se abrir, e Mylo reclamou que não era seu milk-shake.

Devroe tinha voltado, e era hora de voltar a planejar.

VINTE E OITO

DUAS HORAS ANTES, TALVEZ EU tivesse até cogitado pedir desculpas para Devroe, mas só conseguia pensar no que ele podia estar planejando, já que havia me esperado sair do museu...

Em meio aos sofás, repassamos as informações que tínhamos recolhido para determinar quem seria o ganhador da nossa competição entre quem tinha mais dinheiro e a pior segurança. Quem levou a vitória não foi nenhuma das pessoas com quem eu tinha conversado, mas uma das mulheres abordadas por Devroe. Seu nome era Sadia Fazura.

— Ela é uma socialite da Malásia.

Devroe se recostou na poltrona. Ele tirara o paletó e a gravata, mas ainda estava com a camisa elegante. De alguma forma, aquilo o fez parecer mais ainda um modelo num comercial de perfume, só que em vez de um olhar sedutor, era o cansaço que estampava seu rosto. Ele parecia ter se estressado muito com alguma coisa.

— Ela tem trinta e tantos — continuou ele. — O marido herdou um negócio bem-sucedido. Podre de rico, mas nem um pouco fiel. Sadia parece frequentar leilões para comprar coisas às custas do cara, quem sabe para compensar as traições constantes.

Kyung-soon arregalou os olhos.

— Você descobriu isso tudo depois de uma só conversa?

Ele tentou não parecer muito orgulhoso.

— Quando se consegue deixar as pessoas confortáveis, elas contam quase qualquer coisa.

— Então ela tem dinheiro — falei. — Quanto, exatamente?

— Cerca de duzentos milhões numa conta conjunta com o marido, de acordo com o que uma das amigas dela deixou escapar — contou Devroe. — Embora eu suspeite que ela tenha vindo para o leilão com a intenção de gastar apenas uma fração disso.

— Mas vocês conseguem fazer com que ela compre o sarcófago mesmo assim, né? — perguntou Mylo, sentando-se com as pernas esticadas no chão.

— Deixa comigo — garantiu Devroe, olhando para mim. — Contanto que a Ross se encarregue de não deixar o contato do museu fazer uma oferta alta demais.

Todos se voltaram para mim. Uma onda de adrenalina tomou meu peito. Devroe já tinha estabelecido uma conexão com a socialite, nosso alvo, então sobrava para mim ficar com a pessoa infiltrada do museu. Era a parte mais delicada do assalto, e *eu* seria a responsável por ela.

— Eu consigo — falei, querendo acreditar em mim mesma.

Falhar nos colocaria em sério risco de perdermos a fase. Eu não podia deixar que isso acontecesse.

— Mylo e eu vamos lidar com a equipe de segurança dela amanhã. — Kyung-soon foi direto à parte deles do plano, como se não houvesse a menor dúvida de que Devroe e eu daríamos conta da nossa.

— Vamos cuidar da parte do sequestro — acrescentou Mylo.

— Já começamos a esboçar um plano básico para as equipes de segurança mal classificadas. Quanto à da sra. Fazura, não devemos ter muita dificuldade em infiltrar o caminhão de transporte antes do leilão. — Ele conferiu as informações no celular de novo.

224

— Ela está guardando as compras num armazém próximo a um aeroporto particular do outro lado da cidade. Quando chegarmos lá, damos um jeito de remover o sarcófago e retirá-lo do depósito.

Ele e Kyung-soon se entreolharam, como se estivessem repassando todo o plano de entrarem escondidos num caminhão de transporte, sem dizer uma só palavra.

— Como o Time Noelia foi banido, vai ser ainda mais difícil para eles se locomoverem pelo evento — comentei. — É provável que queiram atacar quando o sarcófago estiver em trânsito.

Devroe coçou o queixo.

— Eles são inteligentes o bastante para descobrir quem comprou o sarcófago e como ele está sendo transportado no intervalo entre a venda e o despacho — disse ele. — Aposto que vai ser nesse momento que eles vão agir. E nós vamos ter entregado de bandeja justamente a equipe de segurança mais fraca. — Ele olhou de volta para mim. — Todos nós precisamos estar lá, preparados para quando eles aparecerem.

Assenti.

— Então… depois do leilão, você e eu saímos e nos encontramos com Mylo e Kyung-soon? Seria importante alugarmos um transporte para o armazém. Como Mylo e Kyung-soon vão estar dentro da unidade de depósito do alvo, eles podem nos ajudar a entrar.

Mylo estalou os dedos e apontou para mim.

— Bingo!

— Bem, nós não vamos logo em seguida — observou Devroe. — Vai ser melhor trocarmos de roupa. Por mais que eu ame um traje a rigor, não é lá uma roupa muito sutil.

Não pude conter um risinho, junto à curiosidade que me bateu. Seria interessante vê-lo de calça de academia e tênis, só para variar.

Com o plano estruturado, Mylo gesticulou para que Devroe jogasse a garrafa de champanhe, que estava no balde com o gelo já derretido. Animado, Devroe pegou a garrafa para entregar a Mylo junto a uma taça vazia.

— Não coloque nada na minha bebida, hein? — alertou Mylo.

Devroe riu.

— Você não tem nada que valha a pena roubar.

— Vou ignorar esse comentário. — Mylo se serviu. — Por que eu sou o único com uma taça? Vamos brindar em homenagem a um trabalho bem-feito!

— É cedo demais para cantar vitória! — exclamou Kyung--soon.

— Sem essa — rebateu Mylo, oferecendo uma taça à garota, que aceitou. — É impossível estragar uma coisa depois de brindar por ela. Essa é a lei do universo.

— Hum. — Devroe pegou uma taça vazia do carrinho e a estendeu para que Mylo o servisse também. — Então vamos brindar à minha vida longa e conta bancária milionária, por favor.

— Justo.

Mylo colocou o champanhe na taça dele.

— Vamos brindar ao fato de que vou pensar no melhor pedido do mundo — disse Kyung-soon, levantando sua taça.

— E você, Ross? — perguntou Mylo, olhando ao redor. — Tem mais uma taça?

— Não, valeu — falei, levantando uma taça imaginária no ar. Ao que eu queria brindar? O que eu queria ter?

Duas semanas antes, eu saberia direitinho o que pedir. Liberdade. Algo novo. Outras coisas fúteis. Mas a única coisa que eu deveria querer naquele momento era minha mãe.

Só que, de um jeito estranho, me peguei querendo pedir mais momentos como aquele.

— Um brinde a… sempre saber ao que brindar no futuro.

A postura de Devroe murchou um pouco. Será que ele estava decepcionado? O que esperava que eu dissesse?

Mylo deu uma risadinha.

— Nada mal.

Os três tomaram suas bebidas, e eu virei a minha taça imaginária. Num gesto teatral, Mylo terminou a taça e depois bebeu diretamente da garrafa. Minha nossa, eles todos estavam acostumados a beber? Dei um golinho de mentira para tentar esconder o rubor nas bochechas. Passei meus dezessete anos de vida pulando de telhados e aperfeiçoando o mata-leão, mas naquele momento pareceu que tudo que fiz foi assistir a desenhos animados enquanto todo mundo ao meu redor crescia.

Kyung-soon se sentou no chão ao lado de Mylo e estendeu a taça para que ele a servisse mais um pouco. O garoto não hesitou. Com certeza aqueles dois estavam acostumados a beber.

— Não vão ficar com ressaca amanhã, hein? — alertou Devroe.

— Calma aí, *pai*! Isso aqui é fraquinho — falou Mylo.

Devroe fez uma careta.

— Não me chame assim.

— Primeiro eu não posso beber demais, e agora também não posso chamar você de pai? Você é mais estraga-prazeres do que eu tinha pensado — debochou Mylo, tomando mais um gole.

Fiquei me perguntando se Mylo teria parado de falar aí se não estivesse bebendo.

— Entendo o que disse sobre a ressaca — continuou ele —, mas qual o problema de te chamar de "pai"? Você por acaso tem algum trauma com figuras paternas? Estamos entre amigos, pode contar.

Sabia que Mylo não tinha dito aquilo por mal, mas ele estava andando em zigue-zagues numa corda bamba.

— Cara… — comecei a falar.

Mas Devroe me interrompeu:

— Você não tem mesmo nenhum senso de autocontrole, né? Se quer chegar longe neste ramo, devia aprender quando calar a boca.

O leve sorriso de Mylo sumiu. Ele podia ter cutucado a onça com vara curta antes sem saber, mas, como Devroe reagiu, ele não ia aguentar calado.

— Ah, *eu* é que não tenho autocontrole? — Mylo apontou para si mesmo. — E o cara que só virou as costas e foi embora no trem, dando showzinho? Para quem você foi chorar naquela hora, já que pelo visto não foi para o seu pai?

Devroe cerrou os dentes. O clima estava ficando péssimo e perigoso.

— Talvez seja melhor a gente ir dormir — intervim.

Comprimi os lábios e fiz contato visual com Kyung-soon, pedindo apoio. Ela pareceu já estar prestes a dizer alguma coisa, mas Devroe falou primeiro, encarando Mylo:

— Pelo menos meus pais notariam se eu sumisse.

E, simples assim, a tensão explodiu. Mylo ficou pálido, cabisbaixo. Observá-lo foi como ver uma faísca se apagando na palma da minha mão.

VINTE E NOVE

DEVROE NÃO FICOU PARA VER o efeito de suas palavras. Pela segunda vez naquela noite, ele saiu do quarto.

— Devroe...

Tentei impedi-lo, mas mal consegui alcançar o bolso de sua calça. Kyung-soon foi atrás dele, me deixando sozinha com Mylo.

— Mylo...

Dei um passo hesitante em direção a ele, que não se moveu, só continuou encarando o chão. Que climão. Poucos minutos antes estávamos comemorando juntos. Como foi que a celebração tinha virado... aquilo?

Não tinha entendido antes, mas talvez pudesse ter percebido sozinha. Havia alguém que Mylo sempre esperava que entrasse em contato, mas que nunca ligava. Alguém, qualquer pessoa, que tentasse saber como ele estava.

— Ele é bom mesmo, né? — ironizou Mylo, sem risadinha, sem sorrisinho, sem nada do que eu esperava. — Vou dar uma volta para espairecer.

Ele saiu, e depois de refletir por um instante, fui atrás, mesmo sabendo que não tinha sido convidada. Mylo não me mandou embora ao ouvir meus passos, então continuei, por fim alcançando-o.

Por quê? Não fazia ideia. Algo me dizia que eu não precisava deixá-lo sozinho. Além do mais, se ele fosse surtar e fazer algo completamente irracional, aquele momento seria o mais provável para isso.

Descemos muitos lances de escada, pegamos um elevador e de alguma maneira chegamos ao saguão.

— Não precisa ficar de babá — declarou ele.

Era um déjà-vu de mais cedo. Os manifestantes ainda estavam na calçada, acampados em barracas, e havia cartazes por todo lado.

— Não vou roubar a mesa da recepção nem nada do tipo — disse Mylo.

Dei de ombros.

— Não achei que fosse. Na verdade, meio que achei, sim. Mas não me importo de só andarmos também. Se você quisesse mesmo ficar sozinho, já teria me mandado embora.

Por fim, ele deu uma risadinha.

— Acho que Devroe não é o único especialista em ler as pessoas, hein?

Paramos numa parte quieta do saguão, e o silêncio se instaurou entre nós dois por um segundo.

— Você quer, sei lá, conversar sobre o que aconteceu? — perguntei, envergonhada.

Nunca tinha precisado ter esse tipo de conversa mais íntima com um conhecido antes.

— Agora não.

— Tudo bem. — Comprimi os lábios. Em seguida, fiz uma voz de falsa indiferença. — Você por acaso quer xeretar o celular do Devroe comigo, então?

Mylo levantou a cabeça na hora. Tirei o celular do bolso de trás e o balancei na frente do rosto dele. Tinha sido bem fácil surrupiá-lo quando Devroe saiu do quarto.

Mylo riu.

—— Fez isso por mim?

— E por mim. Também tenho algumas investigações a fazer. Mas talvez você possa mandar o emoji de dedo do meio para todos os contatos dele ou algo assim.

— Ah, sim! A vingança perfeita.

Nós dois nos acomodamos em um sofá de couro próximo à janela, e eu enfiei a mão no outro bolso.

— Peguei isso aqui emprestado nas coisas da Kyung-soon. Era um dos cabos que eu a tinha visto usando para conectar o celular dela ao do político quando pensou que podia hackear o sistema do aparelho. Com sorte, funcionaria com o de Devroe também.

— O celular do Devroe. Uma ferramenta da Kyung-soon. Você por acaso roubou algo meu também?

— Na verdade, eu roubei seu delineador para ir à festa.

— Eu sabia!

Reprimindo um sorriso, usei o cabo de Kyung-soon para conectar a entrada do carregador do meu celular à do celular de Devroe.

Um aplicativo no formato de pasta de arquivos apareceu na minha tela inicial. O texto abaixo dizia iPhone (162). Estava baixando o conteúdo.

— Está dando certo!

— Mas, então, o que exatamente você está procurando? — perguntou Mylo.

O download já estava em vinte e cinco por cento.

— Isso se você não estiver invadindo o celular dele só porque está irritada ou algo assim — completou.

— Coisas suspeitas. Você sabe — respondi, dando de ombros.

Setenta e cinco por cento. Mylo colocou o braço atrás do sofá.

— Ah, entendi, você tem um *crush* nele.

Senti as bochechas queimarem. Mylo levantou uma mão no ar.

— Não estou julgando — acrescentou ele. — Devroe é gato mesmo. Mas acho que as coisas não vão para a frente se você tiver tanta suspei...

— Terminou.

Abri o arquivo do celular de Devroe. Minha tela inicial foi substituída pela dele, preta com uma citação em fonte branca. *Um grande bandido torna-se o governante de uma nação.*

— Eu conheço essa frase! — exclamou Mylo, sorrindo. — É uma citação do Zhuangzi. "Um pequeno ladrão é colocado na cadeia. Um grande bandido torna-se o governante de uma nação."

Fiquei encarando Mylo.

— Comecei a ler um pouco desde o museu — explicou ele.

— Acho que Devroe também. Ele tem classe. — Revirou os olhos. — Vai, vamos bisbilhotar.

— Mensagens.

Havia mensagens de Devroe de uma hora antes. Dezenas de nomes, dezenas de pessoas. Mensagens não lidas sobre clientes, pedidos e alguns nomes femininos que terminavam com emojis dando uma piscadinha.

Nosso grupo de conversa estava no topo, mas abaixo dele havia algumas conversas particulares, muitas em línguas com caracteres que eu desconhecia.

— Você sabe ler isso aqui? — perguntei, descendo a tela.

Do mandarim eu até dava conta, mas do resto...

— Falo vários idiomas, mas só consigo ler com o alfabeto latino.

— Que saco — resmunguei.

Continuei vasculhando o celular de Devroe. Quanto menos eu achava, mais eu me sentia mal.

O que eu estava fazendo, afinal? Fuçando o celular de um cara de quem eu meio que gostava porque... por qual motivo? Porque ele esperou do lado de fora de um museu para me dar uma carona? Porque minha tia avisou para não confiar nele?

— Isso não serviu de nada — falei, passando o celular para Mylo, querendo me livrar do aparelho. — Toma, pode mandar os emojis de dedo do meio, se quiser.

Mylo franziu o cenho.

— Mãe — falou ele, lendo na tela, sem pegar o celular, só clicando e o empurrando de volta para mim. — Sempre dá para conhecer um homem de verdade pela forma como ele trata a mãe, não é?

Mylo abriu uma conversa e, como eu já tinha chegado tão vergonhosamente longe, olhei. Fui pega de surpresa por um momento. Não era nada do que eu esperava. O grupo com minha mãe e minha tia era cheio de mensagens bobas e pedidos de compras do mercado e de que eu fosse para a sala de estar porque elas não queriam subir as escadas para falar comigo. Um "boa-noite" e "te amo" aqui e ali. Mas a conversa de Devroe era... estranha.

A maioria das mensagens era dele. Todas as noites, ele mandava apenas uma palavra:

Vivo.

A notificação de leitura da mãe dele estava ativada. Vez ou outra, ela respondia, no intervalo de alguns dias, às vezes semanas. Mas não eram mensagens, nem mesmo palavras. Só números. Linhas curtas repletas deles.

— Bem, isso é um tanto misterioso — comentou Mylo. — E eu achava que os meus pais eram excêntricos.

Excêntricos. Ele tinha mesmo começado a ler desde a missão no museu.

Fechei as mensagens de Devroe.

— Deve ser um código — comentei.

— Por que a única correspondência entre Devroe e a mãe seria codificada? — indagou Mylo.

É, aquilo era mesmo curioso.

Sentindo que eu estava um pouco mais calma, mas ainda assim estranhamente revigorada, abri a galeria de fotos. Talvez houvesse um gabarito em algum lugar no celular que me ajudasse a decifrar o que ele e a mãe estavam falando.

Mas a galeria não tinha muitas imagens, o que era decepcionante. Chegava a ser estranho. Só havia duas fotos. Cliquei. A primeira era uma foto que ele tinha salvado. Era de um garotinho negro de pele clara com o cabelo volumoso, vestindo uma camisa de botão muito fofinha e bermuda. Ele abria um largo sorriso e, embora não pudesse ter mais do que nove ou dez anos, os cílios cheios e o formato do sorriso já indicavam que ele seria muito bonito quando crescesse.

Devroe. Aquele era o pequeno Devroe.

Atrás dele, sentada em um banco de pedra com uma elegância quase angelical, estava uma mulher. A pele dela era mais escura que a de Devroe, e seu cabelo alisado caía pelas costas. O sorriso dela era menos... eletrizante que o do Devroe. Estava mais para o sorriso da Mona Lisa, talvez. Os cílios parecidos me indicaram que eu estava olhando para a mãe elusiva dele.

— É impressão minha ou eles estão em um cemitério? — perguntou Mylo.

Ele deu dois cliques num canto da foto. Como tinha sido tirada numa câmera e transferida para o celular, ela não era lá muito nítida, mas dava para ver um campo gramado e pedras altas no fundo.

Tentei reprimir um tremor.

Fotos em família no cemitério.

Aquilo, sim, era um tanto misterioso.

Deslizei a tela para o lado, nem que fosse só para tirar a foto anterior da minha mente.

A próxima não ajudou muito.

Era de uma folha pautada: amarela, envelhecida, com aparência desgastada. A tinta borrava a página, provavelmente pelo tempo. Ainda assim, dava para notar pela foto que alguém tinha guardado o papel com muito cuidado.

Tomei fôlego, o coração acelerado quando percebi o que estava escrito no papel. Era a carta de que Devroe tinha me contado no trem. A que o pai dele lhe havia deixado.

Olhei para Mylo, esperando que ele me dissesse para fechar a foto ou algo do tipo, mas caramba... ele já estava lendo por cima, e nada mais podia me deter.

Então, eu li.

Filho,

Para mim, é estranho escrever essa palavra. Filho. Nunca pensei que teria um filho, mas agora que você está para nascer, não consigo imaginar o contrário. A vida é imprevisível. Mas não quero que pense que não estou feliz com a sua chegada. Acho que nunca estive tão feliz em toda a vida, o que é irônico, considerando todo o resto. As melhores coisas que se tem na vida em geral são as que você não espera. Nunca se esqueça disso.

Chamaria você pelo nome, mas ainda não sei qual vai ser. Diane, sua mãe, quer que eu escolha. Não conte a ela, mas a indecisão está me deixando estressado. Os nomes são importantes, às vezes são a primeira impressão que alguém tem de você antes mesmo de te conhecer. Vou me lembrar disso e tentar escolher um bom nome.

A maneira como você se veste também é importante. Suas roupas vão dizer às pessoas como você se vê, então busque sempre impressionar. Deixe que suas roupas contem às pessoas que você tem valor. (Nunca deixe sua mãe pegar você usando uma gravata com o nó pronto, ela vai ficar de cara fechada por uma semana. Vai por mim, eu sei bem.)

O que mais? Não seja teimoso, a menos que seja importante. Então, em vez de ser teimoso, seja inabalável. Seja um cavalheiro, sempre. O charme vai levar você mais longe do que a crueldade. Se um dia se apaixonar — e tudo bem se não acontecer —, seja lá quem for a pessoa, que seja alguém com quem você possa ser você mesmo, por inteiro. É perigoso amar só metade de uma pessoa.

*E acho que ajudaria se encontrasse alguém parecido com a sua
mãe. Não querendo me gabar, mas nisso eu acertei em cheio.*

*Falando na sua mãe, ela precisa de você. Sempre ouça o que
ela tem a dizer.*

*Vou tentar escrever de novo se eu puder. Espero que possamos
nos conhecer. Se não nesta vida, então depois.*

Pai

Engolindo em seco, baixei o celular com a tela virada. Senti os
olhos marejarem.

— Tudo bem?

Mylo tocou minha mão, o que me assustou.

Pigarreei e assenti.

— Está tudo bem, é só que…

Bateu um pouco forte demais. De certa forma, eu me identifi-
cava com toda aquela situação.

Queria sentir raiva do Devroe, mas, depois de ler aquilo, não
consegui mais. Ele era só um garoto tentando lidar com suas dores.

Assim como eu.

TRINTA

NO DIA SEGUINTE, O LEILÃO já estava se aproximando, mas eu não conseguia achar minha pulseira-chicote.

Mylo saiu para cuidar de um projeto especial depois de termos conversado um pouco com os manifestantes. A organizadora do protesto ficara mais do que feliz em nos contar a respeito de sua ideia inovadora de franquear museus para que contivessem todas as mesmas exposições e os mesmos artefatos, usando réplicas para exibir tesouros de países estrangeiros: por exemplo, a réplica do sarcófago que ela e o grupo haviam feito. A falta de financiamento empacou o projeto, impedindo que ele saísse do papel por enquanto. Mylo e eu pegamos os panfletos e fizemos uma doação generosa à causa.

Depois disso, fiquei repassando todas as saídas do hotel. Andar de um lado para o outro não me ajudava muito a não pensar no celular de Devroe e na sensação torturante de culpa por ter bisbilhotado a privacidade dele. Quanto mais eu remoía o que tinha feito, mais parecia que tinha seguido o passo a passo do *Guia de como invadir a privacidade dos outros de maneiras imperdoáveis*, além de ter reescrito todo o livro e adicionado capítulos extras.

E eu estava revirando o quarto procurando minha arma. Meu amuleto da sorte.

Mas não estava em lugar algum.

Bufei e joguei minha mochila no chão depois de esvaziá-la pela terceira vez. Sei que é superirônico vindo de mim, mas alguém roubar algo de que você precisa é uma das coisas mais frustrantes do mundo. E é ainda pior quando você *sabe* quem pegou, mas não pode fazer nada a respeito disso.

Mandei uma mensagem para Devroe. Mylo tinha devolvido o celular ao bolso dele quando pediu desculpas por tê-lo provocado na noite anterior. Devroe nem pareceu perceber que nós tínhamos pegado o aparelho emprestado.

> Cadê você? E cadê minha pulseira?

Nada de resposta, mas vi que ele tinha lido.

Fiquei irritada, querendo gritar num travesseiro. Como estava sozinha, foi o que fiz.

Eu estava esperando na sala de estar, de braços cruzados, quando Devroe enfim voltou, com um porta-terno em um ombro e pelo menos três sacolas de presentes com diferentes papéis coloridos no braço. Tentei não pensar naquela foto do pequeno Devroe ao encará-lo.

Ele fechou a porta.

— Estava me esperando? Não precisa mais, já cheguei.

— Não por *você*. — Balancei o pulso. — Eu sei que você a pegou. Eu disse que a queria de volta hoje à noite.

— E eu falei que ela não combinava com a ocasião.

Devroe passou por mim e foi em direção ao banheiro.

Eu o segui pelo quarto e encostei no batente do banheiro. Ele pendurou o porta-terno num gancho na parede. Respirei fundo.

— Você está fazendo isso porque...

Será que ele sabia o que eu tinha feito? Eu deveria contar tudo. Ser sincera.

Ele me encarou pelo espelho e começou a desabotoar o colete.

— Porque o quê?

Desisti. Era só uma mentirinha, não importava.

— Nada.

Saí e fechei a porta.

O VESTIDO DAQUELA NOITE ERA o meu favorito entre os dois que Devroe tinha escolhido. O da noite anterior fora de um vermelho sedutor, mas o daquela era de um rosa envelhecido deslumbrante. Embora fosse mais apertado na cintura, o tecido tinha um movimento delicado que acompanhava meu corpo. Usá-lo, ainda que com os dolorosos saltos dourados, me fazia sentir como uma chama bruxuleante na noite. Além do mais, graças ao zíper na lateral, eu não precisaria da ajuda de Devroe para vesti-lo. Talvez fosse desnecessário (na verdade, eu sabia que era), mas enviei uma foto para a minha tia. Ela mandou vários emojis com olhos de coração, seguidos de uma mensagem me lembrando de não me distrair, de tomar cuidado e tudo o mais. Aquilo me fez sorrir. Até ela se distraiu com o glamour por um segundo.

Quando Devroe apareceu vestido com o smoking, fiz o melhor que pude para ignorar a eletricidade que corria entre nós dois. Quando nossos olhos se encontraram, eu consegui ver a urgência nele com a mesma nitidez com que eu a sentia. Eu disse a mim mesma que não passava de ansiedade pelo roubo.

Engoli em seco, voltando à realidade.

— Olha, já deu. Cadê minha pulseira?

Devroe murchou um pouco, como se tivesse esperado que eu dissesse outra coisa. Ele tirou do paletó uma caixinha prateada, presa com um laço dourado brilhante. Ele a tinha embrulhado? Que exagero.

— Falei que ia devolver — disse ele.

Peguei a caixa e arranquei a fita.

— Não é presente quando já era meu antes.

Quando a abri, congelei ao ver o que tinha ali dentro. Era familiar, mas ao mesmo tempo diferente. Mais bonita.

A prata envelhecida e gasta tinha virado ouro rosé. Parecia uma joia de alguma coleção ousada da Tiffany: superfaturada, mas cujo estoque esgotaria em minutos.

Tirei a pulseira da caixa, impressionada com o brilho. Devroe pegou meu braço e me ajudou a colocá-la.

— Eu disse que ela precisaria se camuflar melhor se você quisesse mesmo usá-la hoje à noite.

Aproveitei o calor dos seus dedos enquanto ele dava as voltas na pulseira e posicionava a bola metálica.

— Agora pode usar onde quiser, sem parecer ter acabado de sair de um clube de motoqueiros — explicou ele.

Um quentinho se espalhou pelo meu coração. Era apenas uma arma, mas também era mais do que isso. Ele tinha pegado algo que me pertencera a vida toda por pura praticidade e o transformou em uma coisa linda.

Fiquei sem palavras. Como ele sabia que eu gostaria daquilo? Era o melhor presente que alguém já tinha me dado.

Talvez fosse um gesto impulsivo e constrangedor, mas não consegui me conter. Eu me atirei nele, envolvendo-o com meus braços. Devroe ficou tenso por um instante, mas, antes que eu me afastasse, riu e retribuiu o gesto. Sua pele era quente, forte e macia sob o tecido aveludado do paletó. Ele estava com um cheiro de canela, e nem mesmo tentei esconder que inspirei seu perfume. Por mais íntimo que o momento fosse, parecia que já tínhamos feito aquilo milhares de vezes.

— Por essa você não fica me devendo — disse ele.

Revirei os olhos e dei um passo para trás. Ele deu um sorrisinho e ajeitou o colarinho.

— Não devia ter surtado daquele jeito ontem. Uma vez me disseram que presentes são a melhor maneira de pedir desculpas, então espero que você considere esse o caso.

Ele me olhou como se estivesse nervoso, prendendo a respiração. Aquela reação era por minha causa?

— Você não fez nada de errado.

Na verdade, era Mylo quem merecia um pedido de desculpas. Mas, depois de tudo que eu tinha encontrado no celular de Devroe, eu não tinha como criticá-lo por ter reagido de maneira tão intensa à menção do pai.

— Não é disso que estou falando — explicou ele. — Eu não devia ter sido ríspido com você quando voltamos. A confiança é algo que se conquista, eu sei disso. Você estava certa, talvez eu não esteja acostumado a me esforçar tanto, mas vou continuar tentando, a menos que você realmente queira que eu pare.

Passei os dedos por minha pulseira. Deveria ter sido a solução perfeita, e eu via nos olhos dele que era uma oferta verdadeira. Se eu pedisse, ele ia parar de flertar comigo, fazer joguinhos. Uma oportunidade que uma versão mais inteligente de mim teria aproveitado.

— Roubei seu celular ontem à noite — admiti. — Roubei seu celular e usei uma ferramenta da Kyung-soon para hackeá-lo. E dei uma olhada nas suas coisas porque achei que você estava agindo de forma suspeita e... é isso. Desculpa.

Prendi o fôlego.

Devroe só me olhou, atônito.

— Você hackeou meu celular... e encontrou...?

Desviei o rosto e passei a mão pelo braço, nervosa.

— Muitos idiomas que não sei ler e mais algumas coisas. Mas esse não é o ponto. O que quero dizer é que sinto muito mesmo pelo que fiz. Estou começando a perceber que preciso resolver várias questões comigo mesma e, para ser sincera, ainda não confio completamente em você, apesar de *talvez* querer confiar. É bom que saiba disso antes de alimentar esperanças.

Devroe coçou o queixo e se virou por um segundo.

Mas o segundo virou um minuto.

— Agora você me odeia — declarei.

Eu sabia que teria sido melhor não dizer nada. Quando é que tentar ser uma boa pessoa deu certo para mim?

— Eu... acho que deveria estar com mais raiva do que estou — disse ele, por fim.

— Então... você *está* com raiva?

Ele deu uma risada leve e se virou para mim.

— Você tem mesmo muita dificuldade em não pensar o pior das pessoas, né?

— Estou me esforçando para mudar isso.

Devroe suspirou.

— Bem, eu de fato disse que gostava de fazer joguinhos com você. Não é como se não soubesse no que estava me metendo. E eu roubei mesmo algo seu.

Esfreguei a pulseira. Quando ele falava assim, parecia que eu não tinha cruzado um limite.

Ele ofereceu o braço para mim.

— Estamos quites? — indagou ele.

Não era a mesma coisa, mas ao menos ele estava aceitando minhas desculpas, então aceitei o braço dele.

— Estamos.

TRINTA E UM

O SALÃO DE FESTAS ESTAVA lotado de pessoas, poder e muita, muita grana.

Bastou botar os pés ali para me lembrar de como o lugar era grande. Naquela ocasião, mesmo com palco e as fileiras de mesas e cadeiras a uma distância educada umas das outras, parecia ser duas vezes maior do que na noite anterior, mas talvez fosse só impressão minha, já que eu de fato estava procurando alguém.

Quando passamos da entrada, soltei o braço de Devroe com certa relutância. Seria divertido passar a noite toda andando com ele por perto (quem diria que eu admitiria aquilo para mim mesma?), mas Devroe precisava jogar charme para a herdeira, e eu precisava drogar alguns vendedores de antiguidade charlatões.

Talvez só para fazer cena, ele plantou um beijinho no meu rosto antes de me deixar.

— Divirta-se, rainha.

Rainha. Por que aquela palavra soava tão calorosa e afetuosa vindo dele? Eu a senti percorrer meu corpo.

Torci para que minhas bochechas não parecessem tão coradas quanto eu imaginei que estariam, e tentei não parecer estar derretendo por dentro à medida que ele se afastava, deixando-me a sós para colocar em prática a minha parte do plano.

Ainda próxima às portas do salão, conferi as mensagens do grupo. Mylo e Kyung-soon estavam a caminho do lugar onde emboscaríamos a equipe de segurança da pobre sra. Fazura depois que ela comprasse o sarcófago.

Devolvi o celular à bolsa de mão e fingi ajeitar as tranças com um espelhinho compacto ao vasculhar o ambiente, tentando identificar rostos da noite anterior. Fiquei escutando atentamente ao que era dito na entrada, até que enfim ouvi as palavras que eu queria.

— Sanbury — falou a pessoa ao agente que estava recepcionando os convidados.

Eles tinham chegado. Usei o reflexo para ver meu alvo pela primeira vez. A mulher com certeza se destacava. Estava deslumbrante, vestida toda de preto. Não estava de vestido, ao contrário da maioria das mulheres no evento. Em vez disso, usava um terno e saltos baixos da mesma cor. Seu cabelo castanho com alguns fios grisalhos estava jogado para trás e preso com uma presilha simples. Estava mais para um visual de escritório do que para um evento luxuoso, mas imagino que para ela aquilo *era* um trabalho… tanto quanto para mim. No braço, ela segurava uma maleta. Um nó se formou no meu estômago ao vê-la passando pela entrada com tanta tranquilidade, como se estivesse indo almoçar com uma amiga. Será que ela não sentia nem um pouco de culpa?

Bem, quem era eu para dizer se alguém devia ou não sentir culpa? Só que, no meu caso, era diferente. Eu estava fazendo aquilo pela minha mãe, não para ajudar um museu podre de rico a lucrar ainda mais.

Eu a observei se aproximar pela minha visão periférica. Havia um ar de determinação em sua postura. Eu a acompanhei, a distância. Qual mesa será que ela escolheria? Ainda era cedo; havia muitos assentos vazios à disposição.

Sem parar para conversar com ninguém, ela atravessou a multidão até uma das mesas bem na frente do centro do palco. Era óbvio que ia querer ficar perto da ação.

Sem hesitar, a mulher deixou a maleta na cadeira ao lado e pegou o celular, digitando uma breve mensagem. Será que estava avisando aos chefes que tinha chegado?

Quando me aproximei, ela estava dando uma olhada no folheto do leilão.

— Boa noite — falei, com um sorriso.

A mulher levantou o rosto para olhar para mim.

— Este lugar está ocupado? — perguntei.

Ela parecia prestes a balançar a cabeça ou algo assim, mas, antes que pudesse, algo atrás de mim a distraiu.

— Na verdade, sim. Mas eu não me importo de pular uma cadeira.

Congelei. Aquela voz. Não era possível.

Eu me virei, sem acreditar.

Noelia se aproximou da mesa, num vestido de festa branco e prateado brilhante, que marcava a cintura com uma saia que dava um ar muito angelical à diabinha que eu conhecia. Seu rosto, emoldurado por ondas loiras, estava inexpressivo. Quer dizer, exceto pelos olhos cortantes. A intenção dela era me deixar desconcertada, e tinha conseguido.

— O que está fazendo aqui? — perguntei, sem pensar.

Ela se sentou do outro lado da compradora infiltrada do museu, e, com relutância, também me sentei. Senti meu coração disparar. Onde Devroe estava? Será que ele a tinha visto também? Será que o restante do grupo também estava ali? Dei uma olhada rápida pelo salão, mas não encontrei nada.

— Estou aqui para fazer ofertas no leilão — explicou Noelia, num tom que... dava a entender que éramos amigas, o que me tirava do sério. — Bem, talvez eu só fique assistindo. Acho que não estou a fim de gastar nove dígitos em nada.

Ela indicou o alvo com a cabeça por um instante.

Por que tinha feito aquilo? Ela sabia sobre os compradores do Museu Britânico? Mas como teria descoberto? Eles deviam ter algum tipo de plano, mas... o que fariam?

Para de surtar, Ross. Dá seu jeito!

Eu não podia fazer cena. Assenti, educada, apoiando a mão no queixo.

— Cadê seus amigos? Eles vêm também?

Noelia franziu o cenho.

— Não sei do que está falando.

Hum.

— Srta. Boschert.

Um homem europeu alto com um sotaque francês veio em nossa direção com um sorriso largo e uma mulher pelo menos dez anos mais nova ao braço.

Noelia parecia querer grunhir, mas só por um milésimo de segundo, antes de abrir um sorriso encantador.

— Sr. Lusk!

Ela se levantou e o cumprimentou com um beijo de leve na bochecha.

— Que surpresa. Não a vimos chegar, querida — comentou a mulher.

— E como é que você está aqui? — perguntou Lusk, intrigado. — Achei que o leilão fosse apenas para maiores de idade.

Noelia levou um dedo aos lábios.

— Não vai me dedurar, hein?

A mulher riu de leve.

O homem, por outro lado, ainda estava sério, observando-a quase que de um jeito paternal.

— Foi assim que você entrou na lista de pessoas banidas? — perguntou ele, com a voz um pouco mais grave. — Você não deveria entrar de penetra em eventos, Noelia.

A acompanhante deu um tapinha no braço do homem.

246

— Amor, deixe ela em paz. Fazíamos muito pior na idade dela, não acha?

— Obrigada por terem resolvido isso por mim — agradeceu Noelia, baixinho. — Prometo que foi apenas um mal-entendido.

Ela mudou o peso de um salto para o outro. Será que estava desconfortável por conversar com aquelas pessoas ou por falar com elas na minha frente e da compradora infiltrada do museu? Noelia certamente sabia que eu estava memorizando cada detalhe da conversa. Ela devia estar muito desesperada para chegar ao ponto de usar contatos antigos para voltar à ação.

O homem assentiu, relutante.

— Quer se sentar conosco? Temos uma mesa reservada no fundo do salão.

— Não, vou ficar aqui na frente. Mas obrigada, de verdade. Por tudo.

— Vai visitar os meninos no mês que vem? Vai ter uma festa na Hauser. Disseram que Nicholi está morrendo de sauda…

— Talvez eu vá, sim — interrompeu ela. — Vamos ver.

Noelia abriu um sorriso exagerado, e deu para ver que estava tentando encerrar a conversa. E conseguiu. Eles trocaram cumprimentos de novo, e o casal seguiu para o outro lado da multidão.

Com um suspiro baixo, Noelia voltou a se sentar, reprimindo uma careta.

— Você conhece gente em tudo que é lugar, né? — perguntei, olhando de novo para o casal que se afastava. Talvez eu pudesse usar aquilo a meu favor. — Você devia ir se sentar com seus amigos. Eles são conhecidos de trabalho ou o quê?

Ela entendeu a ameaça por trás das minhas palavras. *Talvez, se você não der o fora, eu conte àquele casal sobre como sua família provavelmente está passando a perna neles.* Era uma ameaça sem sentido? Sim, talvez. Não sabia se aqueles dois tinham sido clientes dos Boschert em algum momento, mas, uma vez que ela estava falando com eles como uma boa adolescente faria, aposto que não era o caso.

Se não fosse pela expressão aborrecida dela, eu acharia que Noelia não se abalara com a minha ameaça. Era especialista em esconder o que sentia de verdade.

— Com quem você veio? — indagou a garota, jogando o cabelo para trás e olhando ao redor.

Peguei minha bolsa na mesa e me levantei.

— Pode guardar meu lugar, por favor? — pedi à mulher do museu.

Ela pareceu ponderar por um momento. Tinha ido ao evento para trabalhar, não para se distrair tomando conta da cadeira a seu lado, mas aceitou.

— Claro.

Noelia acenou, e eu fui para um canto vazio do salão, um lugar onde ela não conseguiria bisbilhotar a tela do meu celular, mas ainda perto suficiente para não perdê-la de vista. Abri a conversa do grupo.

> A Noelia está aqui!!!

Onde é que Devroe tinha se metido?

Do outro lado do salão, conversando com a Sadia Fazura, finalmente o encontrei, olhando para o celular.

Kyung-soon mandou mensagem:

> Espera. Todos estão aí? Ou só ela?

E, em seguida, Mylo:

> A gente baniu todos eles... Será que estão disfarçados?

Digitei rápido.

> Só vi a Noelia até agora. Mas pode ser que tenha mais gente.

Foi inevitável arriscar mais uma espiada pelo salão, procurando pessoas que lembrassem Taiyō, Adra ou Lucus. Quer dizer, se Lucus estivesse ali, eu provavelmente já teria sentido um calafrio, mas não vi nenhum dos três.

Chegou uma mensagem de Devroe:

> Cadê?

Respondi, digitando bem rápido:

> Mesa da frente, a terceira da direita para a esquerda.

> O que você está fazendo?

Os três pontos que indicavam que Devroe estava digitando saltaram. Em seguida, ele respondeu:

> Estou me aproximando.
> A gente fica por perto.

Vi Devroe e a sra. Fazura indo até a mesa da frente. Noelia estava conversando com outro convidado.

Onde o resto do grupo tinha se enfiado? O lugar estava cada vez mais cheio, criando um mar de risadas baixas, tilintar de brindes, cetim e smokings no qual seria difícil achar quem quer que fosse, ainda mais pessoas treinadas para não se destacarem.

Eu odiava aquela situação. Era terrível não saber todas as variáveis, não ter plena noção de que alguém estava agindo contra mim. Vai ver era o que a organização queria. Empolgação, imprevisibilidade. Só que, acima de tudo, eles deviam querer ver como funcionávamos sob pressão.

Então, é lógico, eles precisavam jogar lenha na fogueira.

Meu celular vibrou de novo.

Não era Devroe. Nem sequer era o grupo. Uma mensagem surgiu na tela, um número com o qual eu estava começando a me familiarizar.

> Castigo! Lembram-se da última missão no trem? Desta vez não vamos contar de antemão qual vai ser a penalidade. Nos quartos 2410 e 2310 estão alguns arquivos digitais que gostaríamos de acessar. Vocês têm meia hora.

> E não sejam pegos! ☺

Como se as coisas já não estivessem complicadas o bastante. Tínhamos meia hora para fazer uma missão paralela sem recompensa, mas com alguma punição.

Olhei para Devroe. Preso numa conversa, ele não seria de grande ajuda.

Ele estava com a sra. Fazura na palma da mão. Com ou sem penalidade, fazê-la comprar o sarcófago era essencial para nosso plano. E um de nós precisava ficar ali para ver como o leilão correria, considerando que o grupo de Noelia também estava presente. Bastou um olhar para eu saber que ele não ia sair dali.

Sobrava eu.

Noelia também estava em ação, mandando mensagem para alguém. Ela tinha me superado no museu, e eu a tinha superado no trem. Estávamos empatadas, mas eu estava pronta para assumir a liderança.

Faltava meia hora para o início do leilão. Se eu ganhasse, a punição, o que quer que fosse, certamente nos traria alguma vantagem para a próxima fase.

Apressei-me para sair do salão do jeito mais discreto possível. Eu daria conta daquela missão paralela. Mesmo que precisasse me virar sozinha.

O que você está fazendo?

Quer que a gente volte?

Mylo e Kyung-soon não paravam de mandar mensagens no grupo. Respondi:

Não, sigam com o plano. Eu dou conta.

Usei minha bolsa para apertar o botão do vigésimo terceiro andar e depois para pressionar o de fechar a porta pelo menos dez vezes. Noelia estava logo atrás de mim, disso eu tinha certeza, mas não consegui vê-la.

Que ótimo. Então eu não tinha a mínima ideia de onde ela e o resto de seu grupo estavam. Isso era o que mais me preocupava.

O elevador parou no décimo segundo andar. Uma mulher egípcia mais velha usando um vestido com um xale de pele demorou-se a entrar. Ela conferiu o delineado num espelhinho dourado compacto por alguns instantes e, em seguida, colocou-o na bolsa. Eu não a conhecia, mas ela me parecia um tanto familiar. Onde foi que eu já a tinha visto antes? Quando a hóspede desceu no décimo quinto andar, esbarrei nela. A mulher foi tão gentil que quase senti uma pontinha de culpa por ter pegado o espelho... como se eu não tivesse outras coisas com as quais me preocupar.

O elevador parou uma vez no vigésimo segundo andar, e uma garotinha de pele marrom e cabelo castanho-escuro cacheado entrou, bocejando ao apertar o botão para a cobertura do prédio. Tinha um dardo de espuma preso no cabelo, perto da orelha.

Ignorando-a, abri o espelhinho e olhei para meu reflexo. Senti o coração acelerar quando as portas se abriram no vigésimo terceiro andar. Só teria alguns segundos.

Ainda no elevador, inclinei o espelho para dar uma olhada no andar. Mesmo sem conseguir ver os números dos quartos, eu sabia qual era o 2310. A porta estava barrada por seguranças, que pareciam entediados, mas não desatentos. Aff, parecia perseguição. Aonde quer que fôssemos, havia guardas.

As portas começaram a se fechar.

— Você não vai descer aqui? — perguntou a menininha.

— Apertei errado. Era para ter sido o vinte e quatro. Pode apertar para mim, por favor?

Ela me olhou, desconfiada, mas eu a avisei sobre o dardo no cabelo, o que a deixou concentrada na tarefa de tirá-lo.

Usei o espelho de novo no andar seguinte, e deu na mesma: a porta também estava barrada. Bufei e fechei o espelho com força. Talvez eu devesse ter aceitado a oferta de Mylo e Kyung--soon. Mesmo se eles voltassem para me ajudar (o que, para ser sincera, não era uma ideia muito inteligente), o que aconteceria? Mylo os distrairia com truques de cartas, dando cobertura para que Kyung-soon e eu invadíssemos o quarto, *à la* Pantera Cor-de-Rosa?

Havia jeitos mais inteligentes de ir para os quartos 2410 e 2310. Não seria um desafio se fosse impossível.

Os números giravam na minha cabeça: 2410 e 2310. Mesmo sem as plantas que eu tinha decorado, eu sabia que o 2410 era logo acima do 2310.

Era isso, então. Não entraríamos pelas portas da frente.

As portas do elevador estavam começando a se fechar quando o sino do elevador ao lado tocou. Noelia saiu dele, balançando um cartão como se estivesse só indo para um dos quartos, mas parou quando olhou para trás e me viu. Apertei o botão depressa para fechar as portas, mas ela enfiou a mão para mantê-las abertas.

— Aonde você vai? — perguntou ela, como se fôssemos amigas se encontrando por acaso. — Aqui não é o seu andar também?

Ela estava de brincadeira? Olhei para os guardas mais atrás dela, bloqueando o quarto 2410. Talvez Noelia estivesse tentando fazer os guardas me notarem.

— Não, não é — respondi, entredentes.

Ela inclinou a cabeça.

— Ah, foi mal — disse Noelia, reparando na menininha, que ainda estava mexendo no cabelo. — Espero que tenha mais sorte neste jogo — sussurrou ela, soltando a porta.

— Quer dizer "de novo"? — perguntei, debochada.

— Aham.

As portas se fecharam entre nós, e eu soltei o fôlego. Pressionei o botão do vigésimo quinto andar com a bolsa. A menininha não disse mais nada sobre minha indecisão em relação aos andares.

Quando a porta se abriu de novo, o corredor estava deserto e o quarto 2510 felizmente estava desbloqueado. Dando uma olhada rápida por ali, e depois de bater à porta sem ter resposta, peguei um dos meus cartões de crédito e pus as mãos à obra. Trancas magnéticas não eram minhas favoritas, e levou um eterno meio minuto de deslizar, balançar e empurrar até eu por fim ouvir um clique satisfatório. Entrei e fechei a porta, passando o ferrolho.

À minha frente, havia uma sala de estar aconchegante com pelo menos dois quartos arrumados e um pequeno bar. Dois quartos, hein? Teria sido bom ter conseguido uma reserva com dois quartos, mas acho que a gente precisava fazer por merecer para ter esse luxo.

Fui até a sacada. Olhei sobre o parapeito, uma mistura de adrenalina e nervosismo me deixando zonza. A brisa parecia querer me arrastar para uma queda livre.

No entanto, logo abaixo de mim, a apenas uns três metros, estavam o quarto 2410 e, abaixo dele, o 2310.

As luzes estavam apagadas. Com sorte, aquilo significava que os cômodos estavam vazios.

Tentei encorajar a mim mesma ao tirar os sapatos. *É só um pulo de três metros, eu conseguiria fazer isso dormindo. Dá até para fingir que os outros cento e cinquenta metros nem estão ali.*

Voltei para dentro. Havia um arranjo de flores sobre a mesa, com bolinhas de gude transparentes prendendo os caules no lugar. Peguei uma delas e a joguei na sacada do 2410. Qualquer pessoa que estivesse lá dentro teria ouvido. Se alguém saísse, talvez pular *não fosse* a melhor opção.

Mas nenhuma luz se acendeu.

Eu precisava fazer aquilo. Pela minha mãe.

Com as mãos suadas, o que era incomum para mim, joguei os saltos para a sacada abaixo, depois segurei a bolsinha entre os dentes. Tive que subir o vestido até as coxas para passar por cima da amurada. Ao menos aquele era o lado do hotel que dava para o deserto. Se eu caísse, ninguém assistiria, o que talvez fosse um ponto positivo.

Conseguia imaginar minha mãe fazendo algo como o que eu estava prestes a fazer. Só que ela, por outro lado, não teria titubeado.

Inspirada por ela, pulei.

Aterrissei na sacada com um baque. Algumas tranças se soltaram do penteado. Por pouco não deixei a bolsa cair da boca. Senti uma onda de orgulho. Eu *sabia* que conseguiria.

O 2410 era idêntico ao 2510. Os mesmos quartos, a mesma mobília luxuosa, a mesma área de bar. Mas uma coisa era bem diferente: o lugar estava um caos. Havia pilhas de roupas nas cadeiras e em cima das mesas, além de um amontoado de louça suja nos cantos. Espiei um dos quartos e vi uma montanha de toalhas usadas apoiada na parede perto do banheiro. Era evidente que o serviço de quarto não passava ali havia dias.

Quem estava hospedado ali não queria que ninguém entrasse.

Indo até a porta da suíte, olhei pelo olho-mágico. Os guardas lá fora não tinham se movido um centímetro.

Só mais vinte minutos.

Notebook. Eu precisava encontrar um notebook. Count ajudou muito ao especificar que a organização buscava pastas *digitais*.

Ao passar os olhos pela sala de estar, não vi nenhum notebook ou tablet, mas alguém que colocava guardas à porta e não permitia a entrada de camareiros provavelmente não deixaria nada de valor à vista. As pessoas pareciam ficar muitíssimo preocupadas com o roubo de seus pertences em hotéis, por isso havia cofres.

Entrei no quarto maior, lembrando que o cofre do nosso ficava atrás de um armário espelhado próximo ao banheiro.

Achei.

Eu me ajoelhei no chão, meus olhos na altura de um cofre preto e prata com mais ou menos metade do meu tamanho. Um teclado numérico verde brilhava no centro da porta.

Depois que o Jogo dos Ladrões acabasse, eu ia tirar um tempo para me especializar em fechaduras digitais.

Examinei os números. Alguns estavam mais gastos do que outros, em especial o zero e o um, mas aquele era um cofre de hotel, não particular. As teclas ficavam gastas pelo uso geral, não porque o mesmo código foi usado diversas vezes.

Sentei-me por um segundo, apoiando-me nas mãos. Sem querer, encostei na beira de um prato sujo, e ketchup sujou a ponta dos meus dedos.

— Eca.

Eu me levantei e fui ao banheiro lavar as mãos.

Dedos grudentos. Humm...

Dei uma olhada na pia do banheiro. Em geral, hotéis como o Pyramid ofereciam muitos itens de cortesia. Qual era a probabilidade de terem...

Peguei uma embalagem pequena de talco de detrás da cesta de artigos de higiene e voltei ao cofre.

Tomara que essa pessoa desleixada não limpe as mãos como deveria.

Coloquei um pouco de talco na mão e assoprei em frente ao teclado, causando uma pequena nuvem de pó que o atingiu e esmaeceu o brilho verde. Bati as mãos para tirar o resto do pó delas, depois me aproximei do teclado e o assoprei de leve. Parte do talco voou das teclas, mas, em quatro dos números, digitais permaneciam.

A alegria tomou conta de mim.

0, 1, 2 e *4.* Havia vinte e quatro diferentes combinações com quatro números. Eu podia tentar cada uma delas, ou...

2410.

As luzes verdes piscaram, as trancas se retraíram e a porta foi aberta.

Muito inteligente, hein?

Dentro do cofre, havia duas prateleiras. Pelo menos dez maços de libras egípcias e um notebook, que estava na parte de baixo.

O material do aparelho era preto fosco, mas as bordas eram de um prata vibrante, como mercúrio líquido congelado. Altíssima tecnologia. Senti os dedos coçarem. Fiquei com vontade de ter um notebook novo. Quem sabe aquele ali mesmo...

Surgiu uma tela preta com o texto em verde, pedindo senha, provavelmente um código que seria mais longo e difícil de identificar. Mordi o dedo. Parecia um bom momento para ligar para Kyung-soon no FaceTime. Contudo, quando abri a bolsa, encontrei o pen-drive que nos tinham entregado quando chegamos. Senti o coração disparar. Só podia ser aquilo, né?

Quando o conectei ao notebook, o campo da senha se encheu de pontinhos e a tela inicial apareceu. A barra de tarefas surgiu no canto.

DELETAR UNIDADE DE DISCO RÍGIDO?
SIM

NÃO

Deletar? Era a resposta óbvia. Por que mais aquela mensagem apareceria?

O que eles queriam que eu apagasse?

Arrastei a janelinha de deletar para o lado e tentei clicar no ícone da pasta. A tela piscou, e o cursor virou um X. Tentei clicar no botão iniciar, mas deu na mesma. Pelo visto, aquele pen-drive que apagava arquivos também impedia que eu acessasse qualquer coisa no computador. Uma pena.

Eu estava prestes a clicar em "sim", mas congelei.

Peguei a bolsa e vasculhei até o fundo, logo encontrando o cabo de hackear que eu tinha roubado de Kyung-soon. Mais cedo, ela quase tinha me flagrado colocando-o de volta nas suas coisas, então eu o enfiei de volta na minha bolsa antes que ela visse.

Se eu tivesse sorte, o notebook teria...

Uma entrada para cabo-C, empoeirada pelo desuso, na parte de trás. Conectei meu celular ao aparelho.

O HD 401 foi transferido ao meu celular em sessenta segundos. Conferi o cronômetro. **17 minutos.** Logo o leilão ia começar. Desconectando o celular, apertei "sim" na janelinha. Uma barra de carregamento apareceu.

Deletando 15%

Enquanto isso...

Cliquei no ícone da nova pasta no meu celular. Nela, havia pelo menos umas vinte pastas, todas em ordem alfabética. Alguns dos títulos eram de coisas comuns (*Agendamentos, Associados, Contas*), mas outros eram mais estranhos. *Esconderijos, E-mails secretos.* Cliquei para abrir a última pasta. Uma lista de endereços de e-mail apareceu, a maioria uma confusão de números e letras.

Será que o e-mail secreto da minha família estava ali?

Deslizei a tela até encontrá-lo. Para qualquer outra pessoa, teria sido apenas uma sequência aleatória de caracteres e números, mas eu o tinha memorizado.

De quem era aquele notebook?

O que mais a organização estava tentando deletar?

Dei uma olhada em várias pastas, até uma chamar minha atenção mais do que as demais.

Ogoj.

Jogo.

Cliquei na velocidade da luz. Onze nomes surgiram na tela. Boschert, Noelia. Kenzie, Devroe. Quest, Rosalyn. Shin, Kyung-soon. Michaelson, Mylo. Laghari, Adra. Itō, Taiyō. Taylor, Lucus. Antuñez, Yeriel. Outros dois eu não reconhecia, ambos destacados em vermelho, como o de Yeriel.

Será que o hóspede estava investigando a organização? Talvez fosse um membro que tivesse se rebelado?

Cliquei no primeiro nome da lista, o de Noelia. Levou a uma página com um endereço e um nome. *Boschert, Nicholi.* Um endereço europeu, na Suíça. Deslizei a página. Havia uma foto. Um garoto loiro, mais ou menos da mesma idade de Noelia. A foto estava granulada, tinha sido tirada de longe. Ele estava andando para algum lugar, sem olhar para a câmera, sem perceber que alguém estava tirando uma foto dele.

Estremeci. Nicholi. Será que era irmão da Noelia? Era o nome que aquele casal mencionara no salão de festas. Por que os organizadores tinham a foto dele? E um endereço?

Voltei ao arquivo com meu sobrenome. Quest.

Perdi o fôlego. A pasta Quest tinha muito mais do que a Boschert. Fotos da minha mãe, da minha avó, do meu avô, da minha tia, da minha tia-avó Sara, e até algumas minhas. Reconheci o penteado que minha mãe estava usando no mês anterior, registrado em uma foto dela saindo do avião de Paolo. Senti meu coração disparar.

Dava para clicar no nome dela. Precisava ver aonde aquilo iria me levar.

Encontrei uma nova pasta.

JOGOS PASSADOS (2002)

Não.

Não podia ser.

Eufórica, devorei a lista. Só havia sete nomes nela. Abara, Chen, Schäfer. No entanto, ali, no meio da lista, constava **Quest, Rhiannon: Vencedora.**

Mas o quê?!

Minha mãe não só sabia do jogo; ela havia participado dele. E mais: tinha *vencido*. Como foi que ninguém nunca tocou nesse assunto? Não só ela, mas qualquer outra pessoa na família? Será que ninguém mais sabia desse fato? Por que ela nunca falou sobre isso?

E qual foi o pedido que ela fez?

Passei o olho pelos nomes de novo. Boschert também constava ali. *Boschert, Noah.* O pai de Noelia? Era o único outro sobrenome que eu reconhecia. Minha mãe sempre falava que tinha uma rixa com a família dela, mas eu pensava que era mais uma questão de territórios. Talvez a origem disso fosse de décadas antes.

Quanta história. E minha mãe nunca mencionou nada...

Tive vontade de ligar para minha tia. Apostava que ela sabia de alguma coisa. E, que saco, eu queria explicações.

A barra de carregamento no notebook avançou, cobrindo toda a tela.

UNIDADE DE DISCO RÍGIDO DELETADA

De repente, a tela ficou preta.

Com uma careta, arranquei o pen-drive e fechei o notebook. O cronômetro de Count ainda registrava quinze minutos.

Eu precisava completar a missão.

TRINTA E TRÊS

CURIOSAMENTE, QUANDO ACESSEI O NOTEBOOK do quarto 2310, o pen-drive perguntou se eu gostaria de copiar a unidade de disco rígido. Confirmei, mas como o aparelho não tinha uma porta de entrada para cabo-C, não consegui dar uma olhadinha nos arquivos. Passei o tempo do carregamento fuçando um pouco mais os arquivos do notebook do 2410 no meu celular.

Deslizei a tela por pastas como *Clientes*, *Contatos*, *Números* e *Lista mestra*. Acabei clicando na dos números de telefone, abrindo uma planilha com uma quantidade surpreendente de cinco mil itens. Após descer por apenas cem, comecei a encontrar nomes seguidos por adendos como (*vice-presidente*) e (*CEO*). Na ferramenta de busca, digitei "Quest". Meu nome e número de celular, com o da minha mãe e o da minha tia, apareceram. Por sorte, não havia nada como (*ladra*) ao lado. No entanto, os nossos nomes e números estavam num itálico muito suspeito, então talvez a indicação estivesse implícita.

Bati os dedos no queixo, pensando por alguns segundos, e digitei mais um número. Todas as mensagens de Count sobre as pequenas missões durante as fases tinham me forçado a decorá-lo. E, *voilà*, o resultado: *Aurélie Dubois*.

Então ela tinha um nome de verdade, e era bem francês. Que interessante.

Mandei tudo aquilo para o e-mail secreto da minha família. Com certeza Count mandaria uma mensagem do nada para me impedir, não é?

Mas ela não deu as caras. Apaguei o arquivo do meu celular, e foi como se ele nunca tivesse estado lá.

Quando a transferência do pen-drive terminou de carregar, devolvi o notebook ao cofre e me preparei para pular para o 2210. Nenhuma luz se acendeu quando derrubei a bolinha de gude de novo, então atirei os sapatos e mordi a bolsa pela terceira vez para pular pela última vez para a sacada.

Caindo agachada, joguei as tranças para trás. Meu penteado estava caótico. Faltavam dez minutos no cronômetro. Eu concluiria o desafio por pouco.

Peguei os saltos e estava prestes a calçá-los de novo e dar o fora, mas a cortina que dava para a sacada se mexeu, como se houvesse uma brisa.

Só que o tecido estava para o lado de dentro do vidro, e a porta estava fechada. Tinha alguém lá dentro, esperando com as luzes apagadas. Eu tive a impressão de saber quem era.

Apressei-me para jogar os sapatos para o andar abaixo e pular para lá, mas a porta se abriu. Taiyō foi rápido como um relâmpago. Soltei a pulseira-chicote. Mas, com uma queda de vinte andares, às minhas costas, eu não tinha muito espaço para lutar. Golpeei o queixo dele, mas Taiyō pegou meu braço e o torceu para trás, jogando-me no chão.

Eu me debati, mas ele virou meu braço mais ainda e me prendeu com o joelho.

Com o rosto pressionado contra o chão, fiz o melhor que pude para olhar para ele.

— Isso é uma vingança por eu ter arranhado seus óculos? Não posso mandar o valor do conserto e a gente deixa isso para lá?

Talvez ele tivesse sorrido, mas seu rosto ficou sério antes que eu pudesse confirmar.

— Não se preocupe, acho que agora estamos quites.

— Quem diria, Taiyō... Você é do tipo que guarda rancor? — disse alguém, se aproximando.

Os saltos prateados de Noelia pararam a poucos centímetros do meu rosto. Tentei levantar a cabeça. Ela pegou o pen-drive da minha bolsa.

— Como sabia que eu estaria aqui? — perguntei. — Ficou na minha cola o tempo todo?

— Não precisei. Conheço você melhor do que pensa. Oito anos depois e você ainda tem o costume de entrar pela janela.

Senti a respiração falhar. Ela se lembrava daquilo? Aos nove anos, fiquei animada demais e quis me exibir para ela, mostrando como eu conseguia escalar as paredes para entrar em qualquer sala da escola. Quer dizer, em qualquer sala do segundo andar, na época. Ela me disse que tinha sido a coisa mais legal que já tinha visto.

De quanto exatamente Noelia se lembrava?

Que se dane. Nada disso importava.

Noelia disse algo em japonês e jogou para Taiyō um par de algemas que levava na bolsa.

Dei uma risada, mas talvez fosse minha frustração escapulindo.

— Você sabe que eu consigo me soltar disso em vinte segundos, né? — debochei.

— Veremos.

Taiyō me puxou para cima. Tentei usar a oportunidade para pisar no pé dele, me agarrar à sua perna ou algo assim, mas ele estava preparado e prendeu meu braço com força assim que me levantei.

Engoli um grunhido de dor por não querer dar a eles a satisfação de um grito. Taiyō me levou com calma até a beirada da sacada.

Senti o coração retumbar no peito.

— Espera aí…

Tentei firmar os pés no chão. Com as mãos para trás, segurei com o máximo de força que pude o tecido da camisa de Taiyō. Se ele pensava que ia me jogar dali de cima sem que eu o levasse comigo, ia ter uma tremenda surpresa.

Taiyō me empurrou. Quase tropecei com a força dele, e foi impossível conter o grito.

— Não, não, não!

Caramba, os dois iam mesmo fazer aquilo. Iam me matar.

Eu estava debruçada sobre o parapeito. Meus tornozelos lutaram para recuperarem o equilíbrio, mas não adiantou. Eu estava prestes a cair.

— Calma.

Um segundo antes de me deixarem cair, braços pálidos se enrolaram nos meus, me puxando de volta. O chão lá embaixo, numa queda absurda, era tudo que eu via. Meu coração estava na garganta.

Senti as algemas. Elas se fecharam nos meus punhos, prendendo minhas mãos em uma das barras do parapeito.

Estava presa, de frente para a queda, e, apesar de ser ótima em contorções, não tinha a menor chance de conseguir alcançar os grampos nas minhas tranças sem arriscar perder o equilíbrio. Cair com os braços para trás significaria deslocar os ombros e provavelmente quebrar os pulsos também.

Talvez a força destroçasse os ossos da minha mão. Elas sairiam mais facilmente das algemas e…

Ai, minha nossa.

Alguém mexeu nos meus pulsos. Achei que Noelia fosse pegar minha pulseira-chicote, mas ela pegou a de diamantes de Devroe.

Tentei puxar a mão, mas o movimento brusco só ameaçou meu equilíbrio. Precisava ficar parada, fazendo o melhor que podia para me segurar com as mãos algemadas.

— O que foi, vai roubar minhas joias também? — perguntei, virando a cabeça para encará-los.

Noelia prendeu a pulseira no próprio braço, admirando o brilho sob o luar.

— Estou mais interessada no que tem dentro. — Ela me deu um tapinha no ombro. — Não esquenta, vou fazer companhia para a compradora do museu no seu lugar, está bem?

Como ela sabia daquilo, para começo de conversa? E como sabia da dose na minha pulseira?

Olhei para Taiyō e percebi que ele não estava usando um traje a rigor. Na verdade, aquele colete... Ele estava vestido de garçom?

De repente, entendi.

— Vocês... vocês vão roubar o nosso plano?

Noelia sorriu.

Caramba, eles iam mesmo.

— C-como? — gaguejei. — Trancamos o celular num cofre. Não tem como vocês terem ouvido nossas conversas.

Queria arrancar as mãos das algemas e estrangular Noelia. Os dois, na verdade. Sabíamos que eles iam tentar nos espionar e tomamos medidas para impedi-los.

Noelia falou alguma coisa, e Taiyō riu. Foi a primeira vez que eu o vi rir de alguma coisa.

— Não guardo rancor de você ter me feito tropeçar no trem — disse ele. — Na verdade, aquilo foi a oportunidade perfeita para botar uma escuta na sua jaqueta.

Minha jaqueta, a que estava pendurada em uma cadeira no quarto em que estávamos hospedados.

A ideia de colocá-los na lista de pessoas banidas, os trâmites do pré-leilão, a estratégia de usar a substância com a compradora e burlar o transporte de segurança.

Tudo que aconteceu entre mim e Devroe...

Se Taiyō e Noelia tinham roubado nossos papéis no leilão, então eu sabia muito bem onde Adra e Lucus estavam: esperando em nosso ponto de encontro com Mylo e Kyung-soon, provavelmente prontos para pegá-los de surpresa assim que chegassem.

No trem, Taiyō não fez nada com o celular. Era só uma... distração. E caímos feito bobos.

— Devroe não vai deixar vocês roubarem o alvo dele — vociferei. — Ele vai perceber quando eu não voltar.

— Tem certeza? — perguntou Noelia, balançando a pulseira de diamantes.

Será que ela achava mesmo que conseguiria passar a perna em Devroe com o próprio truque dele?

Será que eles conseguiriam fazer isso?

Algo vibrou na bolsa de Noelia.

— Acabou — falou Taiyō. — É melhor voltarmos.

Noelia assentiu.

— Não tenho a mínima ideia de como você vai explicar isso quando os hóspedes voltarem, mas tente não escorregar até lá.

Ouvi os saltos se afastando, e foi inevitável tentar uma última coisa:

— Por que me dedurou no acampamento de esqui? Foi porque seu pai perdeu para a minha mãe, e você me odeia por isso? Quis impressionar o papai? Ou falsa e traíra é quem você é de verdade?

Noelia se deteve.

— Você... — Ela hesitou por um segundo.

Por algum motivo, me lembrei da cara que ela fizera ao ver Yeriel no museu, antes que Adra a puxasse para que fossem embora.

— Eu faço o que me mandam — continuou —, e finjo para muitas pessoas. Mas com você eu nunca precisei.

Ao dizer aquilo, ela me deixou. De novo.

TRINTA E QUATRO

TORCI OS PULSOS, GRUNHINDO AO sentir as algemas se fincando na pele. Taiyō não tinha facilitado para mim. O metal estava começando a cortar minha circulação — o pesadelo de um ladrão.

Por que eu não tinha deixado minha tia deslocar meus polegares quando tive a chance?

Esfreguei as algemas na barra da cerca, testando a possibilidade bastante improvável de que houvesse uma parte da barra que eu pudesse manipular, mas eu precisava parar cada vez que ameaçava perder o equilíbrio. Há quanto tempo Noelia e Taiyō tinham ido embora? Provavelmente há alguns minutos... Só que minutos eram meu bem mais precioso no momento.

Fechei os olhos. *Você precisa arrombar a tranca, Ross. É só fingir que não está a, sei lá, uns sessenta metros do chão.* Talvez, se eu me agachasse, poderia enfiar a cabeça entre as barras e caçar um dos grampos no cabelo.

Respirei fundo repetidas vezes para me acalmar, o máximo que uma queda do iminente vigésimo andar permitia. Tentei me abaixar, mas quanto mais meus joelhos se dobravam, mais meu peso ia para a frente. Dava para sentir os pés saindo do chão.

Reclinei-me de volta, derrotada.

Até onde eu sabia, Devroe estava prestes a ser drogado e Mylo e Kyung-soon, na mira de uma emboscada.

Quais eram as chances de os hóspedes daquele quarto voltarem logo? Mesmo se eu tivesse todo o carisma de Devroe, seria impossível dar uma explicação lógica para a situação. Minutos se passaram. Minutos intermináveis, penosos, agonizantes. O vento estava ganhando velocidade, o que fazia a barra do meu vestido esvoaçar. A areia lá em baixo parecia cada vez mais com a areia lá de casa pouco antes de ser coberta por ondas. Só que ali, em vez de encontrar água, ela continuava até encontrar o céu no horizonte. Senti um peso no coração ao olhar para aquilo. Depois de tudo pelo que eu tinha passado, não gostaria de voltar para casa. Não achava mais que pertencia àquele lugar. Minha mãe era meu verdadeiro lar, e ela estava desaparecida.

Engoli um soluço de choro. Quanto tempo sem contato levaria para que os sequestradores se dessem conta de que eu não conseguiria cumprir o acordo? Quanto tempo eles levariam para não me atender mais? Quanto tempo até que o corpo dela estivesse afundando em algum lugar do oceano? O último pensamento dela seria que eu fracassei. Eu tinha metido minha mãe naquela situação e estava fracassando na última chance possível de salvá-la. Minha tia também pensaria o mesmo. A família da qual eu antes não via a hora de me distanciar. A família que eu não achava que bastava. Provavelmente eu nem precisaria voltar para casa… talvez ninguém sequer quisesse mais me ver. Eu seria a Quest que provocou o assassinato de um membro da família.

Meus dias anteriores tinham sido repletos de erros. Queria ter sido esperta o bastante para perceber que eles tinham colocado uma escuta em mim. Queria ter sido rápida o bastante para evitar que Yeriel fosse baleada. Queria não ter tentado fugir de casa.

Queria… ter beijado Devroe.

Meus olhos começaram a lacrimejar.

— O que você está fazendo?

Levei um susto, mas não me desequilibrei.

Era a menina do elevador, que tinha se trocado e estava com um pijama de bolinhas. Ela olhava para mim da sacada ao lado, curiosa. Um garotinho mais novo ainda com o mesmo cabelo escuro espiava da porta da sacada entreaberta.

— Eu... — comecei, mas depois só balancei as algemas. — Meus amigos são malvados.

O menininho sussurrou algo para ela, e a garotinha assentiu.

— A gente acha que eles não são seus amigos — declarou ela.

Apesar de tudo, eu ri de verdade.

— Nem me diga.

A menina falou algo para o irmão, mas o vento abafou suas palavras. Depois, ela apontou para dentro.

— Vamos chamar a segurança para ajudar você.

— Não! — berrei.

Ela e o menino, que ainda não tinha voltado para dentro, congelaram. Já dava para imaginar o desastre que seria explicar para alguém como acabei algemada na sacada de um quarto que não era o meu.

Pigarreei.

— Vai demorar muito. Acha que pode me jogar um grampo de cabelo?

Eles sussurraram entre si de novo.

— A gente não consegue tão longe assim — falou ela, colocando atrás da orelha algumas mechas de cabelo que o vento tinha esvoaçado.

— Mas vocês têm dardos.

Eles se animaram e correram para o quarto. Um minuto depois, os dois estavam de volta, o menino segurando uma arminha laranja com as mãos, e a menina carregando na camiseta dobrada vários dardos de espuma. Ela separou três e enfiou um grampo em cada, e o irmão os colocou na arminha. E não é que os pirralhos eram espertos?

O menino apontou. Abri a mão o máximo que pude para lhe oferecer um alvo grande. Ele atirou, mas o vento mudou o percurso do dardo. Ele tentou de novo, mas bateu na lateral do prédio. Mais outras três vezes, e ele continuava errando.

— Deixa eu tentar! — A garota pegou a arminha de brinquedo do irmão, que fez bico e cruzou os braços. Como uma especialista, ela se agachou sobre um joelho e fechou um dos olhos para mirar. Devagar, se ajustou ao vento e esperou alguns segundos, depois atirou.

O dardo atingiu bem o centro da minha mão.

Isso.

— Você deu sorte — falei, soltando as algemas, mal conseguindo ouvir a briga dos irmãos.

Assim que me libertei, finquei os pés no chão. Pisar nunca tinha sido uma sensação tão boa quanto naquele momento.

Cumprimentei meus novos amigos, peguei os sapatos e a bolsa e zarpei de volta para o quarto.

Havia uma mensagem de texto no meu celular. Era de Count, recebida vinte e cinco minutos antes:

> Você perdeu a missão-castigo. Todas as comunicações digitais entre você e seu time serão cortadas pelos próximos 60 minutos. ☺

Precisei de todas as minhas forças para não jogar o celular no chão e pisar nele. Beleza. Se eu não podia alertar meu time por mensagem, iria a pé.

Quando entrei no elevador, esbarrei num homem esguio com um terno azul-marinho que estava saindo.

— Perdão — murmurei em árabe, dando tapinhas no homem como um pedido de desculpas.

Ele não pareceu se incomodar com o incidente, só gesticulou para eu deixar pra lá. Apertei o botão das portas e, assim que elas se fecharam, peguei o celular que eu havia furtado. O *meu* celular não funcionaria para falar com o grupo, mas o de outra pessoa...

Digitei o número de Devroe.

Não tocou nem uma vez. Só recebi um alerta de "sua ligação não pode ser completada".

Meu celular vibrou. Era uma mensagem de Count:

> Boa tentativa ☺

Olhei feio para a pequena câmera no canto do elevador: ela e sei lá quantas pessoas mais estavam me assistindo. Então mostrei o dedo do meio.

O elevador descia tão devagar que chegava a doer. Era como se cada segundo estivesse sendo empilhado na montanha de tempo que eu já tinha perdido. Àquela altura, o leilão já devia estar bem avançado... ou, no mínimo, o sarcófago, que estava agendado para o início do evento, já deveria ter sido vendido. Provavelmente muita coisa já tinha acontecido enquanto eu estava tentando não cair de uma sacada.

Mylo e Kyung-soon ainda não faziam ideia da confusão em que eles estavam prestes a entrar.

Por fim, o elevador chegou ao saguão, bem quando eu estava terminando de me ajeitar para ficar apresentável de novo. Saí assim que as portas se abriram o bastante para que meu corpo passasse e voei para o salão de festas. Levei alguns minutos para entrar no evento e passar por toda a segurança do lugar, mas, assim que botei os pés no lugar, segui a voz do leiloeiro como se ela fosse o caminho para a própria salvação.

O item 77 estava sendo levado para o palco.

Item 77... O sarcófago era o 39. Já tinha sido vendido fazia muito tempo.

Minha atenção foi para as mesas em que eu e Devroe estávamos sentados. Só havia um assento vazio, e duas pessoas que não paravam de se balançar. Quer dizer, uma se balançava, a outra se sacolejava, toda risinhos. A compradora do museu e Sadia Fazura. Ambas estavam completamente fora de si. Parecia que Noelia e Taiyō tinham sido bem-sucedidos em roubar nosso plano. Eles tinham copiado tudo nos mínimos detalhes... até então.

Senti o coração disparar. Onde estava Devroe?

Cada momento que eu passava procurando por ele era um segundo precioso que eu perdia. Precisava dar no pé e ir até o armazém ajudar Mylo e Kyung-soon. Se todos os quatro membros do Time Noelia estavam a caminho de lá, talvez eles não conseguissem sair da briga inteiros.

Por mais que eu odiasse ter que fazer isso, estava prestes a seguir em frente com o plano quando vi uma figura inquieta do outro lado do salão, mexendo nas mangas da jaqueta de um jeito obsessivo. Depois, no colarinho. Depois, na gravata. Ele olhava para o corpo com uma careta, como se não compreendesse por que não conseguia desfazer cada linha de amassado e deixar cada costura exatamente onde queria.

Mesmo fora de si, de alguma forma, Devroe ainda era cem por cento ele mesmo.

Atravessei a multidão para alcançá-lo. Quando consegui, ele estava apoiado sobre o bar, tagarelando para o bartender sobre como tinha pegado as abotoaduras de algum cara no saguão. O bartender mal parecia estar dando ouvidos, ainda bem, focado no copo que estava polindo.

— Amor! — chamei.

Devroe levantou a cabeça e sorriu para mim. Não era a expressão calculada com o intuito de encantar, mas sim a irritantemente perfeita com a qual eu já estava acostumada. Seus olhos brilhavam. Ele sorria para mim como se tivesse acabado de voltar da guerra e eu fosse a garota com quem sonhara o tempo todo desde que havia partido.

— Ross! Onde você estava?

Peguei o braço dele e o levei para longe o mais rápido que pude, e deu para ver a decepção em seu rosto.

— Era para a gente estar num trabalho — disse ele —, você não po-pode sumir assim.

— Anotado.

Ao chegarmos ao saguão, ele se inclinou para cheirar minhas tranças.

— Seu cabelo tem cheirinho de coco.

— Com licença. — Chamei um carregador que estava saindo do elevador. — Pode levar meu noivo para o nosso quarto, número 1530, por favor? Ele exagerou um pouquinho na bebida.

Sem esperar uma resposta, passei Devroe para as mãos do carregador e vasculhei a bolsa até encontrar uma nota para dar a ele de gorjeta.

Devroe reclamou.

— O quê…? Não, você não vem comigo? Eu quero ficar com vo…

— Mais tarde eu subo.

Coloquei um montinho de notas de duzentas libras egípcias na mão enluvada do carregador. Ele se animou num instante, assentindo vigorosamente para mim.

— Claro, senhorita. Vamos lá, senhor.

Ele tentou arrastar Devroe, que esticou o braço para pegar minha mão.

— Promete que vai voltar? — perguntou ele, os lábios tremendo, como se estivesse mesmo com medo de que eu não voltasse.

Ofereci-lhe o olhar mais reconfortante que podia. Na sacada, quando eu repassara todos os meus maiores erros, não beijar Devroe estava na lista. Era algo impossível de ignorar, mas que eu podia esperar.

— Volto mais tarde. Prometo.

Ele relaxou e, relutante, me soltou.

Na mesma hora, senti falta do calor do toque dele. Uma parte de mim queria chamá-lo para ir comigo ou voltar e levá-lo em segurança até o quarto eu mesma.

Mas eu sabia que tinha um trabalho a fazer.

Estalei o pescoço, balancei as mãos e saí para encontrar um carro que eu pudesse roubar.

TRINTA E CINCO

ESTACIONEI O CARRO QUE "PEGUEI" emprestado" a um quarteirão do armazém do aeroporto. Um dos caminhões blindados que transportavam itens comprados do leilão estava em rota bem na minha frente. Era assim que eu passaria pela segurança e entraria no depósito.

Depois de ultrapassar o caminhão e abandonar o veículo — e os saltos —, esperei num beco próximo ao último semáforo antes do armazém. Prendi a respiração quando vi a luz verde. O caminhão seria minha forma de entrar. Se ele não parasse no semáforo, as chances de me enfiar sem problemas embaixo de um veículo a cinquenta quilômetros por hora não seriam nada boas.

O universo devia estar em falta comigo depois de tudo pelo que passei naquele dia, porque o sinal ficou vermelho logo antes de o caminhão entrar na rua. Consegui ficar na posição que queria (o que não era lá a coisa mais fácil do mundo com aquele vestido) e me segurar à parte inferior do chassi antes que o veículo voltasse a se mexer.

O metal sob o veículo estava quase quente o bastante para queimar. Meus pulsos ainda doíam por causa das algemas, mas, a cada solavanco, eu firmava mais as mãos. Afinal, só estava a menos de cinquenta centímetros de distância de raspar minha pele no asfalto a oitenta quilômetros por hora.

Contei cada uma das curvas que tinha memorizado da rota até o armazém até ter certeza de que estávamos prestes a entrar no estacionamento. O caminhão desacelerou e passou por um quebra-molas. Com dilacerador de pneus.

Num salto de adrenalina que eu nem sabia que tinha, levantei o corpo ainda mais. Meus braços gritavam de dor. As lanças de metal tocaram minhas costas. Estremeci. Um pouquinho mais perto e elas teriam rasgado minha pele.

Vestido aos farrapos, tranças caóticas, pulsos machucados e a pele coberta de suor, sujeira e graxa por ter me escondido debaixo de um caminhão. E eu pensando que apenas iria a um leilão de elite.

O veículo deu ré para uma área de carga e descarga aberta. Rolei para fora antes que ele parasse por completo e me esgueirei entre caixas e caixotes até uma porta de metal no fundo do lugar. A julgar pelo trajeto que o caminhão fez, eu devia estar em algum ponto no lado esquerdo do armazém. A unidade à qual a equipe de segurança da sra. Fazura entregaria o sarcófago estava na mesma área. Era lá que o Time Noelia estaria.

Passei pelos caixotes e corredores improvisados, seguindo a planta na minha cabeça. Arrombei o cadeado e entrei na unidade da sra. Fazura, sentindo o coração sair pela boca. Ouvi vozes, mas não eram as de Mylo e Kyung-soon. Será que estavam machucados? Será que tínhamos falhado na missão?

Atrás de duas estantes, espiei o fundo do depósito. Taiyō e Lucus estavam apertando as últimas faixas em volta de um caixote grande em um caminhão. O exato veículo no qual Mylo e Kyung-soon deveriam carregar o sarcófago se tudo tivesse seguido de acordo com o plano.

— Ai! — Era a voz de Mylo.

O alívio tomou conta de mim. Mylo e Kyung-soon estavam sentados de costas um para o outro, de mãos amarradas, próximos a uma fileira de caixotes. Adra segurava várias pedrinhas e não parava de arremessá-las no rosto deles.

Kyung-soon fazia uma careta toda vez que uma pedrinha a acertava. Suas bochechas estavam tão vermelhas e o olhar tão cortante que ela parecia com raiva o bastante para romper as amarras e estrangular Adra.

— Ai! — disse Mylo de novo.

Adra havia acertado uma pedra na testa do garoto e deu risada.

— Deixa eles em paz — declarou Noelia, apoiada na lateral do caminhão.

Ela tivera tempo de mudar de roupa para uma legging e um moletom, além de prender o cabelo num rabo de cavalo. Dava para ver parte da sola do salto, que estampava um desenho vermelho-rosado, mas não era possível distingui-lo totalmente.

— Relaxa, não estou machucando eles. — Adra jogou mais uma pedra em Mylo. — Mas esses dois são uns idiotas. E idiotas levam pedrada na cara. Olha o que eles estão usando… preto-azulado com azul-petróleo e cinza? Estou desde Marselha querendo bater nesses cafonas para ver se eles ganham um pouco de bom gosto.

Adra fez um gesto de quem ia vomitar. Para ser sincera, com o macacão preto e as botas de camurça até os joelhos, ela parecia mais chique do que era permitido a qualquer pessoa no meio de um furto.

— Pelo menos não tentei *atirar* neles como certas pessoas — disse Adra, olhando para Lucus. Mas de repente desviou o olhar, como se tivesse pensado melhor.

Prendi a respiração. O caixote grande que eles estavam carregando… Será que era o sarcófago? Eles estavam mesmo seguindo o nosso plano inteiro?

E o que eu ia fazer para impedir? Entrar numa briga com os quatro?

278

Estava prestes a soltar a pulseira-chicote. Seria uma última tentativa, provavelmente fracassada, mas eu faria de tudo para sabotar alguém que tentasse me impedir de ter minha mãe de volta.

No último segundo, Mylo me viu e piscou para mim.

Soltei um suspiro de alívio tão profundo que esqueci de prestar atenção na pulseira. A corrente bateu na estante de metal.

O outro grupo congelou. Lucus pulou do caminhão com uma arma nas mãos, que ele segurava com cuidado e precisão.

— Beleza, Quest, pode sair devagarinho — disse ele. — Ou rápido, tanto faz. Eu adoraria ter um motivo para atirar.

Senti um calafrio. Nada no tom de voz dele indicava que era uma brincadeira.

Levantando as mãos, saí das sombras.

— E eu pensei que já tinha visto a pior combinação de roupa da noite. — Adra se virou para Taiyō e Noelia. — Achei que vocês tinham empurrado essa aí da sacada.

— Não sei se você sabe — retrucou Taiyō —, mas é preciso ouvir todas as palavras de uma frase para entender o que está sendo dito.

Ele deu uma volta no caixote para garantir que estava seguro.

— Ei! — chamou Mylo, acenando com a mão presa às costas.

Kyung-soon assoprou algumas mechas de cabelo do rosto.

— Cadê o plano para salvar a gente? — indagou ela.

— Desculpa decepcionar vocês — falei.

Kyung-soon suspirou.

— Como foi que conseguiu escapar? — perguntou Noelia, inclinando a cabeça.

Lancei a ela meu maior sorriso.

— Segredo de negócio.

Lucus usou a arma para me guiar até onde Mylo e Kyung-soon estavam. Adra, que pelo visto andava com abraçadeiras no sutiã, me empurrou para o lado deles e me deixou em sua coleção de inimigos capturados.

— Dia difícil, hein? — falou Mylo, cutucando meu ombro com o dele.

— Você não faz ideia.

— É melhor largá-los em outro lugar — sugeriu Taiyō, cruzando os braços. — Count deve entrar em contato em breve. Eles provavelmente vão escapar das abraçadeiras quando partirmos.

— Ou podíamos dar um fim permanente neles — sugeriu Lucus, ainda com a arma empunhada.

Ele falou com tanta naturalidade... Senti o corpo de Mylo e Kyung-soon enrijecer.

— Vejo que continua no ataque — comentei, torcendo os pulsos nas abraçadeiras. — Como isso tem sido para você?

— Não sei. Como ficar na *defesa* tem sido para você? — rebateu ele, levantando a arma de novo.

— Chega — interveio Taiyō, olhando feio para Lucus. — Roubos que terminam em homicídio aumentam a taxa de resolução dos casos em duzentos por cento. Faremos isso do jeito mais discreto possível. Pense antes de agir, Lucus.

Os olhos do outro garoto tremeram de raiva.

— É, Lucus, baixa a bola — acrescentou Noelia. — De todo modo, eles não vão chegar longe se nos seguirem. E mais ninguém vai levar tiro nessa competição.

Mais ninguém. Ela estava falando de Yeriel.

A contragosto, Lucus guardou a arma.

Eles se prepararam para ir embora. Adra nos lançou beijinhos e Lucus fechou a porta traseira do caminhão. Taiyō nos olhou com pena uma última vez e foi para o banco do motorista.

— Mandem lembranças para a Count pela gente, está bem? — gritou Mylo, descontraído.

— Espero que o caminhão de vocês capote — acrescentou Kyung-soon, num tom de voz mais sério.

Encarei o veículo se afastando. Ficamos em silêncio.

Minutos se passaram. Cinco, dez, quinze.

Nós continuamos sentados, quietos. Esperando, até termos certeza de que eles não voltariam.

Kyung-soon suspirou de alívio, e seus ombros se ergueram. Mylo começou a rir. Um riso se formou no meu peito também.

— O que aconteceu com você? — perguntou Mylo.

— É sério que eles deixaram você suspensa num dos andares mais altos? — indagou Kyung-soon.

Eu me remexi para baixar a cabeça, tentando encontrar um dos grampos mais afiados que eu guardava no cabelo. Depois da sacada, a sensação de conseguir alcançá-los era maravilhosa.

— Conto para vocês cada detalhe depois, mas por enquanto... — falei, conseguindo me abaixar o suficiente para tirar um grampo da trança. — Já passei tempo demais amarrada para o meu gosto.

Enfiei a ponta do grampo na abertura entre a abraçadeira e a ponta do plástico, depois dei um solavanco até conseguir puxar a ponta de volta alguns centímetros no lacre. Soltei o grampo e libertei uma das mãos.

— Vocês vão me contar por que eu só fui descobrir sobre este plano a caminho daqui? — perguntou Kyung-soon.

Com a abraçadeira frouxa, Mylo levou as mãos de volta à frente do corpo, dando pulinhos e esfregando os pulsos antes de oferecer ajuda a Kyung-soon.

— Ross achou que quanto menos pessoas soubessem da troca, melhor. Acho que ela estava certa.

Kyung-soon ajustou a touca preta de crochê na cabeça. O estilo dos ladrões era chiquérrimo.

— Que seja — disse ela.

Dei uma olhada nas caixas ao redor do depósito.

— Qual é a...?

— Essa aqui! — respondeu Mylo, chutando a caixa próxima à porta.

Uma das muitas caixas que os funcionários da sra. Fazura haviam descarregado.

Do bolso de trás, Kyung-soon tirou um canivete rosa. Como se fosse algo corriqueiro, ela se abaixou e começou a serrar as bordas do caixote. Os cantos se soltaram um a um até que ele estivesse completamente aberto.

Espiamos o que estava dentro. Acomodado bem no meio do enchimento do caixote, havia um rosto dourado perfeito e brilhante. Olhos de rubis contornados em verde-azulado.

Soltei um suspiro, aliviada. Não era o sarcófago inteiro, só a cabeça, mas caramba... dava para sentir a magia dele.

Os dois foram em diferentes direções, cada um arrancando os tampos das caixas restantes.

— Foi difícil encontrar as linhas da última remontagem? — questionei.

Kyung-soon riu.

— Foi muito mais difícil montar o sarcófago falso num caminhão em movimento — declarou ela. — Onde conseguiu?

— Lembra dos manifestantes na porta do hotel? Eles tinham uma réplica bem convincente.

— Ross foi generosa o bastante para fazer uma doação à causa deles — explicou Mylo —, em troca de uma das réplicas.

— Muito inteligente.

Kyung-soon pegou o rosto do faraó de dentro do caixote.

Ah, se minha mãe pudesse ver aquilo. Minha missão "quebra-cabeça" fazia a dela com o vaso no Quênia parecer o primeiro assalto de um bebê. Ela ficaria maluca, no melhor dos sentidos, se eu pudesse contar a ela os detalhes dessa missão.

Quando eu contar a ela, na verdade.

— Como acha que Count vai reagir quando eles entregarem a réplica? — perguntou Kyung-soon.

— *Isso* eu estou torcendo muito para eles filmarem — repliquei, tomada por uma onda de alegria.

— Ah! — exclamou Kyung-soon, indo até outra caixa. — E cadê o Devroe? Não era para ele nos encontrar aqui?

Ah, Devroe. Dei uma risadinha. Sem o estresse da situação me desnorteando, a forma como eu o havia deixado no hotel era quase engraçada.

— Ele meio que... está doidão. A propósito, eu devia voltar para o hotel e ver como ele está. Vocês cuidam do resto?

Mylo girou nos dedos sua caneta estranha, que soldava e cortava metais.

— Eu desmontei, consigo montar de volta. Não se preocupe, rapidinho a gente carrega e leva isso aqui para o nosso depósito.

Kyung-soon assentiu.

Talvez não fosse muito legal da minha parte ir embora, mas, por outro lado, eu não sabia bulhufas sobre soldagem. E, mesmo se soubesse, do jeito que minhas mãos estavam tremendo com o resto da adrenalina que corria por minhas veias, eu não seria muito útil. Tinha acabado de sair da montanha-russa mais emocionante da minha vida, meu coração ainda estava disparado e minhas pernas ainda estavam bambas.

E Devroe não estava ali para participar de tudo aquilo. Queria muito lhe contar o que tinha acontecido. Ele precisava das atualizações, e foi isso o que eu disse para mim mesma como justificativa para querer vê-lo. Não tinha nada a ver com o último sorriso que ele me dera.

Então, deixei meus colegas de equipe e saí.

TRINTA E SEIS

— VOCÊ VOLTOU!

Devroe me puxou para um abraço assim que entrei no quarto e inspirou fundo no meu cabelo. Sua voz ainda estava enrolada, quase tão instável quanto minha respiração. Quanto tempo levaria até que passasse o efeito da droga? Eu me apressara até o hotel para garantir que ele não tinha tropeçado e quebrado a cabeça na banheira nem nada assim enquanto estávamos todos fora. Esperava que àquela altura Devroe tivesse voltado a si.

Ele fungou. Será que estava chorando antes de eu chegar?

— Achei que você não fosse voltar. Que você... — Ele fez uma pausa.

Fiquei curiosa para saber como aquela frase teria terminado.

— Devroe... — sussurrei, me afastando do abraço.

Ele suspirou, mas me soltou.

— Você sabe que bebeu algo que não devia, né? — perguntei. — Por isso está agindo assim.

— Bebi mesmo? Sério? — indagou ele, piscando várias vezes, chamando minha atenção para seus lindos cílios. — Mas eu estou... bem.

— Aham.

Segurei na mão dele e o levei até o sofá, mas tive a impressão de que, mesmo se eu não tivesse feito isso, ele me seguiria.

— Então, me diz… — falei, gesticulando para que ele se sentasse no sofá, depois me acomodei ao seu lado. — Lembra a droga que você usou para batizar as bebidas mais cedo? Quanto tempo duram os efeitos?

Ele fez uma careta.

— Hum…

— Responde — falei, olhando bem nos olhos dele.

Devroe sorriu.

— Você é tão linda.

Então fez carinho na minha bochecha. Quase apoiei o rosto na mão dele, mas me detive e ignorei o ímpeto.

— Devroe, quanto tempo duram os efeitos?

— Não sei. Umas quatro… quatro horas? Mas eu… Ei, posso beijar você?

O calor subiu pelo meu corpo. Devroe estava se inclinando na minha direção. Apesar do efeito da droga, seus olhos brilhavam de desejo.

— Não me importo com o jogo. Nem queria estar aqui mesmo — disse ele. — Só quero beijar você.

Senti um tremor dilacerar meu peito. Talvez ele não estivesse só fazendo joguinhos, afinal. Vai ver ele queria *mesmo* me beijar.

E eu queria beijá-lo também.

Mas não daquele jeito.

— Não.

Com todo o autocontrole que me restava, segurei os ombros dele e o afastei.

Devroe fez um biquinho magoado como uma criança. Era uma cena adorável.

— Por favor?

— Não, agora não.

— Por que não?

— Me pergunta de novo amanhã. Combinado?

Se é que ele ia se lembrar. Será que teríamos outro momento como esse no dia seguinte?

Devroe grunhiu, mas assentiu, aceitando. Suspirei.

Vai, garota, reage.

— É melhor você ir dormir — declarei.

Pensei em deixá-lo no sofá, só que ele teria mais chances de pegar no sono mais depressa numa cama de verdade. Levei Devroe até a cama e o aninhei.

— Você vai se sentir melhor daqui a algumas horas.

— Eu… eu não me sinto mal agora. Ou me sinto?

— Não, mas mesmo assim é melhor você se deitar um pouco. Só até Mylo e Kyung-soon voltarem.

Ele deu um sorrisinho sonhador.

— Eu gosto deles. — Devroe soltou a gravata e desabotoou a parte de cima da camisa. — Odeio o fato de que eles vão perder.

Parei, ainda com as mãos no lençol com que o cobri. Por bem ou por mal, a mente de Devroe era um livro aberto naquele momento. Eu podia tirar qualquer resposta dele. Que irresistível.

O que eu queria saber?

— Devroe… — comecei.

Ele olhou para mim. Ou talvez nunca tivesse parado de me olhar.

— Acha mesmo que vai ganhar de mim? — perguntei.

Prendi a respiração, meio que esperando que ele de repente recuperasse a sobriedade e saísse batendo portas de novo.

— Eu preciso — respondeu. — Pela minha mãe.

Meu corpo ficou tenso, e eu pressionei para que ele continuasse.

— Eu achei que… No trem, você tinha dito que estava jogando pelo seu pai.

Ele esfregou a testa e grunhiu de novo.

— Não quero falar sobre eles. Estou cansado de falar sobre eles. Ela nunca para de falar dele.

Senti o coração na boca, devastada por aquela mesma culpa ao ler a carta muitíssimo particular no celular dele. Teria odiado que alguém me pressionasse a falar sobre a minha família enquanto eu estivesse... incapacitada. Na verdade, teria odiado que me pressionassem a falar sobre qualquer assunto naquela situação. Já tinha passado dos limites.

— Shh, tudo bem. Não precisamos falar sobre isso.

Esfreguei os ombros dele, desesperada, tentando fazê-lo relaxar de novo. Qual era o meu problema? Eu deveria ter ficado quieta. Talvez houvesse outras perguntas que eu poderia ter feito.

Contudo, Devroe já estava se deixando levar pelo sono. Suas pálpebras pareciam pesadas. Não ia conseguir conversar muito mais.

— Devroe... posso confiar em você? — falei.

Ele secou uma lágrima.

— Não sei. Vai depender de você.

Perdi o fôlego. As palavras reverberaram ao meu redor. Dependia de mim? Ninguém nunca tinha respondido àquilo dessa forma.

Olhei para baixo e brinquei com minhas unhas por um segundo.

— Está dizendo isso só porque, sei lá... quer brincar comigo?

— Ross... — Ele segurou minhas mãos num movimento rápido que eu não imaginei que ele teria condições de fazer naquele estado. Avaliou meus olhos, como se estivesse procurando permissão para continuar. — Não quero machucar você. Nunca namorei para valer antes. Nunca foi tão sincero assim. Ninguém nunca me conheceu de verdade. Com você, eu sinto que é real.

Devia ser um novo patamar de tolice levar a sério as palavras de um garoto que estava fora de si, mas ainda assim eu suspirei de alívio. Queria acreditar nele. Afinal, a ideia de aproveitar aquela situação era que ele não teria motivo para mentir.

Devroe titubeou.

287

— Você... pode ficar um pouco aqui comigo? Odeio dormir sozinho.

Senti um aperto no peito.

Olhei para a porta, depois de volta para ele. Devroe já estava me dando espaço na cama. E ele parecia tão desesperado.

— Hum, claro, só... me dá um minuto. Acho que você não percebeu, mas eu meio que estou parecendo uma Barbie negra que acabou de ser atropelada por um caminhão.

Ele riu. Foi um riso genuíno e inocente. Mais do que qualquer outra coisa, aquilo me fez querer voltar para ele o quanto antes.

Levei alguns minutos, mas tomei banho e vesti um pijama de short e camiseta. Lembrando de repente, tateei a minha jaqueta até encontrar a escuta de Taiyō, que foi plantada com muita perspicácia embaixo do colarinho, na parte da nuca. Então a destrocei com os dedos e, em seguida, só por garantia, atirei a jaqueta no corredor. Quando voltei ao quarto, Devroe já estava deitado de lado, aconchegado, com o rosto enfiado no travesseiro.

Eu me deitei ao lado dele. Devroe levantou os braços como se fosse me puxar para o peito dele, mas se deteve.

— Tudo bem, eu deixo — disse, colocando sua mão na minha cintura, permitindo que ele me puxasse para perto de si.

Contente, ele cantarolou, baixinho.

Dava para sentir os batimentos do seu coração nas minhas mãos. Eu mal sentia a respiração leve nos lábios. Ele era adorável... e lindo ao mesmo tempo. E a mão dele, a forma como ele segurava meu quadril... Eu dormiria daquele jeito sem dificuldade. Naquela noite e em qualquer outra.

— Devroe — sussurrei.

— Oi?

Passei as mãos em seu peito, provocando um suspiro sereno nele.

— Por que ficou tão bravo comigo por não ter te beijado ontem? Ele não abriu os olhos.

— Porque… você não estava nem me dando uma chance. Não é justo… eu não quero ser o vilão.

Eu só ia ficar deitada por um tempinho. Só um tempinho. Mas alguma coisa me disse para ficar. Para dar uma chance. E, antes que eu me desse conta, meus olhos também se fecharam.

ACORDEI NUM QUENTINHO DE ROUPAS de cama e luz do sol. Tudo estava aconchegante, macio e maravilhosamente claro. E espaçoso. Eu era a única na cama. Aonde Devroe tinha ido?

— Ela acordou!

Mylo deu uma espiada pela porta aberta do quarto. Na sala, vi uma mesa coberta por uma toalha branca que devia ter sido levada à suíte enquanto eu estava dormindo. Balancei a cabeça para espantar o sono e cambaleei até lá. Devroe não estava à vista. Kyung-soon estava distraída, sentada à mesa. Tinha uma música de K-pop que eu não conhecia tocando, e ela balançava a cabeça no ritmo. De costas para mim, não devia ter se tocado de que eu podia vê-la pegando os talheres do serviço de quarto e enfiando todos eles nas mangas do moletom.

Dei uma risadinha.

— Ah, bom dia! — falou Kyung-soon, levando um dedo à boca para pedir segredo.

Assenti em cumplicidade, e Mylo se acomodou ao lado dela.

— O sarcófago está seguro? — perguntei. — Count mandou a localização para vocês?

— Remontado e entregue a um avião particular no aeroporto poucas horas depois de você ter ido embora — respondeu Mylo com um sorriso orgulhoso.

Mais relaxada, também me sentei à mesa. O doce aroma de fruta, melado e salgados preenchia o lugar.

— Você chegou a dar uma olhada no seu e-mail? Parece que temos um voo para pegar. — Kyung-soon botou um morango na boca e balançou o celular para mim, mostrando uma passagem.

— Partimos em cinco horas.

Mylo havia lotado o prato de panquecas e waffles, o extremo oposto do prato de frutas de Kyung-soon, e começou a tatear a mesa.

— Ah, qual é! — reclamou ele, abaixando a cabeça. — Isso é jogo sujo. Você pegou todos!

— E você jogou "limpo" nas partidas com o baralho no trem? — provoquei.

Ele soltou um grunhido. Em seguida, pegou a carteira e enfiou uma nota de vinte na mão aberta de Kyung-soon. Com uma pose elegante, ela lhe entregou um garfo e uma faca.

Eu ainda nem tinha começado a comer e aquele já era um ótimo café da manhã.

— Então... — Mylo logo mudou de assunto. — O que acabou rolando entre você e o Devroe? Ele parecia bastante atordoado quando saiu mais cedo.

É, aquilo tinha ficado óbvio, já que ele não estava no quarto. Não havia muitos lugares onde se esconder ali. Caímos no sono juntos, e, chegada a manhã, ele tinha sumido. Será que Mylo e Kyung-soon viram nós dois juntos?

— Ele foi forçado a provar do próprio veneno — expliquei.

Mylo e Kyung-soon pararam por um segundo antes de entenderem a que eu me referia.

— Espera... — Kyung-soon riu. — Quer dizer que...?

Estendi o braço para pegar uma jarra de café gelado (eu nem sabia que dava para pedir aquilo em jarra), e nós começamos a falar o que aconteceu no dia anterior. Contei tudo, desde ter sido algemada em uma sacada do vigésimo andar a ter tirado Devroe do leilão e me infiltrado no armazém debaixo de um caminhão. A parte de ter acabado na cama com Devroe eu só mencionei por alto.

— Vai ver foi por isso que ele sumiu — comentou Kyung-soon. — Ele não sabe lidar muito bem com a vergonha.

Vergonha… talvez. Ou podia ser que ele estivesse me evitando? De quanto da noite anterior ele se lembrava? E, se ele se lembrava, será que se arrependia do que tinha me dito? As coisas eram tão mais fáceis quando eu fingia não gostar dele.

— Bem, é legal que você tenha visto Devroe meio fora de si — continuou Kyung-soon. — Mas e aí? Ele por acaso confessou o amor secreto por você? Porque nos filmes é assim que aconteceria.

Mylo se reclinou na cadeira.

— Ahhh, a boa e velha confissão de amor quando um dos apaixonadinhos está alterado — comentou ele. — É meu clichê favorito, seguido por aquele em que a mocinha rouba o celular do *crush* porque acha que ele está metido em algo suspeito — implicou, arqueando as sobrancelhas.

— Fica na sua, Mylo.

Levantei a mão para ele, e Kyung-soon franziu o cenho, sem entender aquela interação. Ela batucou os dedos na barriga e soltou um suspiro dramático.

— Beleza, eu tenho uma confissão… Então, o Devroe meio que me contratou para um bico extra durante a primeira fase.

Mylo e eu trocamos um olhar curioso.

— Para fazer o quê? — perguntei.

Ela fez uma careta.

— Bem, ele pediu que eu desse uma levantada na moral dele… com a Ross.

Aquilo… não era o que eu estava esperando.

— Como assim?

— Nada de mais — insistiu ela. — Foi mais tipo, sei lá, quando do você gosta de alguém e aí pede para a sua melhor amiga falar bem de você para a pessoa, sabe?

Ela estava com um leve rubor nas bochechas. Depois, do nada, se enfiou embaixo da mesa.

Mylo ajeitou a postura. Nós nos entreolhamos, *muito* confusos.

— Há, Kyung-soon, não sei o que você está fazendo, mas acho que a Ross e eu não consentimos com...

— Cala a boca, Mylo — interrompeu Kyung-soon, se levantando e se sentando na cadeira.

Ela colocou uma caixa redonda com uma renda prateada na minha frente.

— Quando foi que você colocou isso aqui embaixo? — murmurou Mylo.

Mas meu foco estava na caixa cilíndrica. Kyung-soon gesticulou para que eu a abrisse, como se não estivesse óbvio.

Tirei a parte de cima, percebendo a mudança bizarra de direção da conversa. Um sorrisinho se espalhou pelo meu rosto. Era uma caixa de chapéus. Dentro, havia um chapéu de praia cor-de-rosa belíssimo sobre um papel seda amassado. Arregalei os olhos ao pegá-lo. Eu já tinha visto aquele chapéu antes, quando chegamos ao hotel. Dentro, uma etiqueta de marca. Valentino Garavani.

— Eu vi você de olho no chapéu quando chegamos, mas isso eu não roubei!

Kyung-soon pegou uma nota fiscal da caixa e me entregou.

Mylo, bisbilhotando também, assoviou quando viu o preço. Dois mil dólares por um chapéu era muita coisa.

— É mais ou menos a quantia que Devroe me pagou pelos meus serviços, ou sei lá como devo chamar. Fiquei me sentindo mal, porque somos amigas agora. Minha mentora sempre dizia que desculpas sem recompensas são esfarrapadas, então queria que você aceitasse isso aqui. Como um pedido de desculpas.

Ela deu de ombros, desviando o olhar, tentando fingir que não estava prestando atenção, o que tornou ainda mais fofo o fato de que eu sabia que ela se importava com a minha reação.

Acariciei o chapéu pelo que me pareceu tempo demais. Muitos pensamentos se digladiavam pela minha atenção. Devroe pagou Kyung-soon para que ela falasse bem dele para mim — não passava de uma enganação, mas tinha certo charme. Acho que foi como

Devroe se sentiu quando admiti ter roubado o celular dele. Talvez eu devesse estar irritada, mas não estava. E ainda tinha ganhado um chapéu lindo como um pedido bobo de desculpas. E, por fim, a última coisa que Kyung-soon disse. Ela se sentia mal... porque tínhamos virado amigas.

Tínhamos mesmo?

— Não gosto de ser manipulada — falei —, mas gostei muito desse chapéu.

— Então estamos quites por ora — disse Kyung-soon. — Daqui para a frente, só honestidade, o tempo todo, tudo bem?

Honestidade. Será que eu acreditava mesmo naquilo? Será que dava para confiar em uma ladra?

Talvez, por ora. Só por um segundo. Não arrancaria pedaço.

Escondi um sorriso.

— Está bem.

Cheguei ao terminal. Ele deu as caras?

Respirei e respondi à mensagem de Kyung-soon:

Não.

Ela só respondeu com um emoji revirando os olhos.

Massageei o pescoço e olhei ao redor do aeroporto barulhento. Faltava apenas uma hora para o nosso voo, mas Devroe não tinha aparecido. Sabíamos que ele estava vendo nossas mensagens porque a visualização de leitura dele estava ativada.

O murmúrio do aeroporto parecia um tornado. O imenso aeroporto internacional de Cairo estava fazendo eu me sentir menor do que deveria, abarrotado de passageiros mesmo em um dia pouco popular para voos como quinta-feira. Afinal, será que Devroe ia aparecer? Ele não ia desistir por vergonha, ia?

Apertei a alça da mochila e caminhei pelo corredor amplo. Por que eu estava tão preocupada com ele?

Eu devia era focar na competição, no jogo.

Na minha mãe.

Bisbilhotando entre as fileiras de lojinhas, vi uma placa prata e preta que dizia CLUBE LOUNGE ASA-DELTA em árabe e inglês. Era um espaço VIP do aeroporto.

Por sorte, encontrei um homem alto de terno assim que ele estava saindo. Nós nos esbarramos quando ele passou, murmuramos desculpas e cada um seguiu seu caminho.

Foi fácil encontrar o cartão prata e preto de sócio na carteira dele. A porta do clube ressoou uma melodia de boas-vindas quando encostei o cartão no leitor.

Lá dentro, a iluminação estava mais suave. Não se ouvia mais a barulheira do aeroporto, ali substituída por uma música baixinha e calma. Logo na entrada, havia uma sala de espera com apenas três pessoas acomodadas. Um mapa na parede mostrava mais salas, um bar e até aposentos privados com cama.

Ao passar pelo balcão de entrada, entreguei a carteira à atendente.

— Encontrei perto da porta.

Talvez o homem voltasse para procurar pela carteira. Talvez não.

A claridade do começo da tarde entrava pela janela cor de champanhe, conferindo um brilho dourado à sala. Eu me joguei em um dos sofás acolchoados de couro preto no canto e abri as mensagens com minha tia. Naquela manhã, eu havia conversado com ela no FaceTime e disse só que "estou segura" e "pronta para outra". Embora só tivessem se passado algumas horas, eu meio que queria ligar de novo para ela.

Ou talvez... para a minha mãe? A segunda fase já estava quase encerrada. Passei um tempo protelando, mas não faria mal ligar para dar boas notícias, né? Pior, eu tinha certeza de que até o sequestrador babaca ficaria feliz de saber que eu estava mandando bem.

Estava prestes a clicar no botão para ligar, mas outra pessoa entrou na sala. Alguém vestindo um colete e calça jeans.

— Devroe. — Eu me endireitei no sofá, pressionando as mãos no assento macio. — Você estava me seguindo?

Ele parecia sem palavras, olhando para mim como se quisesse fugir.

— Não por muito tempo. — Ele se sentou na poltrona à minha frente. — Para quem estava ligando? Não quis interrom...

— Ah, só para a minha tia — expliquei, largando o celular com a tela para baixo.

Ficamos parados, um silêncio constrangedor entre nós. Será que eu deveria tocar no assunto da noite anterior? Comentar sobre o que Kyung-soon havia me contado? Será que ele...

— Desculpa — disse ele. Parecia desconfortável ao se remexer na poltrona. — O que aconteceu ontem à noite...

Tentei não me inclinar para a frente. *Sim...*

— No leilão. Foi imaturidade deixar o outro grupo me enganar daquele jeito. Eu deveria ter sido mais cauteloso. Mas não fui, e me tornei inútil, e mesmo assim você fez as coisas darem certo.

Ele passou a mão pelo cabelo, e eu relaxei os ombros.

— Você não é de pedir desculpas, né?

— Bem, quase nunca estou errado.

Era um pedido de desculpas muito ruim. Mas Devroe estava muito menos comedido do que de costume. Mais verdadeiro. Estava admitindo seus erros.

— Mas quando estou, *sempre* peço desculpas — continuou. — É bom que você saiba que só faço isso quando é de coração. — Ele esquadrinhou o lugar, pousando o olhar em cada canto exceto em mim, mas então se obrigou a me encarar. — E é por isso que também quero me desculpar... caso eu tenha dito algo estranho.

Senti um aperto no coração.

— Você não lembra?

— Um pouco, acho — respondeu. — Parece que foi um sonho, de certa forma. Sabe aquele momento em que você está meio acordado e meio dormindo? Não sei se minha memória faz jus ou não ao que aconteceu. — Ele ficou parado de novo. — Eu por acaso fiz ou disse algo... relevante?

Por onde começar?

— Você disse... que eu podia confiar em você.

Ele ficou sem palavras.

— Pela sua reação, não sei mais se era verdade — comentei.

Devroe ajustou o colete.

— Não é isso, é só que... fiquei surpreso por ter dito isso.

Ele desviou o olhar, quebrando por um segundo o contato visual.

— Você disse que queria ganhar o jogo pela sua mãe — acrescentei. — Ela está pressionando você ou algo assim?

— Não exatamente. — Ele puxou a manga. — Ela não me diz onde está, só manda mensagens em código sobre como acha que tem gente a seguindo. Faz meses que eu não a vejo. A saúde mental dela tem altos e baixos, e acho que está numa crise agora. Pensei que, se eu ganhasse o jogo, eu poderia usar meu pedido para encontrá-la.

Ele deu de ombros, na defensiva, o rosto corando. Quis perguntar por que não tinha dito aquilo desde o começo, mas eu também estava escondendo um segredo sobre minha mãe. Eram situações diferentes, mas, ainda assim, eu entendia Devroe querer guardar aquilo para si.

Pigarreei.

— Você também me disse que eu sou real, seja lá o que isso signifique.

Pela primeira vez desde que o conheci, Devroe estava inquieto, e não expressava isso só arrumando a roupa. Ele estava balançando as pernas. O que será que estava pensando? Vê-lo daquele jeito me fez querer colocá-lo ainda mais contra a parede. Eu queria que ele parecesse real para mim também.

— Ah... E você também disse que nunca namorou de verdade. — Dei uma risada. — Eu tenho quase certeza de que *essa parte* é mentira.

Ele parou de mexer a perna. Qualquer que fosse a escolha que ele estava cogitando fazer já tinha sido feita.

— Nunca gostei de ninguém antes — falou ele.

— Conta outra. Você nunca gostou de ninguém, todas as outras foram só um passatempo, e na verdade eu sou a garota especi...

— Estou falando sério — rebateu ele, com um olhar solene. — Isso é para valer. É claro que eu já tive algumas ficantes, já tive amigos, mas... — Ele tensionou a mandíbula e então a relaxou. — Ninguém nunca me conheceu de verdade. Ninguém nunca soube de onde vim, o que faço para ganhar dinheiro, o que se passa de fato pela minha cabeça. Era tudo encenação. Não passava de mais um trabalho. Nunca fui eu mesmo com outras pessoas, e elas não eram reais para mim. Como eu poderia ter me importado com relações falsas?

O olhar dele ficou mais suave.

— Mas você... você é autêntica. É como se você fosse uma pessoa de verdade, alguém que eu posso conhecer. E eu gosto muito de você por isso.

Minha respiração ficou mais fraca, mas me forcei a falar mesmo assim.

— Então esse é o único motivo? — perguntei. — Você só pediu para me beijar porque pareço ser... tangível para você?

— Não, lógico que não. Eu não teria pedido para beijar você se eu não quisesse fazer isso tão desesperadamente, tão incontestavelmente... — O jeito como ele pronunciou a última parte me deu um friozinho na barriga. — Acho que o que quero dizer é que nunca quis de fato ficar com ninguém antes e estou tentando entender por que você é a primeira. Talvez seja porque sinto que você é verdadeira. Ou talvez seja porque você é verdadeira e *inteligente*. Verdadeira e *forte*. Verdadeira e *determinada*. — A voz dele ficou macia como um veludo. — Verdadeira e *linda*.

As palavras dele eram como um manto, me cobrindo de um jeito seguro e aconchegante, mas também apertadas como amarras, como os fios grudentos de uma teia de aranha.

Devroe coçou a nuca, ficando um pouco vermelho por um segundo.

— Posso te contar uma coisa? — perguntou ele. — Eu meio que contratei a Kyung-soon para falar bem de mim para você. Se bem que, pelo andar da carruagem, estou começando a querer um reembolso.

Não, não podia ser. Ele tinha mesmo me contato aquilo sem ser forçado, sem ter motivo, assim, de repente?

Eu me levantei num sobressalto e comecei a andar para lá e para cá, mordendo o dedo.

Ai, minha nossa, e se...

— Ross? — Devroe se pôs de pé também, parecendo um tanto agitado. — Está... está tudo bem? O que foi?

Meus olhos começaram a marejar. Balancei a cabeça. Devroe veio para a minha frente num segundo, colocando as mãos nos meus ombros. Coitado, eu estava à beira de algo que eu nem entendia direito, prestes a chorar, e ele devia estar confuso para caramba.

Respirei, trêmula, secando os cantos dos olhos para afugentar as lágrimas, e olhei para ele.

— Você... você não está mesmo tramando contra mim? — perguntei.

Ele deu uma risadinha.

— Quantas vezes vou precisar dizer isso?

— O tempo todo. Se a gente for ficar juntos, você precisa repetir isso *toda vez* que eu perguntar.

— Então não, Ross Quest, não estou tramando contra você. Acredite ou não, a maioria das pessoas não está.

Ele levou algumas tranças para trás da minha orelha, e eu estremeci, apoiando a testa no ombro dele.

— Eu acho que... desperdicei muito tempo. Minha mãe sempre me disse que eu não podia confiar em ninguém, e isso fez com que eu me sentisse... — Minha voz se partiu com um soluço. — Tão sozinha.

Abracei Devroe e respirei fundo, o rosto colado no seu peito. Era como se ele fosse uma boia de salvação no meio do oceano. Eu estivera me afogando, e ele estava ali o tempo todo.

Devroe me abraçou de volta e apoiou o queixo na minha cabeça. Ele era tão, tão quentinho. Eu queria morar naquele abraço.

— Por sorte sua, acho que você tem a vida toda ainda para recuperar o tempo perdido — sussurrou ele.

Afastei-me um pouco dele, e Devroe secou as lágrimas do meu rosto. Revirei os olhos, mas foi impossível não sorrir. Quando ele terminou, colocou o dedo sob meu queixo e ergueu minha cabeça.

— *Agora* eu posso beijar você?

Coloquei as mãos no rosto dele e o puxei para mim.

A princípio, os lábios dele fizeram uma pressão suave, depois começaram a se mexer sobre os meus com uma vontade inquestionável. Envolvi o pescoço dele para puxá-lo mais para perto. Minha nossa, o gosto do beijo dele era perfeito. Era como experimentar meu doce favorito pela primeira vez.

Podia ter ficado ali para sempre. Era o que eu queria. Quando ele beijou com mais intensidade, não consegui conter um gemido, o desejo crescendo dentro de mim.

O beijo dele era uma onda voraz que ameaçava me puxar para alto-mar.

Algo vibrou no bolso do colete dele e interrompeu o momento. Devroe grunhiu.

Senti uma vibração no meu bolso de trás também.

— Estraga-prazeres — murmurei.

Era uma mensagem de Kyung-soon:

> O embarque começou.

— Concordo.

Devroe guardou o celular no colete e me abraçou de novo. Eu dei uma risadinha.

— De volta ao trabalho — disse ele, mas seu sorriso sumiu.

— O que foi? — perguntei.

Devroe balançou a cabeça, seus olhos agora tranquilos.

— Nada. — Ele passou os dedos pelas minhas tranças. — Nada, não.

TRINTA E OITO

DE TODOS OS PONTOS DE encontro de Count, aquele era o mais fora da curva. Quando vi que nossas passagens eram para as Ilhas Virgens Britânicas, imaginei que seria mandada para um depósito ou uma adega subterrânea secreta, não que nosso motorista nos deixasse na entrada de um resort particular. O sol iluminava tudo, incluindo a extensão de areia do pátio onde estávamos sentados e o mar. O cheiro de água salgada combinado com o ruído constante das ondas me lembraram de casa. Só que eu não podia ficar confortável demais... Afinal, me sentir em casa não significava que realmente estava na minha humilde residência.

— Acha que eles vão aparecer? — perguntou Kyung-soon, conferindo a hora no celular.

Count pediu para chegarmos até o meio-dia. Já fazia uma hora que estávamos ali e nem sinal do Time Noelia, que tecnicamente ainda não tinha sido eliminado. Mais cinco minutos e eles passariam do prazo.

— Se não derem as caras, vão perder esta vista maravilhosa — disse Mylo, cruzando os braços atrás da cabeça e se reclinando para tomar banho de sol.

Um garçom, usando uma camisa florida rosa, chegou com a bebida de Kyung-soon. Era algum drinque bonito, vermelho com uma borda cheia de açúcar e um guarda-chuvinha que se parecia muito com o guarda-sol sobre nossa mesa.

— A gente devia voltar para cá qualquer dia desses — comentei, segurando a aba do meu novo chapéu de praia e observando um casal que praticava windsurfe.

Tudo bem, o chapéu era chique demais para a ocasião, e não combinava nem um pouco com a minha roupa, mas eu quis usá-lo.

— No outono — continuei. — Vão por mim, ninguém tira férias na praia em pleno outono. Tudo isso ficaria só para a gente.

— Hum... talvez não. — Kyung-soon brincou com o guarda--chuva em sua bebida.

De repente, fiquei nervosa. Será que eu estava forçando a barra?

— Eu... não curto muito entrar na água — falou ela, por fim.

— Não quer admitir que não sabe nadar? — provocou Mylo.

Ela deu de ombros.

— Eu sei, sim. É só que eu prefiro neve a praia. Voto num resort cinco estrelas de esqui.

— Eu não curto muito esquiar, não... — resmunguei.

— Devroe, o que você acha? Esqui ou praia? — perguntou Mylo.

Devroe passou o polegar pelo prendedor da gravata, seu olhar a milhares de quilômetros de distância.

— Antes de começarmos a planejar viagens, ainda estou chateado por Kyung-soon e eu termos sido deixados de fora do plano "quebra-cabeça".

Aquilo tinha sido um assunto interessante durante o voo.

— Relaxa, Devroe — disse Kyung-soon, brincando com o cabelo. — Sabe como é, quanto menos gente souber, melhor. E deu certo, né? — Ela sorriu. — Quer dizer, para a gente.

— Mesmo assim — rebateu Devroe, massageando a têmpora.

— Prefiro estar por dentro do plano completo.

— Da próxima vez que planejarmos reviravoltas, você será o primeiro a saber — prometi.

— O que acham que a última missão vai ser? — Mylo cruzou os braços sobre a mesa. — Um assalto a museu, depois um leilão. Qual a probabilidade de a última fase incluir um roubo no Caesars Palace em Las Vegas e nós termos que fazer uma coisa meio *Onze homens e um segredo*?

— Ah, *você* amaria isso — retrucou Kyung-soon, com um sorriso triste, dando um gole em sua bebida.

A verdade era que não seríamos uma equipe na última fase.

Ouvimos passos. Um garçom conduziu até nosso grupo quem estava faltando: Noelia, Taiyō, Lucus e Adra. Eles vestiam as mesmas roupas de quando os vimos da última vez. Pela primeira vez desde que o conheci, o cabelo perfeitamente partido de Taiyō estava bagunçado.

Reprimi um sorriso. Não havia nada mais a dizer.

Eles pegaram uma mesa do lado oposto do pátio, todos se esforçando para não olhar na nossa direção.

Count chegou. Já fazia uns dias que não a víamos, mas o tablet ainda estava aninhado em seus braços como um bebê. Ela estava usando um terno vinho.

— Parabéns por completarem a segunda fase. — Ela olhou para o Time Noelia. — Quer dizer, para alguns de vocês. Foi bem divertido de assistir. Espero que nossos organizadores não se importem de eu dizer que este jogo é o mais comentado em anos. Foi exatamente o que esperávamos, considerando quem temos em campo.

Apertei com força a parte de trás da cadeira. Nossa, eles deviam mesmo estar se divertindo horrores assistindo a todos nós de suas poltronas.

— Como vocês sabem — continuou ela —, quatro jogadores reprovaram nesta etapa.

— Beleza, a gente já sabe disso, desembucha logo — falou Mylo, desdenhando das palavras dela com um aceno de total autoconfiança. — Vamos nos livrar de uma vez do peso morto para continuarmos o jogo.

Count sorriu, mas de um jeito forçado.

— Já que insiste... Srta. Quest, srta. Boschert, vocês duas seguem para a próxima fase.

Todos nós ficamos tensos. Senti um aperto no peito. Eu tinha passado, o que era bom... mas a Noelia?!

Kyung-soon debochou.

— Mas eles perderam! — rebateu ela.

Devroe se remexeu na cadeira, desconfortável. Na outra mesa, Taiyō resmungou.

— Fui muito didática desde o começo ao explicar que esta não é uma prova na qual vocês são aprovados ou reprovados — disse Count. — Avaliamos os desempenhos individuais e podemos eliminar quem quisermos. Srta. Boschert, ficamos muito admirados com a sua perspicácia em se apropriar dos planos dos seus adversários com a ajuda dos colegas de equipe, além de usar suas conexões interpessoais para driblar o banimento do hotel. Portanto, a senhorita está apta para a próxima fase. — Count se virou para mim. — Gostamos da destreza da srta. Boschert quase tanto quanto do seu plano, srta. Quest, de trocar o sarcófago verdadeiro pela réplica que o time adversário nos trouxe. Portanto, a senhorita também vai para a próxima fase.

Não consegui olhar para a minha mesa.

Se Noelia e eu estávamos classificadas para a próxima fase, então ao menos uma pessoa (ou talvez mais) do meu time estava desclassificada.

A questão era apenas descobrir quem.

Devroe cerrou os punhos. Mylo permaneceu quieto. Kyung-soon começou a roer as unhas.

— Bem, nossos organizadores decidiram ser generosos — falou Count, se divertindo com o suspense. — Eles estão muito curiosos para ver como a próxima etapa vai se desenrolar.

O clima estava tão pesado que mal dava para respirar.

— Srta. Quest, srta. Boschert, vamos deixar que cada uma de vocês escolha um jogador para continuar na próxima fase.

TRINTA E NOVE

FIQUEI PARALISADA. NOELIA, POR OUTRO lado, não perdeu tempo.

— Taiyō pode seguir no jogo.

Ela cruzou as pernas e entrelaçou as mãos sobre o colo, sem nem olhar para o restante do seu grupo.

— O quê? — indagou Adra, levantando-se de repente.

Lucus parecia prestes a ignorar qualquer resquício de dignidade e socar a cara de Noelia.

— Foi mal — disse Noelia, dando de ombros.

Taiyō relaxou na cadeira.

— Eu... — Adra cerrou a mão, determinada a revidar.

— Srta. Laghari, sr. Taylor — interveio Count —, está na hora de deixar a competição.

Dois garçons vieram de trás do bar, mas não carregavam bandejas. Levantaram as camisas, mostrando que Lucus não era o único armado ali.

— Se não se importarem — acrescentou a mulher.

Lucus parecia prestes a levar a mão ao cinto. Eu não me mexi nem um centímetro. Será que aquilo ali ia virar um tiroteio?

Os garçons o observaram atentamente.

— Vocês são só dois caras — desdenhou Lucus.

Como se tivessem sido chamados, mais seis funcionários apareceram nos fundos, posicionados em fila atrás de Count feito soldados protegendo um general. A mulher arqueou uma sobrancelha como se questionasse Lucus.

Ele desistiu. Adra titubeou, encarando os capangas. Se Lucus e sua arma não eram páreos para eles, ela também não seria.

— O que fez ele ser melhor que a gente? — resmungou ela.

Inexpressiva, mais como um robô pré-programado do que uma garota, Noelia respondeu:

— Nada. Só acho que as chances de alguém levar uma facada ou um tiro diminuem drasticamente sem vocês por perto. Além disso, não gostei de você ficar falando mal dos meus sapatos quando achava que eu não estava ouvindo.

— Sua...

Count pigarreou, interrompendo Adra.

Lucus, com uma veia a ponto de explodir na testa, esbarrou em Count.

— Pelo seu próprio bem, espero que a gente não se encontre de novo — ameaçou ele.

Com relutância, Adra foi até a saída.

Noelia nem piscou.

Depois de os dois partirem, Count se virou para mim.

— Srta. Quest?

— Não consigo.

Devroe, Mylo, Kyung-soon. Se eu escolhesse um, o que aconteceria com os outros dois?

Eles me odiariam. *Eu* me odiaria.

— Não dá, não consigo escolher. Não vou — declarei.

— Vai, sim.

— Não, eu *não vou*.

— Se você não escolher ninguém, estará desclassificada.

Essa gente... não passava de um bando de sádicos.

Cerrei as mãos com força.

— Então os organizadores estão fofocando sobre isso também, não estão? Ansiosos para ver quem vou salvar.

Count deu um sorrisinho.

— E importa? — Ela consultou o tablet antes de levantar a cabeça de novo. — Você tem um minuto, ou está fora.

Fiquei de pé num sobressalto. Count deu um passo para trás e arqueou a sobrancelha. Por que eu tinha me levantado daquele jeito? Não era como se eu fosse atacá-la. Eu não podia. Então, com a respiração ofegante, me sentei. Todos me encaravam, gritando para mim em silêncio.

Kyung-soon baixou a cabeça.

— Faça o que precisar fazer — disse ela.

Mylo riu, ansioso.

— É. — Ele pigarreou e coçou a nuca. — Tudo bem se não for eu. Né, Devroe?

Ele deu um tapinha nervoso nas costas de Devroe, que não se mexeu. Ele era o único cujo olhar não parecia ansioso nem triste. Sua expressão era de súplica. Era como se ele estivesse de joelhos diante de mim, implorando.

Qual seria a próxima fase? Eu devia estar escolhendo um parceiro, né? Por que mais eles me fariam escolher alguém?

— Trinta segundos — anunciou Count.

Fiquei ofegante.

— Vinte segundos.

O que me dava o direito de escolher?

— Dez segundos.

— Ross — suplicou ele.

— Cinco segundos.

— Devroe — sussurrei. — Devroe continua no jogo.

Kyung-soon se encolheu.

— Que azar, hein? — soltou Mylo, dando uma risadinha triste.

— Uma escolha justa. Srta. Shin, sr. Michaelson, obrigada por jogarem. Podem deixar a competição — disse Count.

309

Engoli em seco, imóvel.

— Gente... — comecei, mas hesitei.

O que eu ia dizer? Não havia nada que pudesse ser dito.

— Não esquenta a cabeça, Ross. — Mylo me deu um tapinha no ombro. — Não é legal guardar rancor só porque alguém ouviu o coração. Certo, Kyung-soon?

Kyung-soon se recompôs e ficou de pé.

— Pois é.

Eu mal conseguia respirar. Eles não estavam bravos. Eu não merecia aquilo. Eu não os merecia.

E não merecia o que veio em seguida.

Kyung-soon me abraçou com tanta força que quase tropecei e nos fiz cair no chão.

— Espero que você vença — sussurrou ela. — Se precisar de alguma coisa, me avisa.

Então se afastou e deu uma piscadinha para mim. Ela olhou para Devroe, que estava evitando fazer contato visual com todos nós.

— Espera — falei.

O chapéu de grife. De repente me senti ingênua e tonta por estar usando aquele acessório e o tirei da cabeça. Ela merecia tê-lo de volta.

Kyung-soon me deteve e colocou a mão na minha.

— Não — disse ela, com mais seriedade do que eu já havia visto em seu rosto. — Não, ele ainda é seu.

Count pigarreou, nos lembrando de que os dois precisavam ir embora.

— Vem, Kyung-soon — chamou Mylo. — Vamos atrás de um drinque de verdade. Conheço um lugar irado em Miami.

E, então, eles se foram. Eliminados do jogo.

— Que a última fase comece — declarou Count.

Desabei na cadeira. Tristeza e alívio tomavam conta de mim. Era uma combinação bastante confusa. Olhei para Devroe. O que será que estava se passando em sua cabeça?

Ele não me olhou de volta. Em vez disso, ficou apertando uma das abotoaduras com raiva, com a mandíbula travada.

— Agora vocês estão por conta própria — falou Count.

Por conta própria? Mordi o lábio com tanta força que quase saiu sangue. Então Noelia e eu não tínhamos escolhido parceiros. Esse detalhe provavelmente teria norteado minha decisão, e devia ter sido por isso que não nos informaram antes.

Meu celular vibrou.

— Vocês vão ver que esta fase vai ser um pouco diferente das anteriores — prosseguiu Count.

Exausta, tirei o celular do bolso de trás da calça.

O que vi fez meu estômago revirar. Era a foto... de uma pessoa. Sem mais detalhes, sem mais informações. Count deixou o silêncio ensurdecedor se arrastar.

A pessoa era o alvo. Pior ainda, eu sabia quem era. Eu já o tinha visto nos arquivos que roubei em Cairo.

Era Nicholi Boschert.

Precisei de todo o meu autocontrole para não olhar para Noelia.

— Por favor, diga que isso é uma piada — falou Devroe.

De quem será a foto que ele recebera?

— Eles não estão para brincadeira — comentou Noelia.

Pela primeira vez, não havia o menor sinal de sarcasmo em sua voz. Ela me olhou com uma preocupação genuína, mas logo se recompôs e largou o celular na mesa.

Taiyō fez uma captura de tela, depois guardou o dele.

— Será que poderíamos perguntar — começou ele, calmo, olhando para a tela do celular de Noelia — quais seriam suas intenções com esses alvos? Vejo que há mais de um.

Noelia virou o celular com a tela para baixo, escondendo o que quer que Taiyō tinha visto. *Quem* quer que ele tinha visto.

— Acima de tudo, queremos testar suas habilidades e determinação. Acham que têm estômago para isso?

— Isso não foi uma resposta — rebati, tentando não gritar. — Duvido que vocês apenas queiram ver a gente sequestrar esses alvos sem motivo.

O tablet de Count vibrou de novo.

— Alguém que está assistindo acha você muito cínica, srta. Quest. Não temos a intenção de *matá-los*, se é com isso que está preocupada. A propósito, é de absoluta importância que vocês tragam seus alvos com vida. Para além disso, o que fizermos com eles não é problema de vocês.

Senti minha visão diminuir. Eu ia passar mal.

— Nada de matar — disse Noelia. — Mas e outros tipos de agressão?

— São permitidos — respondeu Count. — Mas não ache que gostaríamos de receber um alvo à beira da morte.

Minhas pernas estavam bambas. Se eu estivesse de pé, com certeza teria caído. Uma pessoa. Um adolescente.

Isso não era certo.

— Eu… — Minha voz estava tão fraca que tive dificuldade de escutar a mim mesma. — Não quero fazer isso…

— O que foi, srta. Quest?

— Ela não falou nada — respondeu Devroe por mim.

Em algum momento, ele tinha trocado de lugar e estava próximo o bastante para apertar meu ombro. *Nada?* Aquilo ali não era nada para ele? Não era nada de mais para os outros dois?

Havia um limite no Jogo dos Ladrões?

Será que eu estava disposta a ultrapassá-lo para ter minha mãe de volta?

— Quanto tempo temos? — perguntou Devroe.

— Três dias — replicou Count. — Vamos informar pontos de entrega individuais quando capturarem o alvo. Podem começar… agora.

Noelia e Taiyō não perderam tempo. Ficaram de pé e seguiram em direções opostas, sem se despedirem. Permaneci onde estava.

312

Meu corpo parecia tão inanimado quanto a cadeira na qual eu estava sentada.

Encarei Count. A expressão despreocupada dela fez meu sangue ferver.

— *Aurélie Dubois* — disse. — É seu nome, não é?

Count ficou pálida.

— De que parte da França você é? Paris ou Marselha? A França não é tão grande. Sua família ainda mora lá?

Ela engoliu em seco. Fiquei de pé e me aproximei.

— Me ajude a salvar minha mãe — sussurrei. — Por favor. Vou ficar lhe devendo pelo resto da vida, srta. Dubois.

Eu estava me equilibrando na linha tênue entre a súplica e a ameaça, mas a hesitação no olhar de Count me disse que estava funcionando.

Uma vibração frenética no tablet dela desviou sua atenção.

— Eles gostam de você — sussurrou ela, olhando para a tela.

— Sinto muito, não posso ajudá-la.

Um alarme alto soou no dispositivo.

— Boa sorte, Rosalyn. — Ela assentiu brevemente para mim, depois para Devroe. — Sr. Kenzie.

Em seguida, nos deixou a sós com nossas missões.

QUARENTA

HAVIA QUATRO SAÍDAS NA CABANA. Eu tinha vasculhado todas mais cedo, quando fingi que estava procurando um banheiro. Mapeie o lugar, conheça todas as saídas, mas escolha só a melhor delas. Era o que eu fazia, não era? Sempre descobrir a melhor maneira de dar o fora.

Sempre existia uma rota de fuga. Sempre outra saída. Mas talvez tivesse chegado o dia em que eu enfim daria de cara com um beco sem saída.

— O que vamos fazer? — murmurei, mais para mim mesma do que para Devroe. — Não vejo outra saída... mas *sempre* tem outra saída.

Pressionando as mãos contra a testa, tentei encontrar um furo no que Count falara, qualquer coisa que deixasse implícito que havia uma alternativa para ganhar a fase. Algo como a saída secreta do museu. Alguma coisa que fizesse sentido e me dissesse que eu não precisava de fato sequestrar alguém.

Mas nada me ocorreu. Era completar a fase ou perder.

E eu não podia perder.

— Acho que... vamos ter que fazer o que eles pediram — falou Devroe.

Eu o encarei.

— Ah, então é só fazer o que eles pediram? Para você tudo bem fazer isso?

— Não, não está tudo bem, mas, que opção nos resta?

Eu pensava o mesmo, mas ouvir aquilo em voz alta, vindo de Devroe, deixou a situação ainda mais desprezível.

— São *pessoas*, Devroe — rebati, sentindo os lábios tremerem.

— Pessoas reais. São vidas que...

— Nós também somos. — Ele segurou meus ombros, fazendo com que eu me concentrasse. — Você está aqui por algo importante. Dá para ver desde a primeira fase. Você não me contou o que é, e não tem problema. Mas é importante, não é?

Apertei a mão dele, ainda sobre meu ombro. Mesmo depois de me arriscar e confiar nele, era difícil abandonar hábitos antigos.

— Minha mãe. Ela foi sequestrada. Pediram um bilhão de dólares. Não tinha como arrumar essa grana rápido, nem o melhor dos ladrões no mundo conseguiria.

— E por isso você entrou no jogo. — Devroe ficou sério. — Então eu estava certo, você precisa continuar no jogo.

— Mas... isso aqui não é mais um jogo! Não tem mais fases nem alvos. É um *sequestro*, Devroe.

Ele ajeitou o colete, as mãos livres depois que me desvencilhei de seu toque sem ter percebido.

— Eu também não gosto disso, mas existem coisas mais importantes. Talvez você devesse ligar para a sua tia. Não está preocupada com ela também?

— Por que você está preocupado com a minha tia? — perguntei, fechando as mãos. — Quem é o *seu* alvo, Devroe?

Eu sentia *aquilo* subindo de novo pelo meu corpo. A suspeita, a desconfiança.

A expressão dele murchou.

— Você está regredindo, Ross.

— Me dá seu celular.

Estendi a mão.

Devroe tensionou a mandíbula, mas me entregou o aparelho mesmo assim. Mantive os olhos fixos nele por um segundo e olhei para a tela. Era a foto de um jovem japonês, talvez alguns anos mais velho que a gente.

— É o irmão do Taiyō — explicou ele.

Na mesma hora, eu me arrependi de tê-lo obrigado a fazer aquilo. Apertei a ponte do nariz, constrangida.

— Desculpa — falei, baixinho.

— Que seja. Tudo bem, você está estressada.

Eu tinha a impressão de que não estava tudo bem, mas não era hora de discutir aquilo. Precisaria rever minha dificuldade de confiar nas pessoas depois. Se é que teria um "depois" quando aquilo tudo acabasse.

Eu me afastei dele, mordendo o dedo, a mão trêmula.

Devroe esfregou meus ombros.

— Tudo bem — garantiu. — Ou talvez não, mas a situação é esta. O que sua mãe faria se estivesse aqui?

O que ela faria?

Eu podia perguntar para ela.

Na velocidade da luz, peguei o celular e digitei o número. Não liguei o viva-voz, mas Devroe estava perto o bastante para conseguir ouvir.

— A Pequena Quest sempre arrumando os momentos mais inconvenientes para ligar. Nós já não…

— Coloca minha mãe na linha. Agora — ordenei, sem brechas para gracinhas.

O sequestrador resmungou. Ouvi um barulho na linha, e então…

— Meu amor?

— Mãe! — Ouvi-la era como um suspiro de alívio. — Não sei o que fazer.

— Chegou à última fase?

Assenti, embora ela não pudesse ver. Devroe estava quieto, os olhos fixos no celular.

— Cheguei, mas... não sei o que fazer.

— Ganhar.

— É um sequestro, mãe. — Apertei o celular, provavelmente deixando marcas de unha na capinha. — Ele é só um garoto. De catorze anos. Eu não vou conseguir, e agora não sei o que fazer. Desculpa, eu sinto muito, muito mesmo...

O outro lado da linha ficou em silêncio por um segundo. Achei ter ouvido minha mãe batucando as unhas em alguma coisa. Será que ela também estava percebendo que era uma situação impossível? Que estávamos encurraladas?

Será que ela estava se dando conta de que, se eu não conseguisse, talvez aquela fosse uma das últimas vezes que conversaríamos?

— Não é tão difícil sequestrar uma pessoa.

O sangue gelou nas minhas veias.

— O quê? — sussurrei.

— Você consegue. Se precisar mesmo, sei que você consegue, meu amor. Acredito em você.

O mundo começou a girar. Senti meu rosto se contorcer. *Minha mãe não está dizendo isso. Ela não está dizendo isso, muito menos nesse tom tão... frio.*

— Por que você está tão tranquila com isso? — questionei, a voz trêmula. — Era para você pedir que eu não fizesse isso. Você devia...

O jogo de vinte anos atrás. Minha mãe tinha jogado. E ganhado. Será que a terceira fase naquele ano foi a mesma que a minha?

— Ai, nossa — falei. — Você *também* fez isso. Você sequestrou alguém durante o jogo.

Ela não comentou nada sobre o fato de eu aparentemente saber que ela tinha participado do jogo, embora os olhos de Devroe estivessem arregalados com uma dezena de perguntas.

— Seu alvo por acaso era parente de um dos seus adver...

317

— Não — interrompeu minha mãe. — Era um desconhecido. Irrelevante.

Então aquilo era uma novidade. Vai ver a organização gostava de inovar de vez em quando.

— E importa quem é? É o único jeito, Ross — continuou minha mãe. — É isso ou desistir de mim.

Um som parecido com uma porta de metal sendo aberta invadiu a ligação.

— Eles estão voltando. Faça a escolha certa, Ross. Eu te a…

A ligação foi encerrada.

Senti um nó na garganta. Minha mãe queria que eu jogasse, que eu fosse até o fim. Queria que eu ganhasse, saísse vencedora, assim como ela.

A vida toda fiz as coisas como ela as teria feito.

Pare de se perguntar o que sua mãe faria. O que ela não *faria nesta situação?*

No beco sem saída na minha mente, uma nova porta se abriu. Pequena, estreita, arriscada. Mas estava ali, e era minha.

Eu me afastei de Devroe. Ele me olhou, confuso.

— Ross…

Saí em disparada. Só fazia alguns minutos desde que Noelia e Taiyō tinham ido embora. Correndo na direção em que ela tinha ido, eu a encontrei do lado de fora, acenando para um carro. Taiyō não estava à vista.

O manobrista abriu a porta para Noelia, que estava muito distraída em uma ligação frenética para fazê-lo por conta própria.

Eu me joguei no banco de trás depois de ela ter entrado. Noelia se assustou, o que era justo, considerando que eu só não caí em cima dela por alguns centímetros.

— O que você está fazendo? — indagou minha adversária, tão embasbacada que falou em francês.

Olhei para o motorista.

— Nos dê um minuto.

— Não, *saia daqui*! — vociferou Noelia, tentando me chutar porta afora.

Mas eu me mantive firme.

— Tem a ver com o Nicholi — falei.

Noelia congelou.

— Não está conseguindo falar com ele, né? — perguntei, e vi no celular dela que a ligação ainda estava chamando. Ninguém tinha atendido. — Você sabe que não é coincidência.

Noelia engoliu em seco, seu rosto ficou pálido e ela segurou o celular com menos força.

— Dou uma gorjeta de dez euros para cada minuto que nos deixar a sós — falou ela para o motorista.

Isso bastou para fazê-lo sair do carro. Noelia estava distraída, então peguei o celular dela e o joguei junto ao meu para fora do carro.

— Você disse que queria falar sobre o Nicholi, não roubar meu celular — disse ela, embora não tivesse feito muito esforço para me impedir.

— Nada de celulares. Eles podem estar usando nossos aparelhos para nos monitorar.

— Quem se importa? — rebateu ela. — Não ligo mais para este maldito jogo. Só me importo com…

— Nicholi.

Ela sempre mencionava o quanto ele era irritante. Vai ver é um código de irmãos que significa "a gente se ama".

— Ele é meu alvo — contei.

Noelia ficou tensa. Seus dedos se fecharam como se ela quisesse me bater, mas isso não invalidaria o que eu tinha dito.

— Era de se esperar que eles dessem meu irmão para você — murmurou ela. — Se veio aqui para me fazer implorar… eu prefiro não fazer isso.

— Vim te pedir ajuda.

Ela me observou com cautela.

— Para de palhaçada.

— Acha mesmo que sacanear você é minha prioridade no momento? — rebati, massageando as têmporas. — Não vou sequestrar seu irmão.

Noelia bufou, como se aquilo fosse a coisa mais inacreditável que já tinha ouvido na vida.

— Você está abrindo mão do jogo?

— Estou recalculando. Tenho um plano, mas acho que vou precisar de você.

Noelia se mexeu, desconfortável. Ela cruzou os braços e levantou o queixo, e tive um déjà-vu. Por um segundo, era a Noelia de nove anos que estava sentada na minha frente, fazendo a exata mesma coisa. As pessoas não mudam muito.

— Deixa de ser convencida, Lia — declarei.

Nem percebi que a tinha chamado de Lia até a atenção dela se voltar para mim. Duas semanas após termos nos conhecido, Noelia me dera esse privilégio — "só pessoas de quem eu gosto podem me chamar de Lia, então agora você pode também".

Os braços cruzados dela relaxaram, mas suas pernas ainda se balançavam.

— Como... como posso saber que posso confiar em você de novo?

Ela estava *me* perguntando aquilo? Nem mesmo naquelas circunstâncias Noelia conseguia deixar de me provocar.

Eu a observei, procurando algum sinal de falsidade. Um sinal de humor ou de prazer mórbido. Mas não veio nada. Na verdade, o canto dos lábios dela tremelicaram. Ela estava nervosa... o que significava que estava falando sério. Ela achava mesmo que *eu* era a pessoa que não merecia confiança ali.

— Porque... — tentei falar, mas me enrolei.

Como eu faria uma pessoa com quem eu tinha um histórico tão pesado confiar em mim?

Porque você precisa confiar nela.

— Quem é seu alvo? — perguntei, baixinho.

Se o meu era alguém com quem Noelia se importava, e o de Devroe era uma pessoa querida para Taiyō, então a probabilidade era que...

— Alguém com o sobrenome Quest. Uma mulher, de uns trinta e poucos anos.

Minha tia. Embora eu esperasse por aquilo, minha respiração falhou.

— Acho que é uma prima sua ou algo assim — concluiu Noelia.

— Algo assim.

Respirei fundo. O que eu estava prestes a fazer provavelmente estava no extremo oposto do que minha mãe faria.

— Love Hill, Andros, nas Bahamas — revelei. — Ao norte da ilha. É lá que ela está.

Noelia me encarou, boquiaberta.

— Por que você me diria isso? Está maluca?

— Sei que seu irmão está num internato chamado Hauser, na Suíça. Sei onde ele está, e agora você sabe onde minha tia está. Posso até anotar o endereço para mostrar que estou confiando em você. Então, por favor, Noelia, uma vez na vida, confie em *mim*.

Tudo estava em jogo. Eu estava arriscando minha tia e talvez minha mãe. Pelo quê? Pela chance de fazer as coisas de um jeito diferente?

Eu tinha uma chance de fazer as coisas de um jeito melhor. Do *meu* jeito.

Noelia suspirou.

— Qual é o plano?

QUARENTA E UM

DEPOIS DA NOSSA CONVERSA, EU me senti meio mal por empurrar Noelia para fora do carro. Ela gritou ao cair no chão de cascalho, com o cabelo bagunçado e furiosa.

— Me deixa *em paz*! — gritei.

Em seguida, ainda dentro do veículo, acenei para que o motorista, bastante confuso, voltasse.

Noelia murmurou alguma coisa sobre estar tudo bem. Pela outra janela, vi Devroe. Eu tinha saído correndo igual a uma maluca, então provavelmente ele estava se perguntando o que tinha dado em mim.

— Devroe! — chamei, acenando para que entrasse no veículo.

Com a porta aberta, peguei meu celular de onde o tinha derrubado. Noelia passou por Devroe, tirando a sujeira da saia e bufando ao voltar para a cabana para pedir outro carro por aplicativo. Devroe olhou de mim para Noelia, perplexo.

— Você saiu correndo para entrar numa briga de despedida? — perguntou ele, sentando-se ao meu lado.

— Algo do tipo. Com licença, o senhor tem papel e caneta?

O motorista me jogou uma caderneta pautada com as bordas amassadas e uma lapiseira que ele pegara no porta-luvas. Pedi para que ele nos levasse ao aeroporto e comecei a escrever.

— Minha tia é o alvo dela — falei. — Falei para Noelia deixá-la em paz.

Mostrei o papel para Devroe.

Não esboce reação. A Noelia está com a gente agora. A org. está ouvindo.

Devroe leu, impassível. Ele pegou a lapiseira e escreveu abaixo da minha mensagem, com a caderneta ainda no meu colo:

Plano??

— Então você mudou de ideia sobre... a fase? — perguntou ele, entrando na farsa.

— Farei o que for preciso — declarei. — E se isso significa aceitar ordens com as quais não concordo, então que seja.

Jogar nosso próprio jogo. Você topa?

O motorista nos observou pelo retrovisor. *Se é* que ele era motorista...

Devroe hesitou por um segundo ínfimo e escreveu:

Sempre com você.

FINGIR QUE NÃO TINHA NOTADO Noelia no nosso encalço foi mais difícil do que eu pensava, mas não podíamos deixar que a organização desconfiasse que estávamos tramando juntos. Se eu precisasse parecer meio descuidada para evitar que isso acontecesse, era o que faria.

Devroe e eu gastamos mais de oito mil dólares estadunidenses num jatinho fretado para a Suíça. Para despistar quem estivesse perto e pudesse ouvir, insisti que seria mais rápido do que um voo comercial. Mas, na verdade, eu só queria privacidade. Tinha a impressão de que qualquer voo marcado para a Suíça estaria repleto de escutas.

A competição toda estava me transformando numa superladra hipervigilante.

Menos de duas horas após o início da terceira fase, estávamos levantando voo. Havia apenas quatro pessoas no espaço pequeno de oito lugares: eu, Devroe, a "comissária de bordo" e o piloto.

— Você devia dormir — falou Devroe quando chegamos a uma altitude estável.

Joguei o celular para ele, e a comissária de bordo fez o mesmo.

— Me acorde daqui a algumas horas — pedi.

Ele guardou os celulares no fundo da aeronave, onde o motor rugia mais alto, enfiados dentro de um carrinho de bebidas e embrulhados na minha jaqueta, só para garantir.

Devroe se sentou de volta na grande poltrona de couro branco do outro lado do corredor.

— Em Cairo, você tinha certeza de que o celular tinha uma escuta, mas estava errada — declarou ele, sentindo a necessidade de me lembrar daquilo.

— Só errei o objeto em que eles botaram a escuta.

Comprimi os lábios para a comissária de bordo, que se jogou na poltrona na minha frente e se virou para a gente. Ela arrancou a peruca castanho-escura e largou os óculos no colo.

— Não olhem para mim — retrucou ela. — Aquilo foi ideia do Taiyō. Ele ficou bem irritado com tudo que aconteceu no trem. Acho que ele ficou chateado.

— *Cadê* ele, hein? — perguntei.

Noelia suspirou, pensando.

— Se nossos alvos são a família uma da outra, e o de Devroe é o irmão de Taiyō, então…

Olhamos para Devroe.

— Acha que sua mãe vai ficar bem? — perguntei.

Era uma sensação estranha falar da única parente viva de que ele havia me contado com Noelia sentada logo ali.

Devroe ajeitou a abotoadura, parecendo incomodado com a pergunta.

— Acho que sim.

Ai, como eu queria fazer mais perguntas. Só que não era hora para aquilo.

— Você não mencionou que *ele* estaria envolvido — resmungou Noelia, gesticulando para Devroe sem se virar para ele.

Ele bufou.

— Sabe, Taiyō não é o único que ainda guarda ressentimento pelo que aconteceu no trem.

Não podia culpá-lo por ainda estar bravo, embora ele não tivesse tocado no assunto de novo.

Imaginei que Noelia fosse desdenhar da situação com um estalar de língua ou algo assim, mas, para a minha surpresa, ela comprimiu os lábios e baixou a cabeça.

— Desculpa, aquilo não foi legal. É só que... desculpa mesmo. Enfim.

Não era um pedido de desculpas perfeito, mas ainda assim... caramba.

Pigarreei para interromper o silêncio desconfortável.

— Seu irmão — comecei. — O que a organização quer com ele?

Noelia deu de ombros.

— Sei lá, me atingir, eu acho. Talvez me colocar contra a minha rival. Ou acrescentar uma pitada de casos de família?

— Todas as alternativas — opinou Devroe.

— Mas não faz sentido — concluí. — Tudo que roubamos até agora tinha *valor*, seja político ou monetário. Minha tia não pega muitos trabalhos hoje em dia porque já foi descoberta por muitas pessoas erradas. Pessoas que eu tenho certeza de que pagariam para se vingar dela. Nesse caso, ela tem valor *monetário*.

— Meu irmão tem catorze anos — falou Noelia, revirando os olhos. — Não existe um arsenal de adversários que pagariam para dar uma surra nele por pura vingança — concluiu, estremecendo ao dizer a última parte.

— Tem certeza?

Ela me olhou como se eu tivesse perguntado se ela tinha certeza de que seu nome era Noelia.

— *Tenho.*

Reclinei-me, batucando os dedos nos braços da poltrona.

— E Hauser?

Noelia cruzou as pernas de novo, desconfortável com a pergunta, confirmando que eu estava no caminho certo.

— É um internato só para garotos — disse. — Eu nunca estudei lá, obviamente.

— E o que ele está fazendo lá?

— Aprendendo.

— Aprendendo o quê? — perguntou Devroe. — Pessoas como nós não vão para a escola se preparar para a universidade.

Noelia bufou.

— Ele está numa missão. É negócio de família. Não posso falar sobre isso...

— Entendi — comentei, esperando que ela continuasse.

Já havíamos passado do ponto do que podíamos ou não falar. Ela cedeu.

— O filho de um primeiro-ministro também estuda lá. Alguém quer destruir o pai dele, algo assim. A ideia é que Nicki faça amizade com o garoto e descubra algo que possa arruinar a família.

Pisquei, surpresa.

— Fazer amizade só para trair a pessoa é um protocolo-padrão da família Boschert?

Ela não respondeu, e eu provavelmente não queria mesmo que ela fizesse isso.

— Sua família está confiando uma missão assim a um garoto de catorze anos? — perguntou Devroe.

— É para ser um processo longo — explicou ela. — Ele não precisa encontrar nada incriminador até a próxima eleição. Vocês ficariam surpresos com o tanto de informação que circula nessas escolas. Não é à toa que tantos filmes se passam em internatos para mauricinhos. Esses lugares são um ninho de segredos de família e traumas geracionais.

Um ninho de segredos... de uma das escolas mais exclusivas do mundo.

Eu estava começando a entender muito bem qual era o valor do irmão de Noelia e por que a organização talvez tivesse interesse nele.

E era algo que podíamos usar a nosso favor.

Inclinei o corpo para a frente.

— Quem mais frequenta essa escola?

POR MAIS DIFÍCIL QUE FOSSE de acreditar, só dava para discutir os detalhes de uma grande sociedade secreta por no máximo umas três horas antes de o assunto morrer. Depois de quatro das dez horas do nosso voo, já era noite. Devroe estava reclinado na poltrona, com a cabeça tombada para o lado, roncando de leve. Eu alternava entre observá-lo e fuçar o Google Maps a cada dez minutos, dissecando todas as rotas para entrar e sair da cidade, e então deixando meu celular de novo com os outros, perto do motor.

Noelia folheava uma revista da aeronave pela terceira vez.

— Por que são sempre os bonitos que roncam? — questionou ela depois de pelo menos meia hora de silêncio.

Levei um segundo para perceber que ela se referia a Devroe. Senti algo palpitar dentro de mim ao ouvir outra pessoa o chamando de bonito.

— Não sei. Da última vez ele não roncou.

Noelia baixou a revista, arqueando uma sobrancelha.

— Da última vez?

De repente, senti meu rosto queimar.

— Não, estou falando da última vez que a gente...

Noelia reprimiu um sorriso diante da minha tentativa de explicar, e eu me vi prendendo a risada também.

— Enfim... — concluí.

Ela fechou a revista, colocando-a sobre a bandeja polida do banco.

— Lembra daquela menina que ficava no quarto ao lado do nosso? — perguntou Noelia. — Aquela que era do Canadá? Sério, dava para ouvir os roncos dela a dois quartos de distância.

Eu lembrava bem pouco. Era uma garota negra com um cabelo de curvatura 4C, mas não lembrava o nome dela. O que mais eu lembrava?

— Eu... eu roubei creme para pentear do quarto dela quando o meu acabou — comentei, rindo involuntariamente, a lembrança de repente ressurgindo.

— É, e você o usou para empapar o meu cabelo. Levou uma semana para eu conseguir tirar tudo.

Eu me lembrava daquilo também! De trançar o cabelo de Noelia... ou tentar, antes de dar tudo errado.

— Eu nunca tinha tido uma amiga branca! — falei. — Como é que eu ia saber que não pode colocar muito creme no cabelo de gente branca?

Na época foi assustador, mas, parando para pensar, foi bem engraçado tentar tirar aquela papa do cabelo melecado de Noelia. Só de pensar, ri tanto que minha barriga doeu.

Ela estava tentando parecer irritada, mas cedeu a uma crise de risos também.

— Obrigada por me convencer a não cortar — disse ela quando a risada foi diminuindo. — Meu pai provavelmente teria me matado por cortar o cabelo sem a permissão dele.

Fiquei em silêncio por um segundo.

— Ele pega pesado com você?

Noelia deu de ombros, afastando o olhar.

— Nada que eu não aguente.

Por que aquela parecia a pior resposta que ela podia ter dado? Estremeci, sem saber direito o que falar, mas também não querendo ignorar o que ela tinha dito.

— Sabe, minha mãe é rígida às vezes também. Quer dizer, eu sei que tudo que ela faz é pensando no melhor para mim, mas ela nunca, tipo... me bateu nem nada assim. Mas se você... quiser... conversar sobre isso...

— Nossa, não, não é nada assim. — Noelia massageou as têmporas. — Por favor, jamais troque de carreira para virar psicóloga.

É, eu poderia ter abordado o assunto de outra maneira.

Noelia mordeu o lábio, inquieta.

— Meu pai só... não tem nenhuma dificuldade para dizer quando está decepcionado, ou exatamente em que nível. E, às vezes, mesmo quando ele sugere que a gente faça alguma coisa em vez de *mandar*, na verdade não é bem uma sugestão. É um teste para ver se vamos fazer o que ele falou.

Por um segundo, seu olhar ficou distante, como se ela estivesse se lembrando de alguma situação específica.

Segui a atenção dela para suas botas, que também tinham um desenho sutil nas solas. Eu me lembrei de algo que ela mencionara no hotel: Noelia já tivera um par de sapatos como os meus, e o pai dela a havia feito jogá-lo fora.

Vai ver era mais um dos testes, então.

— Mas por que é tão importante passar nos testes dele? — perguntei. — Não dá só para dizer, sei lá, "que se dane"?

Estremeci. Aquele mesmo pensamento foi o que fez minha mãe ser sequestrada. Mas, na época, me pareceu a coisa certa a se fazer, mesmo que o resultado tivesse provado que não era. Talvez funcionasse para Noelia, mas não para mim.

— "Que se dane"? — repetiu Noelia em um tom de deboche, e em francês. Parecia que ela era muito melhor expressando seus sentimentos na língua materna. — Não vou conseguir ser a próxima líder da família se não impressioná-la.

— Líder?

— Tem muito mais Boschert do que só eu, Nicki e meu pai. Tios, primos, avós... E alguém precisa estar à frente de tudo. É uma cadeia de comando. Meu pai é o líder atual, então ele escolhe quem vai sucedê-lo. Em geral, é o filho mais velho, então todo mundo na família acha que vai ser eu. E deveria ser eu... mas...

— Ela entrelaçou as mãos. — Tenho minhas dúvidas. Toda vez que cometo um deslize, ele menciona o quanto meu primo Freare é excepcional, o quanto minha prima Anna vem se destacando de uns tempos para cá.

Noelia parecia muito tensa e assustada, e isso me deixou nervosa. Provavelmente o pai a fazia pisar em ovos desde sempre, brincando com o futuro dela.

Em outro universo, a ironia talvez tivesse sido engraçada: eu, desesperada para me afastar da minha família, e ela, em pânico, tentando liderar a dela.

Não queria responder algo bobo, como dizer que ela devia mandar o pai deixá-la em paz ou comentar que fazer o que a família dela queria não importava, nem nada assim. Uma conversa num jatinho não ia mudar a vida de alguém que estava nas garras da manipulação. Eu mesma estava começando o processo de me livrar das minhas. E, se ela quisesse mesmo ser a líder da família ou o que quer que fosse, chutar o balde não era o melhor conselho.

A verdade é que eu não tinha uma resposta para ela. Mal tinha respostas para mim mesma.

Estiquei a perna e chutei a ponta da bota de Noelia. Ela se assustou, e eu sorri.

— Sinto muito que você tenha que ser a Noelia perfeita para a sua família. O azar é deles por não verem quem você é de verdade.

Mas... o mundo é maior do que sua família. Posso até ser uma inimiga, mas, se serve de alguma coisa, gosto muito mais da Noelia que tem sapatos estranhos. Se ela quisesse me mandar uns links de algumas lojas legais, eu provavelmente daria uma olhada — falei, dando de ombros, tentando falar de um jeito descontraído e não criar uma situação constrangedora.

Noelia não disse nada, só me observou por um segundo, imperturbável. Então assentiu e jogou o cabelo para trás de um jeito bem Noelia-nada-amigável, mas relaxei quando ela me lançou um sorriso convencido.

— Como se eu fosse deixar Ross Quest comprar os mesmos sapatos que eu. Depois eu mando as fotos, mas só para me gabar.

— Só não se espante se um par ou outro sumir depois disso.

— Hum, veremos.

Rimos de novo, e de alguma forma eu acabei na poltrona ao lado da dela, deslizando a tela pelo meu carrinho de compras de uma lojinha on-line. Teria sido uma noite agradável, até eu voltar para a minha tela inicial para acessar o aplicativo do Pinterest.

Noelia segurou meu pulso. Estava pálida, encarando meu celular, mas não do jeito curioso e divertido de antes.

— É ela — disse Noelia, clicando na minha tela, bem no meio de dois apps.

— O quê?

— A mulher!

Franzi o cenho. Ah, sim, meu fundo de tela era uma foto minha com a minha mãe, o rosto dela colado ao meu.

— É, eu sei, ter minha mãe no fundo de tela é meio vergonhoso, mas...

— Ela *não é* sua mãe — falou Noelia, com a maior certeza do mundo.

— Vou ter que discordar... — respondi, lentamente.

Ela olhou para mim com o cenho franzido.

— Ross... é *ela*. Do acampamento de esqui.

Noelia *tinha* que tocar naquele assunto. Estávamos nos divertindo tanto...

— Você nunca conheceu minha mãe. Ela só foi me buscar depois de você dar no pé.

— Ela estava lá! — insistiu Noelia. — Era uma funcionária, acho. Foi ela que me deu seu bilhete.

Meu cérebro começou a juntar as peças, mas não conseguia avançar. Ainda.

— Não deixei um bilhete para você. Você que me deixou um, mudando nosso ponto de encontro para perto da escada do saguão. Fui lá, e uma das instrutoras estava esperando por mim. Ela me pegou com as joias.

— Nunca mandei nada assim — retrucou Noelia. — Seu bilhete me dizia para ir encontrar você no alojamento. Eu não "dei no pé". Na verdade, te esperei por horas, mas você não apareceu.

Minha mãe aparecera no acampamento muito antes do esperado... Algumas horas depois, eu já estava a caminho de casa, arrasada com a traição da minha melhor amiga.

Mas como minha mãe tinha chegado lá tão depressa? A menos que ela já estivesse na escola.

Não pode ser.

— Ross? — chamou Noelia, a voz distante.

Toda a minha filosofia sobre não confiar em ladrões, sobre não ter amizades... Minha mãe tinha orquestrado tudo isso desde o início.

Senti os olhos arderem. Em silêncio, apoiei a cabeça no ombro de Noelia. Ela não falou nada, só segurou minha mão.

Eu ia salvar minha mãe, mas, depois disso, ia exigir explicações.

QUARENTA E DOIS

— TEM CERTEZA DE QUE ISSO vai funcionar? — perguntei, mexendo no canto do bilhete dobrado que Noelia tinha me entregado.

Qualquer um acharia suficiente deixar o papel no quarto de Nicholi, mas ela insistiu em entregá-lo pessoalmente. Devia ter a ver com o fato de alguém ter sido enganado por um bilhete com a caligrafia forjada. Isso — somado ao fato de que o garoto ia receber um bilhete supostamente da irmã em vez de uma mensagem, um e-mail, ou qualquer outro recurso usado pelas pessoas do século XXI — seria suspeito demais. Se alguém deixasse um bilhete para mim com horário e data, eu poderia até ir, mas não com intenções amigáveis.

Escutei Noelia bufar pelos fones de ouvido. Para garantir que ninguém nos espionasse, usamos fones analógicos, coisa das antigas. Devroe por acaso conhecia um lugar ali por perto que os vendia. Eu precisava me lembrar de um dia pedir a ele sua rede de conexões internacionais.

— Desculpa, mas é com o irmão de quem que vamos nos encontrar mesmo? Se eu disse que vai funcionar, é porque *vai*. Noelia Boschert não trama planos ruins.

Escutei mais um som estridente nos fones e imaginei que fosse ela murmurando para si mesma sobre o quanto eu era ridícula por questioná-la ou algo assim. Teria sido implicância da minha parte dizer que fora o *meu* plano que fez o grupo dela se ferrar na fase anterior, mas eu realmente queria lembrá-la disso.

Lutando contra a vontade de fazer uma careta, peguei minha mochila: novinha, xadrez, praticamente vazia. Era só para complementar o visual, um acessório para combinar com a saia pregueada e o blazer. Qualquer pessoa me tomaria só por mais uma aluna do internato para garotas que ficava por perto. Vários grupinhos de meninas iam para a Hauser à tarde para encontrar os amigos ou namorados. Nenhum dos seguranças e inspetores no portão da escola estranhou ao me ver passando.

O campus era absurdamente enorme, como se alguém tivesse pegado o Central Park, enfiado alguns prédios nele e colocado uma grade em volta para garantir a segurança do local. O mapa que eu havia estudado não fizera jus ao lugar. Talvez eu tivesse me perdido se não contasse com aquela vozinha nos fones para me guiar.

— O dormitório é aquele prédio de tijolos com as janelas em arco.

Olhei ao redor e encontrei o prédio que Noelia tinha mencionado. Vários alunos estavam se encaminhando para aquele prédio, e a maioria das garotas visitantes fazia o mesmo.

— Ele costuma voltar para o dormitório depois da aula?

O que eu faria se Nicholi decidisse aparecer lá só no final do dia?

— Você está complicando o que é fácil — falou Noelia. — Só… fica de boa até ele chegar.

— Eu falei que eu é que devia ter ido — disse Devroe, suas primeiras palavras na transmissão.

— Ross, me faz um favor aí — disse Noelia. — Me diz quantos garotos negros você tá vendo por aí.

É, naquele quesito ela tinha razão. Eu já estava quase na porta do dormitório e ainda não tinha visto nenhum.

— Olha, para ser justa — sussurrei —, também não tem muitas garotas negras.

Eu só tinha visto outras duas, talvez três.

— Mas você não está no internato de garotas. Garanto que um funcionário teria percebido que Devroe não é um dos quatro garotos negros que estudam na Hauser.

— Pelo jeito você está sabendo bem como questões raciais são abordadas nessas situações, Noelia — ressaltou Devroe, ácido.

— Use suas vantagens, mesmo sem merecê-las — disse Noelia.

— É algo que meu pai sempre me diz.

Por sorte, cheguei ao dormitório antes que Devroe ou eu tivéssemos tempo para destrinchar a fala dela.

Lá dentro, o hall de entrada estava cheio, e ao lado tinha um espaço aberto com mesas de estudo, luminárias de biblioteca e poltronas de leitura. Vários alunos estavam largando as mochilas cheias de livros no chão e se sentando às mesas ou correndo pelas escadas.

Mais uma vez, parecia menos um internato e muito mais um hotel grande ou uma universidade particular. Por um instante, pareceu legal estar ali em uma missão secreta.

— O quarto do Nicki fica no terceiro andar — falou Noelia, sua voz me arrancando do devaneio no qual eu estava prestes a me afundar. — Eu… não sei exatamente qual.

— Que maravilha — murmurei, ganhando um olhar feio de uma menina ruiva que estava descendo as escadas.

Falar sozinha não pegava bem.

Subi pela escadaria principal. Havia muitas portas nos corredores amplos, e eram tão espaçadas que, se eu não tivesse estudado as especificações do prédio, ainda teria conseguido imaginar que os quartos eram absurdamente grandes.

Tentando parecer que estava procurando alguém, fiquei alerta para caso Nicholi desse as caras. Embora nunca o tivesse visto pessoalmente, passei pelo menos duas horas estudando fotos dele, inclusive a que Count enviara e algumas que Noelia tinha. Podia identificá-lo com facilidade. Noelia também mencionou seu hábito de andar com a mão no bolso, então eu estava esperando por um garoto de catorze anos branco, loiro, de olhos azuis e com a mão no bolso. Vários alunos iam de um lado a outro do corredor, mas nada de Nicholi.

— Encontrou? — perguntou Noelia depois de dez minutos de silêncio.

— Ela teria dito se tivesse encontrado — observou Devroe.

— Ele pode já ter passado por você. Está prestando bastante atenção?

Ela achava que eu era amadora?

Dei um tapinha nos fones, causando um ruído alto na transmissão. Com sorte, aquilo seria resposta o suficiente.

— Quanta maturidade, Ross — reclamou Noelia.

Reprimi um sorriso.

Mais um grupo de alunos subiu pelas escadas. Eram vários garotos, todos com cabelo escuro, então nada a ver com o que eu estava procurando. Teria desviado o olhar na mesma hora, mas um deles chamou minha atenção. Parte de seu rosto estava escondida pelos demais alunos, mas dava para ver que ele era asiático, usava óculos e não tinha um fio de cabelo fora do lugar.

Fiquei na ponta dos pés. Mais um grupo de alunos subiu os degraus, bloqueando minha visão.

O garoto desapareceu.

Corri para as escadas, desviando de todo mundo em meu caminho. Quando cheguei ao topo, o garoto já estava descendo os últimos degraus.

— Taiyō — falei, baixinho.

— O *nosso* Taiyō? — perguntou Noelia. — Por que ele estaria aqui?

— Que estranho — falou Devroe, confuso. — Minha mãe pode estar em qualquer lugar do mundo, mas duvido que ela esteja em um internato na Europa.

— Talvez ele não esteja atrás da sua mãe — falei.

Taiyō, se é que era ele mesmo, estava indo direto para a saída. Se eu quisesse ter certeza e alcançá-lo, precisaria ir logo.

Contudo, finalmente o vi: Nicholi Boschert.

Se eu não tivesse reconhecido o rosto e o cabelo, bastaria a mão no bolso, balançando conforme o garoto subia os degraus. Estava com mais dois garotos, um com o blazer jogado sobre o ombro, tagarelando, e o outro cobrindo um bocejo com a mão.

Taiyō, ou seu dublê, estava indo embora, mas Nicholi e os amigos estavam se aproximando.

— Ótimo — murmurei.

— O que foi? — perguntou Noelia. — Você está indo atrás do Taiyō? Não faz isso! É para você esperar o Nicki e...

Arranquei o fone, me preparei e desci as escadas, sorrindo ao ficar de frente para Nicholi.

— Você é o Nicki, né?

Minha pergunta interrompeu qualquer que fosse a história que o amigo sem blazer de Nicholi estava contando. Talvez aquele fosse o filho do primeiro-ministro, o garoto que ele estivera acompanhando havia alguns meses?

O amigo riu.

— Nicki? As pessoas chamam você de *Nicki* agora?

Nicholi corou.

— Meu nome é Nicholi.

— Ah, é que sua irmã disse que era Nicki.

Ele congelou. Ganhei sua atenção ao mencionar Noelia.

— Noelia falou para dar um oi se esbarrasse em você — expliquei.

Fingi tirar um pelinho no blazer dele, colocando o bilhete de Noelia no bolso ao mesmo tempo. O corpo dele se retesou revelando que o garoto sabia direitinho o que eu estava fazendo, mesmo que não soubesse ainda se eu estava plantando uma ameaça ou uma mensagem...

Até que eu disse:

— Ela disse que o Marlow também está com saudade.

Nicholi ajeitou a postura. *Marlow*, o código secreto dos dois, de acordo com Noelia. Ele assentiu, entendendo que eu não era uma inimiga.

Com um aceno, desci as escadas.

— Não sabia que você tem uma irmã — declarou um de seus amigos. — Ela é gostosa?

— Viu só? Por isso que eu não falei dela — rebateu Nicholi.

O resto da conversa sumiu à medida que eles seguiram seu caminho.

Fui até o outro lado, atravessando o saguão inteiro, até chegar às portas da frente que davam para o jardim. Não adiantava de nada. Se Taiyō tivesse mesmo aparecido ali, já estaria bem longe.

QUARENTA E TRÊS

— EU *SEI* QUE O VI.

Ao menos, eu achava que sim. Porém, quanto mais Devroe me questionava, mais eu queria apostar no meu palpite.

Devroe estava atrás do sofá — era de vime e bastante desconfortável, com apenas uma colcha trançada como almofada, mas combinava com o estilo *boho chic* da casa que alugamos. Ele andava de um lado para o outro no tapete de retalhos e me observava pôr os pensamentos em ordem.

— Talvez você só tenha visto alguém parecido com o Taiyō — sugeriu Devroe, apertando a ponte do nariz.

Isso me fez parar e encará-lo. Então *eu* estava estressando *ele*?

— Olha — continuou ele —, vamos pensar por um segundo por que ele estaria aqui. Acha que ele apareceu só para atingir você?

— Não sei! — exclamei. — Vai ver ele não está indo atrás do alvo dele. Talvez ele... — Suspirei e me joguei em uma cadeira de vime minúscula que logo começou a me pinicar. — Não sei. Mas ele estava lá.

Eu acho.

De repente, a estressada era eu. E não era nem o tipo de estresse cheio de adrenalina no qual Mylo era viciado. Alguma coisa na situação me parecia perigosa. Um perigo que, se eu não tomasse cuidado, poderia estragar tudo.

— Achei que íamos confiar um no outro — sussurrei.

— E estamos confiando.

— Sério? Porque foi mais fácil fazer a Noelia confiar em mim passando meu endereço para ela do que conquistar a sua confiança agora.

Um sorriso triste passou de relance pelo rosto de Devroe, mas ele logo se obrigou a voltar ao normal. Ele olhou para os quartos, onde nossos celulares e outros dispositivos eletrônicos estavam guardados o mais longe possível sem que precisássemos jogá-los fora da casa.

— Estávamos seguindo as regras antes, mas agora é diferente, Ross. Você está andando numa corda bamba sobre um ninho de cobras. Se você se distrair, vai cair, e eu não vou aguentar assistir a nada disso.

Devroe parecia prender a respiração, esperando para ver se eu ia desistir. Será que ele estava tão preocupado assim comigo? Uma sensação boa reverberou pelo meu corpo. Ninguém nunca tinha me protegido assim, ninguém além da minha família. Era… charmoso.

Mas o charme não bastava para calar minha intuição — eu *sabia* que estava certa em me preocupar.

Noelia voltou para a sala de estar a passos pesados e com uma expressão amargurada. Ela jogou um celular descartável no peito de Devroe, que o pegou com uma só mão.

— Tentei telefonar, mas não consegui. Se bem que Taiyō não teria motivo para atender uma ligação de um número desconhecido que não é o da Count, de qualquer forma. — Ela se empoleirou no braço do sofá, cruzando os tornozelos como se estivesse em um trono ou algo do tipo. — Pena que não posso ligar do meu número.

— Você não pode ligar para ninguém enquanto for nossa refém — relembrou Devroe.

De short, descalça e com o cabelo preso num rabo de cavalo frouxo, era quase cômico o quanto Noelia não se parecia em nada com uma refém. Porém, enquanto os celulares estivessem por perto, precisávamos fazer parecer que tínhamos descoberto que ela era nossa comissária de bordo e decidido raptá-la para que não nos causasse problemas. Como as escutas eram somente por áudio, ela podia usar a roupa que quisesse.

Noelia mexeu no cabelo.

— Taiyō provavelmente não teria atendido meu número também — declarou ela, por fim. — O grupo todo ficou um pouco... irritado comigo quando descobrimos que o sarcófago era uma réplica.

Para a sorte de Noelia, como estávamos sendo no mínimo cordiais uns com os outros, reprimi um sorriso.

— Não importa — falou Devroe. — Provavelmente nem era ele mesmo.

Noelia bufou.

— Se Ross disse que o viu, então ela o viu, *Kenzie*.

Fiquei paralisada. Uma semana atrás, não imaginaria Noelia me defendendo. Devroe ficou sério, mas ela arqueou uma sobrancelha, desafiando-o a dizer mais alguma coisa.

— Ainda que ela não tenha certeza — continuou Noelia —, embora ela tenha dito que *tem*, não vamos arriscar a segurança do meu irmão porque talvez tenhamos visto um garoto parecido com Taiyō. É melhor prevenir do que remediar. A precaução é o melhor remédio.

— É mais um ensinamento do seu pai exemplar e elitista? — perguntou Devroe.

Noelia o ignorou. Olhei feio para ele. Era hora de dar uma trégua na hostilidade.

— Estou com a Noelia. — Era estranho dizer aquilo em voz alta. — Talvez a gente possa rever o plano para hoje à noite. Noelia precisa ficar aqui, mas seria uma boa se você pudesse seguir o Nicholi para garantir que nada de ruim vá acontecer.

— Quer que eu dê uma de guarda-costas?

— Se Taiyō está aqui para sequestrá-lo, seria mais fácil fazer isso longe da escola. Você não pode segui-lo quando ele estiver fora do campus para ver se vai ficar tudo bem?

Eu não estava sendo irracional, sabia que não. Então por que Devroe estava me olhando como se eu estivesse estragando tudo?

Ele ficou de pé, ajeitou o colete e deu um sorriso tenso.

— É seu plano. Como quiser, Ross.

Devroe atravessou a sala e me deu um beijo na bochecha, fazendo Noelia revirar os olhos, e saiu.

Ela esperou até que a porta dos fundos se fechasse.

— Ele é difícil — declarou Noelia. — É melhor ter cuidado, Ross.

— Está tentando me dar um conselho sobre relacionamentos?

Noelia balançou a cabeça devagar, sem tirar os olhos da porta.

— Não, é um conselho profissional.

Ela se virou e se afastou. Quis segui-la para perguntar o que aquilo significava, mas me detive.

Já dava para ver o pôr do sol do lado de fora. Eu precisava me preparar para meu próprio ponto de encontro e para uma missão que eu não podia estragar.

QUARENTA E QUATRO

"SÓ SE CERTIFIQUE DE QUE ele está em segurança, tudo bem?"

A última frase que Noelia dissera antes de eu sair ecoava na minha cabeça. Minha resposta também.

"Eu prometo."

Aquela devia ser a semana mais caótica da minha vida. Na segunda-feira, eu odiava Noelia e na sexta estava jurando proteger a família dela. E lá estava eu, numa cafeteria a duas quadras de um bar frequentado por adolescentes ricos, esperando que o irmão mais novo dela, um ladrão em treinamento, me encontrasse.

Enquanto eu esperava dar nove da noite, pensei na promessa e, para a minha surpresa, no quanto seria importante honrá-la. Depois de descobrir a verdade sobre o que minha mãe havia feito, eu não trairia Noelia.

O estabelecimento, que cheirava a grãos de café e caramelo, estava mergulhado num silêncio absoluto. Nada de jazz tocando, nenhum estudante digitando em notebooks. Eu tinha invadido o local algumas horas após o expediente e desativado o sistema de alarmes, então era só eu, várias mesas vazias e uma placa neon de "aberto" desligada.

Eu balançava a perna furiosamente, e a tela do meu notebook recém-comprado anunciou o horário marcado. Por acaso (na verdade, ele que era muito bem treinado), Nicholi foi pontual. Parecia despreocupado, com a mão no bolso do casaco, mesmo ao entrar numa cafeteria vazia.

Ele olhou para trás ao se sentar de frente para mim numa mesa de dois lugares.

— Tenho quase certeza de que alguém me seguiu da escola até aqui.

— Está de boa, ele está comigo.

— E você está com a Noelia? — perguntou Nicholi, com um olhar de desconfiança que lembrava muito a irmã.

— Para a surpresa de todo mundo.

Ele sorriu.

— Você trouxe? — perguntei.

Nicholi olhou ao redor como se não tivesse certeza de que o lugar estava vazio, depois tirou um pen-drive preto do bolso.

— Levei o dia todo para colocar os dados numa planilha. Deixei de estudar para a prova de matemática para fazer isso.

— Alguma coisa me diz que seu futuro não depende de um dez numa prova de matemática.

Conectei o dispositivo ao notebook, e uma caixinha de conversa apareceu no canto inferior da tela. Só havia mais duas pessoas no chat, K e N.

De N:

São 21h. Atualização?

Digitei:

Ele está aqui. K, vou mandar a planilha.

Nicholi deu uma espiada na tela. Arrastou a cadeira para mais perto e apontou para o teclado. Comprimi os lábios e tentei tirar o notebook do campo de visão dele.

— Isso aqui não é uma conversa engraçadinha entre amigos.

Nicholi me ignorou, dando de ombros.

— Ah, que seja — disse ele, afastando minhas mãos e digitando no teclado.

> Se meteu numa enrascada, é, Lia????
> Precisa que seu irmão mais novo ajude você a sair dessa???

Observei os pontinhos indicando que alguém estava digitando, esperando que Noelia respondesse algo sobre como era Nicki que devia uma para ela, por conta de todas as medidas que estávamos tomando para que ele não fosse sequestrado. O irmão dela não sabia a magnitude do perigo que corria. Quer dizer, eu não tinha contado para ele...

Mas, em vez de dar uma resposta atrevida, ela só mandou um emoji revirando os olhos. Típico.

> Planilha recebida. Vou fazer a referência cruzada ☺

Minha respiração vacilou. Era o momento em que tudo daria certo ou sucumbiria. Será que eu tinha mesmo a vantagem com a qual estava contando?

Nicholi batucou no tampo da mesa, tendo a audácia de parecer entediado enquanto o meu mundo poderia estar prestes a desabar. *Se isso não funcionar, o plano B está bem ao seu lado... e agora ele confia em você.*

Silenciei aquela voz na minha mente o máximo que podia.

— Mas então... — disse Nicholi. — Para que exatamente é isso, hein? Quando li o bilhete da Lia me pedindo para digitar tudo o que eu tinha descoberto no último ano, meio que presumi que só precisaria lhe entregar o pen-drive e dar o fora, mas agora estou vendo que tem mais coisa rolando aqui.

Ele não fazia ideia.

— Eu também tenho uma planilha, na qual coloco as pessoas que... meio que me irritaram — falei. — Então, contanto que você tenha escrito os sobrenomes corretamente, minha amiga vai conseguir comparar as informações dos arquivos.

— Ah, e você está torcendo para que as pessoas na sua lista sejam as mesmas da minha. Que divertido.

Chegou um e-mail da Kyung-soon para mim. Com um anexo. Ela também mandou uma mensagem.

> Caramba.

Cliquei duas vezes no ícone do clipezinho de papel. A nova planilha era tão pesada que levou alguns segundos para baixar. Quando o download terminou, várias entradas de nomes, números e endereços ocuparam a tela. Algumas tinham algum nome em destaque. Cliquei no primeiro que vi.

Dean Pratt, Diretor de Operações da Pierce Farmacêuticos Global. Tem dois filhos ilegítimos, atualmente mora com a amante em Barcelona. Endereço...

Nicholi indicou a tela com um aceno da cabeça.

— É o pai do meu colega de quarto, Louis.

— Como conseguiu o endereço? — perguntei.

— Ele e os meios-irmãos se correspondem por cartas. Um dia eu anotei.

Continuei rolando a tela, encontrando mais uma entrada destacada. Felcia Kowalski. Membro da Suprema Corte Polonesa. Viciada em heroína. Em anexo, estava uma foto, embaçada, mas nítida o bastante para que fosse possível ver uma mulher obviamente se preparando para aplicar uma dose, batendo no braço e tudo.

— Henri me convidou para a casa dele num feriado. A mãe dele era bem legal quando não estava... você sabe — explicou Nicholi.

Congelei, reconhecendo um nome. Dubois.

Count.

— Este aqui.

Pousei o cursor sobre o nome e olhei para o garoto.

— Ah, o Gerry! As mães dele se divorciaram uns dois anos atrás. Ele disse que queria ficar com a outra, mas essa aí subornou o juiz para conseguir a guarda. Foi bem injusto, porque ela o abandona no internato por dez meses todo ano e nunca deixa que ele veja a mãe favorita.

Havia um arquivo de áudio anexado também, que eu tinha certeza de que explicava melhor a situação. Talvez fornecesse informações suficientes para que, diante de um juiz honesto, *alguém* perdesse a custódia do filho.

Continuei fuçando e encontrei várias coisas incriminadoras. Talvez não houvesse surpresas para cada entrada da planilha enorme, nem de longe. Só umas quarenta linhas estavam destacadas. Contudo, pelo que eu via, era mais do que o suficiente.

Não era de se estranhar que quisessem Nicholi fora de ação. O pai dele o mandara para a Hauser com a intenção de destruir um único homem, mas ele tinha descoberto fofocas para acabar com pelo menos uma dúzia de carreiras políticas e fazer uma boa dezena de ações despencar. O garoto era uma arma ambulante com toda a munição de que eu precisava.

— Conhecimento é poder mesmo, hein? — falei.

Nicholi comprimiu os lábios.

— Conhecimento é controle.

Fiquei com a impressão de que aquela era mais uma das frases de efeito do Papai Boschert.

Na conversa, mandei uma mensagem:

> Deu certo. Obrigada, gente.

Kyung-soon respondeu:

Noelia não disse nada, mas não havia tempo para ficar tentando entender por quê. Estávamos longe de acabar.

Abri o e-mail secreto da minha família e comecei a escrever uma mensagem, anexando a planilha mais incriminatória do mundo.

— Não, não, não. Você está tentando ameaçar alguém, certo? — perguntou Nicholi, indicando a tela com a cabeça. — Manda só um pedacinho da planilha.

Assim, eu plantaria uma pulga atrás da orelha a respeito da quantidade de informação que eu tinha... Ele era bom mesmo. Quando alguém é obrigado a imaginar o cenário mais desfavorável possível, sempre acaba pensando em algo pior do que a realidade.

Copiei um trecho da planilha, uma parte que mostrava os podres de Count. Só uma amostrinha.

Em seguida, cheguei outro rascunho que estava me esperando... com tantos destinatários que Kyung-soon precisou me ajudar a compô-lo. Cada endereço de e-mail que constava na planilha que consegui no notebook do hotel em Cairo — e havia milhares — estava na caixa de destinatários. Nesse segundo e-mail, anexei a planilha completa.

Todas as peças estavam em ordem. Era hora de agir.

— Me dá seu celular.

Nicholi fez uma careta, mas tirou o aparelho do casaco mesmo assim.

— Você tem um notebook novinho em folha, mas não tem celular?

— Deixei no carro.

Digitei o número de Count e levei o celular ao ouvido. Nicholi se aproximou para ouvir o que ia rolar. Engoli em seco, esperando que ele não surtasse se ouvisse algo sobre o objetivo da minha missão, sequestrá-lo.

Count, como eu já esperava, atendeu após o primeiro toque.

Falei primeiro:

— Olá, Aurélie.

Quase pude vê-la estremecendo.

— Presumo que esteja ligando desse número porque está em posse do seu alvo? Se importa se eu perguntar o que aconteceu com o seu celular? Você tem estado um tanto...

— Quieta? É, andei bastante ocupada. Escuta, preciso mandar uma coisa para você. Tem um endereço de e-mail que possa me passar?

Tudo ficou em silêncio por um instante. Imóvel. Nada além de uma cafeteria escura, o ombro de Nicholi pressionado contra o meu, o aroma de grãos de café e o retumbar do meu próprio coração.

— Do que isso se trata? — perguntou Count, bem devagar. Sua voz parecia apreensiva, inquieta.

— Um endereço de e-mail — insisti.

Para a minha surpresa, Count bufou. Ouvi um barulho e, em seguida, surgiu uma notificação no celular de Nicholi. Era uma

349

mensagem com uma sequência de números, letras e símbolos conectados com uma @. Não perdi tempo e mandei o e-mail com a amostra no mesmo segundo.

— Vou dar um minuto para você dar uma olhada — ofereci.

Count aproveitou aquele tempo, e algumas outras pessoas também. Algumas vozes distantes começaram a ficar mais altas no fundo da ligação.

Balançando as pernas sob a mesa, nervosa, eu esperava a resposta dela.

— O que é isso?

Ela estava mesmo gritando? Realmente, as pessoas perdiam a compostura quando as coisas se tornavam pessoais.

— A minha vitória. — Inclinei-me no tampo da mesa. — Estou cansada das regras de vocês, então agora vamos jogar seguindo as *minhas*. Vou te dizer o que vai acontecer, Aurélie: tenho uma planilha com informações de contato de pessoas muito, muito importantes. Não sei quais delas fazem parte da sua organização e quais não fazem, mas o que sei é que tenho o bastante para incriminar muitas delas. A menos que você faça exatamente o que eu mandar, vou enviar essas informações valiosas para todos os e-mails que tenho. Entendeu?

Count bufou.

— Não se superestime. Não seria a primeira vez que faríamos e-mails desaparecerem.

Uma contra-ameaça. Os animais sempre tentam parecer mais ferozes quando sabem que estão em perigo. Mas ela errou feio.

— Ah, aposto que vocês conseguem mesmo fazer isso... depois de um tempo. Conseguem apagar milhares? Cinco mil? Dez mil? Tudo antes que os destinatários abram? — Semicerrei os olhos. — Conseguem hackear meu notebook e deletar o arquivo em um tempo recorde, mais rápido do que eu levaria para clicar em "enviar"?

Queria que Mylo estivesse comigo. Uma aposta daquelas teria feito o coração dele ir a mil.

— O que... você quer? — perguntou Count.

Minha ameaça tinha funcionado.

— Um bilhão de dólares — soltei, em um tom surpreendentemente diferente da marra com que eu tinha iniciado a ligação. Mas quem é que se importava com o que Count e a organização pensavam de mim? — Quero que deposite o valor em uma conta no exterior. Imediatamente. Vou passar os dados.

Prendi a respiração. Parecia que Count estava falando alguma coisa com quem estava com ela.

— Quanto dinheiro, srta. Quest. Mais alguma coisa? — perguntou Count.

Será que eu deveria exigir mais alguma coisa? Aquela gente estava comendo na palma da minha mão... por enquanto. Não demorariam para descobrir uma maneira de inviabilizar minha chantagem. Horas, no mínimo. No entanto, por enquanto, eu estava no controle.

Não abuse da sorte, Ross.

— Só isso mesmo.

Tudo o mais que eu quisesse na vida, eu poderia conseguir sozinha. Boa parte... eu já tinha.

— Vamos fazer a transferência. Pode levar um tempo para que...

— Acho que nós duas sabemos que vocês podem acelerar o processo. Dou dez minutos.

— Tudo bem — cedeu Count, parecendo um tanto derrotada.

— Que pena que você não jogou para vencer, srta. Quest. Teríamos adorado tê-la por um ano.

QUARENTA E CINCO

— VOCÊ *ARRASOU*! — EXCLAMOU NICHOLI, ME dando um tapinha nas costas.

Parecia que ele tinha acabado de assistir a um filme incrível de espiões no cinema. Não vou mentir, eu também estava bastante eufórica. E aliviada em saber que minha mãe estava prestes a ficar bem. Não precisei sequestrar ninguém e tinha zerado o jogo.

Guardei o notebook. Podia não ter ganhado a competição, mas sabia que *havia vencido*.

— É melhor você ir comigo até a casa em que estamos hospedadas — falei, abrindo a porta da cafeteria e saindo para o ar fresco da noite. — Estava tentando esconder minha parceria com Noelia daquela gente, mas agora aposto que sua irmã vai querer ver você. Ela está preocupada.

O rosto de Nicholi ficou corado. Vai ver ser próximo da irmã mais velha não era descolado.

— Não, valeu, mas pode mandá-la vir me procurar. Meus amigos devem estar se perguntando aonde fui.

Ele se virou para o bar no fim da rua.

Arqueei uma sobrancelha.

— Seus *amigos*?

— Amigos, alvos, tudo se confunde muito, sabe?

É, pior que eu sabia mesmo.

— Obrigada pelo entretenimento — disse ele, acenando para mim. — Fala para a Lia que ela está me devendo. E muito, hein?

Ele botou a mão no bolso e foi embora. Andei até o carro, um Hyundai em que eu tinha feito uma ligação direta, me sentindo muito bem comigo mesma ao me sentar no banco do motorista. Não sabia para quem eu queria ligar primeiro. Noelia, para dizer que seu irmão mais novo estava bem? Kyung-soon, para agradecer? Devroe? Não, talvez fosse melhor deixá-lo focado em Nicholi até que ele voltasse para o dormitório... só para garantir.

Minha tia. Como foi que não pensei em ligar para ela em primeiro lugar? Devia estar superpreocupada comigo. E minha mãe... Eu poderia enfim dizer a ela para respirar fundo e relaxar. Que ela ia voltar para casa em breve.

E eu? Será que alguém na família poderia me culpar se eu aceitasse algumas missões com minha nova equipe?

Não, com meus novos amigos.

Apoiei a cabeça na janela, me sentindo feliz como um gatinho. Ensaiei como eu queria contar à minha tia o que acontecera, como eu tinha salvado minha mãe e por que eu não ia voltar para casa nem dizer aonde estava indo. Para ser sincera, eu também não sabia qual seria meu destino, mas tinha a sensação de que seria para um lugar incrível.

Colocando meus pensamentos em ordem, vi Nicholi andando pela calçada. Estava com a cabeça baixa, distraído, quem sabe pensando em tudo que tinha acontecido.

Talvez tenha sido por isso que ele não viu o que estava prestes a acontecer.

Uma figura surgiu de um beco e o prendeu em uma chave de braço, pressionando algo à sua boca.

Era Taiyō.

Nicholi tentou se soltar, mas logo parou de resistir. Por um instante, fiquei paralisada. Era para Nicholi estar sendo protegido. A qualquer momento, Devroe atacaria Taiyō. Era o trabalho dele.

Então onde é que ele estava?

Depois de dois segundos, entendi. Ele não estava por perto.

— Droga!

Liguei o carro e acelerei. Sem pensar, acendi os faróis. Taiyō viu quando me aproximei, e logo enfiou um Nicholi cambaleante no banco de trás de um sedã preto estacionado no meio-fio. Ele entrou no carro e disparou à minha frente... levando Nicki para longe.

Deixando apenas uma mão no volante, esforcei-me para encontrar os fones analógicos que estavam no meu bolso. Mas a linha estava estática. Alguém tinha desligado a transmissão.

Joguei os fones para o lado.

Taiyō estava seguindo na direção norte. Eu tinha mapeado as rotas mais rápidas até os aeroportos e as estações de trem mais próximos. Count devia ter passado um ponto de encontro para ele ou Taiyō estava apostando que seria melhor encontrá-la em um aeroporto isolado em vez de uma estação de trem lotada de testemunhas.

Ele pegou o caminho mais rápido até o hangar a alguns quilômetros do centro da cidade, mas meu carro era mais rápido.

Abri o porta-luvas. As lanternas traseiras de Taiyō brilhavam na minha frente. Alguém gritou quando passei reto por uma faixa de pedestres.

Encontrei uma caneta. Arranquei uma página do manual do carro e escrevi por cima de um parágrafo sobre as vantagens do aço reforçado da Hyundai.

Vou piscar 2 vezes, e aí você pula!

Enrolei o papel em volta de uma garrafinha d'água e o prendi com o elástico que estava em meu rabo de cavalo.

Por favor, que esse garoto esteja consciente e que ele seja tão corajoso quanto a irmã. Com sorte, ele concordaria que pular de um carro em movimento seria menos aterrorizante do que ser sequestrado.

Estava me aproximando de Taiyō. Ele trocava de pistas, como se fosse uma corrida de *Mario Kart* e não estivesse disposto a me deixar ultrapassá-lo.

Havia uma ponte de mão única adiante, e ele pareceu se acalmar. Ele sabia que eu não ia me arriscar a ultrapassá-lo naquele trecho. Mas uma ultrapassagem não era o que eu queria.

Meu motor roncou. Acelerei o máximo que pude e guiei o carro até a lateral do sedan de Taiyō.

As pistas estavam diminuindo.

A barreira de concreto da ponte estava se aproximando. Precisava voltar para o centro da pista.

Eu tinha meros segundos antes de bater com tudo na barreira.

Usando a pulseira-chicote, acertei a janela de trás de Taiyō e atirei a garrafa, depois pisei fundo no freio, cantando pneu. O volante balançou ferozmente quando joguei o carro de volta para a pista única. Meu corpo foi para a frente com a freada, mas estava preso pelo cinto. O cheiro de borracha queimada invadiu minhas narinas. Taiyō continuou acelerando.

Por pouco não bati na barreira. Centímetros, talvez. Pelo retrovisor, vi alguns pedestres correndo até mim. Fiz um retorno e saí em disparada antes que pudessem me atrasar com a preocupação deles.

Reconheci o itinerário que Taiyō estava fazendo, e sabia de um ainda mais rápido. Se eu acelerasse como se minha vida dependesse disso, conseguiria chegar aos limites da cidade antes dele.

O vento uivava pela janela aberta, fazendo minhas tranças voarem. Os pneus cantavam a cada curva. O volante tremia, como se o carro estivesse andando movido a adrenalina, e não a gasolina. Era um milagre que eu não tivesse esbarrado em alguma viatura policial no percurso.

Quase não havia mais prédios no horizonte. Em pouco tempo, a paisagem foi tomada por campos e casas de fazenda. Olhei para o lado, onde eu sabia que havia uma estradinha vazia que levava até o hangar. A grama era tão alta que eu não conseguia ver faróis nem lanternas.

Desliguei os faróis, confiando no luar e na minha memória para me guiarem. No meio do caminho da intersecção entre a minha rota e a de Taiyō, um brilho de faróis tremeluziu ao longe.

Eu estava na frente dele.

Atravessei o cruzamento, levantando poeira antes de parar com um solavanco. A curva na estrada ficava uns vinte metros à frente, depois disso dava para ver o hangar a distância.

Minha respiração ficou lenta e trêmula à medida que as luzes do carro de Taiyō se aproximavam. Eu precisaria acertar o momento em cheio.

O acelerar dos pneus no asfalto se transformou num rugido. Segundos antes de o carro de Taiyō passar por mim, logo antes de ele desacelerar na curva, pisquei os faróis duas vezes.

Vamos, Nicki, resista.

Uma das portas traseiras se abriu. Nicki caiu do carro, rolando na terra. As luzes de freio de Taiyō se acenderam. Liguei as do meu carro. Nicholi levantou, cambaleando, ofegando e segurando o ombro. Taiyō estava fazendo um retorno.

Acelerei até parar do lado de Nicholi e abri a porta do passageiro.

— Achei que você tinha dito que ele estava com você! — exclamou o garoto, pulando para dentro do carro.

Havia dezenas de cortes em sua testa.

— Era outro cara.

— E o seu está onde?

Ótima pergunta.

Acelerei pela estrada de onde Taiyō tinha aparecido. Alguns segundos depois, ele estava de volta no meu encalço. Acelerei, querendo ganhar distância, mas o carro não respondia.

356

Uma luz piscou no painel. Baixa calibragem de pneu. Alguma coisa devia ter furado a borracha.

Ia levar quanto tempo até que nossa velocidade ficasse comprometida?

— Bota o cinto — ordenei.

Nicholi, com as mãos sangrando e trêmulas, o colocou.

Taiyō estava se aproximando cada vez mais.

— Está com o seu celular? — perguntei.

Ele tateou os bolsos e balançou a cabeça.

— Não, acho que ele pegou. Antes de...

Joguei meu celular no colo dele.

— A senha é 0928. Joga no Google que carro é aquele.

Nicholi não perdeu tempo, apenas obedeceu.

— Hum, era um...

— Parecia um Tesla S60. Procura que tipo de material é a lataria desse modelo.

Ele digitou no celular, depressa. Alguns segundos depois, respondeu:

— Hum... "O modelo S60 2020 possui lataria de alumínio"... Por quê? Como isso vai nos ajudar?

Taiyō já estava na nossa cola. O velocímetro já tinha caído para menos de sessenta. Ele ia conseguir nos alcançar. Eu precisava agir logo.

Senti um nó na garganta.

— Porque este carro tem lataria de aço — respondi.

No instante seguinte, pisei fundo no freio.

Foi inevitável para Taiyō que seu carro batesse na traseira do nosso.

Meu corpo foi com tudo para a frente, sendo contido pelo cinto.

A colisão foi como um trovão, e os barulhos de metal amassando e vidro quebrando foram estridentes.

Segurei o volante o tempo todo. Segundos antes de tudo parar, mudei o pé do freio para o acelerador.

Aço é mais resistente que alumínio.

Nosso motor não tinha sido afetado, e conseguimos sair dirigindo, embora o metal se arrastasse no chão.

Olhei para o retrovisor. A frente do carro de Taiyō estava toda destruída. Só dava para ver metal retorcido e vidro estilhaçado.

Senti uma dor no peito. Precisei me forçar a olhar para a frente. Será que Taiyō…?

Peguei meu celular da mão de Nicholi, que, pelo jeito, estava tão chocado quanto eu. Digitei o número dos serviços de emergência da Suíça.

— Preciso de uma ambulância — falei, dirigindo para longe da colisão.

QUARENTA E SEIS

APÓS CINCO SEGUNDOS FORA DE perigo, Nicholi se recompôs.
— Caramba.
Ele se deu uns tapinhas no próprio rosto, para espantar o choque, e então deu um soquinho no meu ombro.
— Ei! — reclamei.
— Você merece. Por que não falou que tinha alguém tentando me sequestrar?
Respirei, trêmula.
— Foi mal. Achei que tinha alguém da nossa equipe seguindo você para garantir que você ficaria bem, mas ele... Eu não sei onde ele está.
— Por que chamou a ambulância para aquele cara?
A pergunta de Nicholi me levou de volta à realidade antes que eu começasse a ter um ataque de pânico.
Eu o encarei, depois olhei para trás, o carro destruído de Taiyō cada vez mais distante.
— Porque ele precisava de ajuda.
Nicholi bufou.
— Meu pai teria dito para deixá-lo morrer lá.
— Sem ofensa, mas seu pai parece ser um babaca.

Vi faíscas se arrastando por onde passávamos. O carro estava começando a balançar por conta do pneu murcho.

Que droga.

— Tenta ligar para a Noelia — falei.

Nicholi assentiu e passou a mão pelo cabelo, afastando os cacos de vidro, depois digitou. Ele tinha decorado o número da irmã.

— Ela não está atendendo.

Pânico. Um pânico mais avassalador, eu tinha que admitir, do que quando vi Nicholi sendo enfiado num carro. Noelia não estava atendendo. Devroe estava desaparecido. Eu estava num tremendo desastre, só ainda não dava para saber a dimensão.

— E agora? — perguntou Nicholi.

— Vamos atrás da Lia.

ABRI A PORTA DA CASA alugada quase aos chutes. As luzes estavam apagadas. Nicholi tateou para acender os interruptores.

— Noelia? Devroe? — gritei.

A sala de estar estava vazia, embora o notebook de Noelia ainda estivesse ligado sobre a mesa de centro.

— Tem certeza de que é aqui? — perguntou Nicholi.

Um gemido abafado ecoou pelo corredor. O garoto ficou em silêncio. Seguimos a voz até o banheiro pequeno, mas a porta estava trancada.

Foi a vez de Nicholi chutar.

Noelia estava presa aos canos da pia em três pontos diferentes. Sua boca estava tapada com fita isolante, e seus olhos estavam vermelhos e cansados.

— Noelia! — exclamou Nicholi.

Ele passou por mim, ajoelhando-se ao lado da irmã. Apalpou os bolsos, talvez procurando alguma coisa para abrir as algemas. Tirei um grampo das minhas tranças e joguei para ele.

Nicholi estava concentrado em libertar Noelia. Arranquei a fita dos lábios dela e a deixei cuspir o pano que havia sido enfiado em sua boca.

— O que aconteceu? Cadê o Devroe?

— Ele... — Uma crise de tosse a interrompeu.

— Leve o tempo que precisar, aposto que vocês não estão correndo contra o tempo nem nada assim — debochou Nicholi, o que não ajudava em nada, abrindo as últimas algemas.

— Cala... a boca... Nicki...

Noelia esfregou os pulsos machucados. A tosse a tinha feito lacrimejar.

— Noelia — falei. — *Devroe.*

— Quem você acha que fez isso comigo? — gritou ela, mas se recompôs um segundo depois. — Ele voltou mais cedo. E... e pegou o endereço que você tinha me passado.

Não. Não podia ser. Aquilo não estava acontecendo.

— Você está mentindo — rebati, mas eu mesma não acreditava nas minhas palavras.

— Sinto muito. — A voz dela falhou, e mais lágrimas surgiram. — Eu lutei, não dei o endereço de mão beijada. Como ele sabia que eu tinha essa informação?

Um soluço patético escapou dos meus lábios, e senti os olhos arderem.

— Eu contei para ele.

Funguei e pisquei depressa para conter o choro. Não era hora de desabar ainda.

Peguei meu celular e encarei a tela. Por um milésimo de segundo, encarei o contato de Devroe, como se aquilo fosse me dizer onde ele estava ou o que estava acontecendo.

Abri a cópia que eu tinha baixado do celular dele, como se fosse automaticamente se atualizar com itinerários de aeroporto que eu poderia seguir.

Não deu em nada, é óbvio.

Agachada, voltei a fuçar os arquivos do aparelho dele. O que eu tinha deixado passar da primeira vez? Voltei para a conversa com a mãe. Ele tinha dito que precisaria ganhar o jogo para encontrá-la. As mensagens dela eram apenas números aleatórios. Devroe disse que a mãe mandava mensagens codificadas.

Por que todas tinham o mesmo número de dígitos?

Abri os contatos dele, mas só encontrei um monte de números salvos sem nome.

Com as mãos trêmulas, cliquei em um deles.

O contato tinha uma localização salva embaixo. O contato seguinte também, e o próximo também. Indo e voltando entre as mensagens e os contatos, comparei os números.

Os números aleatórios da conversa com a mãe eram os mesmos números dos contatos. A mãe dele não estava mandando números para os quais ligar, estava mandando as localizações. Ele sabia o tempo todo onde a mãe estava. O que significava que ele tinha mentido sobre o pedido que faria se ganhasse.

Se ele não ia pedir para encontrar a mãe, o que é que seria, então?

Uma única mensagem apareceu na minha tela.

De Devroe:

> Não tive escolha. Desculpa.

— Eu... eu preciso encontrar minha tia.

Saí do banheiro cambaleando, e parecia que eu tinha acabado de descer da montanha-russa mais cruel do mundo.

Devroe sabia muito bem onde eu morava. Sabia onde minha tia estava. Na verdade, ela devia ter sido o verdadeiro alvo dele o tempo todo. Mas ele tinha uma imagem falsa do irmão de Taiyō prontinha para me mostrar. Será que ele sabia o tempo todo como seria a terceira fase?

Do lado de fora, liguei para minha tia.

Mudo.

Tentei ligar para o número de casa.

De novo, nada.

Por fim, liguei para o telefone vermelho.

Tocou.

Minha tia atendeu.

— Ross?

— Você precisa ir embora...

— O quê? — A ligação ficou ruim. — Onde... está...

— Saia da ilha! — gritei, mas não adiantava mais. Ela não conseguia me ouvir. A ligação tinha sido interrompida. Digitei de novo, mas, assim como aconteceu com os outros números, a linha ficou muda.

Entrando em pânico, liguei para Count pela segunda vez na noite, só que parecia que tínhamos invertido os papéis... Era eu quem não sabia o que esperar do outro lado da chamada.

— Estou ficando cansada de ver seu número, srta. Quest.

— Quero falar com a minha tia!

Murmúrios irritados soaram ao fundo.

— Por que eu faria isso? — perguntou Count.

— Porque senão eu destruo seu mundo com aquela planilha.

— Ah, é? — Ela bufou. — Isso faz mais de uma hora. Dá uma olhadinha no seu computador. Acho que vai ser difícil encontrar o que está procurando.

Minhas mãos suavam. Meu corpo inteiro suava. Minha vida estava se esvaindo por entre meus dedos.

— Você fez sua jogada, Rosalyn — disse Count. — E ela foi impressionante. Como somos uma organização que honra promessas, então ainda vamos fazer o depósito. No entanto, você não tem direito a outros favores sem oferecer nada em troca.

— Tudo bem. O que vocês querem?

Count ficou em silêncio, e então:

— Não sabemos ainda. Aguarde.

Abri a boca, mas a ligação foi encerrada. Quando liguei de novo, o número estava indisponível.

Essa gente...

Mãe. Eu precisava dela. Precisava que me dissesse o que fazer.

Então liguei para ela, mas, dessa vez, foi minha mãe quem atendeu direto. Ela começou a falar antes que eu pudesse explicar qualquer coisa.

— Ross, eu não sabia que era ela. Eu não sabia que ele...

Assim como a anterior, a ligação chiou por alguns segundos, depois foi encerrada.

Soltei um grito. O que estava acontecendo? Tudo estava desmoronando, e eu não entendia o porquê.

Se tinha uma coisa que eu não ia fazer era "aguardar". Precisava pegar um avião para casa. Só que, mesmo se eu saísse naquele minuto, Devroe ainda estaria à minha frente.

Estava longe demais para chegar à minha tia antes dele.

Mas... meus amigos, não.

Mylo tinha dito que eles iriam atrás de uns drinques em algum lugar em Miami. A Flórida só ficava a uma hora de avião das Bahamas. Então talvez eles ainda estivessem por lá.

Não tinha muitos números nos meus contatos, então encontrei depressa.

— E aí... — falou Kyung-soon, devagar. — Espero que não esteja ligando para pedir uma cópia daquela planilha, porque ela, tipo, desapareceu de todos os meus aparelhos. Nunca vi um hacker tão bom assim, estou até um pouco chocada...

— Deixa isso pra lá — falei. — Mylo ainda está por aí?

— Se "por aí" você quer dizer lá embaixo tentando trapacear numa das máquinas caça-níqueis, então sim, está.

— Ótimo. — Respirei fundo. — Olha, eu sei que vocês não me devem nada e que você já me ajudou muito hoje, mas... preciso da ajuda de vocês de novo.

— O que quiser — falou ela. — Contanto que seja interessante, aposto que o Mylo topa também.

Precisava da ajuda deles. Não tinha outra saída.

— Arrumem um voo para Andros, nas Bahamas. Preciso que vocês salvem a minha tia.

QUARENTA E SETE

APÓS UM VOO AGONIZANTE DE dez horas, pousei em Nassau, a um transfer de aeroporto e um voo de jatinho de distância de casa. Aproveitei que eu tinha sinal para checar a localização de Kyung-soon e Mylo e o que estava acontecendo.

Liguei para Mylo primeiro.

Nenhuma resposta.

Tentei Kyung-soon enquanto abria caminho aos empurrões rumo ao desembarque. Quando a ligação completou, eu já estava correndo para o terminal.

— Kyung-soon! Cadê a minha tia? O que aconteceu?

— Infelizmente, o voo deles foi desviado. O avião dos dois está preso na pista de Florida Keys.

Era a voz de Count.

Ela continuou:

— Eu não lhe pedi para aguardar?

— Nós duas sabíamos muito bem que não ia rolar.

— Tem razão.

Por que parecia que ela estava sorrindo do outro lado da linha?

Se um dia eu tivesse a oportunidade de socar a cara dessa mulher sem consequência alguma, eu não hesitaria.

Passei depressa pelas esteiras de bagagens e parei logo à frente da saída da área de desembarque, acenando para o primeiro táxi que avistei.

— O que você quer? Vai me dar uma atualização a respeito do depósito? Ou já descobriu qual vai ser o preço para devolver minha tia?

— Na verdade, as duas coisas. Que bom que você não me deu ouvidos. Como está por perto, que tal nós nos encontrarmos para discutirmos... a nova situação?

Meu celular vibrou. Um endereço em Nassau. Conhecia bem a área. O único imóvel grande nos limites da ilha era um hotel abandonado. Bem a cara deles.

— Estamos ansiosos para vê-la.

O HOTEL BAHAMA-MAR FICOU anos em construção. Eu me lembrava de passar por ele no carro com a minha mãe, observando o plástico que estava sempre ali para tapar as janelas. Do lado de fora, parecia um resort, mas, por dentro, havia lonas e andaimes por todo lado. O cheiro de tinta e cimento impregnava o ar.

Uma mensagem de Count:

> Salão de festas ☺

Disparei pelos corredores, tentando encontrar o lugar. Sem placas, era como se eu estivesse vagando por um labirinto. Quanto mais eu avançava, mais bem cuidado o interior do hotel ficava. Surgiu um carpete sob meus tênis quadriculados. Paredes cinzentas ganharam cor. Por fim, encontrei o saguão completamente arrumado, onde uma placa com uma seta apontava para o Salão de Festas Coral. Corri até as portas duplas imensas no fim do corredor. Abrindo uma delas, entrei.

Iluminada por um holofote no meio do salão, uma pessoa esperava.

Devroe.

Poucas horas antes, eu estava aconchegada em seu abraço. Tinha sido tola de me deixar me apaixonar por ele. O que fiz foi imperdoável: confiei nele.

A pulseira-chicote banhada em ouro rosé que ele tinha me dado estava no meu braço. Será que ele se orgulhava disso? Soltei a pulseira, completamente pronta para usá-la.

— Você me enganou esse tempo todo?

Antes que eu pudesse alcançá-lo, antes que ele pudesse responder qualquer coisa que eu não queria ouvir, as luzes se acenderam o bastante para eu ver um mar de espectadores, que explodiu em aplausos, me fazendo parar. As pessoas assistiam de uma sacada no andar de cima. Iluminadas apenas por trás, eu só conseguia enxergar suas silhuetas. Nenhum rosto, somente formas. Até que meus olhos se ajustaram. Foi então que percebi que usavam vestidos de gala, smokings, joias brilhantes e cortes de cabelo de bom gosto, batendo palmas e sussurrando uns com os outros como se tivessem acabado de ver um grande espetáculo. Tremi de fúria.

Conforme minha visão se ajustava à escuridão, algumas silhuetas ficaram mais evidentes. Mais do que isso: elas se revelaram familiares.

O homem com o terno de risca de giz. Eu o vira no trem para Paris. Uma mulher mais velha batia palmas, satisfeita, e reconheci seu broche grande de quando esbarrara nela no museu. Eu me virei devagar, encontrando um homem que vira no hotel no Cairo. Eu tinha roubado seu celular quando ele saiu do elevador. E outro, mais velho, que bebia uma taça de champanhe, tinha fingido ler jornal no nosso vagão.

Por fim, as peças se encaixaram. Durante a competição toda, os organizadores não ficaram nos assistindo por câmeras. Eles estiveram o tempo todo ali, pessoalmente. Manipulando o jogo, manipulando *a gente.*

— Parabéns, sr. Kenzie — falou uma voz familiar, mais alta que os aplausos.

Era Count. Ela deu um passo à frente. Usava um vestido de festa vermelho reluzente e ainda segurava seu tablet como um talismã.

— Você é o vencedor do jogo deste ano — continuou. — E, srta. Quest, bem, a participação da senhorita foi marcante. Essa edição foi uma das mais interessantes que já tivemos. — Ela olhou para os espectadores. — Mas é chegada a hora de encerrarmos. Você tem um pedido a seu dispor, sr. Kenzie, e acho que sei o que vai pedir.

O tablet dela se acendeu com algo que eu não conseguia enxergar.

Grunhi.

— Não dou a mínima para o pedido dele — declarei, furiosa. — Vocês podem resolver isso depois que conversarmos sobre minha tia. Cadê ela?

Count revirou os olhos, ainda concentrada no tablet, sem fazer contato visual comigo.

— As coisas estão mais... conectadas do que você imagina.

Ela virou o tablet para mim. Na tela estava... minha mãe.

— Mãe!

Corri até a imagem dela, tentando pegar o aparelho das mãos de Count, mas a mulher o tirou do meu caminho, ainda o segurando. Ao redor, todos pareciam estar grudados nas próprias telas de celulares e tablets, e eu suspeitava que estavam assistindo à mesma transmissão que eu.

Minha mãe engoliu em seco. Estava sentada, e havia capangas atrás dela. Eu não conseguia ver seus rostos, mas uma sombra e a forma como ela olhava para a frente me diziam que havia muito mais do que a tela mostrava.

Com um rosnado, me virei para Count, que estava irritantemente inexpressiva.

— Era para você ter mandado o dinheiro.

Por que minha mãe ainda estava sendo feita refém?

— Ah, nós depositamos o dinheiro. Cada centavo do um bilhão de dólares foi enviado para uma conta registrada a uma segunda conta, e depois a uma terceira que levava a uma conta nas
Bahamas.

Espera… nas Bahamas?

Eu sabia que as ilhas serviam de paraíso fiscal para muitas pessoas, mas do jeito que Count falou… Quais eram as chances de…

Minha mãe começou a falar:

— Ross. Eu… — Ela esticou os braços para a tela, como se
pudesse me tocar.

Count interveio, projetando a voz para falar com seu público.

— Esses não são os sequestradores da sua mãe. Também não
são pessoas imaginárias. Eles são nossos homens.

Count ainda estava falando, mas eu só conseguia pensar no rápido vislumbre que tive da mão da minha mãe. Seus dedos. Quando a vi pela última vez, suas unhas estavam perfeitas e brilhosas.
Duas delas estavam opacas e quebradas, como seria de se esperar
de alguém que tinha passado mais de uma semana presa como
refém. Mas as outras três unhas estavam perfeitas. Era como se…

Como se ela mesma as estivesse descascando, mas alguém a
tivesse interrompido.

Eu fiquei enjoada. Tudo começou a girar. Minhas mãos estavam trêmulas. Não queria acreditar no que estava acontecendo.
Não queria de jeito algum, não *mesmo*. Mas assim que me dei conta, soube que era verdade… tanto quanto eu sabia que ela tinha
armado toda a situação com Noelia quando eu era criança.

Ela tinha me enganado.

— Não acredito… — Senti os olhos marejarem. De raiva, de
desolação. — Você não foi sequestrada.

Tudo ficou quieto, todo mundo estava observando, digerindo a revelação que estava *me* engolindo por inteira.

Minha mãe abriu a boca. Pela primeira vez na vida, achei que ela realmente não sabia o que me dizer.

— Você... Não era para você saber.

E pronto. Se por um momento houve a chance de aquilo ser um grande mal-entendido, de eu estar errada, ela foi destruída naquele exato momento.

— QUAL É O SEU PROBLEMA? — gritei. E chorei. Conseguia sentir cada pedaço do meu coração sendo destruído. Minha voz mal conseguia superar os soluços. Balancei a cabeça sem parar.

— Eu quase morri! Achei que você fosse morrer! Eu me odiei por ter mentido para você e me odiei ainda mais por ter tentado fugir...

Não consegui mais falar, interrompida por um choro devastador. Sequei os olhos na manga da blusa, tentando me recompor. Foi por isso que ela tinha planejado tudo aquilo. Devia ter visto o convite no nosso e-mail secreto bem antes de mim e usou aquilo para tramar todo aquele pesadelo.

— Não quis machucar você — insistiu minha mãe, levantando as mãos. — E nunca coloquei você em uma situação da qual não pudesse se safar. Você está bem, não está?

Bem? Ela achava mesmo que eu estava *bem?* Minha sanidade, meus sentimentos... Tudo estava absurdamente perto de ser destruído para sempre.

— Você sabia... — falei, devagar. — Sabia que eu queria ir embora, que eu ia embora. E, por você ser instável, não aguentou.

Agora eu entendia tudo, e era cruel. Aquela tinha sido minha realidade nos últimos dias — como eu poderia deixá-la depois de ter sido o motivo de ela quase ter sido assassinada, de ela ter sido feita refém? Foi desesperador o tanto que eu a quis por perto durante cada segundo desde que tiraram ela de mim. Faria qualquer coisa para ter a minha mãe de volta, qualquer coisa para revê-la. Teria ficado com ela por anos e, se um dia eu sequer voltasse a cogitar a ideia de ir embora, tudo que ela precisaria fazer seria me lembrar da vez que eu tentei fugir de casa e a fiz ser sequestrada. Ela usaria isso para me fazer ter medo de deixá-la, como também passou anos me lembrando da "traição" de Noelia. E, quando o efeito disso passasse, ela encontraria outra forma de me manter por perto.

Cerrei as mãos.

— Você é uma pessoa horrível — disse, por fim.

— Só estava tentando guiar você na direção certa — insistiu minha mãe.

— E minha tia? Você fez ela ser sequestrada. Sabia disso?

Minha mãe comprimiu os lábios.

Soltando um pigarro, Count interveio, parecendo animada para jogar mais uma bomba em mim.

— A sra. Quest entrou em contato antes do início da competição perguntando em que consistiriam as fases desta edição. Em geral, essas informações são secretas, mas ela explicou as intenções que tinha e nos garantiu que, se você entrasse, não teria nenhum conhecimento prévio. Então, sim, eu expliquei a ela qual seria a reviravolta da fase final deste ano.

Ela sabia que minha tia estaria na lista de alvos.

— Sua mãe propôs um acordo — prosseguiu Count. — Quando sua tia fosse capturada, ela nos daria quinhentos milhões de dólares para resgatá-la.

Quinhentos milhões... do um bilhão que ela me fez transferir para ela em troca de sua suposta liberdade.

— Então você não só me deixaria presa ao seu lado por mais uns anos — falei para minha mãe —, mas ainda sairia no lucro, com quinhentos milhões na conta? — Dei uma risada, de tão absurda que a situação era. — Quem se importa com o trauma que vai marcar minha tia para sempre, não é mesmo? É difícil acreditar no seu discursinho sobre como a família deve ser unida quando você ganha tanto dinheiro em segredo em cima disso.

Minha mãe baixou a cabeça. Se ela começasse a chorar, eu ia perder a cabeça.

— Estaríamos dispostos a honrar o acordo se a senhorita tivesse ganhado pelas vias tradicionais, como a sra. Quest insistiu que faria, mas as coisas tomaram um rumo diferente. Portanto, agora há outros fatores a considerar.

Count olhou para um ponto atrás de mim, indicando que eu me virasse também. Devroe ainda estava ali, assistindo com um olhar fulminante. Quase havia me esquecido dele no meio de todo o caos. Havia tanta coisa acontecendo. Era muita dor para que eu conseguisse processar de uma vez só.

— Como eu disse, sr. Kenzie, você tem um pedido — continuou Count. — E, se eu conheço a sra. Abara tão bem quanto penso, sei o que ela espera que o filho peça.

Abara. Conhecia aquele sobrenome. Mas de onde?

O pen-drive. Os jogos anteriores. O jogo da minha mãe. Abara era o sobrenome de um dos competidores.

— Sua mãe jogou contra a minha — concluí, baixinho.

Em resposta, Devroe ajustou o cós do colete. Então eu tinha acertado.

Dei uma risada seca.

— Não acredito que você inventou toda aquela ladainha sobre estar no jogo por causa do seu pai. Então só queria ganhar de mim como uma vingança barata por sua mãe ter perdido?

Não quis parecer que estava magoada, mas a verdade é que meu coração estava destruído. Todas as provocações, todos os beijos e todos os momentos, tudo fazia parte da armação dele. Senti o tempo todo que havia algo de errado, mas resolvi me arriscar mesmo assim.

Só que eu não cometeria o mesmo erro novamente.

Devroe ficou sério.

— Meu pai queria participar do jogo, mas ficou doente demais para jogar, então minha mãe foi no lugar dele. Ela chegou tão perto de ganhar e de pedir que a organização fizesse tudo a seu alcance para salvá-lo... — Ele olhou para Count e para o tablet. — Mas então alguém a superou e roubou o pedido, mesmo sabendo das motivações da minha mãe.

Devroe se aproximou de Count. Havia mágoa em seus olhos. Ele olhou para a minha mãe, na tela do tablet.

— O que você pediu? — perguntou ele. — O que era mais importante do que salvar a vida de um homem?

Minha mãe, na tela do tablet, o encarou por um longo tempo. Eu também queria descobrir qual tinha sido o pedido. Precisava saber que ela nem sempre fora tão cruel quanto eu estava começando a perceber que era.

Só que, mesmo diante de uma pergunta daquela, minha mãe teve a audácia de desdenhar de Devroe com um gesto de mão e desviar o olhar, como se ele não fosse nada e ela não lhe desse a mínima.

A dor no rosto de Devroe foi quase insuportável.

— Sem coração como sempre, Rhiannon — declarou Count, com a voz de quem estava se divertindo. — Ao menos você vai morrer sendo você mesma.

Fora da tela, um dos capangas atrás da minha mãe levantou uma arma para a cabeça dela. Ela arfou quando o cano encostou na lateral de sua cabeça. Eu teria gritado, mas a sensação de uma arma pressionada contra a parte de trás da minha cabeça também me fez parar. Congelei.

— Temos um homem com Jaya Quest nos fundos também — informou Count para o salão. — E uma equipe poderá cuidar do restante dos Quest até o fim do dia. O que prefere, sr. Kenzie? Podemos matar Rhiannon Quest, ou até destruir a família inteira. É uma pena para a indústria, mas que seja. Basta dar a ordem, e será feito.

Fiquei em pânico, ofegante. Minha mãe, minha tia, minha avó, meu avô e até minha tia-avó. Todos eles seriam mortos.

E eu também. Minha vida podia acabar em segundos. Mesmo se tentasse lutar contra quem estava com a minha cabeça, eu estava em desvantagem. Sabia disso.

Era a vingança perfeita.

O que ele estava esperando?

Devroe deu alguns passos para trás. O ambiente todo ficou paralisado com uma tensão magnética... quer dizer, magnética para as pessoas que assistiam do alto.

E Devroe estava imóvel, trêmulo. Mas, se era de ansiedade, de raiva ou de qualquer outra coisa, eu não sabia. Ele baixou a cabeça.

— Meu pai... Ele me disse para ouvi-la — sussurrou ele.

Eu me lembrei da frase na carta: *sempre ouça o que ela tem a dizer.*

— Ela deve estar assistindo, sabia? — comentou Count, botando lenha na fogueira. — Vai decepcionar sua mãe?

— Devroe... — choraminguei.

Para a minha surpresa, ele olhou para mim. Ainda estava com uma expressão consternada e não conseguia fazer contato visual, mas já era alguma coisa.

— *Por favor* — falei.

Ele cedeu por um segundo. Em seguida, me deu as costas.

— Quero... guardar meu pedido para depois.

Sussurros e arquejos irromperam pelo salão.

— Tem certeza? — pressionou Count.

— Sim.

Count suspirou. A arma que estava pressionada à minha cabeça desapareceu. Caí de joelhos, levando a mão à boca. Levantei a cabeça e vi de relance minha mãe no tablet, de olhos fechados, suspirando de alívio. Até que Count virou o aparelho.

— Podem soltá-las por ora.

Ouvi o toque da videochamada sendo encerrada. Minha mãe estava livre. Por mais que meus sentimentos por ela tivessem se deteriorado, fiquei aliviada ao saber que ela não estava mais em perigo. Por outro lado...

— Minha tia. — Eu me levantei, o coração disparando mais uma vez. — Preciso dela de volta. Faço qualquer coisa.

Fossem eles ou não honrar o acordo com a minha mãe ou se tudo tinha ido pelos ares com todo aquele drama, eu precisava saber o que aconteceria com ela.

Count leu algo do tablet.

— Sim, decidimos manter nosso compromisso nesse quesito. Vamos aceitar o pagamento do resgate, mas com uma condição: que você aceite um contrato de um ano trabalhando para nós.

Count escondeu um sorriso de satisfação.

Um ano? Um ano com Devroe?

Balancei a cabeça.

— E se... Devroe decidir fazer o pedido?

Estremeci, a sensação da arma ainda nítida na minha cabeça.

— Cuidaremos disso quando a hora chegar. Por enquanto, gostaríamos muito de ter você conosco. Vocês dois se mostraram impressionantes... e surpreendentes, a sua própria maneira.

Talvez fosse melhor assim. Um ano com Devroe... Talvez eu pudesse ficar de olho nele. Alguém precisaria fazer isso.

— Aceito.

— Excelente — respondeu ela.

Count sorria, e veio um murmúrio do público, que parecia satisfeito também — exceto por algumas pessoas, que pareciam descontentes por não terem testemunhado uma família inteira sendo assassinada em segundos. Vai ver assistirem a mim e a meu novo arqui-inimigo sendo forçados a trabalhar juntos por um ano, com uma bomba atômica entre nós dois, seria entretenimento suficiente, algo digno de fofoca.

E, para eles, Devroe poderia acabar usando o pedido uma hora ou outra. O juízo final não tinha sido cancelado, apenas adiado.

Count digitou alguma coisa no tablet.

— Vocês dois devem se preparar para partir. Seu ano juntos começa agora.

Devroe e eu nos entreolhamos com um milhão de coisas não ditas entre nós dois.

Um ano trabalhando com meu inimigo, tentando não ser morta.

Por sorte, eu tinha uma nova regra número um: não confie em ninguém.

AGRADECIMENTOS

MINHA NOSSA, ISTO AQUI É UM LIVRO DE VERDADE! E VOCÊ ESTÁ LENDO??!!!

Três anos atrás, depois de um dos sonhos mais aleatórios da minha vida, abri o Google Docs, digitei o título do meu novo projeto — *jogo dos ladrões?* — e, sem pensar muito, comecei a escrever. Depois de um programa de mentoria e muitas revisões, aqui estamos nós.

Não vou mentir, sou péssima com agradecimentos. Tentar agradecer a todo mundo é como tentar agradecer a cada estrela que ilumina a noite. Não poderia fazer jus nem mesmo em cem páginas, que dirá em menos de meia dúzia, mas saiba que vou dar o meu melhor.

Pigarreia

Em primeiro lugar, uma salva de palmas para a melhor agente que existe: Chelsea Eberly! Houve muitos momentos eufóricos durante a produção deste livro, mas nenhum superou a empolgação de quando recebi aquele primeiro e-mail seu. O dia que você se ofereceu para me representar no mercado literário ainda é um dos melhores da minha vida — mesmo eu tendo batido o carro duas horas depois. (Já te contei essa história?)

Obrigada à deusa da literatura infantojuvenil, Nic Stone. Estava prestes a engavetar este livro, mas você me escolheu como sua autora mentorada do Author Mentor Match de 2021. Obrigada por ter visto potencial em mim.

Da mesma forma, a todo mundo do Author Mentor Match. Obrigada por existirem! Uma área que exige conexões e redes de contatos pode ser difícil para autores reclusos como eu — sobretudo não brancos — acharem seu espaço. Tenho certeza de que *Jogo dos Ladrões* estaria enterrado no fundo do meu Google Docs se não fosse por esse programa.

À minha equipe maravilhosa da Penguin! Todos vocês, só... uau. Stacey Barney, não sei se é possível estar mais em sintonia com uma editora. Tem certeza de que não somos a mesma pessoa vivendo uma história no estilo de *O médico e o monstro*? (A propósito, foi mal ter lhe enviado uma batata aquela vez. Juro que me pareceu uma boa ideia às duas da manhã.) Caitlin Tutterow, sou muito grata por ter tido a oportunidade de trabalhar com você também! O que foi que eu fiz nas minhas vidas passadas para merecer ter não só uma, mas *duas* das editoras mais sagazes e inteligentes do mercado?

Obrigada a toda a enorme equipe da Penguin, às assessoras de imprensa extraordinárias, Olivia Russo e Lizzie Goodell; aos magos do marketing; a Therese Evangelista pela capa da edição dos Estados Unidos e Suki Boynton pelo design do projeto gráfico; às preparadoras de texto Ana Deboo e Cindy Howle; e às inúmeras pessoas que se dedicaram a este livro e que não conheço tão bem quanto deveria. Muito obrigada, ainda mais por amarem este livro dos bastidores.

Muito obrigada à equipe fenomenal da Simon and Schuster do Reino Unido, incluindo, mas não só: Lucy Pearse, Dani Wilson, Sarah Macmillan, Nina Douglas e Emma Finnerty. (Conheci algumas de vocês um dia antes de escrever isto, mas já fazia meses que eu sentia seu entusiasmo por este projeto!) Além disso, sou grata a Charlotte Bodman por apresentar meu livro à equipe da S&S UK e a tantas outras editoras ao redor do mundo. Você fez este livro ser ainda mais internacional do que os próprios personagens.

Não posso me esquecer de todo o pessoal glamouroso de Hollywood que está na equipe do filme de *O Jogo dos Ladrões*! Obrigada às minhas agentes de adaptações, Dana Spector e Berni Barta. Que timão! Nunca imaginei o frenesi que seria o leilão para a aquisição dos direitos de adaptação deste livro para o cinema, mas se tem alguém que daria conta de alçar esse tipo de magia hollywoodiana são vocês duas. (Ainda sonho com a rabanada da Lumière. Por favor, me levem de volta lá quando nos encontrarmos de novo.)

Todo o meu carinho aos incríveis produtores e executivos da Temple Hill e da Hodson Exports, o diretor Steven Caple Jr. e todos os executivos da Lionsgate, que parecem amar este livro ainda mais que eu. (E, vão por mim, eu o amo MUITO.) Estou ansiosa para tudo de bom que o futuro trará.

Como você nunca vai me perdoar se eu não colocar seu nome aqui também, obrigada ao meu irmão mais novo, Keithen, por todas as discussões raramente úteis de ideias para a história. De vez em quando você tem umas sugestões muito boas. E, beleza, tudo bem, obrigada por meio que mais ou menos, *talvez*, criar uma das reviravoltas por mim. *Revira os olhos*

Obrigada a todos os meus amigos que embarcaram comigo nos altos e baixos desse processo. As que me davam corda enquanto eu não parava de falar sobre as aventuras que queria ter, lá atrás, quando ainda éramos adolescentes, e que largam tudo para me acompanhar em aventuras reais hoje em dia: Ilyanna, Tanesha, Kerrigan, Jasmine, Victoria e Paulina (ainda que a gente não se veja mais com tanta frequência). Ross encontrou a equipe dela, e vocês são a minha.

Bianca, acho que você está mais para a chefona da última fase de um jogo do que parte da equipe, mas, se uma das minhas amigas um dia precisar se tornar minha inimiga mortal, quero que seja você. (Não me traia de verdade, tá bem? Eu acabo com você!) Ah, e oi, Faye! Fica de olho nela por mim, hein?

Todo meu carinho à minha família da biblioteca na Main e North Shreve (Ranee, Pam, Geoffrey, Lynn, Kathy, Regina, Chris, Molly e Helen). A biblioteca foi meu alicerce durante os anos estranhos entre me formar no ensino médio e me tornar escritora em tempo integral. Algumas das minhas melhores lembranças foram com vocês. Um agradecimento especial a Pam e a Geoffrey por me ouvirem tagarelar sobre os livros que eu estava escrevendo por três anos consecutivos sem reclamar nem uma vez, e por não me dedurarem quando eu passava tempo demais na seção de YA para encarar a estante em que eu sabia que meu livro um dia estaria. Sinto muita saudade de vocês.

Jessica McCart, eu lhe devo tanto. É difícil olhar para trás e encontrar exatamente onde começou a trilha de dominós que nos levou de um evento a outro, mas acredito que foi você quem derrubou a primeira peça que me colocou no caminho que estou seguindo hoje. Não sei por que você me escolheu — uma garota de dezesseis anos com sobrancelhas grossas que chamou a entrevistadora pelo nome errado e que tinha *acabado* de tirar sua licença de bibliotecária — para trabalhar na sua biblioteca, mas você traçou meu futuro. As palavras que você me disse na última semana em que trabalhamos juntas se tornaram o hino da minha vida: "Nunca deixe que o medo impeça você de fazer o que quer." Eu me lembrei do que você me falou quando me comprometi a virar autora, durante o processo de tentar vender esta história, quando fico nervosa por viajar sozinha para lugares novos e toda vez que quero escrever algo tão ambicioso que tenho medo de não conseguir. Não seria quem sou hoje sem você, e este livro também não existiria sem você.

Por fim, e mais importante ainda, obrigada a você, leitor. Você é um dos motivos por este livro existir. Tempo livre está se tornando cada vez mais um luxo hoje em dia, então obrigada por escolher passar parte do seu no meu mundo extravagante e melodramático de ladrões. Espero que revisite esse universo em breve.

1ª edição	AGOSTO DE 2024
impressão	SANTA MARTA
papel de miolo	LUX CREAM 60G/M²
papel de capa	CARTÃO SUPREMO ALTA ALVURA 250G/M²
tipografia	ADOBE GARAMOND PRO